「ぷろふいる」創刊号　昭和8(1933)年5月
——78ページ、定価20銭だった。

ぷろふいる
新年號
ぷろふいる
探偵雑誌
ぷろふいる
探偵雑誌
ぷろふいる
ぷろふいる ★六月號★ 目次
悲しき船路
——創作と飜譯——
ラヂオ・アリバイ
ブローク ン・コード
目撃者
銃殺した女
横顔はたしか彼奴（第二回）
山下平八郎
心理解剖に就いて
探偵趣味を語る
曾我廼家五郎
早期埋葬奇談
「體温計殺人事件」を讀む
第六感

光文社文庫

「ぷろふいる」傑作選

幻の探偵雑誌 1

ミステリー文学資料館 編

光 文 社

まえがき

「ミステリー文学資料館」は、一九九九年四月、日本国内のミステリーに関する書籍・雑誌および作家の資料を蒐集《しゅうしゅう》・保存・公開するため、わが国はじめてのミステリー文学専門の図書館として開設されました。おかげさまで多くの愛好者、専門家のかたがたにご利用いただいております。

このたび、大正末期から終戦直後にかけての、いわゆる「探偵小説」と呼ばれていた時代の雑誌の傑作選を企画いたしました。これらの雑誌は、開館以来、とくに閲覧希望・問い合わせの多かった収蔵書です。

この時代は、ようやく日本でも創作がたくさん発表されるようになり、江戸川乱歩《えどがわらんぽ》らが活躍した時期です。当時の探偵小説の専門誌は部数も少なく、正当に評価されることなく消息を絶った作家も多くいました。いまでは貴重な存在と言える「探偵雑誌」に発表された、歴史に残る傑作から埋もれた佳作まで、当時の探偵小説のエッセンスをお楽しみください。

〔ミステリー文学資料館〕

目次

探偵小説ファンの熱気に満ちた「ぷろふいる」

山《やま》前《まえ》 譲《ゆずる》
（推理小説研究家）

戦前の探偵小説界を代表する雑誌としてよく挙げられるのは、一九二〇（大正九）年に創刊された博文館発行の「新青年」である。確かに多くの名作が掲載されているが、翻訳を中心とした増刊号を除けば、探偵小説の専門誌を意図した雑誌ではない。マニア的な読者、いわゆる「探偵小説の鬼」たちが集まって語りあう場ではなかった。

その「新青年」と並行して、探偵小説専門の雑誌がいくつか発行されたなか、とりわけ印象に残るのは、一九三三（昭和八）年五月に創刊されたぷろふいる社発行の「ぷろふいる」である。一九三七（昭和十二）年四月の終刊まで、月刊で合計四十八冊という数の多さもさることながら、主だった探偵作家が寄稿し、当時の探偵文壇の動向をヴィヴィッドに伝えていたからだ。

京都の資産家の熊谷《くまがい》晃一《こういち》が発行人となり、京都に編集部のおかれた「ぷろふいる」は、創刊にあたって、探偵小説の読者に、〝探偵雑誌（ぷろふいる）は、主として無名新作家の作品発表の機関として、その登龍門たり得れば望みは達しられるのであります〟と述べた葉書を送っている。創刊号は七十八ページ、定価二十銭だった。山下利三郎《やましたりさぶろう》（平八郎《へいはちろう》）の連載に山本禾太《やまもとのぎた》郎《ろう》の短編、西田政治《にしだまさじ》によるビーストンの翻訳やエッセイと、執筆陣には関西の探偵小説愛好家が集っていた。新人では波多野狂夢《はたのきょうむ》の短編があり、創作の募集もなされていた。

　しかし、創刊して何か月もたたないうちに、関西をホームグラウンドにして新人発掘を目指すという編集方針が崩れる。東京支局をもうけ、在京の作家にも寄稿を仰ぐようになったのだ。八月号には甲賀三郎《こうがさぶろう》のエッセイ、九月号には橋本五郎《はしもとごろう》の短編や江戸川乱歩《えどがわらんぽ》のエッセイが掲載されている。その九月号から、ぷろふいる社は東京渋谷《しぶや》区に移った。ただし、編集部は京都のままである。創刊二年目となる一九三四年一月号は、百四十四ページとヴォリュームもアップし、甲賀三郎の連載に橋本五郎、山本禾太郎、小栗虫太郎《おぐりむしたろう》の短編、森下雨村《もりしたうそん》、江戸川乱歩、大下宇《おおしたう》陀児《だる》、水谷準《みずたにじゅん》、海野十三《うんのじゅうざ》らのエッセイと目次も華やかだった。

　こうして「ぷろふいる」は探偵文壇の現在を反映する雑誌に変身していく。それは、小栗虫太郎や木々高太郎《きぎたかたろう》など力ある新人が登場したことが刺激となって迎えた、日本の探偵小説の隆盛期と重なっていた。「ぷろふいる」の誌面に活気がでてくるのは必然とも言える。

「ぷろふいる」には当時の探偵作家がほとんど登場した。本書にはその代表的な作品を収録したが、ほかにも力作は多い。小説はなかったが、江戸川乱歩は「鬼の言葉」や自伝的な「彼」といった随筆を連載した。評論も活発な意見交換があった。森下雨村から紹介されて登場した井上良夫《いのうえよしお》が、評論や翻訳に活躍したことは特筆されるだろう。読者からも、毎号、熱のこもった鋭い意見が寄せられていた。ただ、創刊時に意図した新人作家の登龍門としては、十分な成果をあげたとは言えない。左頭弦馬《さとうげんま》、大畠健三郎《おおはたけんざぶろう》、西尾正《にしおただし》、蒼井雄《あおいゆう》、若松秀雄《わかまつひでお》、斗南有吉《となみゆうきち》、山《やま》城雨之介《しろうのすけ》、光石介太郎《みついしかいたろう》、金来成《きんらいせい》、西嶋《にしじま》（西島）亮《りょう》、平塚白銀《ひらつかはくぎん》らが代表的な「ぷろふいる」の新鋭だが、蒼井雄以外、探偵文壇に残した足跡は小さい。

それでも新人の紹介は毎号つづけられていた。一九三六年には、大下宇陀児「ホテル・紅館」や蒼井雄「瀬戸内海の惨劇」が連載され、甲賀三郎と木々高太郎を中心にした探偵小説論争が話題を呼んだ。翻訳も、クイーン「飾窓の秘密」（フランス白粉の謎）やセイアーズ「ストロング・ポイズン」といった長編が連載されている。毎号百三十ページほどながら、充実した誌面だった。

その「ぷろふいる」が突然廃刊になったのは一九三七年四月である。次号から「探偵倶楽部」と改題すると予告したものの、その新雑誌が出ることはなかった。三月号より編集部を東京に移した矢先の出来事である。発行者の経済的な事情と伝えられているが、当時、探偵小説の単行本の発行部数は多くて三千部くらいだったというから、「ぷろふいる」が商業誌として成り立っていたとは思えない。そして、同年の日中戦争勃発《ぼっぱつ》で、日本は戦時色を強めていく。探偵小説そのものの存続が危うい時代が目の前に迫っていたのだ。引き際としてはちょうどよかったのかもしれない。

なお、「ぷろふいる」各号の主要目次は、中島河太郎《なかじまかわたろう》『日本推理小説史』（東京創元社）の第三巻に掲載されている。雑誌「幻影城」の一九七五年六月号が「ぷろふいる」の特集として貴重である。

血液型殺人事件

甲賀三郎

甲賀三郎（こうが・さぶろう）

一八九三（明治二十六）年、滋賀県生まれ。本名・春田《はるた》能為《よしため》。東京帝大工学部卒。染料会社を経て農商務省臨時窒素研究所の技師に。一九二三（大正十二）年、「新趣味」の探偵小説募集に「真珠塔の秘密」が入選する。理化学トリックの新鮮な「琥珀のパイプ」「ニッケルの文鎮」などの短編で注目された。いわゆる「本格」と呼ばれる探偵小説のジャンルを提唱した作家と言われている。気早《きばや》の惣太《そうた》や弁護士の手塚《てづか》龍太《りゅうた》などシリーズ・キャラクターにも意欲をみせた。二八（昭和三）年に作家専業となってからは、人気作家として多くの作品を発表した。長編では『妖魔の哄笑』『乳のない女』『姿なき怪盗』など通俗的なサスペンスが多く、新聞記者の獅子《しし》内《うち》俊次《としじ》がたびたび活躍している。そのほか、実話に題材を得た『支倉事件』や時代小説『怪奇連判状』があり、探偵戯曲も試みた。一九四五年死去。

「誰が裁いたか」「血液型殺人事件」「木内家殺人事件」と、「ぷろふいる」には百枚を超す力作中編を発表している。また、三五年に一年間連載した「探偵小説講話」は、自身の理論を明確にした興味深い評論だが、探偵小説非芸術の立場から展開したため、木々高太郎との論争になった。

血液型殺人事件
甲賀三郎

忍苦一年

毛沼《けぬま》博士の変死事件は、今でも時々夢に見て、魘《うな》されるほど薄気味の悪い出来事だった。それから僅《わずか》に一月経《た》たないうちに、父とも仰《あお》ぐ恩師笠神《かさがみ》博士夫妻が、思いがけない自殺を遂《と》げられた時には、私は驚きを通り越して、魂が抜けたようになって終《しま》い、涙も出ないのだった。漸《ようや》くに気を取直して、博士が私に宛てられた唯一の遺書を読むと、私は忽《たちま》ち奈落の底に突落されたような絶望を感じた。私は直ぐにも博士夫妻の後を追って、この世に暇《いとま》をしようとしたが、辛うじて思い止ったのだった。

その当時私は警察当局からも、新聞記者諸君からも、どんなに酷《きび》しく遺書の発表を迫られたか分らぬ。然《しか》し、私は堅く博士の遺志を守って、一年経たなければ公表が出来ないと、最後まで頑張り通した。その為に私は世間からどれほどの誤解を受けた事であろう。而《しか》しそれは仕方がなかったのだ。

こうして、私にとっては辛いとも遣瀬《やるせ》ないとも、悲しいともいら立しいとも、何ともいいようのない忍苦の一年は過ぎた。

恩師笠神博士夫妻の一周忌を迎えて、ここに公然と博士の遺書を発表することを許され、私は長い間の心の重荷を、せめて一部分だけでも軽くすることが出来て、どんなにホッとしたか分らぬ。

以下私は博士の遺書を発表するに先立って、順序として、毛沼博士の変死事件から始める事にしよう。

毛沼博士の変死

二月十一日、即《すなわ》ち紀元節の日だが、この日はひどく寒く、午前六時に零下五度三分という、東京地方には稀《まれ》な低温だった。私は前夜の飲過ぎと、学校が休みなのと、そのひどい寒さと、三拍子揃った原因から、すっぽり頭から蒲団《ふとん》を被って、九時が過ぎるのも知らずにいた。

「鵜澤《うざわ》さん」

不意に枕許《まくらもと》で呼ぶ声がするので、ひょいと頭を上げると、下宿のおかみが蒼い顔をして、疑り深かそうな眼で、じッとこちらを見詰めている。どうも只ならぬ気色《けしき》なので、私は寒いのも忘れて、むっくり起き上った。

「何か用ですか」

すると、おかみは返辞の代りに、手に持っていた名刺を差出した。何より前に私の眼を打ったのは、S警察署刑事という肩書だった。

「ど、どうしたんですか」

私はドキンとして、我ながら恥かしいほどドギマギした。別に警察に呼ばれるような悪い事をした覚えはないのだけれども、腹が出来ていないというのだろうか、私はだらしなくうろたえたものだった。

おかみは探るような眼付で、もう一度私を見ながら、

「何の用だか分りませんけれども、会いたいんだそうです」

私は大急ぎで着物を着替えて、乱れた頭髪を掻き上げながら階下に降りた。

階下にはキチンとした服装をしたモダンボーイのような若い男が立っていた。それがS署の刑事だった。

「鵜澤さんですか。実はね、毛沼博士が死なれましてね——」

「え、え」

私は飛上った。恰《まる》で夢のような話だ。私は昨夜遅く、毛沼博士を自宅に送って、ちゃんと寝室に寝る所まで見届けて帰って来たのである。私だって、兎《と》に角《かく》もう二月すれば医科の三年になるんだから、危険な兆候があったかなかった位は分る。毛沼博士は酒にこそ酔っていたが、どこにも危険な兆候はなかった。博士は年はもう五十二だが、我々を凌ぐほどの元気で、身体にどこ一つ故障のない素晴らしい健康体なのだ。

私が飛上ったのを見て、刑事はニヤリと笑いながら、

「あなたは昨夜自宅まで送ったそうですね」

「ええ」

「参考の為にお聞きしたい事があるので、鳥渡《ちょっと》署まで御苦労願いたいのですが」

「まさか、殺されたのじゃないでしょうね」

病死ということはどうしても考えられないので、ふと頭の中に浮んだ事だったが、頭が未だ命令も何もしないのに、口だけで勝手に動いたように、私はこんな事をいって終った。

刑事はそのモダンボーイのような服装とはうって変った、鋭い眼でジロリと私を見て、

「署でゆっくりお話しますから、兎に角お出下さい」

そこで私はそこそこに仕度をして、半ば夢心地で、S署に連れて行かれたのだった。

私は暫《しばら》く待たされた後、調室に呼ばれた。頭髪を短く刈った、肩の角張ったいかにも警察官らしい人が、粗末な机の向うに座っていた。別に誰とも名乗らなかったが、話のうちに、それが署長であることが分った。

「あなたは昨夜毛沼博士を自宅まで送ったそうですね」

署長の質問も先刻刑事のいった通りの言葉で始まった。

「はア」

「何時頃でしたか」

「十時過ぎだったと思います」

と、この時に博士邸の寝室に置いてあった時計を思い出したので、

「そうでした、寝室を出る時に、確か十時三十五分でした」

「そうすると、会場を出たのは」

「円タクで十分位の距離ですから、十時二十五分頃に出た事になります」

「どういう会合だったのですか」

「医科の学生で、M高出身の者の懇親会でした」

「何名位集まりました？」

「学生は十四五名でした。教授が毛沼博士と笠神博士の二人、他に助教授が一人、助手が一人、M高出身がいるのですけれども、差支えで欠席でした」

「会場では変った事はありませんでしたか」

「ええ、別に」

私はこの時に、会場で毛沼博士と笠神博士とが、いつもとは違って、何となく話合うのを避けていたようだったのを思い出したが、取り立てていうほどの事でもなし、それには言及しなかった。

「毛沼博士は元気だったですか」

「ええ」

「酒は大分呑まれたですか」

「ええ、可成呑まれました」

「どれ位？　正体のなくなるほど？」

「いいえ、それほどではなかったと思います。自宅へ帰っても、ちゃんと御自身で寝衣《ねまき》に着替えて、『有難う、もう君帰って呉れ給え』といって、お寝《やす》みになりましたから」

「君はいつも先生を送って行くのですか」

「いいえ、そういう訳ではありませんけれども。先生の家は私の近所だものですから、みんな送って行けというので」

「毛沼博士と君とが一番先に出たんですね」

「いいえ、笠神博士が一足先でした」

「やはり誰か送って行ったのですか」

「いいえ、笠神博士はお酒をあまりお呑みになりませんので、殆《ほとん》ど酔っていらっしゃいませんでしたから――」

「毛沼博士が家に這入《はい》ってから、寝られるまでの間を、出来るだけ委《くわ》しく話して呉れませんか」

「そうですね。円タクから降りて、大分足許のよろよろしている先生の手を取って、玄関の中に這入ると、先生はペタンとそこへ腰を掛けて終《しま》われました。取次に出た婆やさんが『まア』と顔をしかめて、私に『すみませんけれども、先生を上に挙げて下さい』というので――」

「玄関に出たのは婆やだけでしたか」

「いいえ、女中がいました。女中は下に降りて、先生の靴を脱がせていました」

「書生はいなかったのですね」

「ええ、いつもいる書生が二三日暇を貰って、故郷に帰ったという話で――それで私が頼まれたのですが、私は頭の方を持ち、婆やと女中が足の方を持って、引摺《ひきず》るようにして、洋間の寝室へ連れて行きました」

「その時に寝室には瓦斯《ガス》ストーブがついていましたか」

「いいえ、ついていませんでした。婆やがストーブに火をつけますと、先生は縺《もつ》れた舌で、『もっと以前《まえ》からつけて置かなくちゃ、寒くていかんじゃないか』といいながら、よろよろと手足を躍るように動かして、洋服を脱ぎ始められました」

「そして寝衣に着替えて、寝られたんですね」

「ええ」

とうなずいて、いおうかいうまいかと鳥渡ためらったが、やはりいった方がいいと思って、

「その時に、先生はひょろひょろしながら、上衣やズボンのポケットから、いろいろのものを摑み出して、傍の机の上に置かれましたが、一品だけ、ポケットの中で手に触ると、ハッとしたように、一瞬間身体のよろめくのを止めて緊張されましたが、その品を私達に見せないようにしながら、手早く取出すと、寝台の枕の下に押し込まれました」

「何でしたか、それは」

「小型の自動拳銃でした」

「ふん」署長は私が何事も隠さないのを賞讃するようにうなずいて、「先生は以前からそんなものを持っておられましたか」

「存じません。見たのが昨夜初めてですから」

「その他に変った事はありませんでしたか」

「ええ、他にはありません。先生は寝衣に着替えると、直ぐ寝台に潜り込まれました。そうして、帰って呉れ給えといわれたのです」

「それですぐ帰ったのですね」

「ええ」と又ためらいながら、「先生の寝室へ這入ったのは初めてですから、鳥渡好奇心を起しまして、暫く、といってもホンの一二分ですが、室内を眺めました」

「眺めただけですか」

「珍らしい原書や、学界の雑誌が机の上に積んでありましたので、鳥渡触りました」

「本だけですか」

「ええ、他のものは絶対に触りません」

「それから部屋を出たのですね」

「ええ、その間に婆やと女中とが先生の脱ぎ棄てた洋服をザッと片付けて、それぞれ手に持っていました。私が出て、続いて婆やと女中とが出ました」

「瓦斯ストーブはつけたままでしたね」

「ええ、そうです」

「君が出た時に、先生はとうに眠っていましたか」

「半分眠って居られたようです。ムニャムニャ何かいいながら、枕に押しつけた頭を左右に振っておられました」

「直ぐ立上って、扉《ドア》に鍵をかけられた様子はありませんでしたか」

「ええ、気がつきませんでした。――鍵がかかっていたんですか」

署長は然し、私の質問には答えなかった。

「電灯は婆やが消したんですね」

「ええ、扉に近い内側の壁にスイッチがありまして、それを出がけに婆やが押して消しました」

「お蔭でよく分りました。もう一つお訊きしますが、君は先刻迎えに行った刑事に、『先生は殺されたのじゃないか』といったそうですが――」

私はドキンとした。余計な事をいわなければよかったと後悔した。然し、署長は私の心の中などはお構いなし、どんどん言葉を続けていた。

「どういう訳で、そういう事をいったのですか。理由《わけ》もないのに、そんな事をいわれる筈がないと思いますがね」

勝利者と惨敗者

私が毛沼博士が死んだという事を聞いた時に、殺されたのではないかと思ったのは、別に深い根底がある訳ではなかったのだ。

前にもいった通り、毛沼博士の死が病死とは考えられなかったし、といって博士が自殺するという事は、それ以上に考えられない事だし、過失死という事も鳥渡思い浮ばなかったので、つい殺されたのではないかと口を滑らしたのだが、といって、全然理由がなかった訳でもない。先《ま》ず第一は毛沼博士が自動拳銃を持っていたということ、それから第二には博士が最近二三月何となく物を恐れる風があった事だった。

　一体毛沼博士は、外科の教授に在勝《ありがち》な豪放磊落《ごうほうらいらく》な所があって、酒豪ではあるし、講義もキビキビしていて、五十二歳とは思えない元気溌剌《げんきはつらつ》たる人で、小事には拘泥しないという性質《たち》だった。所が、この二三月はそんなに目立つ程ではないが、何となく意気消沈したような所があり、鳥渡した物音にもギクッとしたり、講義中に詰らない間違いをしたり、いつも進んでする手術を、態《わざ》と若い助教授に譲ったり、些細な事ながら、少し平素と変った所があったのだ。

　私は署長の顔色を覗《うかが》いながら、

「別に深い理由はないのですが、先生は近頃何となく様子が変だったし、それにピストルなんか持っておられたものですから」

と、私の考えを述べた。

　署長はうなずいて、

「もう一つ訊きますがね、君は毛沼博士が何故一生独身でいたか、その理由について何か知っている事はありませんか」

　私は又ハッとした。私がひそかに恐れていた事に突当ったような気がしたのだ。私は然しすぐに答えた。

「存じません」

知らないと答えた事は決して嘘ではなかった。知っているといえば、なるほど知っている、然し、それはみんな噂が基で、それに私自身の憶測が加ったに過ぎないのだ。確実に知っていると答えられる範囲のものではない。

噂によると、毛沼博士は若い時に失恋をしたという事だ。而もその相手の女性は笠神博士夫人なのである。毛沼博士と笠神博士とは郷里も隣村同士で、同じ県立中学に机を並べ、一番二番の席次を争いながら、同じＭ高に入学し、ここでも成績を争いながら、帝大の医科に入学した。ここでは、毛沼博士は外科、笠神博士は法医と別れたが、それも卒業してからの事で、在学中はやはり競争を続けていた。考え方によると、両博士は実に不幸な人達で、恰《まる》で互に競争する為に生れて来たようなものである。而も、その争いは武器を取って雌雄《しゆう》を決《けつ》する闘争ではなく、暗黙のうちに郷里の評判や、学科の点数や、席次や、社会的地位を争うのだから、そこに不純な名誉心や嫉妬心や猜疑心が介在して来るから、本人達に取っては、非常に苦しいものだったに違いないと思う。

噂をして誤りなく、又私の推察が正しければ、この二人は、場合によっては名誉も権勢も生命も弊履《へいり》のように棄てようという恋を争ったというのだから、実に悲惨である。三角関係にどんな経緯《いきさつ》があったか知らないが、兎に角、笠神博士が恋の勝利者となり、毛沼博士が惨敗者となって、遂に一生を独身に送ることになったのだ。私はＭ高出身ではあるけれども、東京で生れ東京で育った人間なので、帝大に這入って初めて両博士に接し、そういう噂話を耳にしたのだが、爾来《じらい》三年間に、親しく両先生の教えを受け、殊《こと》に笠神博士には一層近づいて、家族へも出入したので、今いった噂話が一片の噂でなく、事実に近いものであることは、十分推察せられていたのだった。

然し、両先生の口や、笠神博士夫人の口から直接聞き出した事ではなし、何の証拠もない事であるから、私は署長の質問に対して知らないと答えたのである。

署長は暫く私の顔を見つめていたが、その事については、もう追及しようとせず、質問の鉾《ほこ》先《さき》を一転したのだった。

「君は笠神博士の所へ、よく出入するそうですね」

「は」

いよいよ来たなと思った。私がひそかに恐れていたのはそれだった。全く私は笠神博士の所へは繁々《しげしげ》出入した。今では私は博士を啻《ただ》に恩師としてでなく、慈父のように慕っているのだ。静かに考えて見ると、私は別にその為に恐れる所はないのだ。よし笠神博士と毛沼博士とが、恋の三角関係があったにせよ、それはもう二十数年も以前の事なのだ。その当時こそ互にどんな感情を持ったか分らないが、爾来二人は同じ学校に講堂を持って、何事もなく年月を送り、今はもう互に五十の年を越えている。今更二人の間にどうという事があろう筈がない、従って毛沼博士が自宅の一室で変死を遂げたにせよ、それが笠神博士に関係がありそうな事はないのだ。

然し、今こうやって、署長から事新しく毛沼博士が独身生活をしている理由や、私が笠神博士と親しくしている事などを訊かれるとそれは私の杞憂《きゆう》に過ぎないだろうけれども、何となく気味が悪いのだ。何といっても、私が毛沼博士を自宅の寝室まで送り届けたのだし、恐らく私が生きている毛沼博士を見た最後の人間だろうから、それを笠神博士と親しくしている事に結びつけて、変な眼で見られると、油断のならない結果を招くかも知れない。全く世の中に誤解ほど恐ろしく、且《か》つ弁解し悪《にく》いものはないのだ。

私は蛇足だと思いながらも、言いわけがましく、つけ加える事を止められなかった。

「僕は将来法医の方をやる積りなので、笠神博士に一番接近している訳なんです」

「ふん」

署長は私が恐れているほど、私と笠神博士との関係を重要視していないらしく、軽くうなずいて、

「笠神博士という人は、大へん変った人だそうですね」

「ええ、少し」

「夫人は大へん美しい方だそうですね」

「ええ、でも、もう四十を越えておられますから」

「然し、実際の年より余ほど若く見えるようじゃありませんか」

「ええ、人によっては三十そこそこに見られるそうです」

「笠神博士は家庭を少しも顧みられないそうですね」

「ええ」

私は肯定せざるを得なかった。全く博士は学問の研究にばかり没頭して、美しい夫人などは

全く眼中にないようなのだ。昔は知らず今は之《これ》が激しい恋愛をした間なのかと疑われる位である。

「笠神博士は学問以外に何にもない、博士の恋人は学問だといわれているそうですね」

「ええ」

「それで夫人にはいろいろの噂があるそうじゃありませんか」

「そんな事はありません」

私は少しむっとしながら答えた。博士夫人は博士からそうした冷い取扱いを受けながら、実に貞淑に仕えた、何一つ非難される所のない人なのだ。

署長は探るような眼つきで私を見ながら、

「そうかな。夫が仕事に没頭して家庭を顧みない。勢い妻は勝手な事をする、なんて事は世間に在勝《ありがち》の事だからな」

「他の家庭は知りませんが、笠神博士の夫人は絶対にそんな事はありません」

「然し、君のような若い色男が出入するんだからね」

何たる侮辱だ！　私は唇をブルブル顫《ふる》わせた。

「な、なんといわれるのです。ぼ、僕は笠神博士を敬慕のあまり、お宅に度々《たびたび》お伺いするのです。い、一体あなたは何を調べようと仰有《おっしゃ》るのですか」

私の剣幕が激しかった為か、署長はニヤニヤしていた笑顔を急に引込めて、

「そうむきになっちゃいかん。僕はそういう事実があるかないかという事について、調べてい

るんだからね」

「事柄によります。第一、そんな事を、何の必要があって調べるんですか」

「必要があるとかないとかという事について、君の指図は受けない」

署長は鳥渡気色《けしき》ばんだが、直ぐ元の調子になって、

「この話は打切としよう。君は法医の方に興味があるそうだが、之を一つ鑑定して呉れませんか」

署長は机の抽斗《ひきだし》を開けて、紙片のようなものを取出した。

血液型の研究

私はここで少し傍路に這入るけれども、私と笠神博士の奇妙な因縁について、述べて置きたいと思う。

笠神博士も毛沼博士も、前に述べたように、M高の先輩ではあるけれども、そうして無論M高在学中に、どこの学校にもあるように先輩についての自慢話に、医科には先輩の錚々たる教授が二人まであることは、よく聞かされていたが、親しく接するようになったのは、大学に這入ってからの事であった。

両先生の教授を受けるようになってから、誰でも経験するように、私は直ぐに毛沼博士が好きになって、笠神博士はどっちかというと嫌いだった。毛沼博士は磊落で朗かであるのに、笠

神博士は蒼白い顔をして、陰気だったから、誰でも前者を好いて、後者には親しまなかったのだった。

全く、両博士のように、故郷を同くし、中学から大学まで同じ級で、同じ道を進み、卒業後も肩を並べて、同じ学校の教授の席を占めているという事も珍らしいが、その性格が全く正反対なのも珍らしいと思う。

毛沼博士は表面豪放で磊落で、酒も呑めば、独身の関係もあるが、カフェ歩きやダンスホール通いもするし、談論風発で非常に社交的である。だから、誰でも直ぐ眩惑《げんわく》されて、敬愛するようになるが、よく観察すると、内面的には小心で、中々意地の悪い所があり、且つ狡猾《ずる》い所がある。自分の名声については、汲々《きゅうきゅう》として、それを保つ為には時に巧妙な卑劣な方法を取る事を辞さない。勝れた学識と、外科手術の手腕を持つ助教授が、栄転という美名の許に、地方の大学の教授に巧みに敬遠せられた例が二三あるし、弟子に研究させて、それを誇らしげに自分の研究として、学界に報告した事も、私は知っている。何しろ口が旨いから、空疎な講義の内容も、十分胡麻化《ごまか》されるし、学者仲間には兎も角、世間に対しては、いかにも学殖のある篤学の士のように見せかける事は、易々《いい》たる事である。そんな訳で、先生の颯爽《さっそう》たる講義に接した最初は、どの学生でもみんな眩惑されて終う、そうして、多数は最後まで引摺られて行くのだ。

所が、之に反して笠神博士は表面誠に陰気で、無愛想で口下手だ。酒も呑まないし、変に固苦しくて、誰だって親しめるものではない。然し、よく観察すると、内面的には実に親切な人で、慈悲深く、意地の悪い所や狡猾い所は微塵もなく、学問に忠実で、公平無私だ。弟子は少いけれども、非常によく可愛がって、自分の功績を惜しげもなく譲って終う。毛沼博士は自分に都合のいい人間は、よく可愛がるが、都合の悪い人間は排斥するし、昨日までよくても、今日はもう悪くなるという風だが、笠神博士は自分の悪口をいうような人間でも、学問の上で見所があれば、どこまでも親切に面倒を見る。交際《つきあ》えば交際うほど、親しくすればするほど、味の出て来る人である。

　私はＮ大学のＡ教授のように、血液型で人の性質が定るものだとは考えない。然し、毛沼博士と笠神博士との血液型が、全く異っているのは、興味のある事だと思う。即ち毛沼博士はＢ型で、笠神博士はＡ型なのだ。而もこの血液型の相違が、後に傷《いたま》しい悲劇の重大要素となり、この物語の骨子ともなるのだから、軽々しく見逃すことは出来ないのだ。

　人間の血液型については、今日では殆ど常識的になっているから、ここに改めて諄々《くどくど》しく述べる必要はないが、後にこの物語に重大な関係を持って来るし、私を笠神博士に結びつけたのも、血液型の問題が重要な役目をしているので、ここで鳥渡触れたいと思う。

　笠神博士が法医学が専門であることは既に述べたが、先生は血液型については、最も深く研究せられて、その第一の権威者なのである。人間の血液が、そのうちに含まれている血球と血清の性質によって、Ａ、Ｂ、Ｏ、ＡＢの四型に分類されることは、最早動かすべからざる事であり、その分類も比較的容易に出来るから、法医学に於て重要視するのは、寧《むし》ろその応用にあるのだ。中でも一番重要なのは血液型による親子の決定である。

抑々《そもそも》忠孝といい、仁義といい、礼智信といい、人倫の根本となるべきものは親子である。所が、文化の非常に進んだ今日、未だ科学的に確実に親子を決定すべき方法がないのは、悲しむべき事であるが、事実であるのは致し方がない。然し、血液型の研究によって、相当の程度まで、親子に非ずという決定は出来る。即ち、両親のどちらにもＡ型がない場合に、子には決してＡ型は現われないし、双方にＢ型のない場合は、子には決してＢ型は現われない。父がＡ型であり、母がＯ型である場合に、子がＢ型、或《ある》いはＡＢ型であればその父なり、母なり、或いは双方なりが否定されなければならない。母が確実であれば、無論父は他にあるのである。然しながら、父がＡ型、母がＯ型で、子がＡ或いはＯ型の場合、その両親は否定されないけれども、積極的に肯定することは出来ない。何故ならＯ型の母は、他のＡ型の男子によって、Ａ或いはＯ型の子を、いくらでも生むことが出来るからだ。

所で、ＡＢ型に関係して来ると、学説が二つに別れる。即ち二対対等形質説に従えば、四遺伝単位説となって、両親のどちらかにＡＢ型があれば、子供には各型のものが生れる事になっている。も一つの三遺伝単位説に従えば、Ｏ型とＡＢ型との間からは、Ａ型又はＢ型が生れ、ＡとＡＢ型、ＢとＡＢ型、ＡＢ型同士からは、Ａ、Ｂ、ＡＢ型が生れて、決してＯ型は生れない。要するに、ＡＢ型からは決してＯ型は生れず、Ｏ型の親には決してＡＢ型はないという事になるのだ。

この両説は久しい論争の後に、後説が正しい事が、実験的に決定したといっていい。笠神博士は熱心な三遺伝単位説の支持者で、その為に涙ぐましいような努力を払われている。私は医科に入学後、だんだん法医学に興味を持つようになり、殊《こと》に血液型とその応用について、最も興味を覚えたので、勢い笠神博士に近づかざるを得なかったのだが、始めにもいった通り、博士は非社交的で、堅苦しくて容易に親しめなかった。友人の中には私が法医学に進もうとするのを、嘲笑して、

「笠神さんなんて、意味ないぜ」

といった者さえあった。

然し、少し宛《ずつ》接近して行くうちに、博士には陰気の裏には誠意があり、堅苦しい反面には慈愛があり、無愛想の一面には公平無私のあることが、だんだん分って来たので、私は敬愛の度を次第に増して行った。所が一年ばかり以前に次のような出来事があって、先生が、

「自宅へ遊びに来ませんか」

という二十余年の教授生活に、未だかつてどの学生にもいわれた事がないという言葉を貰い、私達の親交は急速に進展したのだった。

血液型に興味を持った私は、無論自分の血液型を計って、Ａ型であることを知ったが、更に両親や兄弟の血液型を調べて、統計上の助けにしようと思って、先生の指導を仰いだ。

その時分には、先生も私を熱心な研究生と認めて、大分厚意を示しておられたので、快よく血液型決定の方法《メトード》を教えて呉れて、それに必要な血清を分与されたのだった。

私は早速父母を始め弟妹の血液型を調べたが、思いがけない結果が現われたのである。

即ち、私の父はＢ型、母はＯ型で、弟妹共にＯ型なのだ。所が私一人だけＡ型である。而《しか》も

血液型の定説に従えば、B型とO型の両親からは、絶対にA型は生れない事になっている。といって、私が両親を疑わなければならない理由は全然ないのだ。

私はこの事を先生に報告して、

「例外じゃないのでしょうか」

というと、先生はじっと私の顔を眺めて、

「測定の間違いはないでしょうね」

といわれた。先生はいつも口癖のように、血液型の決定は一見非常に容易のようで、素人でも一回教われば、直ぐその次から出来るように思える。又事実出来もするのであるが、決して馬鹿にしたものでなく、十分の経験と周到な用意を持ってしないと、往々にして他の原因で凝集するのを見誤る場合があるから、経験の足りないものの測定は危険性があるという事を、強調しておられたのだった。

「大丈夫だと思うのですけれども」

と答えると、先生は暫く考えて、

「もう一度やってごらんなさい」

といわれた。

それで、もう一回やって見たのだが、結果はやはり同様だった。

先生は、

「君の手腕を疑う理由《わけ》ではないんですが、一度採血して持って来ませんか」

そこで私は又かと嫌がる両親弟妹から、それぞれ少量の血を採って、先生の所へ持って行った。

それから二三日して、先生は結果については少しも触れないで、

「君は今の家で生れたんですか」

と訊《き》かれた。

「いいえ、今の家は移《こ》してから、未だ五六年にしかなりません。僕は病院で生れたのだそうですよ」

「病院で」

「ええ、初産ですし、大事をとって、四谷のＫ病院でお産をしたんだそうです」

「病院で」

先生は吃驚《びっくり》したようにいわれたが、直ぐにいつもの冷静な調子で、

「ああ、そうですか」

といって、それっきり何事もいわれなかった。

それから一週間ほど経つと、先生が不意に、

「君、自宅へ遊びに来ませんか」

といわれたのだった。

私は無論喜んで、先生の厚意ある言葉に従った。それから私は足繁く出入するようになった。

私が訪問すると、先生は直ぐに書斎に入れて、いろいろ有益な話をしたり、珍らしい原書を

示したり、私の家の事を訊いたり、平生《へいぜい》無口な非社交的な先生としては、それがどれほどの努力であるかという事が、はっきり感ぜられるほど、一生懸命に私をもてなして呉れるのだった。それによって、私は先生の内面に充ち溢れる親切と、慈愛とを初めて知ることが出来たのだった。

　博士夫人にも度々お目にかかった。夫人は前にもいった通り、実際の年よりも十も若く見えるほど美しい人で、殆ど白粉気のない顔ながら、白く艶々しく、飾気のない服装ながら、いかにも清楚な感じのする人だった。只、意外なのは、夫婦の間が何となく他人行儀で、よそよそしい事だった。博士は私に対しては、努めていろいろの話をされるにも関《かかわ》らず、夫人に対しては、必要な言葉以外には殆ど話しかけられず、稀々《たまたま》話しかけられる言葉も、いつでもせいぜい四五文字にしかならない短いものだった。私は二人の結婚が激しい恋愛の後に成立したと聞いていたので、この冷い仲を見て、どうも合点《がてん》が行かなかった。然し、考え方によると、こうした他人行儀的態度は、博士の性格に基くもので、学問に没頭して、それ以外の何の趣味もなく、何の興味もない博士の事であるから、必ずしも冷いというものではないかも知れないのだ。

　夫人は飽くまで温良貞淑だった。少しも博士の意に逆おうとせず、自分を出そうとせず、控え目にして、書斎の出入には足音さえ立てないという風だった。私に対しても、控え目な然し十分な厚意を示された。決して一部で憶測しているような、博士は博士、夫人は夫人といったような離れ放れの夫婦ではなかった。噂によると、博士と夫人がこういう外観的の冷い仲になったのは、十年ばかり以前に夫婦の間の一粒種だった男の子が、十いくつかで死んでからだともいい、又、それは結婚すると間もなく始まったともいう。私にはどっちが正しいのか、それとも両方とも間違っているのか分らない。

話が大分傍路に這入ったが、之で私が血液型の研究から、博士と非常に親しくなった経緯は分って貰えたと思う。

話を本筋に戻そう。

脅迫状

署長は机の抽斗から、紙片を取り出して、私に示した。紙片は薄いケント紙を長方形に切ったもので、葉書よりやや大きいかと思われるものだった。それに丸味書体《ルンド・シュリフト》という製図家の使う一種の書体で、次のような文字と、記号が書かれていた。

Erinnern Sie sich zweiundzwanzigjahrevor!

Warum O×A → B ?

「ドイツ語ですね」私はいった。「二十二年以前《まえ》を思い出せ、と書いてありますね。それから何故《ワルーム》、というのですが、この記号は――」

私は首を捻った。

兎角人は物事を、自分の一番よく知っている知識で解決しようとするものだ。例えば患者が激しい腹痛を訴えた時、外科医は直ぐ盲腸炎だと考え、内科医は直ぐ胆石病だと考える、というような事がいわれている。そこで、私はこの記号を、直ぐ血液型ではないかと考えた（そしてこれは間違ではなかったのだが）。

「えーと、之は血液型の事をいったのじゃないでしょうか」

「どういう事ですか」

「つまり、何故ですね、何故、O型とA型から、B型が生れるか」

「何の事です。それは」

「そういう事ですね。O型とA型の両親からB型が生れるのは何故か、という事なんでしょう」

「それと前の言葉とどういう関係があるんですか」

「分りません」

「ふん」

署長は仕方がないという風にうなずいた。

私は訊いた。

「一体なんです。之は」

「毛沼博士の寝室で発見されたんです」

「へえ」

意外だったが、意外というだけで、それ以上の考えは出なかった。それよりも、今まで肝腎の事を少しも分らせないで、散々尋問された事に気がついたのだった。私は最早猶予が出来なかった。

「毛沼博士はどうして死んだんですか」

「瓦斯の中毒ですよ。ストーブ管がどうしてか外れたんですね。部屋中に瓦斯が充満していてね、今朝八時頃に漸く発見されたのです」

「過失ですか。博士の」

「まあ、そうでしょうね。部屋の扉が内側から鍵がかかっていましたからね」

「じゃ、博士が管を蹴飛ばしでもしたんでしょうか。私が出た時には、確かについていましたから」

「そうです。博士が少くても一度起きたという事は確かですから。鍵を掛ける時にですね」

「八時までも気がつかなかったのはどういうものでしょう」

「休日ですからね。それに前夜遅かったし、グッスリ寝ていたんでしょう」

説明を聞くと、十分あり得ることだ。現に知名の士で、ストーブの瓦斯漏洩《もれ》から、死んだ人も一二ある。だが、私には毛沼博士の死が、どことなく不合理な点があるような気がするのだった。

「じゃ、過失と定ったのですか」

「ええ」

署長はジロリと私の顔を眺めて、

「大体決定しています。然し、相当知名の方ですから、念を入れなくてはね。それで、態々《わざわざ》来て貰ったのですが、御足労序《ついで》に一度現場へ来て呉れませんか。現場についてお訊きしたい事もあるし、それに君は法医の方が委しいから、何か有益な忠告がして貰えるかも知れない」

「忠告なんて出来る気遣いはありませんけれども、喜んでお伴しますよ」

私達は直ぐ自動車を駆って、毛沼博士邸へ行った。もう十時を少し過ぎていて、曇り勝な空から薄日が射していたが、外は依然として寒く、街路に撒《ま》かれた水は、未だカンカンに凍っていた。邸前に見張をしていた制服巡査は寒そうに肩をすぼめていたが、署長を見ると、急に直立して、恭々《うやうや》しく敬礼した。

寝室は死骸もそのまま、少しも手がつけてないで保たれていた。昨夜あんなに元気だった博士は、もうすっかり血の気を失って、半眼を見開き、口を歪めて、蒲団から上半身を現わしながら、強直して縡《こと》切《き》れていた。

私は鳥渡不審を起した。

死体の強直の様子から見ると、少くとも死後十時間は経過しているように思われる。そうすると、博士の死は夜半の十二時後になり私達が部屋を出てから一時間半後には、絶命した事になる。仮りに私達が部屋を出た直後、博士が起きて、扉の鍵をかけ、その時に誤って、ストーブの管を抜いたとしても、絶命までには瓦斯の漏洩は一時間半である。僅かに一時間半の漏洩で、健康体が完全に死ぬものだろうか。

私は部屋を見廻した。部屋は十二畳位の広さで、天井も可成高い。今はすっかり窓が開け放たれているけれども、仮りにすっかり締められたとしても、天井の隅には金網を張った通風孔が、二ケ所も開けてある。私には瓦斯がどれ位の毒性のあるものか、正確な知識はないが、この部屋にこのガス管から一時間半噴出したとして、或いは知覚を失うとか、半死の状態にあるとか、仮死の状態になるとかいう事はあり得るかも知れないが、その時間内に絶命するという事はどうかと思われるのだ。

私がキョロキョロ室内を見廻したので、署長は直ぐに訊いた。

「昨夜と何か変った所がありますか」

「いいえ」

と答えたが、署長の言葉に刺戟されて、ふと昨夜興味を持った雑誌の事を思い出して、机の上を見ると、私は確かにちゃんと揃えて置いたのに、少し乱雑になっているようである。

(夜中に博士が触ったのだろうか)

と思いながら、傍に寄って、一番上の雑誌を取上げて、鳥渡頁を繰って見たが、私は思わずアッと声を出す所だった。然し、辛うじて堪《こら》えて、そっと署長の方を盗み見たが、幸いに床の上にしゃがんで、頻《しき》りに何か調べている所だったので、少しも気づかれないようだった。

何が私をそんなに驚かしたのか。私は昨夜ここへ毛沼博士を送って、ふと机の上の雑誌を見て、興味を持ったのは、それがかねて、私が、というよりは笠神博士の為に、熱心に探し求めていた雑誌だったからである。それは一二年以前にドイツで発刊された医学雑誌であるが、その中には法医学上貴重な参考になるべき、特種な縊死体の写真版が載っていたのだった。この雑誌は日本に来ているのは極く少数である許《ばか》りでなく、ドイツ本国でも発行部数が少ないので、どうしても手に這入らなかったものだった。昨夜ふとこの雑誌を見つけた時に、毛沼博士は笠神博士が之を欲しがっている事を知っている筈だし、毛沼博士にとっては専門違いのもので、さして惜しくもないものだから、快く進呈すればいいのに、持っていながら黙って隠している意地悪さに、鳥渡義憤を感じたのだったが、今開いてみると、どうだろう、その写真版だけが、引ちぎってあるのだ。而もそれが非常に急いだものらしく、写真の隅の一部が残っているほど、乱暴に引ちぎってあるのだ。

（毛沼博士が引ちぎったのだろうか）

　博士は寝台の上で半眠の状態にいて、私がこの雑誌を見た事を知って、私が部屋を出ると、すぐに起上って、急いで引ちぎったのだろうか。博士はそれ程の事をしかねない人である。然しながら、それをそんなに急いでしなければならないだろうか。私が再び部屋に帰って来て、それを持って行く事を恐れたのだろうか。それなら、写真版だけ引ちぎらなくても、防ぐ事は出来るではないか。まさか私が夜中にそっと盗みに来ると思った訳でもないだろう。何とも合点の行かない事である。私は出来るなら、机の抽斗その他を探して、引ちぎった写真版の行方を尋ねたいと思ったが、そんな自由は許される筈がなかった。

　私は雑誌をそっと元の所に置いた。署長の方を見ると、まだ床の上にしゃがんで何かしている。私は静かに傍に寄って覗《のぞ》き込んだ。

署長は頻に床の上の厚い絨氈《じゅうたん》を擦《さす》っていた。見ると、厚ぼったい絨氈が直径一寸ばかりの円形に、すっかり色が変っているのだ。そして、手で擦ると恰で焼け焦げのように、ボロボロになるのだった。といって、普通の焼け焦げでない事は一見して分るのだ。

署長は私が傍によった為か、口の中でブツブツ何か呟きながら、急に立上った。そうして、手を洗う為に、部屋の隅の洗場《ウオッシュ・スタンド》に歩み寄って、水道の栓を捻ったが、水は少しも出て来なかった。

署長は舌打をした。

「チョッ、損じているのか」

すると、扉の外にいた婆やが、その声を聞きつけたと見えて、

「今朝の寒さで凍ったのでございましょう」

といった。

署長はそれには返辞をせず、手を洗うのを諦めて、部屋の中央へ戻って来た。

その時に、一人の刑事が何か発見をしたらしく、西洋封筒様のものを掴みながら、急ぎ足で部屋に這入って来た。

「署長、これが書斎の机の抽斗の中にありました」

署長は封筒様のものを受取って、中から四角い紙片を取り出したが、

「又ドイツ語か」

といって、私の方を向いて、

「君、もう一度読んで下さい」

それは先刻見せられたものと、全く同じ紙質の、同じ大きさのもので、やはり丸味書体で書かれていた。

私は読んで行くうちに、サッと顔色を変えた。なんと、その紙片にはドイツ語でこう書いてあるではないか。

千九百二十二年四月二十四日を思い出せ。

ああ、そうして、之れはなんと私の生年月日なのだ！

「ど、どうしたんだ。君」

私の啻ならない様子を見て、署長は詰問するように叫んだ。

「千九百二十二年四月二十四日を思い出せと書いてあるのです。それは私の生れた日なんです」

「ふむ」

署長は疑わしそうに私を見つめながら、

「その他に何も書いてないか」

「ええ」

私は先刻警察署で同じような紙片を見せられた時には、少しも見当がつかなかったが、今はハッキリと分った。この紙片は、何者かが毛沼博士に送った脅迫状なのだ。その紙片には単に二十二年前を思い出せと書かれていたが、後の紙片にはちゃんと年月日が書かれている。而もそれが私の生年月日なのだ。前の紙片に書き加えられていた血液型のような記号は何を意味するのか。もし、私の事を暗示するのなら、

O×B→A

でなければならないのだ。何故なら私はO型の母とB型の父から生れたA型なんだから。

私は何が何だか分らなくなって来た。然し、たった一つ、毛沼博士の変死事件の渦中に私が引摺り込まれようとしている事は確かなのだ！

三つの疑問

正午《ひる》近くなって、私は漸く帰宅することを許されたので、ズキンズキン痛む頭を押えながら、毛沼博士邸を出た。すると、私は忽《たちま》ち待構えていた新聞記者の包囲を受けた。

「君は誰ですか」

「毛沼博士は自殺したんですか」

「博士には何か女の関係はなかったですか」

彼等は鉛筆をなめながら、めいめい勝手な無遠慮な質問を浴せかけるのだった。辛うじてそこを切抜けて下宿へ帰ると、そこにも記者が待受けていた。それから入れ代り立ち代り、各社の記者の訪問を受けた。私は終いには大声を挙げて泣きたくなった。

二時頃になって、やっと解放されたけれども、私は何を考える気力もなかった。すぐに蒲団

を敷いて、その中に潜り込んだ。然し、頭が非常に疲れていながら、ちっとも眠れない。といって、纏った事は少しも考えられない。今まで経験したり、書物で読んだりした事のうちで、気味の悪い恐ろしい事ばかりが、次々に頭の中に浮んで来る。ウトウトとしては、直ぐにハッと目を覚ます。そんな状態で夕方を迎えた。

夕方に私は起上った。そうして外に出ると、重なる新聞の夕刊をすっかり買い込んで帰って来た。誰でも経験することだろうが、自分が少しでも関係した事の新聞記事というものは、実に読みたいものだ。況《いわん》や、よく分らないながらも、重大な関係のあるらしい事件なのだから、私は貪るようにして、読み耽《ふけ》ったのだった。

自分が実際に関係して、警察署に呼ばれ、訊問をされ、現場まで見ていながら、事件の委しい内容については、全然触れる事が出来ないで、反《かえ》って新聞記事から教えられるという事は、いかにも皮肉な事であるけれども、その通りなのだから、どうも仕方がない。

新聞の記事はいずれも大同小異だった。その中から拾い集めた事実を総合すると、毛沼博士の変死事件は次のようだった。

毛沼博士は今朝八時、寝室の寝台の上に、冷くなって死んでいるのが発見された。部屋の中にはガスが充満して、ストーブに連結された螺線管は、ガス管から抜離され、ガス管からは現に猛烈な勢いでガスが噴出していた。屍体は死後七八時間を経過し、外傷等は全然なく、全くガス中毒によるものと判明した。

博士は前夜、M高校出身の医科学生の会合に出席して、非常に酩酊して、学生の一人に送られて、十時半頃家に帰って寝についたのだが、一旦寝台に横《よこたわ》ってから、一度起上って扉に内側から鍵をかけた形跡が歴然としていたので、その際誤ってガス管を足に引かけ、抜け去ったのを知らないで、寝た為にこの惨事を起したものと見られている。

然し、一方では、博士が最近に脅迫状らしきものを受取り、不安を感じていたらしく、護身用の自動拳銃《オートマチック》を携帯していた事実があり、且つ、泥酔していながらも、扉に鍵をかける事を忘れなかった点、及び扉に鍵をかける気力のあるものが、ストーブを蹴飛して、ガスの放出するのに気づかないのは可笑しいという説も生じ、当局では一層精査を遂げる由である。

屍体は現場に於ける警察医の検視で、ガス中毒なることは明かであるが、前述の理由によって、大学に送って解剖に付することになった。法医学の権威笠神博士が執刀される筈だったが、都合で宮内《みやうち》助教授がそれに当ることになった。

新聞で見ると、当局も毛沼博士の死因については一抹《いちまつ》の疑惑を持っているらしいのだ。毛沼博士の死は、警察医の推定では死後七八時間とあるが、之は午前八時頃の診断だから、やはり博士の死は、前夜の十二時前後となり、私が帰ってから二時間以内の出来事である事は確からしい。あの瓦斯ストーブから僅々《きんきん》二時間足らずのガスの漏洩で、果して死ぬものだろうか。新聞にはこの事には少しも触れていないけれども、私は第一の大きな疑問だと思うのだ。

第二に、之は私以外の誰も知らない事であるが、例の雑誌の写真版が破りとってあった事で、私が出てから毛沼博士が起き上って、破りとったのでなければ、誰かが這入ったものと見なければならない。然し、その者はどういう方法で忍び込んだのだろうか。扉には内側から鍵がかかっていたというから、博士の許可を得て這入ったものと考えざるを得ない。それとも、博士が未だ鍵をかけないうちに、そっと部屋に忍び込んで、写真版を破りとり、又そっと出て行ったその後で、博士はふと眼を覚まして、起き上って扉に鍵を下したのだろうか。それにしても、学術上以外になんの価値もない、うす気味の悪い縊死の写真などを、一体誰が欲しがろうというのだ！　そうすると、写真はやはり毛沼博士自身が破ったのかも知れない。いずれにしても、写真版の行方は相当重要な問題である。

第三にはあの奇怪な脅迫状だ。私の生年月日が書いてあったが、あれは偶然の暗合だろうか。偶然の暗合にしては、あまりピタリと合いすぎるけれども、仮りにそうとして、一体何事を意味するのか。考えれば考えるほど分らない事ばかりだ。

私はふと思いついて、本箱の奥の方に突込んであった無機化学の教科書を引張り出して、一酸化炭素の所を調べて見た。我々が燃料に使っているガスは石炭ガスと水成ガスの混合で、約％《ママ》の一酸化炭素を含んでいる。この一酸化炭素は猛毒性のもので、燃料ガスに中毒するというのは、つまりこの一酸化炭素にやられるのである。

教科書の一酸化炭素の項には次のように書いてあった。

無色無臭の気体で、極めて激しい毒性がある。空気一〇〇、〇〇〇容中に一容を含むと、呼吸者は既に中毒の徴候を現わし、八〇〇容中に一容を含むものであると、三〇分位、一％を含むものでは僅々二分間で死を致すという。一酸化炭素が吸収せられると、血液中のヘモグロビンと結合し、ヘモグロビンの機能（酸素の運搬）を失わしめる。

私は鉛筆と紙を出して、ザッと計算して見た。毛沼博士の寝室は大体十二畳位だったから、十二尺に十八尺とし、天井の高さを十尺とすると、部屋の容積は約二千二百立方尺になる。瓦斯ストーブの噴出量はハッキリ分らないが、あれ位のものでは、私が経験した所によると、最大一分五立《リットル》を出ないと思う。すると一時間に三〇〇立になり、約十立方尺である。仮りに毛沼博士の死が夜中の一時に起ったとしても、噴出時間は最大二時間半で、二十五立方尺である。ガスの一酸化炭素含有量を八％とすると、二千二百立方尺の空気に対し〇・一％以下となる。これが二時間半後に達する最大濃度であるから、ここでは未だ死が起き得ないと断言出来ると思う。尤《もっと》も博士の絶命時間については未だ正確に分らないから、解剖の結果を待たないと、結論は早計であるかも知れないが、之を見ると、博士の死は変な事になるのだ。

といって、私には博士が他のどんな原因で死んだかという事については、少しも見当がつかない。外傷もなにもなく、明かに一酸化炭素の中毒で死んでいたものなら、ガス中毒と見るより以外にないのだ。

私の頭は又割れるように痛くなって来た。私は鉛筆と紙を抛《ほう》り出して、畳の上にゴロリと横になった。

ちぎった写真版

翌日学校へ出るのが、何となく後めたいような気持だった。むろん、何にも疾《やま》しい事はないのだが、顔を見られるのが不愉快なような気がした。みんなは毛沼博士の死のことを盛に噂し合った。新聞記者ほどではないが、私に無遠慮な質問をするものが少くなかった。この日、笠神博士の講義があったが、先生は最初に毛沼博士の不慮の死を哀悼するといって、すぐいつもの通り講義を始めようとされた。すると、級の一人が、

「先生、毛沼先生の死因はガス中毒ですか」

と訊いた。

笠神博士はジロリとその学生を眺めて、

「多分そうだと思います。実は死因を確める為に、私が解剖を命ぜられたのですけれども、思う所があって辞退して、宮内君にやって貰う事にしました。先刻鳥渡《ちよつと》訊きましたら、やはり一酸化炭素の中毒に相違ないということでした」

いつの場合でもそうだが、今日の先生はいつもより一層謹厳な態度だったので、弥次《やじ》学生もそれ以上弥次質問をする事が出来ず、黙って終った。私はふと絶命の時間について訊いて見ようと思ったが、時間中でなくとも、いつでも訊けると思い直して、口を開かなかった。

先生は講義を始められた。思いなしか、いつもほど元気がないようだった。同僚の不慮の死

にあって、心を痛めておられるのだろうと、私はひそかに思った。

　放課後、私は先生の教室に行った。

「毛沼先生が大へんな事になりまして」

「ええ、大へんな事でした。然し、あなたは大分迷惑しましたね」

「いいえ、そんな事は問題じゃありません。先生、毛沼博士は十二時前後に死なれたのじゃないかと思うんですが、どうでしょうか」

「宮内君の鑑定では十一時乃至《ないし》一時という事です」

「十一時？　そうすると、私が出てから三十分足らずの間ですね」

「死亡時間の推定は正確に一点を指すことは出来ませんから、通常相当の間隔をとるものです。一時の方に近いのでしょうね」

「仮りに一時としても、私が先生を最後に見てから、二時間半ですけれども、その間放出したガス量で中毒死が起りましょうか」

「起りましょうね」

　といって、鳥渡言葉を切って考えて、

「少くとも仮死の状態にはなりましょう」

「そうすると、真の死はそれ以後に起る訳ですね」

「そういう事になりましょうね」

「すると、死亡時刻は――」

といいかけるのを、先生は軽く遮って、

「それはむずかしい問題です。殊にガス中毒の場合は一層むずかしいでしょう」

「そうなんですか」

私は少し変だと思ったが、法医学の権威がいわれるのだから、承服せざるを得なかった。

「それはそうとして」

先生は意味ありげな眼で、じっと私を眺めながら、

「少し話したい事があるんですが、今日でも宅へ来て呉れませんか」

「ええ、お伺いいたしましょう」

何の話だか見当はつかなかったけれども、私は即座に承知した。先生の宅へ行って、いろいろ話を聞くという事は、その頃の一番楽しいものの一つだったのである。

その日の夕刊には、もう毛沼博士の事は数行しか出ていなかった。死体解剖の結果一酸化炭素中毒による死であることが判明して、当局は前後の事情から、過失によるガス中毒と決定したという事だった。

その夜私は笠神博士を訪ねた。博士は大へん喜んで私を迎えて、いつもの通り書斎でいろいろ有益な話をして呉れたが、今日の昼何となく意味ありげにいわれた「話」については、少しも触れなかった。尤も、こっちの思いなしかも知れないが、時々先生は話を始めかけようとしては、直ぐ思い返しては、学問上の話に戻られるのだった。そんな事が二三回あったが、先生はとうとう何にもいわれなかった。後で考えると、この時に、先生は私にもっと重要な話がし

たかったらしいのだ。然し、どうしてもそれをいい出すことが出来ないで、そっと溜息をついては、他の学問の話を続けておられたのだ。私がもう少し早くその事に気がつけば、こちらから積極的に尋ねかけて、委しい話を聞いたものを、私がぼんやりしていた許りに、引続いて起る悲劇を防ぐ事の出来なかったのは、実に遺憾極ることではあった。

毛沼博士の葬式は、笠神博士が葬儀委員長になって、頗《すこぶ》る盛大に行われた。何しろ頗る社交的な先生で、実社会の各方面に友人があったから、会葬者も二千名を超え、知名の士だけでも数百名を算した。然し、それは恰度《ちょうど》線香花火のようなもので、葬式がすんで終うと、妻もなく子もない先生の後は、文字通り火の消えたように淋しくなった。交際が派手だっただけ、それだけ後までもシンミリ見ようという友人は殆どないのだった。

一週間経ち二週間経つ時分には、もう多くの人は毛沼博士の事などは忘れて終った。学校も学生も、友人も世間の誰もが、もう毛沼博士の存在を忘れて終っていた。もし誰かが毛沼博士の事を訊いたら、「え、毛沼博士、そうそう、そんな人がいましたね」と返辞をしたに違いない。もし、毛沼博士の死を未だ覚えているものがあるとしたら、恐らくそれは私一人だったろう。

私がひそかに抱いていた三つの疑問は、日が経っても中々消えなかった。殊《こと》に、例の脅迫状の文句は、日が経つにつれて、反って益々私の脳裏にその鮮明の度を増して行くのだった。二十二年前を想起せよ。それから私の生年月日！　それが私に全然無関係のものとはどうしても考えられないのだ。

然し、もし私が次の出来事に遭遇しなかったなら、私も結局はやはり世間一般の人と同様、毛沼博士の事は忘れるともなく忘れて終ったろう。然し、運命はそれを許さなかった。私は一層苦しまなければならないようになったのだ。

　毛沼博士の死後半月ばかりだったと思う。私はいつもの通り笠神博士の宅を訪ねた。前にも述べた通り、私達二人の親密の度は一回毎に加速度を以て増して行った。それはむしろ先生の方から積極的に近づいて来られるのだった。無論私も親しくすればするほど、先生の慈愛深い点や、正直一方の所や、いろいろの美点を認めて、敬愛の念を深めて行ったけれども、終いには先生が教えるというよりは、恰《まる》で親身のようになって、而も私がもし離れでもしたら大変だというようにして、自ら屈してまで機嫌をとられるのが、はっきり分るほどになった。それが毛沼博士の死以来益々激しくなって、それは恰で恋人に対するような態度だった。私は内心うす気味悪くさえ感じたのだった。

　さて、その日はいつもの通り、いろいろ話合った末、晩餐の御馳走にまでなったが――この時は夫人も一緒だった。之も一つの不思議で、世間に噂を立てられたほど、夫人によそよそしかった先生が、この頃では次第に態度を変えられて、夫人にも大へん優しく親切にされるようになっていた。それが、やはり毛沼博士の死を境にして、急角度に転向して、流石《さすが》に言葉に出して、ちやほやはされなかったが、普通一般の夫よりも、もっと夫人に対し忠実になられたのだった。夫人の方ではそれを喜びながらも、反ってあまり激しい変化に、幾分の恐れを抱いておられたようだった。今までに、食卓を共にするなどということは絶対になかったのだが、この時は私と三人で快く会食せられたのである――会食後、夫人は後片付けに台所へ退られ、先生も鳥渡中座されたので、私は何心なく机の上に置いてあった先生の著書を取上げて、バラバラと頁を繰っているうに、その間からパラリと畳の上に落ちたものがあった。

私は急いで、それを拾い上げたが、見るとそれは先生が大へん欲しがっておられた例の雑誌の写真版だった。いつの間に手に入れられたのか知らんと思って、じっと眺めると、私はハッと顔色を変えた。写真版の隅の方が欠けているではないか。切口も大へんギザギザしている。明かに鋏《はさみ》なぞで切取ったのではなく、手で引ちぎったものだ。而もその欠けている隅が、私にはハッキリ見覚えがある。確かに毛沼博士の所にあった雑誌に、その欠けた隅が残っている筈だ。もし、その写真版をあの雑誌に残っている切端に合せたら、寸分の狂いなくピタリと一致するに相違ない。

私は余りに意外な出来事に、茫然とその写真版を見つめていた。それで、いつの間にか、先生が帰って来て、私の背後にじっと立っておられるのを知らなかった。

私がふと振り向くと、先生は蒼い顔をして、佇《たたず》んでおられたが、ハッとしたように、

「ああ、君にいうのを忘れていたが、その写真を見つけましたよ」

と何気なくいって、そのまま元の座につかれたが、その声が怪しくかすれているのを、私は聞き逃さなかった。私は然し何事もないように答えた。

「そうでしたか。私も一生懸命探していたのですが、とうとう見つかりませんでした」

「出入の古本屋が見つけて来てね。他の記事は別に欲しい人があるというので、私は写真版だけあればいいのだから、後は持たしてやったのです」

私には博士が明かに嘘をついていることが分った。もし古本屋が雑誌を持って来て、切取ったものなら、こんな乱暴な取り方はしない筈である。いっそ嘘をいうのなら、始めから古本屋が写真版だけを取って持って来たといえばいいのに。平素正直な博士は突然にそんな旨い嘘はいえなかったのだ。

博士は尚弁解を続けられた。

「君に頼んであったのだから、見つかった事を話すべきでしたね。ついうっかりしていて、すみませんでしたね」

「どういたしまして」

私は写真版を元の通り本の間に挟んで、机の上に戻すと、直ぐに話題を他に転じた。先生もそれを喜ばれるように、二度と写真版の事については話されなかった。

私はともすると心が暗くなるのを禁ずることが出来なかった。先生には努めてそれを隠しながら、そこそこに私は帰り仕度をしたのだった。

盗んだ者は？

写真版の発見は私の心に、ひどい重荷を背負せた。

笠神博士の所にあった写真版が、毛沼博士の寝室にあった雑誌から取り去られたものであることは、疑いを挟《はさ》む余地がない。あの雑誌は数が大へん少なくて、笠神博士と私が出来るだけの手を尽しても、手に入らなかったものである。それも、笠神博士の所にあるものが、完全な切抜だったら問題はないが、隅の方が欠けていて、乱暴に引ちぎった形跡が歴然としているのだ。もう一冊あの雑誌があって、それからむりやりに写真版を引ちぎり、恰度同じように片隅が雑誌の方に残ったとしたら別問題だが、そんな筈はありようがない。第一雑誌そのものの数が非常に少ないのだし、写真版は大へん貴重なものだし、そんな乱暴な切取り方は普通の場合では、誰もしないだろう。仮りに破り損ったとしても、破片は破片で別に切取り、裏うちでもして、完全なものにする筈だ。

　写真版は毛沼博士の寝室にあった雑誌から引ちぎられたものに相違ないとして、さて、何人《なんぴと》がそれをやったか。もし、全然関係のない第三者がそれをやったとして、それが笠神博士の手に這入ったものなら、博士はその経路について嘘をいわれる必要は少しもない。恐らく手に這入った日に、私だけにはニコニコして、「君、とうとうあの写真が手に入りましたよ」といわれるべきである。博士が写真版を手に入れた事を私に隠して、偶然私が見つけると、嘘をいわれた所を見ると、博士が写真版を手に入れた手段については、次の二つより他には考えられない。即《すなわ》ち、

一、博士自らが不正な手段で、写真版を入手されたか。

二、第三者が不正の手段で入手し、その事情を博士がよく知って買いとられたか。

一、二のいずれにしても、誰かが毛沼博士がガス中毒で死んだ夜、私が部屋を出てから、室

内に忍び込んで、写真版を盗んだものに相違ないのだ。仮りに第三者がそれをやったとすると、その場合には次の二つが起り得る。即ち、

一、博士に頼まれて盗みに這入ったか。

二、他の目的で忍び込み、偶然写真版を見つけて、情を明かして、博士に売りつけたか。

　一の場合は私は否定したい。何故なら笠神博士は毛沼博士の所に目的の雑誌があるという事については、全然知られなかった。もし知っておられたら、私にその話がある筈だと思う。仮りにその事を知っておられたとしても、博士は欲しければ直接毛沼博士に頼んだであろう。そんな話も私は全然聞いていない。仮りに毛沼博士が拒絶した所で、笠神博士は人に頼んで盗ませるような事をする人では絶対にない。写真版そのものも、貴重なものには違いないが、そんな冒険《リスク》に値するほどのものではない。

　二の場合であるが、笠神博士がそんな不正な事情のあるのを承知で、買入れられるかどうか疑わしい。一の所で述べた通り、それほど値打のあるものではないのだ。情を知らないで買われたものなら、私が見つけた時に、即座に、「ああ、それは誰それが持って来て呉れましてね」とか「誰から買いましたよ」とかいわれる筈だ。

　こういう風に考えると、一、二とも起り得ないと思う。

　すると、前に戻って、第三者が手に入れてそれを博士に渡したという考えは成立しないから、勢い博士自らが直接入手せられたという結論に到達する。

私は当夜の博士の行動を思い浮べて見た。笠神博士は毛沼博士より一足先に帰られた。そのまま真すぐに家に帰られたかどうか、それが問題だ。

仮りに笠神博士に何か目的があるとして、一足先に会場を出て、毛沼博士の家に先廻りしているとする。毛沼博士はグデングデンに酔って、玄関にへたばり、婆やと女中と私の三人で、大騒ぎをして、寝室に担ぎ込んだので、その間玄関は明け放しになっていたし、そっと忍び込んで、どこかの部屋に隠れていることは、大した困難もなく出来ることである。

私が帰って婆やと女中が、毛沼博士の脱いだものを始末しながら、ベチャベチャ喋っている隙に、笠神博士はそっと寝室に滑り込むことが出来る。そして、雑誌から写真版を引ちぎって、部屋を出て抜き足さし足で、外に出る。婆やと女中は少しも気がつかない。毛沼博士はその後でふと眼を覚まし、扉の鍵をかけて、又元通り寝る。以上の事には十分可能性がある。

然し、私はもう一度ここで同じ事をいわねばならぬ。仮りに笠神博士が毛沼博士の寝室に忍び込んだりしても、それはあの一枚の写真版の為でないことは分り切っている。あの写真版が毛沼博士の所にあることは、笠神博士は知らなかったと思われるし、もし知っていても、あの写真版はそんな冒険に値するものではない。

では笠神博士の目的は？

私はここで思わずぞっとした。笠神博士が毛沼博士を殺さなくてはならない原因については、何一つ心当りはないが、もし笠神博士が毛沼博士の寝室に忍び込んだとしたら、その深夜の冒険は、毛沼博士を殺す為ではあるまいか。

そっと寝室に忍び込んで、ガス管を抜き放して、逃げ出て来る——可能だ。

然し、そうなると、内側から掛けられた鍵は、どう説明されるべきであろう。毛沼博士が眼を覚まして鍵をかけたとすると、その時にシュッシュッという音を発して、異様な臭気を発散しているガスの漏洩《ろうえい》に気がつかないであろうか。鍵を下すだけの頭の働きを持っている人がガスの激しい漏洩に気がつかない筈はないと思われる。然し、そうなると、鍵をかけようとした時に、ガス管を蹴飛ばして、ガスの洩れるのも知らないで寝て終うという事も、同じように考え悪《にく》い事になる。一体、酒に泥酔している絶頂では、知覚神経の麻痺によって、少し位の刺戟には無感覚のことはあり得る。あの場合、毛沼博士が寝室に独りで飛び込み、ストーブを蹴飛ばして、ゴム管を外《はず》し、それを知らないで、そのまま寝台に潜り込んで終うという事は起り得ないことはあるまい。

然し、一定時間睡眠をとれば、それが仮令《たとい》三十分乃至《ないし》一時間の短時間であっても、余ほど知覚神経の麻痺は回復するものだ。むしろ知覚神経の麻痺の回復によって、眼が覚めるという方が本当かも知れない。毛沼博士が一旦寝台に横《よこたわ》ってから、暫くして眼を覚ましたものとすると、もう余ほど酔が覚めているだろうから、ガス管を蹴飛ばしたり、ガスの漏洩に気がつかないという事はない筈だ。それに博士はそれほど泥酔はしておられなかった。現に洋服を脱いで寝衣に着かえるだけの気力があったのだし、私に「帰って呉れ給え」とちゃんといわれたのだから、人事不省とまでは行っていない。第一、それほどの泥酔だったら、朝までグッスリ寝込んで、眼は覚めない筈である。遅くとも一時までに一回起きて、寝室の扉に鍵を下されたということが、酔いが比較的浅かった事を示しているではないか。

考えても、考えても、考え切れぬ事である。循環小数のように、結局は元の振出しに戻って来るのだ。

ああ、私は早くこんな問題を忘れて終いたい！

ユーレカ！

だが、私は忘れることが出来なかった。呪わしい写真版よ、私はあんなものを見なければよかったのだ！

無論私は笠神博士をどうしようというのではない。それどころか、私は博士を師とも仰ぎ親とも頼み、心から尊敬し、心から愛着しているのだ。もし、博士を疑うものがあったら、私はどんな犠牲を払っても弁護したであろう。次第によったら生命だって投げ出していたかも知れぬ。それでいながら、私は博士に対する一抹の疑惑をどうすることも出来ないのだ。

私は疑惑というものが、どんなに執拗なものか、どんなに宿命的のものであるかを、つくづく嘆ぜざるを得なかった。よし笠神博士が実際に毛沼博士の寝室に忍び込まれたとしても、どんな恐ろしい目的を抱いておられた事が分ったとしても、私は笠神博士を告発しようなどという考えは毛頭ないのだ。仮りに博士がそういう場合に遭遇されたら、私は身代りにさえなりたいと思う。それでいながら、疑いはどうしても疑いとして消すことが出来ないのだった。私は知りたかった。どうかして、笠神博士の秘密が知りたかった。博士が毛沼博士の寝室へ忍び込まれた理由と、それからあの奇怪な脅迫状の秘密が知りたかった。

私は最早あの脅迫状が、笠神博士から毛沼博士に送られたものであることを疑わなかった。ドイツ語で書かれていた点といい、血液型を暗示するような記号が書かれていた点といい、笠神博士が毛沼博士の寝室から紛失した写真版を持っておられる点といい、笠神博士を除いては、あの脅迫状の送手はないと思うのだ。

両博士の間にはきっと何か秘密があるに違いない。それは恐らく、夫人との三角関係に基くものではないだろうか。そんな三角関係などは二十余年も以前の事で、上面《うわべ》は夙《と》うに清算されているようだが、きっと何か残っていたに違いないのだ。

恐ろしい疑惑！　私はどうかして忘れたいと、必死に努力したけれども、反って逆に益々気になって行くのだった。今は寝ても醒めても、そればかり考えるのだった。このままでは病気になって終うのではないかとさえ思うのだった。

私は今はもう私自身の力でどうかして、この恐ろしい疑惑を解かなければ、いら立つばかりで、何事も手につかないのだ。

敬愛している笠神博士の秘密を探るなぞという事は、考えて見ただけで不愉快な事であったが、私はそれをせずにはいられなかった。私は博士に気づかれるのを極力恐れながら、何気ない風で博士に問いかけたり、夫人にいろいろ話かけたりした。又、博士の過去の事を知っていそうな人に、それとなく探りを入れたりした。然し、私は殆ど得る所はなかった。

私は又、毛沼博士の変死の起った当夜の秘密をどうかして解こうと努力した。何といっても、根本的な不可解は、寝室の扉《ドア》が内側から鍵がかかっていたという点にあるのだ。私は無論新聞記事だけで満足している訳には行かぬ。私は度々毛沼博士邸にいた婆やに会って、その真実性を確かめた。婆やが確《かた》く証言する所によると、扉は間違いなく内側から鍵がかかっていたのだった。窓も勿論みんな内側から締りがしてあった。鍵は錠にちゃんと差し込んだままだったという。私は探偵小説に出て来るトリックを思い出した。外側から内側の鍵をかけるという事については、外国の探偵作家が、一生懸命に脳漿を絞って、二三の考案をしている。然し、それは可成実際に遠いもので、私が覚えている毛沼博士の扉について、更に委しく婆やの説明を聞くと、それらの作家の考案は決して当嵌《あてはま》らないのだった。毛沼博士が閉された密室で斃れていた事は、蔽うべからざる事実だった。警察当局が、ガス漏出による過失死と断じたのは、当然すぎる事だった。

だが、ガス管はいかにして外れたか。又、毛沼博士はどうしてそれに気づかなかったか。それから、ああ、あの忌わしい写真版はどうして笠神博士の手にあったか。

もし、このままの状態で進めば、私は全く気違いになるか、自殺するより他はなかったかも知れぬ。だが、私は幸運にもふとした発見によって、そうなることを免かれたのだった。

それは写真版を発見してから五日ばかり、つまり事件が起ってから二十日ばかり経った時だった。私は下宿に帰って、足がひどく汚れていたので、いつもと違って、台所の方から上った。その時に眼にふれたのは、普通にメートルと称しているガス計量器だった。赤く塗った箱形の乾式計量器であるが、之には大きなコックがついている。このコックを締めればどの部屋のガスも止って終うのだ。ガスストーブなんか使用していないこの下宿では、おかみさんが女中に喧《やかま》しくいって、毎夜寝る時に必ずこのコックを締めさせている。そうして置けば、過失によるガス漏洩なんかない訳で、安心していられるのだ。

然し、終夜ガスストーブを使用している場合には、このメートルのコックを締める訳には行かない。仮りに締めたとしたら、ストーブは消えて終う。

ここまで考えた時に、私は飛上った。黄金の王冠の真偽を鑑定すべく命ぜられたアルキメデスが、思案に余って湯に入った時に、ザッと湯の溢れるのを見て、ハッと思いついて、「ユーレカ、ユーレカ」と叫んで、湯から飛出したという故事は聞いていたが、今の私は確かにこの「ユーレカ」だった。

仮りにストーブに火がついている時に、メートルのコックを捻れば、火は消えるではないか、もう一度捻れば、ガスがドンドン噴出するではないか。頗る簡単な事だ。

笠神博士——には限らない。或る人間は、私や婆や達が毛沼博士の寝室にいる間に、そっと家の中に忍び込んで、息を凝らしている。私達が部屋を引上げるのを見すますと、先ず台所のガスメートルのコックを締める。それから寝室に這入る。それからガスストーブの管を抜く、その時には無論ガスの漏出は起らない。毛沼博士は何かの理由で眼が醒めて、起き上って扉に鍵を下す。その時にはストーブに火はついていないが、ガスも洩れていないから、博士は何にも気がつかずに、再び寝台に横になる。博士が再び眠りに落ちた時に或る人間は台所のメートルのコックを、元戻りに開ける。そうすれば、寝室内には盛んにガスが漏れるではないか。

この説明のうちに、やや不完全と思われるのは、博士が起き上って、扉に鍵を下すであろう事を、或る人間がどうして予期することが出来たか、又どうしてそれがなされた事を知ったかという事と、二度目に寝についた博士が、やがて起ったガスの漏出をどうして気がつかなかったかという事である。更に以前から残っている大きな疑問として、博士の死が何故僅々二時間足らずの間に起ったかという事があるが、この事実と今の後段の疑問とを結びつけて見ると、毛沼博士は恐らく、二度目に寝台に横わると、間もなく死亡し、その後でメートルのコックが開けられたものではないかと思える。瓦斯がいかにシューシュー音を立てて漏れても、既にその時に死んでいれば、気がつく筈がない。

そんな博士の死はどうして起ったか。それは簡単である。博士の死は一酸化炭素の中毒で起った事が、権威者によって、ちゃんと証明されている。だから、むろん一酸化炭素の中毒で死んだのに違いないのだ。だが、博士の死の起った時には、ガスの漏出は恐らく未だ始まっていなかったろうと考えられるし、よし始まっていたとしても、その総量に含まれる一酸化炭素の量は、致死量には遥かに不足していた。とすれば、二から一を引いて一になるように、一酸化炭素が別の方法で送られた事は、明白極ることである。

毛沼博士の死は密室に一酸化炭素を送ることによって遂げられたのだ。ガスストーブの管が外れ、ガスが漏出していたのは、博士の死が燃料ガス中の一酸化炭素によって遂げられたように誤解させるトリックなのだ。

所で、猛毒気体の一酸化炭素はどうして室内に送り込まれたか。ここで私は又重大な発見をした。それは当時ホンの僅かに脳裏を掠めた事に過ぎなかったのだが、その事実はふと適時に脳膜上に閃めいたのだ。

一酸化炭素の発生法はそんなにむずかしくはない。然し、それには装置が必要だし、硫酸のような劇薬も必要なら、加熱もしなければならない。他人の家へ忍び込んで、発生させる事は容易ではない。仮りにそれらの装置や薬品類を持込んだとして、密閉された部屋へ送ることは困難だ。少量で有効にする為には、犠牲者の近く、出来るなら鼻の辺に送らなければならないが、それには室外からゴム管を附けなくてはならない。天井裏に潜り込んでも、通風孔には細い目の金網が張ってあるから、ゴム管を垂らす余裕がない。それに空気より幾分軽い気体だから、上部から送るのでは、効果が薄い。

ガスを普通にボンベ或いはバムといわれる、鉄製の加圧容器に圧縮して入れて置けば、圧力が加っているから、室外から室内に送ることは可能だが、これとても、管を室内に入れているのでなくては、旨く目的は達せられぬ。その上に容器は厚い鉄で作ってあるから、非常に重くて、それを一人で持って、他人の家に忍び込むことは、先ず不可能である。

残る所は液化ガスだ。之ならばデュアー壜、俗に魔法壜というのに入れて行けば、持運びは頗る簡単だ。そうして、之なら天井の通風孔から垂らせば、床の上に落ちて、或いは落ちないうちに気化して、十分目的を達することが出来る。

只一酸化炭素の液化は非常に低温に於てのみ行われるので、（臨界温度零下一三九度沸点零下一九〇度である。）二酸化炭素と違って、普通には見られないのである。二酸化炭素即ち炭酸ガスと呼ばれている気体は、容易に液化出来るから、（臨界温度三一度、昇華点零下七九度である。）サイフォンといわれている家庭用炭酸水製造器に、拇指よりも小さいボンベに液状となって使用されている。けれども一酸化炭素も液化出来ない事はない。空気中一％を含んでも二分間で死ぬというのだから、純粋なものだったら、殆ど即座に死ぬだろう。

所で私が液化一酸化炭素に着眼したのは何故かというのに、事件の起った時に、警察署長と現場へ行ったが、そこで、署長とそれから私も、現場の寝台附近にあった絨氈《じゅうたん》が、直径一寸ばかりボロボロになった穴が開いていたのを認めた。それは一見焼け焦げのようで、それとは違っていた。液体空気の実験を見た者は誰でも知っている通り、液体空気の甚しい低温はそれに触れたものから急速に熱を奪い去るから、皮膚に触れれば火傷《やけど》のような現象を起し、ゴム毬《まり》などは陶器のように堅くなって、叩きつけるとコナゴナになって終う。

液化一酸化炭素はその低温の度は液体空気と大差ないから、仮りに絨氈の上に溢れたら、そこは必ずボロボロになるに違いない。当時はちっとも気がつかなかったが、ボロボロになった箇所は寝台の頭部に近く、天井の隅の通風孔の真下ではないが、極く近い下にあった。

それからもう一つ、当日手洗場《ウオツシユ・スタンド》の水が凍りついていたが、その朝は東京地方は稀な極寒だったので、その為に凍ったのだと、婆やが説明し、誰もその説明で満足したが、考えて見ると、その時は既に十時だったし、気温は可成上昇していたから、あの時まで凍結していたのは可笑しいのだ。手洗場は寝台の頭上の延長上にあり、通風孔は寝台の頭上と手洗場の中間に開いていたから、非常に低温な液化ガスが、気化するに際して、周囲から急激な熱を奪った為に、水が凍結したのだろうと考えられる。この場合は凍結の度が広範囲に及ぶから、潜熱の発散の為に、容易に元の状態に返らないだろう事は、十分考えられると思う。

以上の説明で不完全ながらも、犯行の方法は分ったと思う。

然し、犯人は何者か、犯罪の動機は、脅迫状の意味は、それから、犯人が寝室に這入って来てから、被害者が自ら立って、扉に鍵を下すまでの行動は？　そんな事は少しも分っていないのだ。解決したというのは、ホンの部分的なもので、疑問はそれからそれへと、いくらでもあるのだ。

私はやっぱり未だ苦しまなくてはならないのだ！

笠神博士の遺書

私は前に述べた発見をしてから、尚一週間ばかり苦しみ続けた。そうして、突如として笠神夫妻の自殺という、譬《たと》えようのない恐ろしい事実にぶつかって終ったのだ！

私はこの報せを聞いた時には全く一時失神状態になって終った。

笠神博士の遺書は公開のもの一通と、別に私に当てたものが一通あった。公開のものには、故あって夫妻で自殺するということと、遺産はすべて私に譲り、その代りに葬式其他死後の事は、一切私に依頼するということが書いてあった。

私に宛てたものは、一年間は絶対に公表してはならぬものであり、この話の冒頭に述べた通り、私は之を読んだ時に、直ぐさま博士夫妻の後を追うて、自殺しようと思ったのだった。然し、辛うじてそれを思い止り、博士夫妻の亡き跡を回向《えこう》しながら、苦しい一年間を送った。今や私はそれを発表しようとしている。この遺書が発表されたら、どんな影響を社会に与えるだろうか。私は再び新聞記者の群に取巻かれる事だろう。又私の両親はどう考えるだろう。それが私は恐ろしい。私は次に博士の遺書を掲げて、この物語を終ると共に、そっと誰にも知らさないで、どこかへ旅立つつもりだ。然し、私は博士の教えを堅く守って、決して、自殺などはしないだろう。

鵜澤憲一様

笠神静郎

あなたとは短い交際でしたけれども、心から親しむことが出来て、私はどんなに幸福だったでしょう。この点だけは、私は深く神に謝しております。さて、私は之から次に述べるような理由で、妻と一緒にあの世に旅立ちます。あなたはきっと悲しむでしょう。どんなに悲しむでしょうか。私はそれを一番恐れています。然し、あなたは前途有為の青年で、あなたの両親に対し、又私達夫妻に対し、国に対し、社会に対し、大きな責任を持っていることを自覚して下さい。私達夫妻は忌わしい運命の許に死を急がなければならないようになりましたが、私達はあなたが此の世に生残って呉れる事を、唯一の慰み、唯一の希望として死んで行くのです。くれぐれもお願いいたします。決して、無分別な考えを起してはなりません。私達夫妻の願いです。どうぞ、この点だけは堅く守って下さい。あなたが立派な人になって、私達夫妻の跡を弔って下されば、それこそ聖僧の何万巻の有難い読経《どきよう》にも勝るものです。

　さて、何から話していいでしょうか。あなたは私と毛沼博士との奇《く》しき因縁については、あら方御存じだと思います。二人はごく近い所に生れ、大学を卒業し教授となるまで、全く同じ道を通って来ました。あらゆる点に競争対手《あいて》だった事は、やがてお互の身を亡す原因になったのです。然し、之はお互いに運命づけられて来た事ですから、今更悔んでも仕方がありません。

　大学を出てから私達は一人の女性を中に置いて、必死の恋を争わなければなりませんでした。その女性が私の妻であることは、御存じの事だと思います。

　御承知の通り毛沼博士は非常に朗かで社交的で話上手です。私はあらゆる点で毛沼博士とは正反対です。恋を争う上に、私はどんなに不利であるか、お察し下さい。妻も一時は全く毛沼博士に眩惑されました。妻はその処女《おとめ》時代に、毛沼博士とは親しい友人のように、自由に交際していました。私は羨望と、嫉妬に身を顫わしながら、それをうち眺めているより仕方がなかったのです。が、やがて彼女は毛沼博士が必ずしも表面上に現われているような人物でないことを悟り始めました。毛沼博士は陰険な卑劣な頗る利己的な人間だったのです。妻は漸く彼から離れようとしました。そして或日危く重大な侮辱を受けそうになり、辛うじてそれから逃れて、もう再び毛沼博士に近づきませんでした。そうして、私達は間もなく結婚式を挙げました。

毛沼博士は表面上私達の結婚を喜んで呉れまして、贈物もするし、披露の席上では祝辞を述べて呉れました。私達は当時は彼がそんなに恐ろしい悪人とも思いませんでしたから、最早私達の事には、蟠《わだかま》りを持っていないものと考えていましたが、それは私達がお人好すぎるのでした。毛沼博士は私達の背後で爛々たる執念の眼を輝やかして、復讐の機会を覗《うかが》っていたのです。

　そんな事を夢にも知らない私達は、大へん幸福でした。妻は直ぐに妊娠して、結婚後一年経たないうちに、私達は可愛いい男児の親になっていました。

　私達の不幸はそれから三年経たないうちにやって来ました。御承知の通り私はその頃から血液型の研究を始めました。そして、恰度あなたがせられたように、私自身妻、子供の血液型を調べました。所が、私自身はＡ、妻はＯであるのに、子供はＢなのです。何度調べて見ても、その通りなのです。

　学問の上ではＡ型とＯ型からは絶対にＢ型が生じない事になっています。もし之に例外があるならば、すべての血液型に関する研究は無価値になり、最初からやり直さなければならないのです。所が、私の妻は他のどんな貞淑な妻よりも、更に貞淑であって、妻を疑うべき点は毛頭ありません。然し、私を父とし妻を母とするＢ型の子供は科学が許さないのです。

　私は悲しい哉、科学者でした。妻の見かけ上の貞淑を以って、科学の断案を覆すことは出来ませんでした。尤《もっと》も血液型の研究には未完成の所があり、絶対性があるとはいえないかも知れませんが、そうなると妻の貞淑にも絶対性はありません。譬《たと》えば妻の処女時代、又私が不在時、或いは外出時、それらのものに科学以上の絶対の信頼の置けないことは、自明の理であります。

私は煩悶しました。科学を信ずべきか、妻を信ずべきか。私は日に日に憂鬱になり、元から無口だった私は、一層無口になりました。私のなすべき事は唯一つです。それは血液型のより以上の研究です。もしその結果従来の定説を覆すことが出来れば、同時に妻の貞淑が消極的に立証される訳です。従来の定説が破れなければ、妻は不貞の烙印を押されるのです。毛沼博士との処女時代の深い交際、危く免かれた危難、早すぎる妊娠、そうして、ああ、毛沼博士の血液型はB型なのです。

私はいかに努力しても、妻に対して日に日によそよそしくなるのを禁ずることが出来ませんでした。私は唯気違い馬のように、只管《ひたすら》研究に没頭するばかりです。妻には無論血液型の事については一言も申しませんでした。妻は私がよそよそしくなったのは、私の本来の性格と、研究に熱心なる為と解していたと思います。彼女は私の冷い態度に反して、益々貞淑に仕えて呉れるのです。ああ、私は妻の貞淑が証明されるまで、次の子供を設けようとさえしませんでしたのに。

生れた子供は幸か不幸か十一の年に死にました。私はその不幸の子の為に、今こそ潸々《さんさん》と涙を注ぎます。可哀そうな子供、父の愛を少しも味わないで、淋しく死んで行った子。本当に哀れな子でした。

私の研究は進みました。然し、それは妻の貞淑を否定する材料ばかりです。ああ、二十年の永い間、夫婦でありながら夫婦でない夫婦、夫からは冷い眼で見られ、疑られながら、貞淑を尽し通した妻、何という可哀そうな女でしょう。だが、私も何と可哀そうな夫ではありませんか。

私達はこうして、尚十年も二十年も生きて行かなければならなかったのです、然し、天もいつまでも私達に無情ではありません。学生のうちにあなたが交っていたということは、私は只の偶然だとは思いません。もし只の偶然なら、あなたは他の学生と同じように、決して私に近づこうとしなかったでしょう。又血液型の研究を始めようと思ったり、自分自身や父母弟妹の血液型を定めようとはしなかったでしょう。すべては天意です。決して偶然ではありません。

ああ、忘れもしません。私の最初の驚愕、それはあなたが血液型を測定して、あなたのお父さんがB型でお母さんがO型、それにあなた自身がA型だという事を聞いた時です。私は念の為自分で測定して見ましたが、やはりその通りでした。

ですが、それにも増して驚いたのは、あなたがK病院の産室で生れたという事を聞いた時でした。そして、あなたの生年月日を調べた時の私の驚き、よくあの時に気が狂わなかった事だと思っています。

ここまで書けば最早お気づきでしょう。私の死んだ子供もK病院の産室で生れたのです。そうして、生年月日は全くあなたと同じです。私の死んだ子とあなたとは、同じ日に同じ所で生れたのです。

生れ立ての赤ン坊は性別以外に著しい特徴はありません。病院の産室では、往々取扱うものの不注意や思い違いから、取違えないとも限らないのです。それ故、病院では、着物に糸で印をつけたり、或いは番号を付したりしています。アメリカの大都市の産院ではこの間違いを防ぐ為に、初生児の指紋は取り悪《にく》いから、蹠紋を取ることにしています。そういう訳で、K病院でも、無闇に生れた子供を取違える訳はありません。そんな不注意や過失はないと思います。ですが故意にやることは防げません。

私達の子供を故意に取替えたもの、それはいわずと知れた毛沼博士です。それは何という無慈悲な惨酷な復讐でしょう。

私はあなたの血液型の事を聞き、K病院で生れた事、生年月日を知って、及ぶ限りの綿密な調査をしました。その結果確かに毛沼博士の憎むべき奸計《かんけい》であることが分ったのです。K病院では整形外科の手術室のすぐ前に産室があります。当時毛沼博士は整形外科の医員に友人があり、旨《うま》く頼み込んで、妻が出産をする前夜に、始終整形外科に出入していることが判明しました。それに私の死んだ児とあなたが元通りになれば、その結果は学問上の断案と何等矛盾しないようになるのです。

復讐の手段に事を欠いて、何という不徳な破倫な方法でしょう。それによって、私達夫妻はどんな苦しみを受けた事でしょう。そうして場合によっては、死ぬまでその苦しみを続けなければならなかったのです。彼に酬《むくい》るもの死以外には何ものもないではありませんか。

然し、漫然と彼を殺すことは意味のないことです。彼に何によって死を与えられるかということを十分知らさなければなりません。私は彼に私達の子供の生れた時を思い出さしめ、且つ血液型を暗示するような記号を書いた書面を送りました。それは確かに手答えがありました。

彼はひどくうろたえ始め、護身用のピストルを携帯したり、部屋に鍵を下したりするようになりました。彼は無言のうちに、非道の所為《しょい》を告白したのです。

あの夜私は彼の家の中に潜んでいて、あなたが帰られると、入れ違いに彼の部屋に這入って、或るトリックを瓦斯ストーブに加えました。その時にふと机の上の雑誌に眼がつき、その中の写真版を引ちぎったのは、浅墓《あさはか》な所為でした。その為に後であなたから疑われる結果になったのです。

ストーブにトリックを加えた後、私は徐《おもむ》ろに毛沼を揺り起しました。彼が眼を覚《さ》まして、ドキンとしながら、あわててピストルを取り上げようとした手を押えて、かつての日の彼の奸計を責め、近く復讐を遂げるぞと宣言し、彼がキョロキョロしている暇に忽ち部屋の外に出ました。彼は予期した通り声を上げて家人を呼ぶような事はなく、すぐに起上って、内部から鍵をかけました。之で私の思う壺です。彼が再び寝台に横たわるのを待ち、ある方法で毒ガスを送り、ストーブから燃料ガスを放出させました。委《くわ》しい殺害方法は書きたくありません。よろしく御推察下さい。私のトリックは成功しました。あなた以外誰一人とて死因を疑ったものはありません。過失によるガス中毒死という事になったのです。

私は最初、毛沼博士が暗黙のうちに卑劣な方法で私達を苦しめたのですから、暗黙のうちに復讐を加えて、知らぬ顔をしていようと思っていました。然し、やはり良心が許しませんでした。それに、あなたが気づいたらしい事が、大へん恐ろしかったのです。私はやはり自決することにしました。薄命な妻は私の話を聞いて、一緒に死にたいといいました。私は遂にそれを許しました。

私達夫妻の願いとして、生前一言あなたが私達の真の子供であると名乗りたかったのです。そして何回かそれをいいかけましたが、やはりいえませんでした。何故なら、私は縁あって私の子になったものに、あまりに冷かったのです。而《しか》もそれを亡くなして終いました。今あなたを私の子だなどといっては、あなたの御両親に相すみません。あなたの御両親はあなたを真の子供だと思って、慈しみお育てになったのです。私の見た所では、あなたは御両親にも、又弟妹の方達にもあまり似てはおられません。それにも関らず何の疑いもなく、愛育されたのです。私が疑い通し、悩み通したのと、どれほどの相違でしょうか。死んだ子供に対しつれなかっただけ、私はあなたの御両親に合わせる顔がありません。又、あなたを私達の子だといい張る勇気もないのです。

ではさようなら、最初にお願いして置いた事を呉々も忘れないように。立派なそうして正しい人間になって、幸福に暮して下さい。

（一九三四年六、七月号）

蛇男

角田喜久雄

角田喜久雄（つのだ・きくお）

一九〇六（明治三十九）年、横須賀《よこすか》に生まれ、東京・浅草《あさくさ》で育つ。東京府立三中在学中の二二（大正十一）年、「毛皮の外套を着た男」が「新趣味」の探偵小説募集で入選。二五年には、奥田野月《おくだのげつ》名義の「罠の罠」で「キング」の懸賞に入選した。さらに翌二六年、「サンデー毎日」の大衆文芸募集でも「発狂」が入選している。同年、最初の短編集『発狂』を刊行したときは、まだ東京高等工芸学校の学生だった。卒業して海軍水路部に入ると作品も減ったが、三五（昭和十）年、『妖棋伝』を発表すると、伝奇時代小説作家として注目され、『髑髏銭』『風雲将棋谷』と話題作を発表した。三九年に作家専業となっている。終戦直後から五年ほどは再び探偵小説に意欲的となり、『高木家の惨劇』『奇蹟のボレロ』といった本格長編で警視庁の加賀美《かがみ》捜査一課長を活躍させたほか、『歪んだ顔』『虹男』『黄昏の悪魔』などのサスペンス長編を発表した。その後は時代小説の長編が多く、探偵小説は短編となった。五八年、「笛吹けば人が死ぬ」で日本探偵作家クラブ賞を受賞している。一九九四年死去。

時代小説の作家として忙しくなりはじめた頃だったせいか、「ぷろふいる」には小説は一作のみで、ほかに短い随筆をいくつか発表しただけだった。

毎日、明けても暮れても、どんよりと沈んだ鉛色の空がおおいかぶさっていた。やっと、やんだと思った雨がまた何時《いつ》とはなしに降り出して、比重の大きな湿っぽい空気が、ちわちわと呼吸を圧迫するように、重苦しく街中を流れた。

この太陽に見放された、湿度の高い季節は私の健康にとって一番の苦手だった。灰色に塗りつぶされた街の空に、湯屋の煙突から薄黒い煙が有るか無し、真直ぐに立登っているのを見たり、工場のサイレンが妙にうるんで鈍く響くのを聞くと、もう私はいらいらして仕事など手につかなくなるのだった。そして――そんな日が一週間も続けば、まるで食欲も無くなって了《しま》うし、夜も殆んど眠れない時間が多くなって来てそんな時、じっと息をつめて見ると、自分の脳の何処《どこ》かにうようよ動いているらしいスピロヘータの蠢動《しゅんどう》が感じられた。

私の居るアパート――と云っても、場末の、貧民窟として有名なその町の中央にあった小さな施療病院をアパート風に改築したもので、それも改築後十年以上も経っている事と、すっかり古びて見すぼらしく朽ちた代物なのだが、その三階に物置場に隣《とな》ってたった二つある部屋の一つを私は借りていたのだ。六畳許《ばか》りの広さを病院らしい漆喰壁《しっくいかべ》が取囲んでいて、東向の小さな窓と、申訳ばかりの古畳を敷いた如何《いか》にも場末らしい見すぼらしい部屋だったが、私の仕事の重要な部門をしめる怪奇な空想や幻想を発酵させるにはうってつけの部屋だった。

だが、この季節になれば、その空想や幻想は軌道はずれに発展して了って、私の神経を、とめ度《ど》もなく刺戟するし、私はスピロヘータの幻影におびえながら自分の健康のこと許《ばか》り気使っていて、窓から向うの二階を覗くことにすら気おくれを感じるのだった。

アパートの隣は東京市の建築材料置場になっていた。高い黒塀をめぐらしてその中に砂や小石が積んであった。その空地五六間をへだてて向うに傾きかかった様な小さな二階家が黒塀から頭をつき出していた。

私は暇さえあればアパートの窓からその二階家の窓を眺めるのを楽しみにしていた。その窓からは時々浅子《あさこ》が顔を出して此方《こちら》に向かって微笑んで呉れたからだった。瞳の大きい色白の娘だったが如時《いっ》も淋しい表情を顔の何処かに漂わしていた。私はその病的にさえ見える淋しさに強く心を惹《ひ》かれた。だが—正直に云えば、私をもっと強く惹いたものは、浅子の失われた片脚だった。片脚のないうら若い娘を抱くことに私は奇異な快感を覚えたのだった。私の右手が、浅子の身体を愛撫している時、不図着物越しに中断されている太股にふれるようなことがあると、私はたまらない肉欲の衝動をさえ覚えた。

だが、私は、この季節になるともう窓から浅子の顔を覗くことにも気おくれを感じるのだった。どんよりと沈んだ、溝の底のような町の景色はたまらなく私の神経を高ぶらせた。然し、夜になると私は肺細胞を腐蝕しそうな悪臭の町へ降りて行って、酒場へと出かけて行くのだった。酒場に居る間丈《あいだだけ》は、雨も、灰色の空も、スピロヘータもまるで感覚の外にあった。
（酔える内は俺もまだ寿命があるのさ）
と、縄のれんを押分けて、逃込むように酒場へ飛込む毎《ごと》に私は思った。

酒樽を積んだ蔭に小さな卓子が一つあった。その席は私達の外に滅多に坐る者はなかった。私達――私は、つまり、その席に友達を持っていたのだ。その男は、奇妙にもまだ三十五六の年配としか思えないのに髪の色が真白で、後から見ると六十にも、七十にも見える。蒼白い皮膚の、一寸《ちょっと》役者とでも云いたいような整った容貌を持った男だった。彼は極めて無口で、黙って杯をふくんで黙って帰って行った。住居がどこか、何という名前か、私達はお互に知らないのだったが、それでも会わない晩は一寸淋しい気がしたし、顔を見れば酒がうまく飲めるような、気がした。私がそう云うと、彼も矢張りそうだ、と云うような返事をした。

彼は、うんとか、いやとか、そんな相槌を打つ以外殆んど口をきかなかったが、酔った私は独りで喋った。アパートのことや、浅子のことや、仕事のことなど、くどくどと繰返した。そして、酔ったまぎれに帰って寝るのだった。

けれども、矢っ張、眠れない晩が多かった。

×

浅子は母親とその家の二階に間がりしているのだが、母親が近所の工場へ掃除婦として勤めるようになってからは、私はよくその留守に浅子の所へ忍んで行った。浅子の部屋からはアパートの窓がすぐ其処に見えた。

雨が途切れても、四囲の空気は底知れず溜って重かった。にちにちした感覚がそこら中を這っていた。

寝転んだ私達の眼に垂れ下った空が鈍く光っていた。その時、何思ったか、浅子は真面目な顔を私に向けて、

「お隣へ誰か越して来たの？」と、そんな事を訊ねた。

「隣って……アパートの？」

「そう。あんたのお部屋のお隣へ？」

「とんでもない。あの部屋はここ幾年も棲み手が無いのさ」

「でも、二三日前、誰か越して来やしない？」

「そんなこと、あるもんか」

「でも……」

浅子は天井に眼をやり乍《なが》ら強情に何か考え込んでいた。

然し、それは浅子の考え違いに違いなかった。アパートの三階は物置の外に二部屋あって、その一部屋に私が住んでいる丈で、もう一つの部屋はずっと空いたままになっていた。この二三日、私は毎日部屋にいたが、隣室へ何者も越して来た気配など感じなかった。窓や扉の開いた音も、人の足音もまして人声も、何一つ耳にしたものはなかった。私は、強情《ごうじよう》に何か主張しようとしている浅子に、その事情を精《くわ》しく話して聞かせた。

然し、浅子は尚も疑わしげに私の視線を見返すのだった。そして、身体を起こすと、片足で

ぴょんぴょん跳びながら窓の所まで部屋を横切って行った。浅子が立つとやっと首が出る程の高さに窓があった。

浅子は窓から向うを眺めながら、口笛を吹いていた。

「得心がいったろう？」と、私が笑い乍ら云った。浅子はそれには答えず、相変らず口笛を続けていたが、その内、不図《ふと》黙り込んで了った。

「どうしたの？」と、私が訊ねた。私は窓枠につかまっている彼女の指先が大きく痙攣《けいれん》しているのを見た。

「ちょっと！」と、浅子が低い声で、まるで唸るように、鋭く叫んだ。私は直ぐ起き上って窓際まで行った。

然し、「あ！」と押しつぶされたような悲鳴をあげ乍ら、浅子が私の腕へ倒れ込んで来たのがそれと同時だった。

「どうしたんだ！」

「窓を！」

片手で眼をおおいながら、嗄《しゃが》れ声で叫んだ浅子を、私は突放すようにして窓際に立った。

閉じられた、アパートの窓が二つあった。私の部屋のと、その隣室のと――。

窓硝子が蒼白く空の色をてり返して、まるで空《うつろ》な巨人の両眼のように見えた。アパートの脱落した漆喰の外壁とそれに連らなる陰鬱な空とがあった。

「何が、どうしたってんだい？」

私はからかわれたように、一寸《ちょっと》舌打ちした。

然し、浅子は顔をおおったまま、身体を震わせていた。

「どうしたの？　何ともないじゃないか？」

「本当に!!」

浅子はきっと顔をあげて、私を睨みつけるようにした。

「でも、帰って、よく調べて見るといいわ」

「何かあったの？　誰かいたの？」

「うん。ううん……」

浅子はあいまいに云って、そのまま黙りこんで了った。

蒼《あお》ざめて、唇をふるわせながら、恐怖におののいている娘の姿に、私の気持はとめどなく憂鬱の中に落ちこんで行って了った。

×

何かがあった。

何かが動いていた。

何かの気配が漆喰の白壁を透かして滲み出て来た。

それは、恰《あたか》も影のように、恰も空気のように、とらえ所もなく、音もなく、然《しか》し、動いていた。

それは最早、私の感覚が悟り得た事実だった。私は二日も三日も自分の部屋に閉じこもったまま、全神経を隣室に向けて集中していたのだ。

それは驚くべき存在だった。それ程の注意を以てしても、而《しか》も通常の感覚には何等感じ得ない「何か」であった。然し、その存在はもはや否定し得ない所だった。

私は、自分の猟奇《りょうき》癖《ぐせ》から蒐集しておいた数多くの鍵の中から隣室の合鍵を見出し、そっとその扉を開いたのだ。部屋は空だったが、畳の上は掃除されて、「何か」がその上に起居している事を物語っていた。そして、その次に私の感じたものは部屋に充満していた異臭だった。名状しがたいその悪臭はまるで鼻孔を突き刺すように刺戟した。眼や皮膚にまで滲《にじ》み透るようだった。

私の記憶は忽《たちま》ちその悪臭から妖しい連想を展開しようとした。飛び散った血、斬り裂かれた肉片、蒼黒く腐《ただ》れた内臓、群がる蒼蠅《あおばえ》の羽音——そして、その上に押しかぶるようにのろのろと動いている形のない「何か」の気配。

だが、その連想は単に私の病的な恐怖心の所産許りとは云えないのだった。何故ならば、私はその時一隅の半開きになった押入の中に群かえっている昆虫の羽音を実際に聞いたからだった。その上、その羽音の取巻いている物体——無造作に抛《ほう》り込まれたみかん箱の周縁からはみ出しているその蒼白い物体が何であるか。私の唯一の科学的素養である博物学から云えば、明らかにそれは哺乳動物の骨片でなければならなかった。

それが、硝子《がらす》窓と、分厚い扉と、漆喰の壁に取囲まれた空間の押包んでいた秘密だったのだ。

×

「何か」が居るのだった。

「何か」が動いていた。

それは、恰《あたか》も空気のように、恰も影のように、捕え所もなく、音もなく、然し、確に存在して動いているのだ。

私の研ぎすまされた感覚は、最早、その気配が、空気のように部屋から出入し、時には私の部屋の前に立ちどまる事のあるのをさえ明瞭に感じた。

又、私の聴覚は隣室で突発する。音のない動物の悲鳴を聞いたし、嗅覚は漆喰の壁を透かして滲み出してくる動物質の腐蝕臭さえも嗅ぎとった。

私はアパートの管理人である老婆にその事実を説明して、その部屋の借主の正体を知ろうとつとめた。然し、因業《いんごう》な老婆は、私の顔を睨みつけるようにして、

「夢を見て妙な噂を立ててお呉れでないよ。金さえ払やァ誰にだって貸すんだから。それよりやお前さん、自分が追払われないように部屋代の始末をするんだね」

と逆《さか》ねじを喰わせた丈だった。

×

遂に、私は隣室の声を聞いた。

怪しいメロディをもった口笛も聞いた。

更に、恐怖すべき事実があった。私は、それに気がついた時、小半日も戦慄《せんりつ》がとまらない程の恐怖にうたれた。

眼に見えぬ手まねきだった。私の科学から説明すれば動物催眠力とでも云うべきものであろうか。

首に鎖をつけて引き寄せるような引力だった。

遂《つい》に私の注意力がそれを看破した時の恐怖を表現すべき筆を私は持っていない。犬も猫も鼠も、或いは多分人間も、その力にその方角へ惹きずられて行くのだった。些《いささ》かの抵抗も無く、些かの音もなく、何時とはなしに、そう云う動物の影が、その窓から、扉から消えて行くのだった。それは信じがたい事かも知れないが、もはや事実に違いなかった。

浅子のここ十数日中に起った肉体的、又精神的変化の強さが私の精神を高ぶらせた。彼女は、あれ以来、再びその窓から顔を見せるようなことはなかった。あの時の恐怖の原因については固く口をつぐんで何としても話そうとはしないのだったが、仕舞《しまい》には私にその原因がはっきり解って来るような気がした。

浅子は夜も昼も何かにおびえたように身をすくめていて、次第《しだい》に会うことすら避ける風を見せるようになった。私はそこに、浅子に働きかけている何かの、眼に見えぬ力を感じた。否、それ計《ばか》りではない。その「何か」の、名状《めいじょう》しがたい力が軈《やが》て、私自身にまでおおいかぶさろうとしているのに気付く時が来たのだった。私は懸命にその力と闘ってそれをはね返そうと努力した。

×

最後の手段を思い浮べた。

湿度と恐怖の重圧が、とうとう私を其処まで追いつめて了ったのだ。

それは、私達の到達すべき避けがたい運命のように思われた。

×

其の夜酒場へ行くと、私は必要以上に酒をとった。内臓の隅々にまで滲込《しみこ》んで了った恐怖と、頭の中で次第に発酵しようとしている最後の計画との重圧から一時的に逃避しようとするためだった。然《しか》し、酔うと、私の口は閉じたままでは居なかった。私の、声をひそめてくどくどと繰返した述懐《じゅつかい》のあとで、私の前にむっつりと坐っていた白髪の酒友がぽつりと口を切った。

「貴方は蛇男と云うのを御存じですか？」

「蛇男？　知りません。一体、そりゃ、何ですか？」

「哀れな変質者ですよ。生れながら異常食嗜を持った男なんです。子供の頃から生きた昆虫類を好んで喰うのですな。その変質を助長したのが香具師《やし》です。残酷な指導によって彼が一人前に成人した頃はもう救う事の出来ぬ完全な変質者になって居たんです。生きた昆虫や哺乳動物を公衆の面前で喰って見せるのが彼の渡世《とせい》でした。其の後彼はその香具師の許から脱走して行方不明になったと聞いていますが……」

「そ、それです。その男に違いない」

　私は酔いも一時にさめる思いで白髪男の顔を見た。

「私は蛇男と暫《しばら》く一緒に暮した事がある……」

　彼は眼をとじて呟くように云った。

「蛇男は恐しい力を持っています。恐しい男です。それに、山がみが強くて、一寸した事にも必ず復讐します。貴方が、今話されたような事を彼が耳にしたら……貴方、私は忠告しますが……」

「貴方は蛇男と一緒に暮した事がおありなんですか？　どう云う御関係なんですか？　宜《よろ》しかったら、もっとその男のことを聞かせて下さいませんか？」

だが、白髪男は黙って微《かすか》に首を振るばかりだった。

「いや、やる。私はやってやる。そんな奴、社会の害虫だ」

私は強く云ったが、そのまま両手の中に顔を埋めて了った酔の薄らぐと一緒に、恐怖が加速度的に身体中に拡がって来たのだった。

暫く沈黙が続いたが、軈《やが》て、白髪の酒友は立上ると、

「アリバイを作るなら、証人になってあげますよ」

と、ぽつり云い残して、とぼとぼと去って行った。

×

アリバイ！　その一言は私の決心を確定せしめる最後の暗示となったのだ。

私の手にはその部屋の合鍵と細縄とがあった。

私の周囲には暗闇があった。

私は既に目的物から数尺の位置にあった。私の聴覚は人間の寝息を聞きとっていた。私は今や絶対的有利な位置にあるのだ。手を伸ばせばその呼吸に触れる事が出来るのだ。

私は縄を握り直すとその呼吸の上へのしかかるようにして全身の力をふり絞った。生温《なまぬる》いまるで女のそれのような軟かい細い首だ。痙攣《けいれん》がその皮膚から私の指先に伝わって、それが段々と弱く消えて行った。

私は、壁の高い位置にある筈の釘を手探りに探りあてるとそれへ縄の一端を引懸けて力一杯に引いた。非常に大仕事ではあったが、自殺をよそおわせる為には、是非必要な事柄だった。

万事終った筈だった。然し、私は立去ることが出来なかった。何故かそうさせない或る力を感じたのだ。全身流れるような汗だった。

と、ゆらりと、部屋の空気が動いた。動いて、それは、私の背後を流れるようにかすめて行った。私はぎょッとした。扉の隙間から黒いものがふわりと表へ抜け出したようだった。私はぞっとしながら、然し、その正体を見極めるためにすぐそのあとを追って部屋を出た。

階段を音もなく、とぼとぼと降りて行く男の姿があった。白髪頭の老人のように見える後姿だった。しかし、その男は、階段を降り切ると、立ちどまって、一寸私の方を振り仰いだ。

（先刻分れた計りの白髪の酒友だ！）

私は息をひいたまま、化石したように、音もなく消えて行くその男の後姿を凝視した。

（どうしたんだ⁉）

私は反射的に部屋の方を見た。開け放たれた扉の向うに、廊下から流込む光線をうけて、私の心臓を凍らせるようなものが浮かび上って見えた。漆喰壁に張りつくように、長々と垂れ下った蒼白い片足があった。

(壁から下っている浅子！)

私は突然襲われた激しい全身の戦慄に、よろめき倒れようとして廊下の壁へ獅噛《しが》みついた。

突然、唯訳もなくとめ度《ど》のない涙が流れ出した。

その時、慌だしく階段を駈け上ってくる足音を聞いた。正服の警官と管理人の老婆だった。

「どうしたのさ、一体？」

老婆は階段を昇り乍ら私の顔をじろじろ見て云った。

「三階で女の悲鳴がしたってじゃないか？」

二人は階段を昇り切ると、

「きっとこの部屋で御座いましょう。旦那」

「誰か住んどるのかね？」

「いいえ、貴方。前の人が一昨日引越して了ってから空いたままになっているんですよ」

そう話し乍ら、私の傍をすり抜けて、その部屋へ這入って行った。

私の頭は狂いかけ、思考力はまるで失われて了っていた。私は、陰鬱《いんうつ》な灰色の空高く積み上げられて行く私のための絞首台を脳裡《のうり》に描きながら、然し、奇妙なことに、当然そうなるべきことがそうなったものだというあきらめと、ここ幾日にも味わった事のない安堵《あんど》とを感じ始めていた。

（一九三五年十二月号）

木魂《すだま》

夢野久作

夢野久作（ゆめの・きゅうさく）

一八八九（明治二十二）年、福岡市生まれ。本名・杉山泰道《すぎやまたいどう》。父は国士として知られた杉山茂丸《しげまる》で、近衛師団歩兵少尉、農園経営、謡曲教師、九州日報《きゅうしゅうにっぽう》記者など紆余曲折ののち九州で創作活動にはいる。一九二二（大正十一）年、杉山萠円《ほうえん》名義で童話『白髪小僧』を刊行。二六年、「あやかしの鼓」が「新青年」の懸賞小説に二等入選し、探偵作家としてデビューする。さらに「瓶詰地獄」「押絵の奇蹟」「氷の涯」などのユニークな作品を発表。三五（昭和十）年には、十年余り推敲を重ねた千枚を超す大作『ドグラ・マグラ』を刊行して注目された。幻魔怪奇探偵小説と謳《うた》われていたこの大長編の評価はなかなか容易ではないが、戦前の探偵小説を語るには欠かせない作品である。そのほか『犬神博士』「巡査辞職」「人間腸詰」など多彩な作品を発表したものの、一九三六年、上京中に急死した。

「ぷろふいる」には、「木魂」「白くれない」などの短編のほか、猟奇歌と称した独自の作品を数多く発表している。三二年十二月から死の直前まで、ほとんど毎号掲載されていた。また、「良心・第一義」と「芝居狂冒険」は遺稿として掲載されたものである。

木《す》魂《だま》
夢野久作

……俺はどうしてコンナ処に立ち佇《ど》まって居るのだろう……踏切線路の中央に突立って、自分の足下をボンヤリ見詰めて居るのだろう……汽車が来たら轢《ひ》き殺されるかも知れないのに……。

そう気が付くと同時に彼は、今にも汽車に轢かれそうな不吉な予感を、背中一面にゾクゾクと感じた。霜で真白になって居る軌条の左右をキョロキョロと見まわした。それから度の強い近眼鏡の視線を今一度自分の足下に落すと、霜混りの泥と、枯葉にまみれた兵隊靴で、半分腐りかかった踏切板をコツンコツンと蹴ってみた。それから汗じみた教員の制帽を冠り直して、古ぼけた詰襟《つめえり》の上衣の上から羊羹《ようかん》色の釣鐘マントを引っかけ直しながら、タッタ今通り抜けて来た枯木林の向うに透いて見える自分の家の亜鉛《トタン》屋根を振り返った。

……一体俺は、今の今まで何を考えて居たのだろう……。

彼は此頃《このごろ》、持病の不眠症が嵩じた結果、頭が非常に悪くなって居る事を自覚して居た。殊《こと》に昨日は正午過ぎから寒さがグングン締まって来て、トテモ眠れそうに無いと思われたので、飲めもしない酒を買って来て、ホンの五勺ばかり冷のまま飲んで眠ったせいか、今朝になってみると特別に頭がフラフラして、シクンシクンと痛むような重苦しさを脳髄の中心に感じて居るのであった。その頭を絞るように彼は、薄い眉をグット引寄せながら、爪先に粘り付いている赤い泥を凝視《みつめ》た。

……おかしいぞ。今朝は俺の頭がヨッポドどうかして居るらしいぞ……。

……俺は今朝、あの枯木林の中の亜鉛葺の一軒屋の中で、いつもの通りに自炊の後始末をして、野良犬が這入《はい》らない様にチャンと戸締りをして、此処まで出かけて来たことは来たに相違ないのだが、しかし、それから今までの間じゅう、俺は何を考えて居たのだろう。……何か知らトテモ重大な問題を一生懸命に考え詰めながら、此処まで来た様な気もするが……おかしいな。今となってみると其の重大な問題の内容を一つも思い出せなくなって居る……。

……おかしい……おかしい……。何にしても今朝はアタマが変テコだ。こんな調子では又、午後の時間に居眠りをして、無邪気な生徒たちに笑われるかも知れないぞ……。

彼はそんな事を取越苦労しいしい上衣の内ポケットから大きな銀時計を出してみると、七時四十分キッカリになって居た。

彼は其の8の処に固まり合って居る二本の針と、チッチッチッチッと回転して居る秒針とを無意識にヂーッと見比べて居た……が……やがて如何にも淋しそうな……自分自身を嘲《あざけ》るような微苦笑を、度の強い近眼鏡の下に痙攣《けいれん》させた。

……ナーンだ。馬鹿馬鹿しい。何でも無いじゃないか。

……俺は今学校に出かける途中なんだ。……今朝は学校が始まる前に、調べ残しの教案を見て置かなければならないと思って、午後の時間の睡《ね》むいのを覚悟の前で、三十分ばかり早めに出て来たのだ。しかも学校まではまだ五基米《キロ》以上あるのだから、愚図愚図すると時間の余裕が無くなるかも知れない……だから俺は此処に立佇まって考えて居たのだ。国道へ出て本通りを行こうか、それとも近道の線路伝いにしようかと迷いながら突立って居たものでは無いか……。

……ナーンだ。何でも無いじゃないか……。

そうだ。とにかく鉄道線路を行こう。線路を行けば学校まで一直線で、せいぜい三基米ぐらいしか無いのだから、こころもち急ぎさえすれば二十分ぐらいの節約は訳なく出来る……そうだ……鉄道線路を行こう……。

彼はそう思い思い今一度ニンマリと青黒い、髯だらけの微苦笑をした。三角形に膨らんだボクスの古靴を、左手にシッカリと抱き締めながら、白い踏切板の上から半身を傾けて、やはり霜を被って居る線路の枕木の上へ、兵隊靴の片足を踏み出しかけた。

……が……又、ハッと気が付いて踏み留まった。

彼はそのまま右手をソット額に当てた。その掌で近眼鏡の上を蔽うて、何事かを祈るように、頭をガックリとうなだれた。

彼は、彼自身がタッタ今、鉄道踏切の中央に立佇まっていたホントの理由を、ヤット思い出したのであった。そうして彼を無意識のうちに踏切板の中央へ釘付けにしていた、或る「不吉な予感」を今一度ハッキリと感じたのであった。

彼は今朝眼を醒まして、あたたかい夜具の中から、冷たい空気の中へ頭を突き出すと同時に、二日酔らしいタマラナイ頭の痛みを感じながら起き上ったのであったが、又、それと同時に、その頭の片隅で……俺はきょうこそ間違いなく汽車に轢き殺されるのだぞ……と云った様なハッキリした、気味の悪い予感を感じながら、冷たい筧《かけい》の水でシミジミと顔を洗ったのであった。それから大急ぎで湯を湧かして、昨夜の残りの冷飯を掻込んで、これも昨夜のままの泥靴をそのまま穿いて、アルミの弁当箱を詰めた黒い鞄を抱え直し直し、落葉まじりの霜の廃道を、此の踏切板の上まで辿って来たのであったが、そこで真白い霜に包まれた踏切板の上に、自分の重たい泥靴がベタリと落ちた音を耳にすると、その一刹那に今一度、そうした不吉な、ハッキリした予感と、その予感に脅やかされつつある彼の全生涯とを、非常な急速度で頭の中に回転させたのであった。そうして其のまま踏切を横切って、大急ぎで国道を回ろうか。それとも思い切って鉄道線路を伝って行こうかと思い迷いながらも、なおも石像の様に考え込んで居る自分自身の姿を眼の前に幻視しつつ、そうした気味の悪い予感に襲われるようになった、そのソモソモの不可思議な因縁を考え出そう出そうと努力して居るのであった。

彼がこうした不可思議な心理現象に襲われ始めたのは昨日今日の事では無かった。

昨年の正月から二月へかけて彼は、最愛の妻と一人子を追い継ぎに亡くしたのであったが、それからと云うものは彼は殆んど毎朝のように……きょうこそ……今日こそ間違いなく汽車に轢き殺される……と云った様な、奇妙にハッキリした予感を受け続けて来たものであった。しかし、それでも其のたんびに頭の単純な彼は、一種の宿命的な気持ちを含んだ真剣な不安に襲われながらも、踏切の線路を横切るたんびに、恐る恐る左右を見まわし見まわし、国道伝いに往復したせいであったろう。夕方になると、そんな不安な感じをケロリと忘れて、何事もなく山の中の一軒屋に帰って来るのであった。そうして無けなしの副食物《おかず》と鍋飯で、貧しい夕食を済ますと、心の底からホッとした、一日の苦労を忘れた気持ちになって、彼が生涯の楽しみにしている「小学算術教科書」の編纂に取りかかるのであった。

しかし彼は、そうした不思議な心理現象に襲われる原因を、彼自身の神経衰弱のせいとは決して思っていなかった。むしろ彼が子供の時分から持っている一種特別の心理的な敏感さが、こうした神秘的な予感の感受性にまで変化して来たものと思い込んでいた。

……という理由は、ほかでも無かった。

彼は、そうした意味で彼自身が、一種特別の奇妙な感受性の持主に相違ない……と信じ得る色々な不思議な経験を、十分……十二分に持っていたからであった。

彼は元来、年老いた両親の一人息子で、生れ付きの虚弱児童であったばかりでなく、一種の風変りな、孤独を好む性質《たち》であったので、学校に行っても他の生徒と遊び戯れた事なぞは殆んど無かった。其の代りに学校の成績はいつも優等で、腕白連中に憎まれたり、いじめられたりする場合が多かったので、学校が済んで級長の仕事が片付くと、逃げる様に家に帰って、門口から一歩も外に出ない様な状態であった。

けれども極く稀にはタッタ一人で外に出ることも無いではなかった。それは何時《いつ》でも極く天気のいい日に限られて居て、行く先も山の中にきまり切っていた。……という理由は外でも無い。彼は生れつき山の中が性に合って居るらしいので、現在でもわざわざ学校から懸け離れた山の中の一軒屋に住んで、不自由な自炊生活をして居る位であるが、こうした彼の孤独好きの性癖は既に既に、彼の少年時代から現われて居たのであろう。青い空の下にクッキリと浮き上った山々の木立を、お縁側から眺めていると、子供心に呼びかけられる様な気持ちになった。一方に彼の両親も亦、引っこみ勝ちな彼の健康の為に良いとでも思ったのであろう。そんな時には喜んで外出を許して呉れたので、彼は中学校の算術教程とか、四則三千題とか云った様なものを一二冊ふところに入れて、近所の悪たれどもの眼を避けながら、程近い郊外を山の方へ出かけたものであった。

それは十や十一の子供としてはマセ過ぎた散歩であったが、それでも山好きの彼に取っては、此上も無い楽しみに違い無かった。彼はそうした散歩のお蔭で、そこいらの山の中の小径という小径を一本残らず記憶《おぼ》え込んでしまっていた。何処にはアケビの蔓《つる》があって、何処には山の芋が埋まって居る。人間の顔によく似た大岩が何処の藪《やぶ》の中に在って、二股になった幹の間から桜の木を生やした大榎はどこの池の縁《ふち》に立って居るという事まで一々知っていたのは恐らく村中で彼一人であったろう。

ところで彼は、そんな山歩きの途中で、雑木林の中なんぞに、思いがけない空地を発見する事がよくあった。それは大抵、一反歩か二反歩ぐらいの広さの四角い草原で、多分屋敷か、畠の跡だろうと思われる平地であったが、立木や何かに蔽われて居る為に幾度も幾度も近まわりをウロ付きながら、永い事気付かずに居る様な空地であった。そのまん中に立ちながら、そこいら中をキョロキョロ見まわして居ると、山という山、丘という丘が、どこまでもシイーンと重なり合っていて、彼を取囲む立木の一本一本が、彼をジィッと見守って居る様に思われて来る。足の下の枯葉がプチプチと微《かす》かな音を立てて、何となく薄気味が悪くなる位であった。

　そんな処を見付けると彼は大喜びで、その空地の中央の枯草に寝ころんで、大好きな数学の本を拡げて、六ケ《むつか》しい問題の解き方を考えるのであった。むろん鉛筆もノートも無しに空間で考えるので、解き方がわかると、あとは暗算で答を出すだけであったが、両親から呼ばれる気づかいは無いし、隣近所の物音も聞こえないのだから、頭の中が硝子の様に澄み切って来るそれにつれて家ではどうしても解けなかった問題が、スラスラと他愛もなく解けて行くので、彼はトテモ愉快な気持ちになって時間の経つのを忘れて居ることが多かった。

　ところが、そんな風に数学の問題に頭を突込んで一心になって居る時に限って、思いもかけない背後《うしろ》の方から、ハッキリした声で……オイ……と呼びかける声が聞こえて、彼をビックリさせる事がよくあった。それは、むろん父親の声でもなければ先生の声でも、友達の声でも無い。誰の声だか全くわからなかったが、しかし非常にハッキリして居た事だけは事実であった。ダシヌケに大きな声で……ウオイ……と云う風に……。だから彼はビックリして跳ね起き乍《なが》ら振り返ってみると誰も居ない。雑木林がカーッと西日に輝いて、鳥の声一つ聞こえないのであった。

　それは実に不思議な、神秘的な心理現象であった。最初のうち彼は、そんな声を聞くたんびに髪の毛がザワザワとしたものであったが、しかし、それは一時的の神経作用と云った様なものでは無かったらしく、其後も同じ様な……又は似た様な体験を幾度となく繰返したので、彼はスッカリ慣れっこになってしまったのであった。

彼が、やはり数学の問題を考え考えしながら、山の中の細道を何処までも何処までも歩いて行くと、いつからともなく向うの方から五六人か七八人位の人数でガヤガヤと話しながら、こっちの方へ来る声が聞こえ始める。むろん其の道が一本道になっていることを彼は知って居るし、遣って来る連中は大人に違い無いのだから、其の連中に行遭ったら、道傍の羊歯《しだ》の中へでも避けて遣る気で、やはり数学の問題を考え考え一本道を近付いて行くと、不思議なことに何処まで行っても其の話声の主人公の大人たちに行き遭わない。何だか可笑《おか》しい。変だな……と思ううちに、其の細い一本道はおしまいになって、広い広い田圃を見晴らした国道の途中か何かにヒョッコリ出てしまうのであった。ちょうど向うから来て居た大勢の人間が、途中で虚空に消え失せた様な気持ちであった。

それは決して気のせいでも無ければ神経作用とも思えなかった。たしかに、そんな声が聞こえるのであった。ちょうど一心に考え詰めて居る此方の暗い気持と正反対の、明るいハッキリした声が聞こえて来るので、気にかけるともなく気にかけて居ると、そのうちに何かしらハッと気が付くと同時に、その声もフッツリと消え失せるような場合が非常に多いのであった。

しかし元来が風変りな子供であった彼は、そんな不可思議現象を、ソックリ其のまま不可思議現象として受入れて、山に行くのを気味悪がったり、又は両親や他人に話して聞かせる様な事は一度もしなかった。そのうちに大きくなったら解る事と思って、自分一人の秘密にしたまま、忘れるともなく次から次に忘れていた。そうして彼は、それから後、中学から高等学校を経て、大学から大学院まで行ったのであるが、そのうちに彼の両親は死んでしまった。それから妻のキセ子を貰ったり、太郎《たろう》という長男が生まれたり、又は学士から、小学教員になり度《た》いというので、色々と面倒な手続きをして、ヤットの思いで現在の小学校に奉職する事が出来たりしたものであったが、それ迄の間というもの学校の図書館や、人通りの無い国道や、放課後の教室の中なぞでも、幾度となくソンナような知らない声から呼びかけられる経験を繰返したのであった。

しかし彼は、そんな体験を他人に話したことは依然として一度も無かった。ただ其うちにだんだんと年を取って来るにつれて、時々そんな事実にぶつかるたんびに、いくらかずつ気味が悪くなって来たことは事実であった。……こんな体験を持って居る人間は事に依ると俺ばかりじゃ無いかしらん。……他人がこんな不思議な体験をした話を、聞いたり読んだりした事が、今までに一度も無いのは何故だろう。……俺は小さい時から一種の精神異常者に生れ付いて居るのじゃ無いか知らん……なぞと内々で気を付けるようになったものである。

ところが、そのうちに、ちょうど十二三年ばかり前の結婚当時の事、宿直の退屈凌《たいくつしの》ぎに、学校の図書館に這入り込んで、室の隅に積み重ねて在る「心霊界」という薄ッペラな雑誌を手に取りながら読むともなく読んで居ると、思いがけもなく自分の体験にピッタリし過ぎる位ピッタリした学説を発見したので、彼はドキンとする程驚かされたものであった。

それは旧露西亜《ロシア》のモスコー大学に属する心霊界の非売雑誌に発表された新学説の抄訳紹介で

「自分の魂に呼びかけられる実例」と題する論文であったが、それを読んでみると、正体の無い声に呼びかけられた者は決して彼一人で無いことがわかった。

「……何にも雑音の聞こえない密室の中とか、風の無い、シンとした山の中なぞで、或る事を一心に考え詰めたり、何かに気を取られたりして居る人間は、色々な不思議な声を聞くことが、よくあるものである。現にウラルの或る地方では『木魂に呼びかけられると三年経たぬうちに死ぬ』という伝説が固く信じられて居る位であるが、しかも其の『スダマ』、もしくは『主の無い声』の正体を、心霊学の研究にかけてみると何でも無い。それは自分の霊魂が、自分に呼びかける声に外ならないのである。

すなわち一切の人間の性格は、ちょうど代数の因子分解と同様な方式で説明出来るものである。換言すれば一個の人間の性格というものは、その先祖代々から伝わった色々な根性……もしくは魂の相乗積に外ならないので、たとえば（A^2-B^2）という性格は（$A+B$）という父親の性格と（$A-B$）という母親の性格が遺伝したものの相乗積に外ならない……と考えられる様なものである。ところで其の（A^2-B^2）という全性格の中でも（$A-B$）という一因子《ワンファクター》……換言すれば母親から遺伝した、たとえば『数学好き』という魂が、その（$A-B$）的傾向……すなわち数学の研究欲に凝り固まって、何処までも他の魂の存在を無視して、超越して行こうとする様な事があると、アトに取り残された（$A+B$）という魂が、一人ポッチで遊離したまま、徐々と、又は突然に一種の不安定的な心霊作用を起して（$A-B$）に呼びかける……つまり一時的に片寄った（$A-B$）的性格を（$A+B$）の方向へ呼び戻して、以前の全性格（A^2-B^2）の飽和状態に立ち帰らせるべくモーションをかけるのだ。その魂の呼びかけが、そっくり其のまま声となって錯覚されるので、その声が普通の鼓膜から来た声よりもズット深い意識にまで感じられて、人を驚かせ、怪しませるのは当然のことでなければならぬ」と云った様な論法で、生物の外見の上に現われる遺伝が、組合式、一列式、並列式、又は等比、等差なぞ云う数理的な配合によって行われて居る処から説き始めて、精神、もしくは性格、習慣なぞ云う心霊関係の遺伝も同様に、生理的の原則によって行われて居る事実にまで、幾多の犯罪者の家系を実例に挙げて説き及ぼして居る。それから天才と狂人、幽霊現象、千里眼、予言者なぞ云う高等数学的な心理の分解現象の実例を、詳細に亘って数理的に説明して在ったが、其の中でも特別に彼がタタキ付けられた一節は、普通人と、天才と、狂人の心理分解の状態を、それぞれ数理的に比較研究する前提として掲げてある、次のような解説であった。

「……天才とか狂人とか云うものは詰まるところ、そうした自分の性格の中の色々な因子の中の或る一つか二つかを、ハッキリと遊離させる力が意識的、もしくは無意識的（病的）に強い人間を指して云うので、天才が狂人に近いという俗説も、斯様《かよう》に観察して来ると、極めて合理的に説明されて来るのである。……太陽を描いて発狂したゴホや、モナ・リザの肖像を見て気が変になった数名の画家なぞは其の好適例である。すなわち自分の魂を其の絵に傾注し過ぎて、モトの通りのシックリした性格に返れなくなったので、その結果スッカリ分裂して遊離してしまった個々別々の自分の魂から、夜も昼も呼びかけられる様になってしまったのだ。

……又、ベクリンと云う画伯は、自分に呼びかける自分の魂の姿を、骸骨がバイオリンを弾いている姿に描きあらわして不朽の名を残したものである。

……又、これを普通人の例に取って見ると、身体が弱かったり、年を老《と》って死期が近付いたりした人間は、認識の帰納力とか意識の総合力とか云った様な中心主力《ドミナント》が弱って来る結果、意識の自然分解作用がポツポツあらわれ始める。時々、何処からか自分の声に呼びかけられる様になる。だから身体が弱かった場合か、又は相当年を老った人間で、正体の無い声に呼びかけられる様な事があったならば、自分の死期の近づいた事に就いて慎重なる考慮をめぐらすべきである」云々……。

此の論文の一節を読んだ時に彼は、思わずゾッとして首を縮めさせられた。生れ付き虚弱な上に、天才的な、極度に気の弱い性格を持っている彼が、そうした不可思議な現象に襲われる習慣を持っているのは、当然過ぎる位当然な事と思わせられた。そうしてそれ以来、普通人よりも天才とか狂人とか云う者の頭の方が合理的に動いて居るものでは無いか知らんと、中心から疑い出す一方に、時折り彼に呼びかける其の声が、果して自分の声だかどうだかを、的確に聞き分けて遣ろうと思って、ショッチュウ心掛けて居たものであった。

ところが、ここに又一つの奇蹟が現われた……と云うのは外でも無い。其の本を読んでからと云うもの、彼はどうしたものか、一度もそんな声にぶつからなくなってしまった事であった。ちょうど正体を看破された幽霊か何ぞの様に、自分に呼びかける自分の声が、ピッタリと姿を見せなくなったので、此の七八年と云うもの彼は忘れるとも無しにソノ「自分に呼びかける自分の声」のことを忘れてしまって居た。もっとも此の七八年というもの彼は、所帯を持ったり、子供は出来たりで、好きな数学の研究に没頭して、自分の魂を遊離させる機会が些《すく》なかったせいかも知れなかったが……。

ところが又、其後になって、彼の妻と子供が死んで、ホントウの一人ポッチになってしまうと、不思議にも今云った様な心理現象が又もやハッキリと現われ出して、彼を驚かし始めたのであった。のみならず其の声が彼にとっては実にたまらない、身を切る様な痛切な形式でもって襲いかかりはじめたので、彼はモウ其の声に徹底的にタタキ付けられてしまって、息も吐《つ》かれない眼に会わせられることになったのであるが、しかも、そんな事になった其のソモソモの因縁を彼自身によくよく考え回してみると、それはどうやら彼の亡くなった妻の、異常な性格から発端して来て居るらしく思われたのであった。

彼の亡くなった妻のキセ子というのは元来、彼の住んで居る村の村長の娘で、此の界隈には珍らしい女学校卒業の才媛であったが、容貌は勿論のこと、気質までもが尋常一様の変り方では無かった。彼が堂々たる銀時計の学士様で居ながら、小学校の生徒に数学を教え度《た》いのが一パイで、無理やりに自分の故郷の小学校に奉職して居るのに、その横合いから又、無理やりに彼の意気組に共鳴して、一所になる位の女だったので、ただ子供に対する愛情だけが普通と変って居ないのが、寧ろ不思議な位のものであった。つまり極度にヒステリックな変態的女丈夫とでも形容されそうな型の女であったが、それだけに又、自分の身体が重い肺病に罹っても、亭主の彼に苦労をかけまいとして、無理に無理を押し通して立働いていたばかりでなく、昨年の正月に血を喀《は》いてたおれた時にも、死ぬが死ぬまで意識の混濁を見せなかったものである。ちょうど十一になった太郎《たろう》の頭を撫でながら、弱々しい透きとおった声で

「……太郎や。お前はね。これからお父さんの云付けを、よく守らなくてはいけないよ。お前がお父さんの仰言《おっしゃ》る事を肯《き》かなかったりすると、お母さんがチャンと何処からか見て悲しんで居りますよ。お父さんが、いつもよく仰言る通りに、どんなに学校が遅くなっても鉄道線路なんぞを歩いてはいけませんよ」

なんかと冗談の様な口調で云い聞かせながら、微笑しいしい息を引き取ったもので、それはシッカリした立派な臨終であった。

彼はだから其の母親が死ぬと間もなく、お通夜の晩に、忘れ形見の太郎を引き寄せて、涙ながらに固い約束をしたものであった。

「……これから決して鉄道線路を歩かない事にしような。お前はよく友達に誘われると、イヤとも云い兼ねて、一所に線路伝いをして居る様だが、あんな事は絶対に止める事に仕様じゃ無いか。いいかい。お父さんも決して鉄道線路に足を踏み入れないからナ……」

と云った様なことをクドクドと云い聞かせたのであった。その時には太郎もシクシク泣いて居たが、元来柔順な児だったので、何のコダワリもなく彼の言葉を受け入れて、心からうなずいて居た様であった。

それから後というものは彼は毎日、昔の通りに自炊をして、太郎を一足先に学校へ送り出した。それから自分自身は跡片付を済ますと大急ぎで支度を整えて、吾児の後を逐《お》う様にして学

校へ出かけるのであったが、それがいつも遅れ勝ちだったので、よく線路伝いに学校へ駈け付けたものであった。

けれども太郎は生れ付きの柔順さで、正直に母親の遺言を守って、いくら友達に誘われても線路を歩かなかったらしく、毎日毎日国道の泥やホコリで、下駄や足袋を台なしにしていた。一方に彼は、いつもそうした太郎の正直さを見るにつけて……これは無論、俺が悪い。俺が悪いにきまっているのだ。だけど学校は遠いし、余計な仕事は持って居るしで、モトモト自炊の経験はあったにしても、その上に母親の役目と、女房の仕事が二つ、新しく加わった訳だから、登校の時間が遅れるのは止むを得ない。だから線路を通るのは万止むを得ないのだ……なぞと云った様な云い訳を毎日毎日心の中で繰り返して居るのであった。当ても無い妻の霊に対して、おんなじ様な詫びごとを繰返し繰返し良心の呵責を胡麻化《ごまか》して居るのであった。ところが天罰覿面《てんばってきめん》とは此事であったろうか。こうした彼の不正直さが根こそげ曝露する時機が来た。しかし後から考えると其時の出来事が、後に彼の愛児を惨死させた間接の……イヤ……直接の原因になって居るとしか思われない、意外千万の出来事が起って、非常な打撃を彼に与えたのであった。

それはやはり去年の正月の大寒中で、妻の三七日が済んだ翌《あく》る日の事であったが……………………………………。

……此処まで考え続けて来た彼は、チョット鞄を抱え直しながら、もう一度そこいらをキョロキョロと見まわした。

そこは線路が、此辺一帯を蔽うて居る涯てしもない雑木林の間の空地に出てから間も無い処に在る小川の暗渠《あんきょ》の上で、殆んど干上りかかった鉄気水《かなけみず》の流れが、枯葦の間の処々にトラホームの瞳に似た微《かす》かな光りを放っていた。その暗渠の上を通り越すと彼は、いつの間にか線路の上に歩み出している彼自身を怪《あや》しみもせずに、今まで考え続けて来た彼自身の過去の記憶を今一度、シンシンと沁み渡る頭の痛みと重ね合わせて、チラチラと思い出しつづけたのであった。そのチラチラの中には純粋な彼自身の主観もあれば、彼の想像から来た彼自身に対する客観もあった。暖かい他人の同情の言葉もあれば、彼の行動を批判する彼自身の冷たい正義観念も交って居たが、要するにそんなような種々雑多な印象や記憶の断片や残滓が、早くも考え疲れに疲れた彼の頭の中で、暈《ぼ》かしになったり、大うつしになったり、又は二重、絞り、切組、逆戻り、トリック、モンタージュの千変万化をつくして、或は構成派のような、未来派のような、又は印象派のような場面をゴチャゴチャに渦巻きめぐらしつつ、次から次へと変化し、進展し始めたのであった。そうして彼自身が意識し得なかった彼自身の手で、彼のタッタ一人の愛児を惨死に陥れて、彼をホントウの一人ポッチにしてしまうべく、不可抗的な運命を彼自身に編み出させて行った不可思議な或る力の作用を今一度、数学の解式のようにアリアリと展開し始めたのであった。

それは大寒中には珍らしく暖かい、お天気のいい午後のことであった。

彼は二三日前から風邪を引いていて、其日も朝から頭が重かったので、いつもの通り夕方近くまで居残って学校の仕事をする気がどうしても出なかった。だから放課後一時間ばかりも経つと、やはり、何かの用事で居残っていた校長や同僚に挨拶をしいしい、生徒の答案を一パイに詰めた黒い鞄を抱え直して、トボトボと校門を出たのであった。

ところで校門を出てポプラの並んだ広い道を左に曲ると、彼の住んで居る山懐の傾斜の下まで、海岸伝いに大きな半円を描いた国道に出るのであったが、しかし、その国道を迂回して帰るのが、彼に取っては何よりも不愉快であった。……と云うのは距離が遠くなるばかりでなく、此頃著しく数を増した乗合自動車やトラック、又は海岸の別荘地に出這入りする高級車の砂ホコリを後から後から浴びせられたり、又は彼を知って居る教え子の親たちや何かに出会ってお辞儀をさせられるたんびに、彼の頭の中にフンダンに浮かんで居る数学的な瞑想を破られるのが、実にたまらない苦痛だからであった。

ところが之に反して校門を出てから、草の間の狭い道をコッソリと右に曲ると、すぐに小さな杉森の中に這入って、その蔭に在る駅近くの踏切に出る事が出来た。其処から線路伝いに四五町ほど続いた高い掘割の間を通り抜けると、百分の一内外の傾斜線路を殆んど一直線に、自分の家の真下に在る枯木林の中の踏切まで行けるので、その途中の大部分は枯木林に蔽われてしまって居たから、誰にも見付かる気遣いが無いのであった。

ところで又、彼はその校門の横の杉森を出て、線路の横の赤土道に足を踏み入れると同時に、はるか一里ばかり向うの山蔭に在る自分の家と、そこに待っているであろう妻子の事を思い出すのが習慣のようになって居た。その習慣は去年の正月に彼の妻が死んだ後までも、以前と同じ様に引続いて居たのであったが、しかし彼は、その愚かな心の習慣を打消そうとは決してしなかった。むしろそれが自分だけに許された悲しい権利ででもあるかの様に、ツイ此間まで立ち働いて居た妻の病《や》み窶《やつ》れた姿や、現在、先に帰って待って居るであろう吾児の元気のいい姿を、それからそれへと眼の前に彷彿《ほうふつ》させるのであった。山番小舎のトボトボと鳴る筧の前で、勝気な眼を光らして米を磨いで居る妻の横顔や、自分の姿が枯木立の間から現われるのを待ち兼ねた様に両手を差し上げて、

「オーイ。お父さーン」

　と呼びかける頰ペタの赤い太郎の顔や、その太郎が汲込んで燃やし付けた孫風呂の煙が、山の斜面を切れ切れに這い上って行く形なぞを、過去と現在と重ね合わせて頭の中に描き出すのであった。もっとも時折は、黒い風の様な列車の轟音を遣り過したあとで、枕木の上に立ち止まって、バットの半分に火を点けながら、

……又きょうも、おんなじ事を考えて居るな。イクラ考えたって、おんなじ事を……。

と自分で自分の心を冷笑した事もあった。そうして四十を越してから妻を亡くした見窶《みすぼ》らしい自分自身の姿が、こころもち前屈みになって歩いて行く姿を、二三十間向うの線路の上に、幻覚的に描き出しながらも……。

……もっともだ。もっともだ。そうした儚《はか》ない追憶に耽るのは、お前の為に取残されて居るタッタ一つの悲しい特権なのだ。お前以外に、お前のそうした痛々しい追憶を冷笑し得る者が何処に居るのだ……

と云い度いような、一種の憤慨に似た誇りをさえ感じつつ、眼の中を熱くする事もあった。そうして全国の小学児童に代数や幾何の面白さを習得さすべく、彼自身の貴い経験によって、心血を傾けて編纂しつつある「小学算術教科書」が思い通りに全国の津々浦々にまで普及した嬉しさや、さては又、県視学の眼の前で、複雑な高次方程式に属する四則雑題を見事に解いた教え子の無邪気な笑い顔などを思い出しつつ……云い知れぬ喜びや悲しみに交る交る満たされつつ、口にしたバットの火が消えたのも忘れて行く事が多いのであった。

「……オトウサン……」

という声をツイ耳の傍で聞いた様に思ったのはソンナ時であった……。

「………」

ハッと気が付いてみると彼は、其の日も何時の間にか平生の習慣通りに、線路伝いに来ていて、ちょうど長い長い掘割の真中あたりに近い枕木の上に立佇って居るのであった。彼のすぐ横には白ペンキ塗の信号柱が、白地に黒線の這入った横木を傾けて、下り列車が近付いて居る事を暗示して居たが、しかし人影らしいものは何処にも見当らなかった。ただ彼のみすぼらしい姿を左右から挟んだ、高い高い掘割の上半分に、傾いた冬の日がアカアカと照り映えているその又上に、鋼鉄色の澄み切った空がズーッと線路の向うの、山の向う側まで傾き蔽《おお》うているばかりであった。

そんな様な景色を見まわして居るうちに彼は、ゆくりなくも彼の子供時代からの体験を思い出していた。

……もしや今のは自分の魂が、自分を呼んだのではあるまいか。……お父さん……と呼んだ様に思ったのは、自分の聞き違いでは無かったろうか……と云った様な考えを一瞬間、頭の中に回転させながら、キョロキョロと其処《そこ》いらを見まわしていた。……が、やがてその視線がフッと左手の掘割の高い高い一角に止まると、彼は又もハッとばかり固くなってしまった。

彼の頭の上を遥かに圧して切り立っている掘割の西側には、更にモウ一段高く、国道沿いの堤《どて》があった。その堤の上に最前から突立って見下して居たらしい小さな、黒い人影が見えたが、彼の顔が其の方向に向き直ると間もなく、その小さい影はモウ一度、一生懸命の甲高い声で呼びかけた。

「……お父さアーん……」

其の声の反響がまだ消えないうちに彼は、カンニングを発見された生徒のように真赤になってしまった。……線路を歩いてはいけないよ……と云い聞かせた自分の言葉を一瞬間に思い出しつつ、わななく指先でバットの吸いさしを抓《つま》み捨てた。そうして返事の声を咽喉《のど》に詰まらせつつ、辛うじて顔だけ笑って見せて居ると、そのうちに、又も甲高い声が上から落ちて来た。

「お父さアン。きょうはねえ。残って先生のお手伝いして来たんですよオ——。書取りの点をつけてねえ……居たんですよオ——……」

彼はヤットの思いで少しばかりうなずいた。そうして吾児が入学以来ズット引続いて級長をして居ることを、今更ながら気が付いた。同時にその太郎が時々担当の教師に残されて、採点の手伝いをさせられる事があるので……ソンナ時は成るたけ連れ立って帰ろうね……と約束していた事までも思い出した彼は、どうする事も出来ないタマラナイ面目なさに縛られつつ、辛うじて阿弥陀になった帽子を引直しただけであった。

「……オトウサーアアーンン……降りて行きましょうかアア……」

という中に太郎は堤の上をズンズン此方の方へ引返して来た。

「イヤ……俺が登って行く……」

狼狽した彼はシャガレた声でこう叫ぶと、一足飛びに線路の横の溝を飛び越えて、重たい鞄を抱え直した。四十五度以上の急斜面に植え付けられた芝草の上を、一生懸命に攀《よ》じ登《のぼ》り始めたのであった。

それは労働に慣れない彼に取っては実に死ぬ程の苦しい体験であった。振返るさえ恐しい三丈あまりの急斜面を、足首の固い兵隊靴の爪先と、片手の力を頼りにして匐《は》い登って行くうちに、彼は早くも膝頭がガクガクになる程疲れてしまった。崖の中途に乱生した冷たい草の株を摑むたんびに、右手の指先の感覚がズンズン消え失せて行くのを彼は自覚した。反対に彼の顔は流るる汗と水涕《なみだ》に汚れ噎《む》せて、呼吸が詰まりそうになるのを、どうする事も出来ないながらに、彼は子供の手前を考えて、大急ぎに斜面を登るべく、息も吐《つ》かれぬ努力を続けなければならなかった。

……これは子供に唾を吐いた罰だ。子供に禁じた事を、親が犯した報いだ。だからコンナ責苦に遭うのだ……。

と云った様な、切ない、情けない、息苦しい考えで一杯になりながら、上を見る暇もなく斜面に縋り付いて行くうちに、疲れ切ってブラブラになった足首が、兵隊靴を踏み返して、全身が草の様にブラ下がったままキリキリと回転しかけた事が二三度あった。その瞬間に彼は、眼も遥かな下の線路に大の字形にタタキ付けられて居る彼自身の死骸を見下したかの様に、魂のドン底までも縮み上らせられたのであったが、それでもなお死物狂いの努力で踏みこたえつつ大切な鞄を抱え直さなければならなかった。

「あぶない。お父さん……お父さアン……」

と叫ぶ太郎の声を、すぐ頭の上で聞きながら……。

……堤の上に登ったら、直ぐに太郎を抱き締めて遣ろう。気の済むまで謝罪《あやま》って遣ろう……。

そうして家に帰ったら、妻の位牌の前でモウ一度あやまって遣ろう……。

そう思い詰め思い詰め急斜面の地獄を匐い登って来た彼は……しかし……平たい、固い、砂利だらけの国道の上に吾児と並んで立つと、もうソンナ元気は愚かなこと、口を利く力さえ尽き果てて居ることに気が付いた。薄い西日を前にして大浪を打つ動悸と呼吸の嵐の中にあらゆる意識力がバラバラになって、グルグルと渦巻いて吹き散らされて行くのをジィーッと凝視《みつ》めて佇んで居るうちに、眼の前の薄黄色い光りの中で、無数の灰色の斑点がユラユラチラチラと明滅するのを感じていた。それからヤット気を取り直して、太郎に鞄を渡しながら、幽霊のようにヒョロヒョロと歩き出した時の心細かったこと……。そのうちに全身を濡れ流れた汗が冷え切ってしまって、タマラナイ悪寒《おかん》がゾクゾクと背筋を這いまわり始めた時の情なかったこと……。

彼は山の中の一軒屋に帰ると、何もかも太郎に投げ任せたまま直ぐに床を取って寝た。そうして其の晩から彼は四十度以上の高い熱を出して重態の肺炎に喘ぎつつ、夢うつつの幾日かを送らなければならなかった。

彼は其の夢うつつの何日目かに、眼の色を変えて駈け付けて来た同僚の橋本《はしもと》訓導の顔付を記憶していた。その後から駈け付けて来た巡査や、医者や、村長さんや、区長さんや、近い界隈の百姓たちの只事ならぬ緊張した表情を不思議なほどハッキリ記憶して居た。のみならず夫《そ》れが太郎の死を知らせに来た人々で……。

「コンナ大層な病人に、屍体を見せてええか悪いか」

「知らせたら病気に障《さわ》りはせんか」

と云った様な事を、土間の暗い処でヒソヒソと相談して居る事実や何かまでも、慥《たし》かに察して居るには居た。けれども彼は別に驚きも悲しみもしなかった。おおかた夫れは彼の意識が高熱の為に朦朧状態に陥っていたせいであろう。ただ夢のように……。

……そうかなあ……太郎は死んだのかな……俺も一所に彼《あ》の世へ行くのかなあ……。

と思いつつ、別に悲しいという気もしないまま、生ぬるい涙をあとからあとから流しているばかりであった。

それからもう一つ其の翌《あく》る日のこと……かどうかよくわからないが、ウッスリ眼を醒ました彼は囁やく様な声で話し合っている女の声をツイ枕元の近くで聞いた。ちょうどランプの芯が極度に小さくして在ったので、其処が自分の家であったかどうかすら判然《はっきり》しなかったが、多分介抱の為に付添っていた、近くの部落のお神さん達か何かであったろう。

「……ホンニまあ。坊ちゃんは、ちょうど彼《あ》の掘割のまん中の信号の下でなあ……」

「……マアなあ……お父さんの病気が気にかかったかしてなあ……先生に隠れて鉄道づたいに近道さっしゃったもんじゃろうて皆云い御座るげなが……」

「……まあ。可愛そうになあ……。あの雨風の中になあ……」

「それでなあ。とうとう坊ちゃんの顔はお父さんに見せずに火葬してしもうたて、なあ……」

「……何と云う、むごい事かいなあ……」

「そんでなあ……先生が寝付かっしゃってから、このかた毎日坊ちゃんに御飯をば喰べさせよった学校の小使いの婆さんがなあ。代られるもんなら代ろうがて云うてなあ。自分の孫が死んだばしのごと歎いてなあ……」

　あとはスッスッと云う啜《すす》り泣きの声が聞こえるばかりであったが、彼はそれでも別段に気に止めなかった。そうした言葉の意味を考える力も無いままに又もうとうとしかけたのであった。

「橋本先生も云うて御座ったけんどなあ。お父さんもモウ此のまま死んで終《しま》わっしゃった方が幸福かも知れんち云うてなあ……」

　と云ったようなボソボソ話を聞くともなく耳に止めながら……自分が死んだ報知を聞いて、口をアングリと開いたまま、眼をパチパチさせて居る人々の顔と、向い合って微笑しながら……。

けれども其のうちに、さしもの大熱が奇蹟的に引いてしまうと、彼は一時、放神状態に陥ってしまった。和尚《おしょう》さんがお経を読みに来ても知らん顔をして縁側に腰をかけて居たり、妻の生家から見舞いの為に配達させて居た豆乳を一本も飲まなかったりしていたが、それでも学校に出る事だけは忘れなかったと見えて、体力が出て来ると間もなく、何の予告もしないまま、黒い鞄を抱え込んでコツコツと登校し始めたのであった。

教員室の連中は皆驚いた。見違えるほど窶れ果てた顔に、著しく白髪の殖《は》えた無精髯を蓬々と生やした彼の相恰《そうこう》を振り返りつつ、互いに眼と眼を見交した。その中にも同僚の橋本訓導は、真先に椅子から離れて駈け寄って来て、彼の肩に両手をかけながら声を潤ませた。

「……ど……どうしたんだ君は。……シシ……シッカリして呉れ給え……」

眼をしばたたきながら、椅子から立ち上った校長も、その横合いから彼に近付いて来た。

「……どうか充分に休んで呉れ給え。吾々や父兄は勿論のこと、学務課でも皆、非常に同情して居るのだから……」

と赤ん坊を諭すように背中を撫でまわしたのであったが、しかしそんな親切や同情が彼には、ちっとも通じないらしかった。ただ分厚い近眼鏡の下から、白い眼でジロリと教室の内部を見回しただけで、そのまま自分の椅子に腰を卸すと、彼の補欠をしていた末席の教員を招き寄せて学科の引継を受けた。そうして乞食の様に見窶らしくなった先生の姿に驚いている生徒たちに向かって、ポツポツと講義を始めたのであった。

それから午後になって教員室の連中から
「無理もない」
と云う様な眼付きで見送られながら校門を出ると其のまま右に曲って、生徒たちが見送って居るのも構わずにサッサと線路を伝い始めたのであった。……又も以前の通りの思出を繰返しつつ……自分の帰りを待って居るであろう妻子の姿を、木の間隠れの一軒屋の中に描き出しつつ……。

彼はそれから後、来る日も来る日もそうした昔の習慣を判で捺した様に繰返し始めたのであったが、しかし其の中にはタッタ一つ以前と違って居る事があった。それは学校を出てから間もない掘割の中程に立っている白いシグナルの下まで来ると、おきまりの様にチョット立止まって見る事であった。

彼はそうして其処いらをジロジロと見回しながら、吾児の轢かれた遺跡らしいものを探し出そうとする積りらしかったが、既に幾度も幾度も雨風に洗い流された後なので、そんな形跡は何処にも発見される筈が無かった。

しかし、それでも彼は毎日毎日、そんな事を繰り返す器械か何ぞの様に、おんなじ処に立ち佇まって、くり返しくり返しおんなじ処を見まわしたので、そこいらに横たわって居る数本の枕木の木目や節穴、砂利の一粒一粒の重なり合い、又はその近まわりに生えて居る芝草や、野茨の枝ぶりまでも、家に帰って寝る時に、夜具の中でアリアリと思い出し得るほど明確に記憶してしまった。そうして彼はドンナニ外の考えで夢中になって居る時でも、シグナルの其のあたりへ来ると、殆んど無意識に立佇まって、そこいらを一渡り見まわした後でなければ、一歩も先へ進めない様にスッカリ癖づけられてしまったのであった……何故そこに立佇まって居るのか、自分自身でも解らないままに、暗い暗い、淋しい淋しい気持ちになって、狃染《なじ》みの深い石ころの形や、枕木の切口の恰好や、軌条の継目の間隔を、一つ一つにジーッと見守らなければ気が済まないのであった……。

「お父さん」

というハッキリした声が聞こえたのは、ちょうど彼がそうして居る時であった。

彼は其の声を聞くや否や、電気に打たれたようにハッと首を縮めた。無意識のうちに眼をシッカリと閉じながら、肩をすぼめて固くなったが、やがて又、静かに眼を見開いて、オズオズと左手の高い処を見上げた。寂しい霜枯れの草に蔽われた赤土の斜面と、その上に立って居る小さな、黒い人影を予想しながら……。

ところが現在、彼の眼の前に展開して居る掘割の内側は、そんな予想と丸で違った光景をあらわして居た。見渡す限り草も木も、燃え立つ様な若緑に蔽われて居て、色とりどりの春の花が、巨大な左右の土の斜面の上を、涯《は》てしもなく群がり輝やき、流れ漾《ただよ》い、乱れ咲いていた。線路の向うの自分の家を包む山の斜面の中程には、散り残った山桜が白々と重なり合っていた。朗《うら》らかに晴れ静まった青空には、洋紅色《ローズマダー》の幻想をほのめかす白い雲がほのぼのとゆらめき渡って、遠く近くに呼びかわす雲雀《ひばり》の声や、頬白の声さえも和やかであった。……その中の何処にも吾児らしい声は聞こえない……何処の物蔭にも太郎らしい姿は発見されない……全く意外千万な眩ぶしさと、華やかさに満ち満ちた世界のまん中に、昔のまんまの見窶らしい彼自身の姿を、タッタ一つポツネンと発見した彼……。

……彼が其時に、どんなに奇妙な声を立てて泣き出したか……それから、どんなに正体もなく泣き濡れつつ線路の上をよろめいて、山の中の一軒屋へ帰って行ったか……そうして自分の家に帰り着くや否や、箪笥の上に飾ってある妻子の位牌の前に這いずりまわり、転がりまわりつつ、どんなに大きな声をあげて泣き崩れたか……心ゆくまで泣いては詫び、あやまっては慟《どう》哭《こく》したか……。そうして暫くしてからヤット正気付いた彼が、見る人も、聞く人も無い一軒屋の中で、そうして居る自分の恰好の見っともなさを、気付き過ぎる程気付きながらも、ちっとも恥かしいと思わなかったばかりでなく、もっともっと自分を恥かしめ、苛《さい》なみ苦しめて呉れ……と云うように、白木の位牌を二つながら抱き締めて、どんなに頬ずりをして、接吻しつつ、あこがれ歎いたことか……。

「……おお……キセ子……キセ子……俺が悪かった。重々悪かった。堪忍……堪忍してくれ……おおっ。太郎……太郎太郎。お父さんが……お父さんが悪かった。モウ……もう決して、お父さんは線路を通りません……通りません。……カ……堪忍して……堪忍して下さアアア――イ……」

と声の涸れるほど繰返し繰返し叫び続けたことか……。

彼は依然として枯木林の間の霜の線路を渡りつづけながら、その時の自分の姿をマザマザと眼の前に凝視した。その瞼の内側が自ずと熱くなって、何とも云えない息苦しい塊まりが、咽《の》喉《ど》の奥から、鼻の穴の奥の方へギクギクとコミ上げて来るのを自覚しながら……。

「……アッハッハ……」

と不意に足の下で笑う声がしたので、彼は飛び上らんばかりに驚いた。思わず二三歩走り出しながらギックリと立ち佇まって、汗ばんだ額を撫で上げつつ線路の前後を大急ぎで見まわしたが、勿論、そこいらに人間が寝ている筈は無かった。薄霜を帯びた枕木と濡れたレールの連続が、やはり白い霜を冠った礫《こいし》の大群の上に重なり合っているばかりであった。

彼の左右には相も変らぬ枯木林が、奥もわからぬ程立ち並んで、黄色く光る曇り日の下に灰色の梢を煙らせて居た。そうして其の間をモウすこし行くと、見晴らしのいい高い線路に出る白い標識柱《レベル》の前にピッタリと立佇《たちど》まって居る彼自身を発見したのであった。

「……シマッタ……」

と彼はその時口の中でつぶやいた。……あれだけ位牌の前で誓ったのに……済まない事をした……と心の中で思っても見た。けれども最早取返しの付かない処まで来て居る事に気が付くと、シッカリと奥歯を噛み締めて眼を閉じた。

それから彼は又も、片手をソッと額に当てながら今一度、背後を振り返ってみた。此処まで伝って来た線路の光景と、今まで考え続けて来た事柄を、逆にさかのぼって考え出そうと努力した。あれだけ真剣に誓い固めた約束を、それから一年近くも過ぎ去った今朝に限って、こんなに訳もなく破ってしまった其のそもそもの発端の動機を思い出そうと焦燥《あせ》ったが、しかし、それはモウ十年も昔の事のように彼の記憶から遠ざかっていて、何処をドンナ風に歩いて来たか……何時の間に帽子を後ろ向きに冠り換えたか……鞄を右手に持ち直したかという事すら考え出すことが出来なかった。ただズット以前の習慣通りに、鞄を持ち換え持ち換え線路を伝って、此処まで来たに違い無い事が推測されるだけであった。……しかし其の代りに、たった今ダシヌケに足の下で笑ったものの正体が彼自身にわかりかけた様に思ったので、自分の背後の枕木の一つ一つを念を入れて踏み付けながら引返し始めた。すると間もなく彼の立佇まって居た処から四五本目の、古い枕木の一方が、彼の体重を支え兼ねてグイグイと砂利の中へ傾き込んだ。その拍子に他の一端が持ち上って軌条の下縁とスレ合いながら……ガガガ……と音を立てたのであった。

彼は其の音を聞くと同時に、タッタ今の笑い声の正体がわかったので、ホッと安心して溜息を吐いた。それにつれて気が弛んだらしく、頭の毛が一本一本にザワザワザワとして、身体中にゾヨゾヨと鳥肌が出来かかったが、彼はそれを打消すように肩を強くゆすり上げた。黒い鞄を二三度左右に持ち換えて、切れる様に冷たくなった耳朶《みみたぶ》をコスリまわした。それから鼻息の露に濡れた胡麻塩髯を撫でまわして、歪みかけた釣鐘マントの襟をゆすり直すと、又も、スタスタと学校の方へ線路を伝い始めた。いつも踏切の近くで出会う下りの石炭列車が、モウ来る時分だと思い思い、何度も何度も背後を振り返りながら……。

彼は、それから間もなく、今までの悲しい思出からキレイに切り離されて、好きな数学の事ばかりを考えながら歩いて居た。彼自身に取って最幸福な、数学ずくめの冥想の中へグングンと深入りして行った。

彼の眼には、彼の足の下に後から後から現われて来る線路の枕木の間ごとに変化して行く礫石《バラス》の群れの特徴が、ずっと前に研究しかけたまま忘れかけて居る函数論や、プロバビリチーの証明そのものの様に見えて来た。彼は又、枕木と軌条が擦れ合った振動が、人間の笑い声に聞こえて来るまでの錯覚作用を、数理的に説明すべく、しきりに考え回してみた。それは何の不思議もない簡単な出来事で、考えるさえ馬鹿馬鹿しい事実であったが、しかし其簡単な枕木の振動の音波が人間の鼓膜に伝わって、脳髄に反射されて、全身の神経に伝わって、肌を粟立たせるまでの経路を考えて来ると、最早、数理的な頭ではカイモク見当の付け様の無い神秘作用みた様なものになって行くのが、重ね重ね腹が立って仕様がなかった。人間が機関車に正面すると、ちょうど蛇に魅入られた蛙のように動けなくなって、そのまま、轢き殺されてしまうのも、やはり脳髄《のうずい》の神秘作用に違い無いのだが……。一体脳髄の反射作用と、意識作用との間にはドンナ数理的な機構の区別が在るのだろう……。

……突然……彼の眼の前を白いものがスーッと横切ったので、彼は何の気もなく眼をあげてみた。……今頃白い蝶が居るか知らんと不思議に思いながら……けれども其処いらには蝶々らしいものは愚か、白いものすら見えなかった。

彼はその時に高い、見晴らしのいい線路の上に来ていた。

彼の視線のはるか向うには、線路と一直線に並行して横たわっている国道と、その上に重なり合って並んで居る部落の家々が見えた。それは彼が昔から見慣れている風景に違い無いのであったが、今朝はどうした事か其の風景がソックリ其のまんまに、数学の思索の中に浮き出し来る異常なフラッシュバックの感じに変化して居る様に思われた。その景色の中の家や、立木や、畠や、電柱が、数学の中に使われる文字や符号……√・=・0・∞・KLM, XYZ, αβγ, θω. π……なんどに変化して、三角函数が展開された様に……高次方程式の根《こん》が求められた時の複雑な分数式の様に……薄黄色い雲の下に神秘的なハレーションを起しつつ、涯《は》てしもなく輝やき並んで居た。形に表わす事の出来ないイマジナリー・ナンバーや、無理数や、循環小数なぞを数限りなく含んで……。

彼は、彼を取巻く野山のすべてが、あらゆる不合理と矛盾とを含んだ公式と方程式にみちみちて居る事を直覚した。そうして、それ等のすべてが彼を無言のうちに嘲り、脅やかして居るかの様な圧迫感に打たれつつ、又もガックリとうなだれて歩き出した。そうして其様な非数理的な環境に対して反抗するかのように彼は、ソロソロと考え始めたのであった。

……俺は小さい時から数学の天才であった。

……今もその積りで居る。

……だから教育家になったのだ。今の教育法に一大革命を起すべく……児童のアタマに隠れて居る数理的な天才を、社会に活かして働かすべく……。

……しかし今の教育法では駄目だ。全く駄目なんだ。今の教育法は、すべての人間の特徴を殺してしまう教育法なんだ。数学だけ甲で居る事を許さない教育法なんだ。

……だから今までにドレ程の数学家が、自分の天才を発見し得ずに、闇から闇に葬られ去ったことであろう。

……俺は今日まで黙々として、そうした教育法と戦って来た。そうして幾多の数学家の卵を地上に孵化《ふか》させて来た。

……太郎も其の卵の一つであった。

……温柔《おとな》しい、無口な優良児であった太郎は、俺が教えて遣るまにまに、彼独特の数理的な天才をスクスクと伸ばして行った。もう代数や幾何の初等程度を理解していたばかりでなく、自分でLOGを作る事さえ出来た。……彼が自分で貯めたバットの銀紙で球を作りながら、時々その重量と直径とを比較して行くうちに、直径の三乗と重量とが正比例して増加して行く事を、方眼紙にドットして行った点の軌跡の曲線から発見し得た時の喜びようは、今でも此の眼に縋《こび》り付いている。眼を細くして、頬ペタを真赤にして、低い鼻をピクピクさせて、偉大なオデコを光らしている其の横顔……。

……けれども俺は太郎に命じて、そうした数理的才能を決して他人の前で発表させなかった。学校の教員仲間にも知らせない様にして居た。「又余計な事をする」と云って視学官連中が膨れ面をするにきまって居たから……。

……視学官ぐらいに何がわかるものか。彼奴等《きゃつら》は教育家じゃ無い。タダの事務員に過ぎないのだ。

……ネエ。太郎そうじゃ無いか。

……彼奴の数学は、生徒職員の数と、夏冬の休暇に支給される鉄道割引券の請求歩合と、自分の月給の勘定ぐらいにしか役に立たないのだ。ハハハ……。

……ネエ。太郎……。

……お父さんはチャント知って居るんだよ。お前が空前の数学家になり得る素質を持って居ることを……アインスタインにも敗けない位スゴイ頭を持って居ることを……。

……しかし、お前自身はソンナ事を夢にも知らなかった。お父さんが云って聞かせなかったから……だから残念とも何とも思わなかったであろう。お父さんの事ばかり思って死んだのであろう……。

……だけども……だけども……。

此処まで考えて来ると彼はハタと立ち枕《ど》まった。

……だけども……だけども……。

と云うところまで考えて来ると、それっきり、どうしても其の先が考えられなかった彼は、枕木の上に両足を揃えてしまったのであった。ピッタリと運転を休止した脳髄《のうずい》の空虚を眼球のうしろ側でジイッと凝視しながら……

それは彼の疲れ切って働けなくなった脳髄が、頭蓋骨の空洞の中に作り出している、無限の時間と空間とを抱擁した、薄暗い静寂であった。どうにも動きの取れなくなった自我意識の、底知れぬ休止であった。どう考えようとしても考えることの出来ない……。

彼は地底の暗黒の中に封じ込められて居るような気持ちになって、両眼を大きく大きく見開いて行った。しまいには瞼がチクチクするくらい、まん丸く眼の球を剝き出して行ったが、そのうちに其の瞳の上の方から、ウッスリと白い光線がさし込んで来ると、それに連れて眼の前がだんだん明るくなって来た。

彼の眼の前には見覚えのある線路の鉄目と、節穴の在る枕木と、その下から噴き出す白い土に塗《まみ》れた砂利の群れが並んで居た。

そこは太郎が轢かれた場所に違い無いのであった。

彼は徐ろに眼をあげて、彼の横に突立って居るシグナルの白い柱を仰いだ。黒線の這入った白い横木が、四十五度近く傾いて居る上に、ピカピカと張り詰められて居る鋼鉄色の青空を仰いだ。そうして今一度、吾児の血を吸い込んだであろう足の下の、砂利の間の薄暗がりを、一つ一つに覗き込みつつ凝視した。その砂利の間の薄暗がりから、頭だけ出している小さな犬蓼《いぬだて》の、血よりも紅い茎の折れ曲りを一心に見下して居た。

……だけども……だけども……。

という言葉によって行き詰まらせられた脳髄の運転の休止が、又も無限の時空を抱擁しつつ、彼の頭の上に圧しかかって来るのを、ジリジリと我慢しながら……何処か遠い処で、ケタタマシク吹立てていた非常汽笛が、次第次第に背後に迫って来るのを、夢うつつの様に意識しながら……

……だけども……だけども……。

と考えながら彼は自分の額を、右手でシッカリと押え付けてみた。

……だけども……だけども……

……今まで俺が考えて来た事は、みんな夢じゃ無いか知らん。……キセ子が死んだのも、倅《せがれ》が轢き殺されたのも……それからタッタ今まで考え続けて来た色々な事も、みんな頭を悪くして居る俺の幻覚に過ぎないのじゃ無いか知らん。神経衰弱から湧き出した、一種のあられもないイリュージョンじゃ無いかしらん……。

……イヤ……そうなんだそうなんだ……イリュージョンだイリュージョンだ……。

……俺は一種の自己催眠にかかってコンナ下らない事を考え続けて来たのだ。俺の神経衰弱が此頃だんだん非道くなって来た為に、自己暗示の力が無暗と高まって来たお蔭でコンナみじめな事ばかり妄想するようになって来たのだ。

……ナアーンダ。……何でも無いじゃ無いか……。

……妻のキセ子も、子供の太郎も、まだチャンと生きて居るのだ。太郎はモウ、とっくの昔に学校に行き着いているし、キセ子は又キセ子で、今頃は俺の机の上にハタキでも掛けて居るのじゃないか。あの大切な「小学算術」の草案の上に……。

……アハハハハハ……。

……イケナイイケナイ。こんな下らない妄想に囚われて居ると俺はキチガイになるかも知れないぞ……。

……アハ……アハ……アハ……。

彼はそう思い思い、スッカリ軽い気持ちになって微笑しいしい、又も上半身を傾けて、線路の上を歩き出そうとした。すると其の途端に、思いがけない背後から、突然非常な力で……グワーン……とドヤシ付けられた様に感じた。そうしてタッタ今、凝視していた砂利の上に、何の苦もなく突き壊《たお》された様に思ったが、その瞬間に彼は真黒な車輪の音も無い回転と、その間に重なり合って閃き飛ぶ赤い光明のダンダラ縞を認めた。……と思ううちに後頭部がチクチク痛み始めて、眼の前がグングン暗くなって来たので、二三度大きく瞬《まばたき》をしてみた。

……お父さんお父さんお父さんお父さんお父さん……。

と呼ぶ太郎のハッキリした呼び声が、だんだんと近付いて来た。そうして彼の耳の傍まで来て鼓膜の底の底まで沁み渡ったと思うと、そのままフッツリと消えてしまったが、しかし彼は其の声を聞くと、スッカリ安心したかの様に眼を閉じて、投げ出した両手の間の砂利の中にガックリと顔を埋めた。そうして其の顔を、すこしばかり横に向けながらニッコリと白い歯を見せた。

「……ナアーンダ。お前だったのか……アハ……アハ……アハ……」

（一九三四年五月号）

不思議なる空間断層

海野十三

海野十三（うんの・じゅうざ　あるいは　うんの・じゅうぞう）

一八九七（明治三十）年、徳島市生まれ。本名・佐野昌一《さのしょういち》。早稲田大学理工学部を卒業後、逓信省電気試験所にて無線の研究に従事する。かたわら科学雑誌に科学記事や随筆、そしてＳＦ短編を執筆。延原謙《のぶはらけん》の紹介で「新青年」編集長の横溝正史《よこみぞせいし》と会い、一九二八（昭和三）年、探偵小説のデビュー作「電気風呂の怪死事件」を同誌に発表した。「振動魔」「人間灰」「キド効果」「赤外線男」「俘囚」など、空想科学的な現象をモチーフに、ユニークな理化学トリックが特徴的な短編を続けて発表する。長編に『深夜の市長』『蠅男』など。しだいに空想科学小説が多くなり、『浮かぶ飛行島』など年少者向けの作品で読者を楽しませ、後年、日本のＳＦの父と呼ばれた。戦時体制になってからは軍事小説やスパイ小説が多くなったが、ここでも科学知識が生かされている。戦後は少年少女向けのＳＦが中心で、人気作家として多くの雑誌に長編を連載していたさなかの一九四九年に死去。

「ぷろふいる」には「棺桶の花嫁」ほかの作品を発表したが、随筆や評論も多く、「探偵小説論ノート」「探偵小説を萎縮させるな」「探偵小説の風下に立つ」などで小説観を述べている。

友人の友枝八郎《ともえだはちろう》は、ちょっと風変りな人物である。どんなに彼が風変りであるか、それを知るには、彼が私によく聞かせる夢の話を御紹介するのが捷径《はやみち》であろう。

かれ友枝は、好んで夢の話をした。彼が見る夢は、たいへん奇妙でもあり、そして随分しっかりした内容をもっていて、あまり夢を見ることのない私などにとっては、羨しくもあれば、ときにはまた薄気味わるく感ずることもあるのだ。（乃公《おれ》は夢で、同じ町を幾度となく見る）と、彼は空ろな眼をギロリと動かしていうのであった。（……ああ、またいつか来た町へ出たよ、とそう感付くのだよ。すると、夢の中だけで知り合いになったいろいろな顔の人物が、あとからあとへと現れてくるのだ。年配の男もあれば、妙齢の女もある。……乃公はその不思議な人物たちと、永い物語の次をまた続けてするように、前後があった話をし合うのだ。しかしどっちかというと、いつも似たようなことを繰返していて、ああ、この次はこうなるナ——と思うと、きっとそのようになってゆくのだ。おかしいほど、乃公の予想が適中するのだ。それからもう一つ奇妙なことがある。それは乃公のこの顔だ。その夢の中で、乃公は一つの顔を持っているが、その顔というのが、なんと今君が見ている乃公の顔とは全然違った顔なのだ。顔色だってこんなに青白いんではない、赤銅色に赭《あか》いとでもいうか。顔の寸法も、もっと長く、鼻はききりとひきしまり、口もたいへんに大きくて、そして眼光なんか、実にもう生々としているんだ。その上に、頭髪なんども、毛がふさふさとしていて立派だし、それに勇しい髭なんか生やしているんだ。――その豪《つよ》そうな顔の男が夢の中の乃公なのさ。どうだ、随分と不思議な話だろう。だから乃公はどうかすると、変なことを考えるんだ。あの夢に見る町や人々がどこかにチャンと実在するのじゃないか。乃公の魂はひとつだけれど、顔の違った二つの肉体を持っているのじゃないか、などとネ。ああ、君は乃公の夢の話を軽蔑しているネ。君の顔色で、そう思っていることがよく判るよ。じゃあ、乃公はもっと不思議な恐ろしい話を聞かせてあげるよ、すくなくとも君の鼻の頭に浮んでいる笑いの小皺《こじわ》が消えてしまうほどの話をネ。それは最近乃公が経験したばかりの実話なんだぜ）

一

或る日、一つの夢を見た。

乃公は長い廊下を歩いていた。不思議なことに、窓が一つもない廊下なんだ。天井も壁もすべて黄色でネ、とても大変長いのだ。両側には、一定の間隔を置いて、同じような形をしたドーアが並んでいた。乃公はそのドーアのハンドルを一つ一つ、眼だけギロリと動かしながら検閲してゆくのだ。そのハンドルは皆真鍮《しんちゅう》色をしているんだったが、五つ目だったか六つ目だったかに、ただ一つピカピカ、金色をしたハンドルがあるのだ。それは確か廊下の左側だったよ。

「金色のハンドル！」

燦然たるハンドルの前までくると、乃公の手はひとりでにそのドーアの方へ伸びてゆくのだった。その黄金のハンドルを握って、グルリとまわして、向うへ押すのだった。無論いつだってそのドーアは向うへやすやすと明いたさ。乃公は吸いこまれるように、その室の中へ入ってゆくのだった。

その部屋は十坪ほどのガランとした客間だった。真中に赤い絨毯《じゅうたん》が敷いてあってネ、その上に水色の卓子と椅子とのワン・セットが載っているのだ。卓子の上にはスペイン風のグリーンの花瓶が一つ、そして中にはきまって淡紅色のカーネーションが活けてあった。

この部屋はたいへん風変りな作りだった。それが乃公の気に入っていたわけだが、奥の方の壁に大きな鏡が嵌《は》めこんであったのだ。それは髪床の鏡よりももっと大きく、天井から床にまで達する大姿見で、幅も二間ほどあり、その欄間には凝った重い織物で出来ている幅の狭いカーテンが左右に走っていた。カーテンの色は、生憎《あいにく》その鏡のある場所が小暗いためよくは判らなかったが、深い紫のように見えた。もちろんその鏡の上には、こっちの部屋の調度などがそのまま反対に映っていた。乃公は部屋に入ると、第一番にツカツカとその鏡の前まで進み、自分の顔を見るのが楽しみだった。鏡の位置が奥まって横向きになっていたため、鏡の前へ立たないと自分の顔は見えなかった。——乃公はそこでいつも勇しい自分の顔を惚れ惚れと見つめるのだった。ヴィクトル・エマヌエル第一世はこんな顔をしていたように思うなどと、私は反り身になった。鏡の中の乃公の姿も、得意そうに、反り身になったことである。

鏡の前で、さんざん睨めっこや、変な表情や滑稽な身ぶりをして楽しんでいると、背後に突然人声がしたのだった。

「お飲みものは如何さまで……」

それは若い男の声だった。

ふりかえってみると、いつの間にか卓子の上に、銀の盆にのった洋酒の壜と盃とが並んでいた。そして入口のドーアを背にして、いま声を出したのであろう、立派な顔をしたスポーツマンらしき青年が立っている。いやそれだけではない。彼の青年とピッタリ寄りそって、一人の若い女が立っているのだった。彼等はいつの間に、どこから入ってきたのだろう。

その女は、はじめ下を向いていたが、やがてオズオズと顔をあげて、乃公の方を睨むように見たのであった。

(吁《あ》ッ!)

乃公はイキナリ胸をつかれたように思って、ハッと眼を外《そ》らせた。ああ、その女は乃公の愛人だったのである。若い男となんか手をとりあって入ってきやがってと、乃公の心は穏かでなかった。

だが乃公は、ここで慌てるのは恥かしいと思った。飽くまで悠々と落着きを見せて、卓子の方へ近づき、二人を背にして腰を下ろした。そして洋盃の中に酒をなみなみと注いで、そして静かに口のところへ持っていった。

ヒソヒソと、若い男女は乃公の背後で喃々私語しているではないか。その微かな声がアンプリファイヤーで増音せられて、乃公の鼓膜の近くで金盥《かなだらい》を叩きでもしているように響くのであった。

（あいつら、唯の仲じゃないぞ。もう行くところまで行っているに違いない！）

乃公はグッとこみあげてくるものを、一生懸命に怺《こら》えた。でもムカムカとむかついてくる。乃公は目を瞑《と》じて、洋盃をとりあげるなり、ググーッと一息に嚥《の》み干《ほ》した。そして空になった洋盃を叩きつけるようにガチャリと、卓上に置いたのである。——二人の私語はハタと熄《や》んだ。

乃公は慌てないで、じっと取り澄ましていた。（あいつら、なんのために、乃公に見せつけに来たのだ？）乃公が気がつかないと思っているのだろうか。それならそれでいい。よオし、こっちもそのつもりで居てやろう。

乃公は震える足を踏みしめて、椅子から立ち上った。そして二人の方を見ないようにして、静かに奥の、大鏡の方へ歩いていった。

乃公はいつの間にか、鏡の間際に寄って立っていた。鏡をとおして二人の男女の様子を見ると、彼等は身体と身体を抱きあわんばかりにして、もつれ合っていた。女の方が挑もうという姿勢をしていると、若い男の方が、僅かに逡巡しているという風だった。乃公の血は、足の方から頭へ向けて逆流した。

鏡を見ると、自分の顔は物凄いまでに表情がかわっていた。肩のあたりがワナワナと慄《ふる》えているのが見えた。乃公が鏡の中から監視しているとも識《し》らず、乃公の背後で不貞な奴等は醜行を演じかかっているのだ。乃公はすこし慌ててきた。声を出そうと思ったが咽喉がカラカラに渇いて、声が出てこない。気を落着けなくてはいけない――。

乃公は煙草の力を借りようと思ったので、ポケットに手を入れて、そっとシガレット・ケースを引張りだした。そして蓋をあけようと思ったが、どうしたのか明かない。乃公はそれを身体の蔭でやっているのである。顔を動かすこともいまは慎まねばならないときだと思ったので、乃公は鏡に映っているその手を見た。そしてシガレット・ケースを見た。

（オヤ？）

乃公はちょっと吃驚《びっくり》した。わが手の中にあるのは、シガレット・ケースではなかったから……。

（……ピストル！）

乃公の握りしめているのは、一挺のブローニングの四角なピストルだったではないか。乃公はフラフラと眩暈《めまい》を感じた。

すると、そのときだった。鏡の中の乃公はそのピストルを持つ手を静かに腹の方から胸へ上げてゆくのであった。そんな筈ではなかったのだが、乃公の意志に反してジリジリと上ってゆくのであった。奇怪なことにも、鏡の中の乃公の手は、乃公の本当の手よりも先にジリジリ上に上ってゆくのだった。ずいぶん気味のわるい話であるが、鏡の中の自分の方が、お先へ運動を起してゆくのだった。乃公はジッとしているのがとても恐ろしくなった。鏡の前に立っている自分が、この儘じっとしているなら、乃公は発狂するかもしれない。鏡の中の自分が動いて、その前に立っている筈の自分が動かないということは、とりもなおさず、鏡の前に立っている乃公の本体が、既に死んでしまっているのだという事実を証明することになるではないか。

（………）

切り裂くような大戦慄が全身を走った。乃公は慌てて、鏡の中にうつる乃公のあとを追って、ピストルを持つ腕を胸の方にグングンあげた。だから間もなく乃公は、鏡の中の乃公に追いついた。

（ああ、恐ろしかった！）

乃公は身体中びっしょり汗をかいた。

ピストルは、遂に胸の上いっぱいに持ち上がった。銃口がピタリと左の肩にあたる。それから左の肩がジリジリと回転してゆく。半眼を開いて、照準をじっと覘《ねら》う。覘いの定まったままに、なおもジリジリと左へ回転してゆく。

「キ、キ、キ、キッ……」

というような声をあげて、何も知らない二人は戯れ合う。

「ち、畜生！」

憎い女だ、淫婦め！

チラと鏡の中に、自分の顔を盗みみると、歯を剝きだして下唇をグッと嚙みつけていた。口惜しさ一杯に張りきった表情が、必然的に次の行動へジリジリ引込んでゆく。引金にかかっている二本の指がグッと手前へ縮んで……

「ドーン」

あ、やった。

「……う、ううーン」

電気に弾《はじ》かれたように、女はのけぞった。そして一方の手は乳の上あたりをおさえ、もう一方は、二の腕もあらわに宙をつかんだかと思うと、どうとその場に倒れてしまった。

「人を殺した。とうとう乃公は、人殺しを実演してしまったのだ！」

乃公は、床の上に倒れている女の方へ近づいた。眠ったように女は動かない。見ると衣服の胸の上に、大きな赤い穴が明いて、そこから鮮血が滾々《こんこん》と吹きだして、はだけた胸許から頸部の方へチロチロと流れてゆくのであった。——男はいつの間にか、姿が見えない。ドーアから飛ぶようにして出ていったのであろう。

「ああ、乃公は人を殺してしまった……」

乃公は呟いた。しかし、そのとき、どっかでせせら笑うような乃公の声を聞いたように思った。

「うん、いま乃公は人殺しの夢を見ているんだ。……さア、あんまり駭《おどろ》くと、惜しいところでこの夢が覚めてしまうぞ。本当に人殺しをしたように、ガタガタ慄えていなくちゃ駄目じゃないか。もっと怖がるんだ、もっともっと……」

——そうこうしているうちに、乃公はそれから先の記憶を失ってしまった。女を殺した場面は、以上のところまでしか覚えていない。

二

どうも夢の話だというのに、あまり詳しく話をしすぎたようで、さぞ退屈だったろうと思う。要は、乃公の見た夢というのが、いかにハッキリとしたものであり、そして不思議な現象を持っているかということを理解して貰いたかったのであった。

乃公の夢は、以上の話だけで仕舞いではない。これからいよいよ、夢のミステリーについてお話したいと思うんだ。これから喋るところのものは、ぜひ聞いて貰いたいと思うのだよ。

さてそれから幾日経《た》ってのことか忘れたがネ、乃公はまたもう一つの夢を見たのだ。

——長い廊下をフラフラと歩いている……というところで気がついたのだ。

——相変らず長い廊下だ。天井も壁も黄色でね……

「ああ、いつかこの廊下へ来たことがある！」乃公はすぐ気がついた。それに気がつくと、いけないことに、途端にもう一つのことに気がついたのだった。

「……ああ、乃公は夢を見ているんだ、いま夢を見ているんだな」

と。——

——乃公は努めて、なるべく此の前のときと同じ歩きぶりで、その廊下を歩いていった。忠実に同じような歩きぶりを示さないと、折角《せっかく》の夢が破れるといけないからと思ったから……。やっぱりドーアを見ていった。左側の五つ目のところに、金色のハンドルがついているのを発見した。

「これだナ」

乃公はニヤリと笑った。

――その金色のハンドルを回して、室内へ入りこんだ。もちろん部屋の中も、前回等に見たと全く同じことさ。室の中央に、赤い絨氈が敷いてあるし、その上には瀟洒《しょうしゃ》な水色の卓子と椅子とのセットが載って居り、そのまた卓子の上には、緑色の花活が一つ、そして挿してある花まで同じ淡紅色のカーネーションだった。

「ふ、ふ、ふ、ふッ」

乃公はおかしくなって笑い出したくなるのを、ジッと怺えながら室の中央に進んだ。そこで奥の方を見ると、果して例の大鏡があったではないか。乃公はすっかり安心して、たいへん楽な気持になった。

(役者などという職業も、毎日同じ道具立てで、同じことを演《や》るのだから、乃公がいま感じていると同じことに、初日以後は、やるたびに楽になってくるんだろう)

そんなことを思ったりした。

――乃公は例によって、いつの間にか大鏡の前に立っていた。そこに映る自分の姿を見ると、例のとおり怒髪《どはつ》天を突き、髭は鼻の下をガッチリと固めているという勇しい有様だった。

「どうぞお飲みものを……」

と、男の声がうしろでして、振りかえってみるとチャンと例の立派な顔の若い男が立っていた。その傍には、下に俯いている連れの若い女さえも、前回とは寸分たがわぬ登場人物だった。

——それから乃公は、順序に随って、卓子のところへ帰って来た。そして洋酒の罎をあけて、盃へナミナミと注いだ。それをキッカケのようにして、背後で男女のヒソヒソと早口で語る声

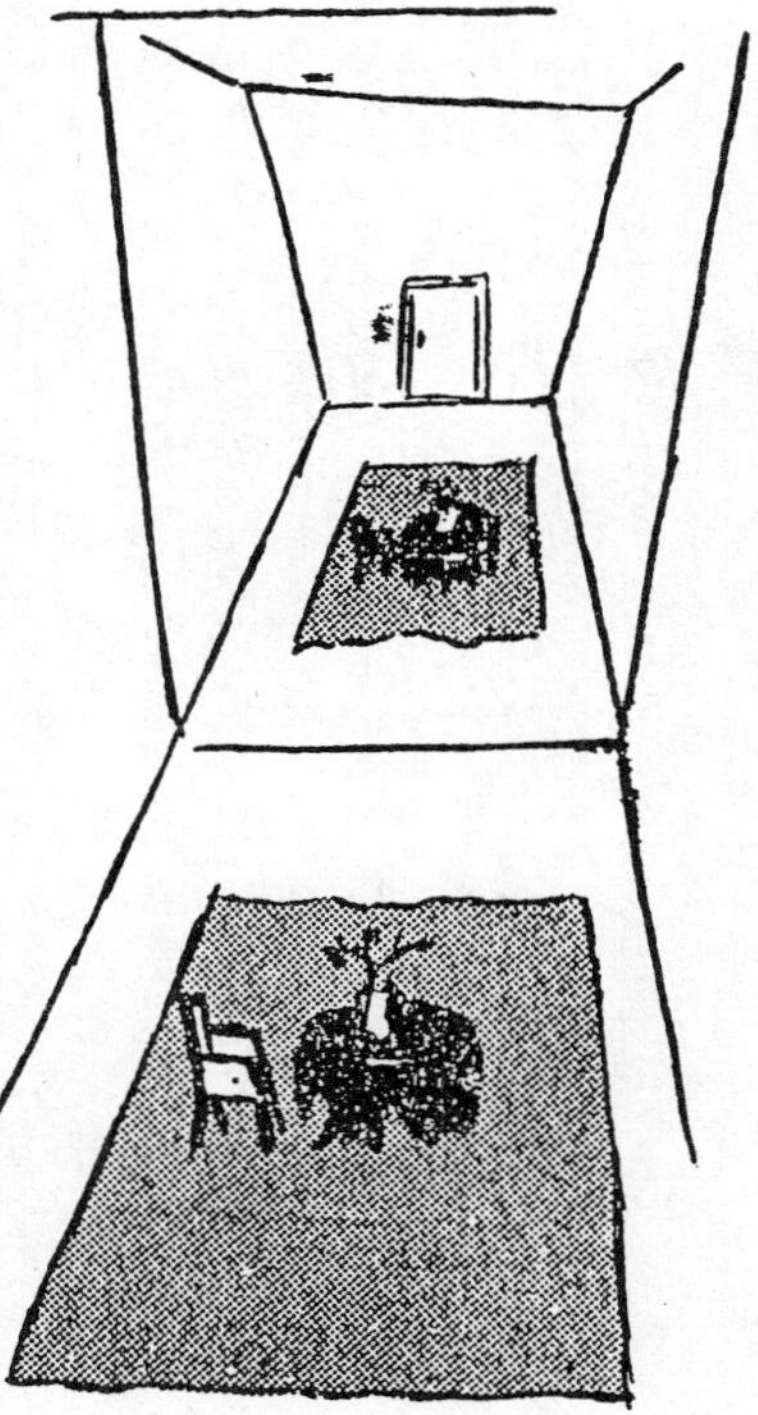

が聞えてきた。

——そこで乃公は、大いに憤慨した気持になって、洋盃の酒をグッと一と息にあおる。ガチャンと盃を卓子の上に叩きつけるようにして立ち上るや、フラフラと大鏡の方へ歩いてゆく……。

そこで乃公は、すこし薄気味が悪くなってきた、この前のひどく恐ろしかった印象が、まざまざと思いだされてきたからであった。あれから実にゾッとするようなことが起った。それは人殺しの場面を指して云うのではない。それよりもずっと前、この鏡の前に立って、自分の姿を映して見ていると、自分の映った姿の方が、自分より先に動いているという、この眼にハッキリと映った異様なるあの有様……。

「あれだけは、実に恐ろしい」

乃公の身体は小きざみに震えてきた。おそるおそる一挙一動を鏡にうつして見るのだった。

——ポケットの中から、シガレット・ケースならぬピストルを取り出す。……

おお、それからだ！

——ピストルを握る手を、ジリジリと胸の方へ上げてゆく。……ジリジリと上げてゆく。

「ハテナ、……今日はよく合っているぞ」

乃公は期待した異常が今日は認められないのに、ホッと息を吐いた。しかしいつ急にアリアリと、二つの像が分裂をはじめないとも限らない。……

「ああ、大丈夫だ」

乃公は嬉しさと安心のあまり、声をあげようとしたほどだった。正しく異常はなかった。その途中、わざと腕を上下へ動かしてみたが、実物と像とは、シンクロナイズしたトーキーのように、すこしも喰いちがいなく、同じ動作を同じ瞬間にくりかえしたのだった。

(この前のあの恐ろしい分離現象は、自分の心の迷いだったかしら!)

そんな風に思ったが、いやそんなに深く考えることはいらなかったのだ。なにしろ夢の中の出来ごとではないか。いろいろと理屈に合わないこともできる筈である。原ッぱの真中にいて、机がほしいと思えば、奇術のように、ポッカリと机が飛びだしてくることも、夢の中だから、あったとて別に不思議はないのだ。

――銃口を左の肩にあてがい、覘いを定めて、静かに肩を左に回してゆく。男と女とは、小声ながら、呼吸をはずませて云い争っている。若い女の、なんというか恨み死するような官能的な鼻声が聞えた。……

「そこだッ、――こん畜生!」

乃公はピストルの引金をひいた。

ドーン。

「キャーッ。……」

魂消《たまげ》る悲鳴が、部屋をひき裂かんばかりに起った。――見れば女は、片手で肩のあたりを押え、どうと絨氈の上に倒れたが、もう一方の腕をしきりに動かして、手あたりしだい掻《か》き挘《むし》っているのだった。

「どうしたんだろう？」

乃公は不思議に思って、射殺した筈の女の方へ近づいた。女はまだ死にきってはいなかった。しかし見る見る気力が衰えてゆくのがハッキリと判った。肩先にあてていた真赤な血の染《にじ》んだ手が、徐々に下に滑り落ちてゆくと、傷口がパクリと開いて、花が咲いたように鮮血がパッとふきだした。ヒクヒクと女の四肢が震えたかと思うと、やがてグッタリと身体を床に落として、そして遂に動かなくなってしまった。

「いやに深刻な最後を演じたもんだ」

乃公はあざ笑いながら、近よって女の腰を蹴った。女は睡《ねむ》っているように、動かなかった。それから乃公は頭の方へ回って、女の顔を覗きこんだ。

「オヤ？」

例の昔識りあった、愛人だとばかり思っていた乃公は、女の横顔をみてハッと思った。

「人違い……だッ」

乃公はハッと胸を衝《つ》かれたように感じたのだった。駭いて女の首を抱きあげて、その死顔を向けてみた。

「呀《あ》ッ、これは……」

なんというひどい人違いをしたものだ。昔の愛人だとばかり思ったが、それが大違いで、その死体の女は、紛れもなく兄弟同様に親しくしている或る友人の妻君だったではないか！

「し、しまった！」

乃公は思わず唇を喰いしばった。どうしてこれに気がつかなかったことであろう。その妻君を射殺してしまうなんて、人殺しという罪も恐ろしいには違いないが、それよりもかの親しい友人に、なんといって謝ったらばいいだろうか。

その妻君は、実に感心な女なのだった。その連れあいというのが、乃公とは随分と親しい仲ではあったが、この頃だいぶん妙な噂を耳にするのであった。彼はなんでも、ユダヤ人のような方法で金を殖《ふ》やしているそうだったし、たった一人、自宅で待っている妻君のところへもごく稀にしか帰って来なかった。妻君は心配のあまり、よく乃公のところへ来ては、いろいろ自分の到らないせいであろうからよくとりなしてくれるように、などといって、いつまでも畳の上にうっぷして泣いているというふうだった。こんな人のよい、そして物やさしい女はないだろうと思った。それを一向知らないような顔付きで、うっちゃらかしておくその友人の気がしれなかった。

そんなわけだから、乃公はたいへんその妻君に同情して、機会あるたびに彼女を慰めてきたのだ。そのたびに妻君は、彼を訪ねてきたときよりはいくぶん朗らかになって帰ってゆくのだった。しかしこのごろかの友人は、自分の妻君と乃公の間を妙に疑っているらしい。それは実に莫迦《ばか》げた腹立たしいことだけれど、二人きりで幾度となく、同じ屋根の下に居たということが、禍の種となっているのだった。それは実に困ったことだった。

「その問題の妻君を、乃公は手にかけて殺してしまったのだ。ああ、どうしよう」

友人に合わす顔がない。殺した妻君には、さらに相済まない。それとともに、この事件によって、友人の妻君と乃公との間の潔白は、どうしたって証明することが出来なくなったのである。乃公は妻君の死体の傍に俯伏して、腸をかきむしられるような苦痛に責めさいなまれた。……

「……ああ、なんたる莫迦だろう。乃公はいま夢をみて泣いているぞ」

ふと、どこかで、自分が自分に云ってきかせる声が聞えた。なアんだ、ああこれは夢だったのだ。

入口がガタリと開いて、ドヤドヤと一隊の人が雪崩《なだ》れこんだ。その先頭には、妻君の横にいた美男氏がいたが、乃公の顔をみると、ギョッと尻込みをして、大勢の後に隠れた。

「神妙にしろ！」

警官の服を着ている一隊は、乃公に飛びかかって腕をねじあげた。乃公はいよいよこれから死刑になるのだなと思いながら、いと神妙に手錠をかけられたのであった。それから先は、やっぱり記憶がない。

以上の二つの夢を聞いて、君はどう思うか。なんと不思議な話ではないか。あまりにハッキリしすぎている夢だとは思わないか。

三

静かな冬の朝だった。

陽は高い塀に遮られて見えないが、空はうららかに晴れ渡って、空気はシトロンのように爽やかであった。

真白の壁に囲まれた真四角の室の中で、友人の友枝八郎は、また私に例の夢の話のつづきをするのであった。

どうも乃公は、ときどき頭が変になるので困るよ。年齢のせいでもあるまいのに、いろんなことを取り違えて困るのだよ。

このまえ君に、夢の中で同じような人殺しを二度くりかえしてやったことを話したと思うけれど、どこまで話したのかも、第一忘れてしまった。二度目の分は、たしか乃公が刑務所の未決に繋がれてから話したように思うが、たしかそうだったネ。

それについてだが、乃公は滑稽な取違えをしていながら、それに気がつかないで、真面目くさって君に話をしたように覚えているがそうではなかったかね。実を云えば、あの話をしているときには、君という人が夢でない方の現実の世界の人だとばかり思っていたのだ。しかしこうやって、例の殺人事件にかかわり、この刑務所の一室に相対しているところを見ると、君もまたあの夢の方の国に住んでいる人だということが判った。いままでどうしてそれに気がつかなかったろう。

乃公の云っている意味が、君によく判るかネ。乃公はどうも話が下手で弱るんだ。いいかネ、もう一度云うところだ。君に例の夢の中の殺人事件について話をした。ところが乃公は殺人罪で刑務所に入れられてしまったのだ。その刑務所へ君はしばしば訪ねてくれたではないか。すると殺人事件のあった世の中と君の住んでいる世の中とは、全く同じ世の中だったことが証明できるじゃないか。乃公は君に夢の国の殺人事件の話をした。しかも君は、乃公から云わせれば夢の国の人だったのだ。乃公にとっては、あの事件は夢の中の出来ごとだけれど、君にとっては、君が住んでいる世の中の出来ごとだったんだ。しかり、乃公はいま、夢の国の中で話をしているのだよ。……そんなことを先から先へ考えてゆくと、頭の悪い乃公には、いつも何方《どっち》が何方かわからなくなるのだ。あとは誰かの判断に委せて置くことにして、——さて、あれから先のことを話そう。

或るとき乃公は、さっきも云ったように、刑務所の未決に繋がっている自分自身を見出したのだ。その原因が例の大鏡のある部屋の殺人事件に関係していると知って、乃公は、

「まあ、何という長ったらしい夢を見ることだろう？」

と呆れてしまった。

後で聞いた話だけれど、そのとき乃公は、もう少しで瘋癲《ふうてん》病院へ強制的に抛《ほう》りこまれるところであったそうだ。いいところで気がついてよかったよ。あんなところへ入れられてはもうお仕舞いだからネ。

ところで其の後だんだん調べられたが、その係官の中に杉浦《すぎうら》予審判事というたいへん親切そうな仁《じん》がいてネ、その仁が乃公の聞きもしないことを、ペラペラ話をしてくれたよ。それは実に素晴らしい想像力から生れでた物語なのだ。まるで一篇のショート・ストーリーのように怪

奇を極めた謎々ばなしなのさ。彼の物語の真偽はとるに足りないけれど、いかにもそのこじつけが面白いから、是非話して聞かせよう。

「お前はその二つの夢を、本当の夢だと思っているか。そして、よしんばそれが夢だとしても、その二つの夢の間に、或る不審が存在するということに気がつかないのか」

と、かの杉浦予審判事は、改まった口調で言いだしたのさ。乃公は面倒くさいから、黙っていた。すると彼は得々として喋りだしたものである。云うところはこうだ。

「お前は、はじめの夢で、かつての愛人を射殺し、二度目の夢では友人の妻君を殺したという。もしお前の云うとおり夢は同じことを二度以上見るというならば、その被害者の両度とも同じである筈ではないか。それが違っているのは不思議だとは思わないか」

というのだ。乃公は反対した。夢は自由である。登場人物など自由奔放に変り得るものだと言ってやった。

すると彼はまた訊ねるのだった。

「お前が最初の愛人を殺したときの光景はたいへん夢幻的に美しく、かつまた単純なものだった。しかるに二度目に友人の妻君を殺したときの光景は、あまりに現実的色彩が強すぎるではないか。この点の相違を考えるとき、なにかそこに或る作為が盛られているとは気付かないのか」

と、ひどく真面目な顔をして云うのだった。乃公はこれを聞いた直後、こいつはいいことを云うと思った。たしかに乃公は二度目の夢の中での殺人にかなり真実に迫るものを感じたから。

だが、すこし長く考えていると判るが、些細なことを、ひどくこじつけて論じてやがると思って、軽蔑を感じた。

「お前は黙っとるが、少しは僕の云うことが判るらしいネ」とひとりぎめをして杉浦氏はまた語をついだ。「いいかネ、まだまだ不審なことを並べてみるよ。第一、あの部屋をなんと思う。実に変な部屋ではないか。奥に入ると、髪床にあるような大きな鏡が壁を蔽っていたり、変に印象的な赤い絨氈があったり、それから椅子セットの単純な色合といい、配置といい、また花についてでもそれを云うことが出来る。一体人の住む部屋ならば、もっとこまごましたものがあるべきだが、それが見当らないし、なにしろ単純で印象的で、一度見ると、二度と忘れないようにできている。魔術師が特に設計したようなもので、部屋の形はしているが全然人間の住むに適せず、トリックのための部屋としか思われないではないか」

という。――なアに、夢の中のことだ、単純で印象的なのは当り前だと云ってやりたかったよ、乃公は。

「どうだ、いちいちお前の胸に思いあたることばかりだろう」と予審判事はいよいよ得意であった。「それからまだあとに、実に大きな矛盾が残っているのだよ。お前がはじめに見た夢の中で、たいへん恐怖を感じた場面のあったのを覚えているだろう。実は、あのことだ。お前はピストルを手にして、鏡の中の自分の姿を見た。すると奇怪なことに、その自分の姿は、もうピストルを握った手を胸のところまであげていた。それだのにお前自身の本当の手は、ポケットからピストルを出して握ったまま、ぼんやりとしていた。つまり自分の本当の身体と、鏡の中の映像との動作に喰い違いのあるのを発見した。お前はそこですっかり脅えてしまった。一つの霊魂を宿している筈の実体と映像との両空間に不思議な断層を発見したために、ただ訳もなく狼狽してしまったのだ。もしお前が、常人のように気をしっかり持っていたのだったら、その空間の喰い違いに、ハッとして本当のことを気付かねばならない筈だった。ここが大事なところだ。常人なら、どう思うだろう。（これは可笑《おか》しいぞ。お化け鏡ではあるまいし、鏡に映った自分の姿が、自分の演りもしない動作をしているなんて可笑しいじゃないか。鏡の中に映っているのは自分の姿ではないのだ！）と気がつかなければならん。つまりその大鏡は鏡にあらずして、実はその硝子板の向うに、自分と同じ扮装をしている別人が向い合って立っていて、いかにも自分の姿が鏡に映っているように思わせているのだった。そういうことが、すぐに判らなければならなかったのだ、常人ならばねえ」

　この話を聞いたときばかりは、流石《さすが》の乃公も、金槌で頭を殴られたようにハッと驚いたよ。――だが、そんな莫迦気たことがあるものかと、憤慨した。だって室内の調度がちゃんと映っているのですよ。椅子も、卓子もそれから卓子の上の洋酒の盆も。いやまだある。そこに並んでいる男と女の姿もチャンと映っていましたよ。そんな莫迦気たことがあるものですか、と反対した。

「それだから、先刻から云っているのだ。トリックの道具立てがチャンとその部屋に出来ていたのだ。鏡に映っていると思ったのは、実は大きな硝子板の向うに、もう一つ同じ形に作った部屋が見えていたのだ。同じ配列で、裏向きにしておけばよかったのだ。人間だってそうだ。

こっちと向うとに二人ずつの男女が居て、鏡に映っているように見せかけたのだよ。いや向うの部屋には、もう一人男がいた。そいつは先にも云ったが、お前と同じ扮装をしていたのだ。何しろお前は気がおかしかったから、別人の男女をさえ、同じ顔をしているように勘ちがいしたのだ。そんな場合には、常人を欺くことさえ容易だろう。さあそこで考えなければならんのは、なぜ二重の部屋を作り、こっちと向うの空間とを同一の空間と思わせたのだろう。その答は至極簡単明瞭である。お前の偽せの姿をした男が、お前にその後の動作を暗示したのだ。つまりお前にピストルで覘わせ、そしてうしろにいる女を射撃させたのだ、ドーンと放ったのは、恐らく空砲だったろう。女はかねて手筈を決めてあったとおりに、その場にぶったおれる。そして芝居もどきに、卵の殻かなんかにつめてあった紅がらを流して、ピストルに射たれて死んだ様子を想わせたのだ」

――ああ、それでは、なぜ私に、そんなことをさせたんだろう、と乃公は思わず叫んでしまった。

「それは判っている。第二の夢の場面にお前をひっぱり出し、そして友人の妻君というのを本当に殺させたかったのだ。精神羸弱者《せいしんるいじゃくしゃ》たるお前に、再度おなじ夢を見たと思わせ、前回のとおりの射撃をやらせたのだ。そのときお前がとりだしたピストルはチャンと実弾が入っていたのだよ。そして二度目の夢の場面には、例の硝子板の向うの部屋は使わなかった。それは向うの部屋を暗室にすることによって、硝子板を吾と同じ作用をさせたのだ。そんなトリックはよく、博覧会などの見世物で、やってみせるトリックで、誰でも知っている。お前は心にもなく、一人の女を殺してしまったのだ」

——なぜ私は、その女を殺さねばならなかったのです、と乃公は怒鳴るようにして聞きかえしたものだ。すると、

「それは調べて判った。その女を殺すべく企んだのは、その亭主である。つまりお前の親友という男だ。その部屋もなにもかも、お前の友人が作ったのだ」

——いえ、それは違います。あの男は、そんな悪い人間ではありません、といってやった。

「いや、もうすっかり種はあがっているのだ。お前が弁解してやっても効果がない。お前の友人という男は憎むべき奴だ。彼は事業に失敗して大金が入用だったのだ。その妻君には莫大な保険が懸けてあった。自分の手で殺したのでは駄目だから、お前を利用して殺させようとしたのだ。妻君をあの部屋に誘いだすことも、いい加減な口実をつかってやったことらしい。妻君は案内されてあの部屋に入り、発狂しているとでもいいふらしてあったお前の姿を見させたものらしい。そしてお前に射殺されてしまったのだ。——とにかくお前がここへ来て急に頭の調子が直ってくれてよかったよ」

　乃公は聞いているうちに、あまり巧みな話の筋に、もうちょっとでひっかかるところであった。そんな手数のかかることがあってたまるものか。判事さんの邪推だと思ったのだ。

——おかしいですよ予審判事さん。どうして彼は私をうまく使いこなしたのです。

「そりゃ判っているじゃないか。お前は夢というものをどう考えているか、などということについて、いつもその友人にクドクドと話をして聞かせる病があったというじゃないか。それで

すっかり利用されちまったのだ」

というのだよ、君。乃公は憐れむよ、予審判事さんの苦労性をネ。君は乃公のことを利用して、自分は手を下さずして君の妻君を殺させたといっているのだからネ。随分失礼な人じゃないか。これがマア幸いにも、夢の中での出来ごとなんだから忍べるが、本当の世の空間に起ったことだったら、そいつは助からない話じゃないか。

しかし予審判事さんは、あくまで執拗なんだ。困ったネ。

「お前は夢の中の話だというが、それは間違いだよ。それでも夢だと思っているのだったら、その思い違いであることを証明してやろう……」

と云うのさ。――じゃ、どうするんです！　と聞いてやったら、乃公のことを鏡の前へ連れていってネ、

「どうだ、この鏡にうつっているお前の顔は、お前の夢の中の顔か、それとも現実の世に於けるお前の顔か」

と訊ねるじゃないか。見ると、乃公の顔は青白くて、弱々しいまず丸顔の方の顔だ。夢で見る勇しい顔とは全然違っている。

「これは現実の顔ですよ」

と乃公はすぐ答えちまった。すると予審判事は、それ見ろというような顔をして云った。

「それは可笑しいじゃないか。お前はいま夢の中に居るのだと、先刻から云ってるじゃないか。それが現実の顔だとは、こいつは可笑しい。そうだろう。いいかい、よく考えて、よく覚えて

いなくちゃ駄目だよ。お前が有ると信じている夢の国なんて、初めからありはしないのだ。空間は常に一つだ。だのにお前は空間が二つもあって、別な顔をしているようにいうが、畢竟《ひっきょう》同一の顔なのだ。いいかね。お前の精神病がひどくなると、すっかり人間が違ってしまう。そして頭の手入れもしないし、髭も生え次第に放って置くのだ。お前は半裸体で、むやみと野外を駆けまわり、しまいには山の中へ隠れてしまうことさえあるのだ。そこでお前は陽にやけて、すっかり顔や形が違ってしまう。ではいま、お前の見ている前で顔にすこし手を入れてみよう。まず櫛のよく入っている頭髪を、このようにグシャグシャに掻き乱して、毛をおっ立ててしまう。それから、ここにある長いつけ髭をこういう具合につけてみる。そして顔に、この褐色のお白粉を塗る。……サアよく鏡を見てごらん、その顔はどうだ。お前がもう一つの世の空間で持っていると信じていた顔に成っただろう、ハッハッハッ」

――乃公は呀《あ》ッと駭《おどろ》いてしまった。正しくそのとおりだ。……しかし待てよ、やっぱり変だ。予審判事さんの手際はたいへん美事なようで、実はそうではない。彼は数学を知らないも同然だ。彼のロジックは合っていないのである。すなわち彼は、夢のなかの髭茫々の乃公の顔にすっかり手を入れて置いて、いかにも現実の世の乃公の顔のように化粧して置き、それを黙っていたのだ。そして今、再び逆に、もとの夢の中の顔に仮装法を以て還元してみせたのだ。それでは予審判事さんの云っているような一方的の証明にはならない。やっぱり乃公はいま夢の中に居るんだ。――と、危いところで欺《だまさ》れようとして助かったよ。ねぇ君、お互はやっぱり、いま夢の世の中に居るんだよ。……

　そのとき入口の鉄扉がギイーッと開いた。そして私の予期したとおり手錠をもった看守長に続いて、痩軀鶴のような典獄さんと、それから大きな山芋に金襴の衣を被せたような教誨師とが静々と入って来た。

「ああ、話の途中でしょうが……」と看守長が声をかけた。「もう刑の執行の時刻になりましたので、友枝さんは御退室をねがいたい」

　友人はギクリとして、椅子から立った。そして一行の方を睨みつけながら、私の背中を抱えるようにして云った。

「君、恐れちゃいけないよ。誰がなんといっても、いまお互いの立っている空間は夢の中なんだ。これから君は絞首台に登るのだろうけれど、それで生命を本当に失うだなんて誤解してはいけないよ。結局、夢の中で死刑になるところを見ているわけなんだからネ。恐れることなんか、少しもありはしない。……では、あまり気もちわるかったら、早く夢から覚めたまえ。君は間もなく温かいベッドの上で眼を覚ますことだろう。隣りの部屋では、君の子供さんたちが、もう受信機のスイッチをひねってラジオ体操の音楽を鳴らしているのが聞えてくるだろうよ。あまり恐ろしい夢のことなんか、ベッドの上で考え続けていないように。早く飛び起きて、会社への出勤に遅れないようにしたまえ。では、乃公は失敬するよ」……

　そうだ、そうだ、私もやっぱり夢を見ているのだ。死刑台なんか……なんでもないぞ！

（一九三五年四月号）

狂燥曲殺人事件

蒼井雄

蒼井雄（あおい・ゆう）

一九〇九（明治四十二）年、京都府生まれ。本名・藤田優三《ふじたゆうぞう》。大阪市立都《みやこ》島《じま》工業学校電気科を卒業して宇治川電気《うじがわでんき》（のちに関西電力）に入社、定年まで勤めた。一九三四（昭和九）年九月の「ぷろふいる」に発表した「狂燥曲殺人事件」がデビュー作である。翌年、春秋社の書下ろし長編募集に『犯罪魔』を投じて一席に入選し、三六年、『船富家の惨劇』と改題して刊行された。紀州《きしゅう》と木曾《きそ》の旅情を背景に、丹念な犯人追跡とアリバイ崩しが描かれる本格探偵小説で、戦前には珍しい作風だった。つづいて「ぷろふいる」に『瀬戸内海の惨劇』を連載するものの、単行本化されたのは六十年近く経った九二年である。戦前はほかに「霧しぶく山」などがあり、戦後も「黒潮殺人事件」ほか数編発表したが、四八年までで筆を断っている。一九七五年死去。遺稿長編として『灰色の花粉』が「幻影城」の増刊に掲載された。

「ぷろふいる」出身の新人としてはもっとも活躍したと言えるだろうが、「ぷろふいる」に発表された小説は、前出の二作以外には、連作「ソル グルクハイマー殺人事件」のなかの「絞られた網」しかない。

第一章　子守唄

プラタヌスの嫩葉《わくらば》を揺すぶって、六月の重い蒸暑さを僅《わず》か乍《なが》ら忘れさせる、そよかな風が、南の窓から忍び込んで、話に耽《ふけ》る二人の男の頬を擽《くすぐ》った。

一人の男は、長髪《オールバック》に厚い度の強い縁無しの眼鏡を掛けた二十四、五歳の弱々しく見える青年で、久留米絣《くるめがすり》の単衣《ひとえ》越しに想像される体軀は、腺病質を物語っている。だが、此の青年が此の部屋に於ては、主人公であって、丸い卓子を置いて、頻《しき》りとホープを燻《くゆ》らす、ノータイ襯衣《しんい》の、無造作に左右に分けた黒い髪に指を突込んだ、寧《むし》ろ容貌魁偉《ようぼうかいい》とも言う可《べ》き洋服男が、その訪客なのであろう。

「——然しその方法には大きな違算があるよ」

低いが妙に熱を帯びた口調で洋服男は語り続ける。「——第一考えても見給え！　成程《なるほど》其《そ》の殺害方法を以《もっ》てすれば、犯人は完全なる不在証明《アリバイ》を得る事は勿論《もちろん》、殺人の発見と同時に現場に出頭して、先《ま》ず捜査官の嫌疑の焦点から逃避する事が出来る。しかし君！　犯行は絶対に現実なんだぜ！、徒《いたず》らな机上の空論に捜査は低迷しないのだよ。それに仮初《かりそ》めにも充実を以て世界に鳴る吾が警察の捜査官諸氏が如何に慎重に綿密に、捜査の範囲を縮小し適確な証拠を挙げて行くかは、蓋《けだ》し想像に余りあるではないか！　待て！　君の言わんとする処《ところ》は、僕もよく承知しているよ。此の犯行方法に絶対に証拠は残らない！　と君は強調したいんだろう。よし！　じゃ最初から、その殺害方法の残して行く証跡を逐一、君の前に摘録してやろう！」

　思わず彼の声の高くなるのを、流石《さすが》の青年もその言葉の不穏当な語句に、いささか部屋の外に洩れるのを惧《おそ》れたのであろう。つと立って、玄関に面した扉を押開いたが、僅《わず》かに門灯が玄関の硝子《ガラス》扉を照し、奥の部屋からは、何事も無さそうに談笑する女中達の和やかな声と、ラジオであろうか、長唄らしい節調が響いて来るのみであった。

「──おい！　何を覗いてるんだい？」

　話の腰を折られたので、僅か乍《なが》ら不快を覚えたのか、洋服男も同じく立って扉の隙から廊下を透かして見たが、其時彼の耳は、軽い金属性の韻律を捉えた。

「淳子《じゅんこ》だよ。だが何を弾いているのだろう」

　ピアノは断続的に何等曲譜を辿《たど》る様子もなく、それは春の夜の物悩ましさに煩悶する若人の心の儘《まま》の表現とも言い得よう、或は又何か煩瑣《はんさ》な思惑を断ち切らんが為、只夢中に鍵盤《キー》を叩き続けているとも言い得る様な乱調子なのだ。

「──可笑《おか》しいね、何《ど》うしたと言うのだろう！」

　呟《つぶや》く様に再び青年は言ったが、思いなしか額は暗く、その儘扉を閉じて、卓子に戻った。

「──あ、もう八時十五分前だね」洋服男はチラと腕時計を覗いたが、又新しいホープに火を点《つ》けた。

「君の言おうとする点は、僕によく解るよ」

暫《しば》く沈黙の後、青年は顔貌の繊細なのに反して、底力のある声で言葉を続けた。

「――先ず君は、死体に現れる紅斑を以て、第一の犯跡と言うのだろう！」

「いや！　それを注意せなくとも、死因鑑定の為解剖すれば一目瞭然《いちもくりようぜん》じゃないか！」

「如何《いか》にも！」青年は瞳を輝かして頷いた。

「一酸化炭素ヘモグロビンの存在は、明白に立証されるよ。法医学は、完全な証明方法を教えているよ。だが夫《それ》が何《ど》うしたと言うのだ」

「――待て！　喜多野《きたの》！　それは暴言と言うものだぞ！　何故ならば、その部屋の広さと空気の体積と、燃焼された炭素の量から、幾何《いくばく》の一酸化炭素が発生し得るかは、簡単な化学の問題だとは思わないか？」

「それこそ君の眇見だよ」落着いて青年は続ける。「――炭が必ず何パーセント完全燃焼し、残り何パーセントが不完全燃焼の結果酸化炭素を発生するかは、絶対的のものじゃ無い事位、常識の範囲の問題じゃないか。それに君が危惧する酸化炭素の発生率は、閉じられた部屋に於ける不完全な通風状態が如何に作用するかを考えれば熟考の必要が無いと思うよ」

「其処《そこ》だよ、大きい違算が有ると僕の言うのは――」

強く尚も言葉を続けんとする洋服男を軽く手で制して、何故か青年は無言の儘部屋を出て行った。廊下を歩む音、続いて階段の軋《きし》む音、二階の彼の部屋にでも行くのであろうか。がその半ば開かれた扉の隙間から、今度は静かなピアノの韻律《リズム》が響いて来た。

「――ブラームスの子守唄だな」呟いた男は南の窓に寄って、新緑のプラタヌスの茂みを仰いだ。そよかな微風がある。木の葉のさやかな葉ずれの音が、その静かな韻律に乗って彼には今迄熱を帯びて論じていた話題とは全然関知の無い、甘い情緒が忍び込む様に思えた。併《しか》しそれらも僅か数分であったろうか。――「どうしたのだい？」音も無く玄関脇の応接間とおぼしき此の部屋に、蹣跚《よろめ》く様に戻って来た青年の、顔面の悽愴《せいそう》とも言える程蒼白なのに吃驚《びっくり》した彼が、慌てて、青年の傍に馳せ寄った時には、青年は漸《ようや》く自意識を快復したのであろう、両手で顔を抱えた儘、

「――いや、何んでも無いんだよ。一寸眩暈《めまい》がした丈なんだ」と苦し気な息を吐いて、

「――今の筋をまとめたノートを探していたのだが、どうしたのか僕の部屋に見付からないのだよ」

「ノートって？」

「ウン――僕の今迄考え出した殺人方法の種々を書き込んであるんだ。だが、それ丈なら未だいい、それよりも不可《いけ》ない事は――」

「――不可ない事は？」思わず反問するのを、青年は再び苦し気に手を振って、

「――恐ろしい事だ。若《も》し、――若しあれが利用されたら――」

と又も喘ぐ様に息を吐くのだった。が併し、次の言葉がその唇を洩れ様とした時に、彼等二人は、消魂《けたま》しい女の叫声に、思わずはっとして息を秘《ひそ》めて凝立した。と又も鋭い女の怯《おび》えた悲鳴が二人の耳朶を伝った。その声は確か此の家の二階と覚しき辺りから響いて来るのである。

第二章　突発せる事件

　思わず愴惶として扉を排して跳び出した二人が、その階段への廊下に於て、第一に顔を合わせたのは、三十年配の色の白い、束髪の婦人であった。が薄い唇が紫に褪《あ》せて、わなわなと慄《ふる》えて見えたのが、瞬《みひら》かれた瞳と共に、受けた驚愕の大きさを物語っていた。

「誰ですか？　あの声は——」然し青年はその返事も待たずに階段を躍る様に馳せ上った。その背後に無言の儘、洋服男と婦人と、女中であろう、青ざめた顔に劇《はげ》しく打つ心臓を押えているのか、左の乳房に両手を組んで、二十歳位の女が、続いて階段を昇った。

　青年が階段の上の踊場《おどりば》に達した時、同じく反対側の階段を上って来たらしい、四十に近い同じく束髪の、黄色味を帯びた眼の細い女性と、ピタリと視線を合わせたが、その刹那《せつな》、青年は思わず声を挙げた。

「お母さん！　貴方ですか？　あの声は？」

　だが、その母は何うしたのであろう、凄い程の憎悪の眸をキッと瞠《みは》って、彼の背後に続く色の白い女性に、鋭い侮蔑の視線を投げ掛けているのだ。

「——駿《すすむ》！　お、お父さんが……。みよだよ。お前!!」

　階上は廊下が東西に走っていて、階段と廊下を境に四つの部屋に分れている。彼等は声の響いたと思われる東北の部屋にと進んで、廊下と仕切りの襖に手を掛けた。と其の時、洋服男は背後に、仄《ほの》かな香料の香と共に、細い絹の様な声を聞いた。

「——まあ！　仰々しい。どうしたんですの？」

先刻のピアノの主であろう。軽く波《ウエーブ》を掛けた髪、薄く刷《は》いた白粉《おしろい》、細く引いた眉、すんなりとした肩の二十歳位の娘、淳子の、紙の如く蒼ざめ、石膏の如く硬ばった姿であった。

襖を開くと、色も無く声も無く唯わなわなと戦《おのの》き慄《ふる》う十七八の娘の中腰の姿があった。彼女の受けた驚愕が、神経中枢に激しい衝動を与えたのであろう。膝で僅かに開かれた廊下の方へにじり乍ら、北を枕に敷かれた蒲団の方を、打震う指で指示するのであった。

「みよか!?　吃驚するじゃないか！」突慳貪《つっけんどん》に言い乍ら、駿はつかつかと蒲団に伏す人の枕元に進んだが、彼も思わず、呀《あ》ッ!!　と叫声を挙げた。

無残にも、北枕に仰臥する五十年配の男の首元と覚しき個所に、白柄の短刀がグサッ!!　と、恰《あたか》も巨象の牙の如く突立っているのだ。

「不可ない！　寄っては不可ない！」

慌しく一同を両手で押戻し乍ら、駿は、只一人の男である洋服男を、眼で呼び出した。

「弘世《ひろせ》君！　頼む！　電話だッ!!」

あの繊細な身体に何うして此の様な力があるのだろうと思われる位、決然たる調子で駿青年は、一同を廊下へ追い出すと、

「お父さんが殺されているんです。係官が来る迄証跡を保存せねば犯人の検挙が困難になります！」と毅然《きぜん》と言い放ったのである。

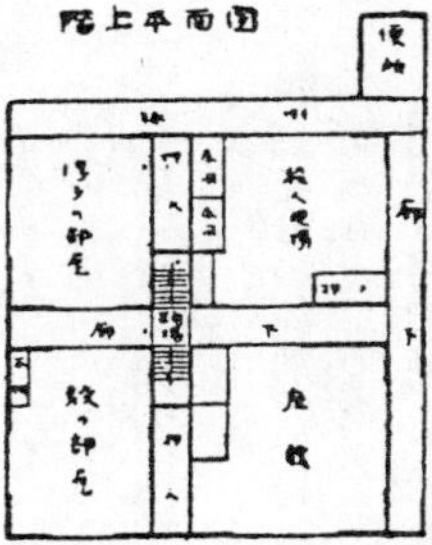

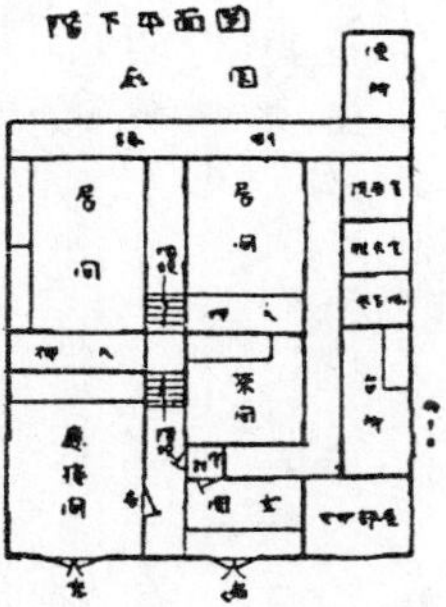

その言葉と共に、崩れる様に廊下に打伏したのは、色白の婦人であった。がその歔欷《きょき》の声に冷たい視線を投げて、寧ろ病的に近い上ずった口調で、駿の母と言う黄色い顔の女は、罵《ののし》る様に言った。

「芝居が巧いよ。本当に、何という恩知らずだろう――」

「あら！　叔母様！」慌てて、淳子がその不気味な不穏な声を遮《さえぎ》る様に、思わず馳せ寄るのを、何故か駿は冷然として押返した。

「お帰んなさい！　貴方の出て来る場所じゃありません！」

深い疑惑と絶望に近い眼差しで、その蒼白な細い顔貌を見遣った淳子は、度の強いレンズの奥に光る眸に、到底《とうてい》許容されまじき色を読み取ったのであろう、彼女は首垂《うなだ》れて自分の部屋、それは階段を隔てた廊下の北側の部屋であったが、戻って行ったのである。

「みよ！　お前は何うして今頃お父さんの部屋に這入《はい》っていたのだ？」

円顔の未だ子供らしさの抜けきらぬ上女中のみよは、猶《なお》も慄然とし乍ら、戦《おのの》く声で、

「は、は、ハイ、アノ奥様が……水を……水を持って……。旦那様が……お酒……お酒を……召上って、お寝《よ》って……いら、いらっしゃいますので……」猶も吃りつつ続けるのを引取って、

「いえね。妾が、旦那様はもう御目覚め時分だから、お水をお枕元に持って居らっしゃいと言い付けたのですよ」と彼の母の声が、夫の死を恰も予期していたかの様に、少しも乱れずに響いた。

「直ぐ来るそうだよ。序《ついで》に僕、箕作《みづくり》氏も呼んで置いたよ。異存あるまいね」

「箕作氏って？」

「そら！　僕が何日《いつ》も法医学の知識を仕入れて来る、医大の若き学徒、病理研究室の箕作氏だよ」

弘世《ひろせ》は、此の突発した殺人事件に関連せる事を却《かえ》って悦《よろこ》ぶ様に、太い指で無造作に毛髪を掻《か》き毟《むし》るのだった。

第三章　死因の謎

死体は猶充分の体温を保持していた。此の事実は、死への転帰を辿ってよりの時間の経過の僅少を物語るものである。

加藤《かとう》裁判医は、物馴れた態度で、夏蒲団の上に仰臥せる死体の着衣を剥がして、重要な検死を進めたが、死体の皮膚が一様に蒼灰色の貧血状態を呈しているのに、先ず怪訝《けげん》の眸を瞬った。

「兎我野《とがの》さん！　此の被害者の体格から見ると、栄養佳良の立派な体質で、貴方もご覧の通り中年の紳士としては申分の無い、寧ろ肥満に近い体軀ですが、此の皮膚の貧血状態は一寸不思議ですね」

「然し死因が過失の出血に依る失血死であれば……」言い乍ら××署司法主任兎我野警部は、咽喉部頸動脈付近に、突刺された白柄の短刀を熟視したが、急に頓狂な声を立てた。

「――不思議だ！　出血が無い！　刺創口から流出している血が少なすぎる！」

長身痩軀の加藤裁判医の落ちた頰に莞爾《かんじ》と笑が浮んだが、同じく不審にたえぬ様に、

「――でしょう。だから此の貧血状態が、此の被害者の特有な疾病に因るものか、それ共、毒薬に依《よ》るものか剖検せねば判りませんがね、然し、私の見たところ、今迄の経験に徴《ちょう》して見ても、外見上は毒に依る死の徴候を何一つ呈示していませんよ」

太い眉と広い額、大きい俗に言う獅子鼻と厚い劣情と貪欲を想わせる唇の間に、漆黒の髭が蓄えられている。が頰の筋肉は苦悶に歪み、眼窩は落ち窪んで、瞼を半ば見開き、混濁しかけた角膜が覗いて、享《う》けた苦痛の大きさを表現している。頤には鬚の跡が青さを増し、唇の色も褪せて白色に近く、耳朶さえも灰黄色に褪せている。

短刀は仰臥せる被害者の前頸部を狙って一突に頸動脈を刺貫いたもので、有刃部は左頸部に向い、刺創は甲状軟骨左側上角より顎角に略《ほぼ》平行し皮膚繊維の方向に、約三糎《センチ》の刺入口を有して、左総頸動脈及咽頭収縮筋付近を切断しているのである。

加藤裁判医はそっと短刀に布を被せて抜き取った。僅かに血液がその刺創口より左頸部にタ

ラタラと流れ出した。

「ね、兎我野さん！、寧《むし》ろ、此の刺創は、被害者の死後、加えられたものと思推《しすい》されますね」

鑑識係員に短刀を手渡すると、彼は慎重に創口を診《しら》べ乍ら呟く様に言った。

「――可怪《おか》しい！ 確かに可怪しい。創縁は正鋭且つ皮下に凝血がある。刺創の作られた時は皮膚は猶生活反応を有していたのだ。それにも不拘《かかわらず》、此の出血過少は、何に起因するのだろう？」

枕元に迄滴《したた》り落ちた血液は凝固しかけていたが、その量はコップ一杯にも満たぬが如く思推された。

しきりと粉を振りかけ、指紋の検出に努めていた鑑識係員は、投げ出す様に言った。

「駄目ですよ、何一つ発見されません！」

短刀の鞘《さや》は死体の枕元に落ちていた。錦繍《きんしゅう》の縫取りをした袋も同じ個所に落ちていた。

「――父の守刀です。銘は誰だか忘れましたが、祖父伝来の名刀だと、父が何日《いつ》も自慢して居たものです」

駿は、兎我野主任から見せられると、直《ただ》ちにこう答えたのであった。事件はこうして、最初から混沌たる状態のもとに展開され、幾多前途の困難なる荊棘《いばら》の路を想像させたのである。

「死後僅かに一時間余、だから兇行時間は、八時前後と言い度《た》いのですが、直接死因が此の刺創に依るか否か、剖検した上でなければ断言出来無いので、従って、犯行が何時頃加えられたかは、今の処考察外に属すると思います。然し――」と加藤裁判医は、村田《むらた》捜査課長の方を顧て、「——他殺である事は、これも厳密に言えば、無論断言出来ないのでしょうけれど、そう認定しても差支え無いと思いますね」

金縁眼鏡に、細い顋を左指で揉んでいた無鬚の紳士、村田捜査課長は静かに首肯《うなず》いて、兎我野警部を差麾《さしまね》いた。

「——家族は全部で何人かね」

「——被害者を入れて全部で七人です。喜多野夫婦と、妾《わたし》一人、息子と養女、それに女中二人——」

「——被害者を除けば、女五人男一人だね」

暫く沈思する様子であったが、急に思出した様に、

「まだもう一人洋服を着た男が居るじゃないか？　誰だね？　あれは——」

「当家長男駿の友人、弘世と言う男です。本署に事件発生を電話して来た当人です」

第四章　訊問

ぴたりと微風も止んで、重苦しい空気が、初夏の蒸暑さを澱《よど》ませ、先程弘世が窓に寄って子守唄の哀詞を聴いた、玄関脇の部屋は厳《いか》めしい捜査官連を迎えて、更に沈鬱な重苦しさを加え、その窓をすっかり開放《あけはな》っても、猶汗の浸み出る暑さであった。

「おや！　何うしたのだい！」捜査は捜査官にと、自分の責務を果した加藤裁判医が、喜多野

家の玄関を出様とした時、偶然にも其処に友人箕作の姿を発見したので、奇異の眸を瞠《みは》ったのである。

「——検屍はもう済んだのかい⁉」

差出す手を握り乍ら、箕作は、紅い頬に皮肉な笑を浮べて、「電話が有ったのだよ。何か殺人事件が発生したそうじゃないか！」

「——何日《いつ》もの早耳、地獄耳だね、全く——」と加藤は大袈裟に頷いて、屋内の方を指し乍ら、

「——始まってるよ。訊問が——」

「——誰だい？」

「——村田氏さ‼」

大きく手を振ると、其儘箕作氏は屋内にと這入って行った。

「あ！　先生‼」何か訊問を受けていたらしい弘世は、扉を開いて這入って来た箕作氏を見ると、思わず赤顔の魁偉な相貌を輝して歓喜の声を挙げた。

「——これは失礼！　お邪魔でしょうか！」

村田捜査課長の表情に一瞬暗い蔭が走ったが、別に断る様子も無く、傍の椅子を指示して、皮肉とも思える微笑を浮べて、

「——箕作さん！　貴方には恰度《ちょうど》持って来いの難事件ですよ。一つ御意見が伺い度《た》いものです」

苦笑が箕作の豊頬に浮んだが、弘世を顧て、

「此の男ですよ。僕に電話して呉れたんです。犯罪趣味の豊かな男ですよ」

「あの突発した悲鳴と、喜多野君の態度、それにお母さんの表情等が、殺人事件と判明したと同時に、並々ならぬ雰囲気を僕に感ぜしめたのです。で僕、先生を先ず思い浮べお電話したのでした」

弘世は駿と殺人論を戦わしていた時と同様に、熱を帯びた口調で陳述したのである。

「――で駿君が階上に上った時間は？」

「ハイ、ピアノを聴いて、腕時計を覗いた時が八時十五分前でしたから、それから数分しか経過して居ませんでしたから、八時十分前頃だったでしょうか！」

「その間君は此の部屋に居たのだね」

「ハイ！」

「それから何分程して駿君は戻って来たかね」

「サア！　私は其の時窓に寄って、二階から洩れて来るピアノの韻律に聴き惚れていたので明確な記憶が有りませんが、数分だったでしょうか！」

「その曲は何だったかね？」

「ブラームスの子守唄だったと思います。私の記憶に無い曲ならば夫程《それほど》聴き惚れる事も無かったでしょうけれど――」

「駿君が戻って来た時に、何か不審な態度なり言語なりを発見せなかったかね」

弘世は其時、ふと躊躇の色を見せたが、箕作氏の温和な視線に逢うと、直ぐ口を開いた。

「——それが不思議なのです。真蒼な表情で喜多野は部屋に蹌踉《よろめ》き込みました。そして喘《あえ》ぐ様に呟くんです——」

「何んと？」

「『怖ろしいことだ‼』と……」

村田捜査課長は、弘世の表情の変化の、些細な点をも見逃すまいとするように、凝視を続けながら、次を促がした。

「——然し其の次の言葉が、彼の唇から洩れ様とした時に、あの怖ろしい悲鳴が聞えたのでした」

何故か弘世は、駿の殺人方法を記載したノートの紛失に就いては一言も触れなかった。

「柴島《しばしま》綾《あや》と申します」

心臓が弱いのであろうか、両手を左乳房に当てた二十歳位の下女中は、下脹れの頬に血の気も悪く、おどおどとした態度ではあったが割に明快な口調で陳述した。

「——茶の間でラジオを聴き乍ら、御新造様とお茶を頂いて居りました。奥様は恰度御風呂をお召しになっていらっしゃいました。おみよさんが、その方に行って居られたので、私は二階にあの怖ろしい声を聞く迄は、おみよさんが二階に上られた事など、少しも存じませんでした」

「ラジオは一体何をやっていましたかね」

箕作は柔和な微笑を豊頰に浮かべ乍ら訊いた。

「――長唄でございました」

「――あ、長唄をね。そうそう今夜は、神戸の何とかいう長唄の師匠の、引退記念で芽出度い題でしたね」

「ハイ。私はよく存じませんが、御新造さんが、むかしお習いになった事が有りましたそうで……」

「御新造さんとは？」

「喜多野鉱造《こうぞう》の愛妾の事だよ」

村田捜査課長が説明した。

「神戸湊川《みなとがわ》検番に居た芸妓だ。数年前落籍して、囲って居たのだが、昨年末から此の邸宅に家族と同居する様にしたらしいのだ」

「妾が植原篠《うえはらしの》で御座います」三十路の坂は既に越えているのであろう。然し天性とも言い得る肌の白さと濃《こま》やかさが、裕に年齢を四五歳は若く見せた。二重瞼が赤く腫れて、黒味の勝った瞳が、泪《なみだ》に潤んで、小さな唇が赤く噛みしめられている。右手に握り締めた手布は既に此の麗人の泪を充分過ぎる程吸い取っているのであろう、しとど濡れて見えた。

「――笑香と申しまして、神戸に左褄を取って居りましたが、今より五年程前落籍《ひか》されまして、六甲山麓《ろっこうさんろく》に一軒別宅を構えさして頂いて居りました。処が昨年末、お恥かしい事で御座いますが、妾の身体が異って来たのを気付いたので御座います」

　初めて、其言葉に依って一同は期せず視線を、女の胸元から腹部に集めたが、成程、既に彼女の胎内に発生した第二の生命が、相当に生育し息づいているのが充分察知せられた。

　彼女も其視線を感じたらしく、流石に羞恥にぽっと耳朶を充血させ乍ら縷々《るる》と続けた。

「――旦那様は無論、大変喜んで下さいました。それに、茲《ここ》の奥様も大そう物判りの良いお方で、妾の事をよく御承知に成っていらっしゃいまして、種々旦那様にお薦めになり、態々《わざわざ》妾の別宅へ御見えになりまして、本宅で一緒に暮しましょう、と御親切に仰有《おっしゃ》って下さいましたので御座います。

「――後に承《うけたまわ》りますれば、旦那様や若旦那様等は反対なさったそうで御座いますが、何うしたお考えからか、奥様が大変御熱心で、遂に妾も断り切れませず、此方で御厄介になる事に決心致したので御座いました」

「奥様は矢張り、ずっと親切だったかね」

「ハ、はい」彼女は微かに躊躇《ためら》う様子であったが、軈《やが》て思い切った様に「――あの、奥様は、日頃は迚《とて》も良いお方なんで御座いますけれど、あの毎月の障《さわり》の有ります間は、それは本当に怖ろしい程にお変りに成るので御座います。あの様なのをヒステリーとでも申すので御座いましょうか？」

「貴方はずっと茶の間に居りましたか？」

「ハイ」と頷いて、「――妾の元の長唄のお師匠様の放送が御座いましたので――」

「あ、その長唄は何と言う題でしたかね？」

「――『老松《おいまつ》』で御座いました。芽出度い曲で御座います」不審に思い乍らも箕作に向って、答えた。

「『老松』！　成る程」、箕作は何を考えているのか頷き乍ら、「――で、あの悲鳴の聞えた時は、何の辺をやっていました？」

「はい！　恰度あの、〽松の太夫のうちかけは、蔦の模様に藤色の――というところで御座いました。妾も昔の記憶を辿りつつ口吟《くちずさ》んで居りましたので、よく覚えて居るので御座います」

第五章　疑問

篠の悄然たる姿が、流石に其の左褄時代の面影を項《うなじ》から背に掛けての線に見せて、雨に濡れ悩む海棠の花の風情よろしく、扉の蔭に消えて行くのを見送って、村田捜査課長は、続いて上女中久米井《くめい》みよの呼出しを命じた。

円顔の頬の紅い、一重瞼のくるくるとした眼の愛らしい娘のみよは、小柄な内気そうな女であった。日頃ならば、未だ充分児供離れのしていないその眸は、きっと無邪気に若い娘心の楽しさを表現していたであろうが、今は、恐怖と疑惑と畏怖にうちのめされ、追いつめられた小兎の如く、おどおどと戦き慄えていた。

「どうして死体を発見したか言って御覧？」

優しく捜査課長は口を開いた。「二階へ水を持って行ったんだってね？」

「ハ、ハイ。あの、奥様が、もう旦那様の御眼覚頃だからと、仰有いましたので――」

「何日《いつ》も君が持って行くのかい？」

「ハ、ハイ」

「旦那様は早くから寝《やす》まれるんだね」

「ハイ」

「何時《いつ》も何時頃かね？」

「大抵――あの、九時頃で御座います」

「すると、今夜は特に早かったのだね」

みよは黙って頷いた。

「どうしてかね。お酒でも召上ったのかね」

「アノ毎晩お酒をお召になりますが……」

「フム、毎晩ね」

「――が、今夜に限って眠いと仰有いまして！」

「だが、酒の酌は誰がするのかね。君か？」

「イーエ。御新造さんです」

「何日も？」

「ハイ！」

「今晩も？」

だが、何故か此の時急に彼女は口を噤《つぐ》んで、怖ろしげに激しく身慄いしたのである。

「今晩は誰かね？　酌をしたのは——」重ねて捜査課長は訊いた。

「アノ——オ、奥、——奥様です」

彼女にも其の訊問の真意が推察されたのであろう、何度も躊躇《ためら》って後、それ丈言うと、怖ろしいものの様に激しく歔欷《すすりな》いた。

「じゃも一つ！」穏かな声で村田捜査課長は宥《なだ》める様に続けた。「——眠いと仰有ったのは、夕食後直ぐかな？」

「イーエ！」

「何時間程してから？」

「——一時間程して、ラジオのニュースが始まると、——直ぐ——」

「すると君が水を持って行った時は、お寝みになってから、まだ一時間も経ってないんだね？」

「ハイ」

「何日もそんなに早くお目覚めになるのかい」

「ハイ。お酒をお召になって、お寝みになりますと、大抵一時間程して、お水をと仰有います」

漸《ようや》く落着いたらしく、割に明瞭に答える様になった。

「奥様がお水を持って行けと仰有ったのだね」

「ハイ。」

「その時奥様は何処に居られたのかね？」

「アノ、お風呂で御座いました」

「ずっと、君が奥様のお傍に居たのかね？」

「いいえ！　妾が奥様のお風呂の処へ参りますのは、何日ももうお上りになる少し前からで御座います！」

「お風呂へは何時頃這入られたのかね」

「アノ旦那様がお寝みになりまして直ぐ」

「と随分長い風呂なんだね。」と一寸考えて、

「――何日もそんなに長いのかね」

「ハイ」

「で、君が奥様のお傍に行ってから直ぐ二階へ水を持って行ったのかね」

「イ、エ。妾暫く奥様のお髪《ぐし》のお手入れを、お手伝い致して居りました。と急に思い出されましたものか、もう八時頃だろうね、とお仰有って、妾にお命じになりましたのでございます」

「君は風呂場へ行く迄は何処にいたのかね」

「茶の間でラジオを聞いて居りました」

　と其時、又も箕作は口を出して、

「その時ラジオは何をやっていました？」

「ハ、ハイ。あの長唄で御座いました」

「茶の間を出る時、どんな文句だったか覚えていませんか？」

「エエ、でも、何か寺の鐘が何とか申していた様に思います」

「二階へ上るのに、何方《どっち》の階段から上ったのかね」

　再び捜査課長が訊ねた。

「アノ北側の方からで御座います。水を入れました容器やコップが座敷の方に御座いましたので、其儘持って上ったのでした」

　みよを去らした後、捜査課長はメモを拡げて、鉛筆で何か書いていたが、やがて、箕作に差《さし》示《しめ》して置いて、駿青年の呼出しを命じたのである。箕作はそのメモに記された事柄を読み取ると、直ぐ万年筆を取り出して其の裏面に細々と何事か書き付けた。

　駿は既にすっかり落着を取戻していた。度の強いレンズの奥に光る眸は、冷静な神経を語り、長髪の白晳《はくせき》の顔貌は、悽愴な緊張を見せている。チラと軽い視線を投げた村田捜査課長は、其時受取った箕作のペンの跡を辿った。それには――

「喜多野鉱造氏の性質は？　酒癖は？
　遺産ありや？　あればその限定如何？

駿青年が二階へ中座した真の目的は？」

　そして末尾に、「現場不在証明《アリバイ》の確実性の参考たらしむ」と付加《つけくわ》えてあった。

第六章　許嫁《フィアンセ》

「父は当年五十六歳です。ＹＩ紡績の常務取締役です。身体は至極壮健精力旺盛でした。性質は稍《やや》固陋《ころう》で、金銭に対する執着が強く、吝嗇《りんしょく》の誹謗は甘受していた様です」

　冷然たる口調で、駿青年は父親の解剖を述べるのであった。

「――父には実子は有りません。此家族に於て父と血の繋りを有する者は誰一人居りません」

「じゃ君は？」思わず捜査課長が膝を乗り出すと、彼は同様な冷然たる調子で、

「――母の連子です。母は当時三歳の私を連れて、当家に嫁して来たのでした」

「すると、も一人の娘さんは？」

「淳子ですか！」何故か怪しく眸が煌《きら》めいたのを、箕作は見逃さなかった。

「――あれは、母の義理の姉の子です」

「それがどうして当家に来ている？」

「――私の妻となる可く要求されて――」

「じゃ、もう結婚しているのか？」

「否《いいえ》！　淳子は未だＭ女専に在学中です、それに僕も、尚父の脛《すね》を噛《かじ》っている学生です」

「あ、許嫁だね」と村田課長は首肯いたが、何故か箕作は、静かに質問した。

「駿君！　君が淳子さんとの結婚を拒否し出したのは、何日《いつ》頃からかね？」

流石《さすが》の駿も、此の質問には、激しく感情を害したのであろう。憤怒の色がさッと顔貌に漂ったが、

「――返答すべき範囲外の問題ですね」と漸くにして言い放った。

「それでは訊くが――」と村田課長は考えつつ、「――君が、弘世君と対談を始めたのは何時頃だったかね」

「七時頃でしょう、夕食後一時間程経っていましたから――」

「その話の途中で、二度扉を開けたそうだね」

「ええ！」

「その最初の時は？」

「別に意味も無く開けて見たのです」

「それが八時十五分前だったのだね」

「弘世が時計を見てそう言った様に思います」

「ピアノの音が響いていたそうだが……」

「妹です、淳子は夕食後一時間程は毎夜、練習のため鍵盤を叩いています」

「何の曲でした？」

箕作が又口を出した。

「――知りません！　然し一定のリズムも無く、無茶苦茶の様にも思いましたが、あの様な曲があるのかも知れません」

「それから二度目扉を開いたのは？」

「二階へ上る為だったのです」その陳述が重大な点《ポイント》に差しかかっているのを自覚したのであろう、白皙の額に微《かすか》に汗を浸ませて、

「――弘世に見せ度い物があったので、僕の部屋に取りに行ったのです」

「君の部屋は？」

「此の応接室の真上です」

「然しそれにしては、随分暇がかかったそうじゃないか」

「探していたんです。がどうしても発見《みつか》ら無かったので、案外暇どりました」

「何かね？　品物は？」

「ノートです！」

「ノートを――⁉」と思わず、何故か箕作は強く反問したが、捜査課長は、微に訝《いぶか》し気な視線を箕作に投げた丈で、再び訊問を続けた。

「君は此の部屋に蹣跚《よろめ》く様にして戻って来たそうだね？」

「急に眩暈《めまい》を覚えたのです」

「然し、『怖ろしい事だ！』と呟いたそうだが」

「ええ！　それは短刀が紛失していたからでした」

「短刀？」

「あの父の頸部に突刺されてあった短刀です」

「あれは君の部屋に保存してあったのか？」

　重大な陳述である。五十燭光の電灯の光で此の不敵の青年の面貌の下に蔽われたる真相を些細な点迄観取せんとする如くに、鋭く凝視《みつ》め乍ら課長は訊く。

「——僕が父の部屋に有ったのを、黙って持出して居たのです。然し、夫《それ》を知って居たのは——」

「知って居たのは——？」

　激しく苦渋《くじゅう》の色が、細い眉から怪しく輝く眸の方に漂ったが、軈《やが》て、決然として、

「——言えません!!」と唯一言何故か唇を固く閉じたのであった。

「じゃ君は、その短刀の紛失で、惹起さるべき事件を予測したのだね」

「ええ！」

「その短刀は今日何時頃迄君の部屋に有ったと思う？」

「少くとも六時前迄は——」

「理由は？」

「夕食前僕自身取出して、刀身の焼刃の色を眺めていたのです」

「夕食後は？」

「部屋に帰りませんから、紛失の発見される迄は何も知りません」

事件は次第に核心へと近付きつつある。蒸す様な暑さを苦痛とも、感じない様子で、兎我野警部も、熱心に此の訊問を傾聴していた。

然し此の青年は、現在自分の陳述している事が、如何に自身に向って、怖ろしい陥穽を掘りつつ有るかという点に、果して無関心なのであろうか、兇行時間と推定される時間に、階上に上ったのは、今の処自分一人である事に彼は気付いてはいないのであろうか。

捜査課長は再び慎重に訊く。

「君の家の財産は？」

「——有価証券不動産等合して、約四十万円位でしょう！」

「遺言書と言う様な物は有るかね」

「父に秘書が一人居ります。その話に依ると作成してあるそうです」

「その内容は知っているか？」

「いいえ！」

「財産の処分等記載して有ると想像するかね」

「嶺《みね》の——秘書の名です——話に依ると、最近内容を変更し度いから、弁護士と一度相談し度い、と父が洩していたそうです。だから——」

「——だから？」

「父には最近心境の変化が有って、遺産の分配等に変改を加え様と意図したのじゃないかと想像して居ります」

「理由は？」

「――血肉愛――とでも申しますか‼」

明快なる語調、だが一度夫等の言語の裏面に潜む、怖ろしい意味を洞察する時は、果して平然と此等の事項を陳述する青年の精神状態に、一脈の不安を覚えしむるものの存在するのを、気付かないものが有るだろうか。

それが若し、此の青年にして、既に夫等の結果を予想し推断し、然して尚断然と陳述を続行するのであるならば、駿青年の企図する処は、一体那辺に存在するのであろうか、それとも、全然彼は無知にも近い白紙の状態で陳述しているのであろうか？

第七章　ヒステリ患者

青年が部屋を去った後にも猶、鉛の様に沈み切った空気が、更に人々の心を重苦しくして、駿青年を中心にして、或る一つの解け難い謎が、ぐるぐると煩瑣な鍵を回って踊り狂う様にも想われた。けれども、瞬時にして、一同は鋭い金属性の音調に、弾《はじ》かれた様に部屋の扉に佇立《ちょりつ》する、灰黄色の婦人の病的興奮を現す、きれの長い眸から放射される憤怒の視線を迎えねばならなかった。

「署長さんは一体誰方《どなた》ですか？　一体貴殿方《あなた》は、何の必要があって、こんな遅くまで、無辜《むこ》の者をお調べになるのです？　妾が、その夫殺しをする様な、怖ろしい女にでも見えるので御座いますか？」

「否《いいえ》――奥さん！」課長は丁寧に前の椅子を指示し乍ら――「唯、ほんの僅か、犯人を探出すに就いて、参考に成る事でも聞かして頂き度いと思いまして――」

「いいえ！」女は尚も押え付ける様に鋭く、「犯人は既に判っているじゃ御座いませんの？　今更参考等と言って、訊問なさらなくとも――。ええ！　犯人は、あの人の皮を着た畜生の篠――妾《めかけ》の篠で御座いますよ‼」

「ヒステリ性神経錯乱だね！」兎我野警部は哀れむ様に呟いた。が課長は尚も穏かに――。

「ほほう！　では其の証拠は？」

「証拠？　ほほほ……ホ」と、癇高いヒステリカルな笑声を立てて――「――証拠なんかあの古狐に要りますものか！　彼女《あれ》は、芝居の巧い女狐でも、尾の七本も八本も裂けた金色の古狐ですよ！　畜生‼、誰が、お前等に誤魔化されるものか！　人殺し奴！　悪魔！　外道奴‼」

その悪罵の声は凄じく舌端に火を吹くかと想われる程、激しい口調で、怖ろしい呪詛と共に吐き散らされ、流石の課長も暫し啞然《あぜん》として、眉を顰《ひそ》めた。然し次第に興奮が沈静して来たのか、彼女はやっと呪詛の声を止めると共に、捜査課長の落着いた視線を捉えて、「――そして、妾に訊き度いと仰有いますのは、何んでございますの？」と詰る様に言った。

「いいえねえ――奥様‼　貴女は今夜、御主人の晩酌のお対手を成さったそうですが――」

「警察というものは、そんな些細な家庭の私事にまで立入る必要が御座いますの？」

皮肉な口調で、彼女は早口にまくし立てた。

「──きっとあの篠が申したので御座いましょう！　嫉妬の強い女狐の事ですからね。署長さん！　騙されなすったのじゃ御座いません？　ほほホ……ほ。ええ！　妾今夜、主人に申しましたの。偶《たま》には、妾の酌でもお酒召上って下さいまし、篠のお酌じゃ、毒を盛られるかも知れませんよ。とね。ほほほ……ほ」

「すると、何日《いっ》もは奥さんじゃ無く、今晩だけ奥さんが御主人のお酌をなすった訳なのですね？」

「──不可ないとでも貴方は仰有いますの？　一体貴方には私達の夫婦の愛情に、口を出す権利がお有りなので御座いますの？」

再び彼女の表情は凄じい憤怒に包まれた。

「女性の月経閉止期には、往々にしてあの様なヒステリ性の発作が起るものですよ」

喚く様に金切声を立てる夫人を持て余した一同が、漸くにして彼女を室外に出すと、ほっとして箕作は言った。

「精神的欠陥が有るね。然しあの様な錯乱状態に導いた直接原因は一体何だろう？」

憂鬱《ゆううつ》な表情で村田捜査課長が呟いた時に、これは又、何たる楚々たる姿であろう、憂愁に満ちた表情、今にも泪の溢れ落ちそうな悲哀の中にも、凛然《りんぜん》たる意志の閃きが仄見えて、気高く、両手を胸元に組んで、静かに淳子が姿を現わしたのであった。

「──叔母は今年四十六で御座います。妾の母とは、義理の姉妹になります。妾は十三の春小学を卒《お》えると共に、此方《こちら》に貰われて来たので御座いました」

　玉を転ばすとは、此の様な声の形容に用いるのであろうか、絹の如く、銀《しろがね》の如く冴えて美しく、彼女の陳述は続く。

「――幸福は妾の女学校を卒《お》える迄続いて居りました。夢の様に楽しい娘時代を、十八の春まで、飽く無き幻を追い求める様な処女心《おとめごころ》の儘に、不幸とは、悲みとは、一体何処の国に有るのであろう等、思い乍ら育まれて来たので御座いました。

　――けれど、妾は只今二十歳で御座います。十八歳から二十歳迄僅か二年、それはたった二年の短い歳月なので御座いましたけれど、妾に取りましては、十八年間の苦痛と悲哀を一時に味わわせられた様な、辛い哀しい二年で御座いました。と申しますのも、叔父様の怖ろしい程の性格の変り方と、それに連れて、叔母様のお心持の変化、それにも一つ、お兄様の荒《すさ》んで行くお身持で御座います。

　あのお姉さま――篠様の事でございます――が此方にお出に成る様になりましたのも、叔母様が、叔父様のお身持が、家庭に及ぼす影響の、余りにも大きいのにお気付になって、自らの気持を忍んで妾宅から無理にお迎えになったので御座いました。

　それにも不拘《かかわらず》、此の喜多野家は、日に日に冬の木枯しの如く冷い風が吹き荒み、毎日の様に、お兄様と、叔父様とは口論なさいますし、最近は叔母様と姉様も啀《いが》み合いなさって、遂に皆それぞれちぐはぐな気持で毎日を過す様になったので御座います。

　それと申しますのも、叔父様の性格の変化からで御座います。夫迄はお酒も召上らず、本当に好い叔父様で御座いました。それが何う致しましたものか。二年程前から、急にお酒の量が進みまして種々お酒の上で、良くない事をも成さる様になったので御座います。それが何んなに妾達を苦しめました事で御座いましょうか」

第八章　実験

喜多野鉱造氏に酒癖ありや？　箕作は先刻メモにこう書いて、村田課長に質問している。如何なる点を摑《つかま》えて、此の質問を導き出したかは、知る由もないが、課長はチラと箕作の方に軽い視線を投げて、

「——成る程！　酒癖が鉱造氏にはお有りだったんですな？」

「ええ！」

「——で、それは例えば？」

「例えば——」淳子は其の刹那、さっと紅の色を頬に上ぜたが、「——あの、お恥かしい事で御座いますけれど、女中達をあくどく揶揄《からか》ったり、女給風の女を連れ帰って、巫山戯《ふざけ》て見たり……」と口の中に消える様に言って、長い睫毛を伏せた。

夜気は既に冷く下りていた。蒸暑い中にも、ひんやりとした空気が一同の昂奮した額の汗を冷く奪い去って行った。

「これは案外、簡単な事件かも知れませんね」

兎我野警部は、手帳に記録した必要事項を改めて辿り乍ら言った。「——家庭の事情は相当紛糾している様だが、要する処は、日頃仲の悪い親子喧嘩が昂じての結果だと思いますよ」

然し夫れに応える人は無く、箕作は黙々として拇指《おやゆび》の爪を噛み、村田課長は顎を左手で揉んでいた。

訊問は一渡り終了したのだ。けれど其の結果は、尚混沌としている。兎我野警部の指示する、此の邸宅の相続人であろうと想像される駿青年にした処で、動機は尚分明ではない。遺言の点は、顧問弁護士及び秘書嶺某を取調べれば明白となるが、若し事実、鉱造氏に其の意志が有ったとしても、自己に取っては当然不利と思推される事項を、一つのみならず陳述する青年の態度は、充分疑問とせねばならないのだ。

箕作氏は再度メモに数行の字を走らせて、捜査課長に手渡すと、「——現場を一度見せて頂きますよ」と言葉を残して、独り廊下に出て、階段を上って行った。

課長がメモを覗いて見ると、個条別に、疑問の諸点を書き連ねてあった。

一、駿は最初扉を開いた理由を何故明瞭に答えないのだろう？

二、其の扉を開いた時に聞えたというピアノは、何故乱調子に聞えたのであろう？　事実乱調子とすれば、淳子は何を悩んでいたのだろうか？

三、夫人の妾に対する怖ろしき呪詛の原因は何であろう？

四、短刀が駿の部屋に有るのを知っていた人物は誰？　又駿の庇護する理由は？

課長は読み了えると、それを兎我野警部に手渡した。そして自分も、部屋を出て、箕作の後を追った。兎我野警部も、慎重に読んでいたが、やがて、その末尾に、鉛筆を走らせて、

駿が短刀を部屋に持ち帰りし動機は？

と書き加えた。

課長が二階の死体のある部屋を覗いた時、箕作は熱心に頭部の刺創口を調べていたが、ふと背後に課長の存在を意識すると、何気無い態度で、手にした或る品物をそっとポケットに滑り込ませ乍ら、軽い微笑と共に課長を振返って、

「不思議な死ですね。明日の剖検には是非立会せて頂き度いと思いますよ」と言った。

部屋は六畳敷で、北側は腰板硝子窓付きの障子になっていて、東側も同じ障子ではあったが、夫れを開くと、廊下が南北に渡っていて、総硝子の戸が雨戸がわりに立てられてあり、朝日を避ける為であろう、純白の布が張り廻されてあった。

西側は、本床と違棚《ちがいだな》が、古雅な気品を見せて飾られ、故人の持つ風流が微かに偲ばれた。然し箕作や捜査課長の視線を捉えたのは、床の間に置かれた二振の長剣であった。柄や鞘の細工、飾等は袋に包まれているため、見る由もないが、その刀架には尚短刀の収る可き余地が、空虚となっていて、あの兇器が使用される迄は、当然此処に有ったのであろう事を、充分に物

語っているのである。

箕作は夫等を一渡り眺めると、襖を開いて、南側の廊下に出た。そうして北側の階段を下りて、奥座敷の横を庭園に面した廊下に出て、便所の前を右に折れて、風呂場を覗き、家族一同が集って、無気味な緊張と、不安に、無言の凝視を交している茶の間をそっと覗いて見た。

ヒステリの夫人は、奥座敷ででも、警官に監視されているのであろうか、其の部屋には見えず、娘淳子も、自分の部屋に引取っているのであろう、其処には、依然愁然と悲哀深く面を伏せている妾の篠と、その傍に引添う様に二人の女中が黙然と座し、少し離れて、駿が何を書いているのか、手帳らしきものに、しきりと鉛筆を走らせている。

箕作は其の時、不図瞳をあげて、気付いたらしい弘世の、腕拱《うでこまね》いた姿を見ると、切に指を唇に当てて、廊下に彼を眼で麾《みちび》いた。

「——判ったかね。僕の足音が——二階から降りて来たのだが！」

何気無く出て来た弘世は、箕作のこの低い囁声を聞くと、眼を輝した。

「——いいえ！　先生！　僕考え事をしていましたから、知りません。もう一度実験して下さい。僕聞いて見ます」

頷き乍ら再び廊下を北へ去って行く箕作を見送ると、彼は茶の間に戻って、知らぬ顔で凝っと耳を済ました。

「どうだった？」

再度呼び出された時、弘世は此の質問に首を振った。

「否《いい》え！　先生　何も聞えませんでしたよ！」

第九章　解剖の結果

裁判所、検事局、警察署等の厳めしい司法官連に交って、箕作は、加藤医学士の物慣れた解剖振りと、詳細を極めた観察の鋭さに、感嘆の視線を投げていた。然し外景検査に於ては、新しい事実の発見は無かったが、刺創道を切開し、その状態を確める時に到って、頸動脈の切断や、周囲結締組織間の凝血の存在等は何等疑問を起さ無かったけれど、左側上角を断たれた甲状軟骨の骨膜下に、些少の出血が存在したのが、先ず一同の不審をまねいた。そして、更に、喉頭気管を切開、気管支をも点検した時、微細乍らも、血様泡沫液が存在しているのを発見された時には、一同は、此の死体の死因が、矢張り喉頭部の刺創に依るものと、首肯せざるを得なかった。

　然し加藤裁判医は、尚も解剖を進め、心臓肺臓脾臓等、詳細に病変の有無を検《しら》べ、血量を測定し、胃の内容を取り出し、別の容器に採取し、特に腎臓を慎重に検《しら》べていたが、それでも合点がゆかないのか、疑惑の色を濃く漂し乍ら、漸くにして解剖を了え、ほっとした様に彼の顔を眺める幾多の眸に対し、静かに言うのだった。

「これで解剖は終了しました。然し、直接の死因は、あの短刀に依る刺創でありましょうが、普通の場合に於ける如く、失血が死因では無く、寧ろ刀部が気道の一部を創《きず》つけた為の窒息死が、或は直接死因とも言い得るのかも知れません。然し、それにしては、何故出血が過少かの不審に対しましての解答には成りませんが、これは今の処疑問と申上げるより仕方が無く、胃の内容の詳細な科学的検査を待たねば、その毒物等の存在も断言致し兼ねますが、それは外表検査の時申上げました様に、此の死体の特異な点は、異様な貧血状態である、然し現今普通用いられる毒物の中に於ても是様《このよう》な症状を呈するものは無いと考えるのでありまして、それは猶内景検査の結果にも当嵌まるのであります。と申しますのは、各部臓器が何等病変を有せず、多少大動脈に硬化の病変が認められましたが、これは年齢の点や酒の為已《や》むを得ず、にも拘らず、皮膚の貧血に比して、多大の血量を保有していたのであります。何故に、抹梢神経の分布する皮膚方面のみが貧血し、内臓が血量に富むか、これが解釈には只一つしか有りません！」

　これは確かに疑問である。あの出血量より観る時は、当然刺創の加えられたのは、死体となってからである。にも不拘、軟骨膜下の出血や、気管内の血液が、未だ生存中なるを証明している。それにもう一つ、若し被害者が熟睡下の殺人とすれば、被害者のあの苦悶の表情は何故で有ろうか、夫も証明されねばならない。

　加藤裁判医は、言葉を続けた。

「――人間には神の意志に依って、自己の生命を保存する本能を与えられて居ります。が、更に、その身体の防護は、単に意志のみならず、殆ど無意識に、若し身体に危害を加えられた場合に、その出血を能《あた》う限り少なくする為、体内に副腎なるものが存在しているのです。これからは、一種のホルモンが作成せられ、体内に送出されます。則ち、諸氏が若し、絶大なる驚愕恐怖に襲われた場合を想像して頂けば明瞭です。顔面は蒼白となり、筋肉は凝縮し咽喉は渇き、皮膚は貧血状態を呈します。故にその時障害を受けたにしても、出血量は、普通の状態に於ける際よりも少ないと言えましょう。

　昔尚未開であった頃、このホルモンは幾多の人命の無為に失われてゆくのを救ったかも知れません。これは現在にては、明白に立証され、アドレナリンと呼称されているものです。

　今死体の状況を観ますのに、此のホルモンが作用したと思推さる可き点が多いのであります。然しこれは絶対に覚醒時に、その中枢神経を或る手段に依って刺激せねば生成されないもので、被害者の腎臓に些《いささか》の異変が無い以上、此のホルモンが作用したという理由は死体の状況が許さないのであります」

　被害者は成る程、寝床の上で少しも抵抗の状態を示さず、手は心もち握りしめてはいたが、顔面の苦悶の象徴に比しては、総体に身体の動きの状態は発見されなかったのである。

「では、死因は矢張り刺創で、失血死じゃ無く窒息死だというのだね？」

　念を押す様に村田捜査課長は訊ねた。

「そう推定するより仕方有りません！」

「脳溢血とか、心臓麻痺とかの病変は？」

「有りません！」

「胃の内容物に、何か異物は発見されないかね？　例えば、アルカロイド様の毒物は？」

「詳細な化学的試験をやりませんと断言し兼ねますが、微かに、アルコール――酒でしょうね、匂いがします。残滓《ざんし》は食後約二時間位の消化程度を示していますから、殺害時間に就いては、相当確実に証明出来ましょう」

「あの死体の顔貌が、激しく苦悶の状態を表わしていたのは、矢張り頸部を刺された為かね？」

「断言し兼ねます。然し私としては、あの刺創口から見れば、殆ど即死と見做《みな》し得るから、苦悶の表情を表わす暇が無いじゃなかろうかと想像しますね」

簑作は其の間、助手を依頼して、被害者の少量の血液と、胃及腸の内容物を、小瓶に移し取っていた。

第十章　遺言書

喜多野家は、大阪の南、生駒《いこま》山脈の流れを汲む、大阪城より茶臼山《ちやうすやま》へかけての丘陵地帯に、宏壮な邸宅を構えている、幾多のブルジョア連に交って、南向の日当りの好い和洋折衷の、明るい感じのする家であった。

解剖終了後、係官連の慎重な捜査会議が開かれ、その席上、兎我野警部の相当強硬な意見の開陳があり、俊宗《としむね》予審判事に令状の交付迄要求したのであったが、村田捜査課長は何故か、頑強にそれに反対し、更に綿密な証拠の蒐集を強調した。

他殺である事は明白である。然し兎我野警部の指摘する犯人には、状況証拠こそあれ、物的証拠は、何一つとして存在しないのである。此の点が痛く兎我野警部の主張の弱点を突いたのであって、為に再度係官一同は、車を駆って、此の喜多野家に訪れたのであった。

玄関の扉は開放《あけはな》たれ、官服の警官が、訪れる幾多の弔客連に鋭い視線を投げていた。黒く張り巡らされた幕をくぐって、黒紋付モーニングの紳士連の出入の間に、紫の香煙の棚引くのが、その突発せる不幸を物語っているとは謂え、こうした警官の姿は、彼等弔客達に無気味な不安を与えるに充分であった。

夫等の人に交って、背広服姿の司法官連に厳めしい官服の捜査課長や警部の姿の訪れは、確かに異様に見えたに相違ない。

五月蝿《うるさ》い新聞記者連の応対を警部にまかして置いて、表側階段から二階の部屋に上った一行は、兇行の有った部屋に於て、鉱造氏秘書嶺治雄《みねはるお》を訊問する事が出来た。

三十四五歳にも見える広い額の、眼の鋭い頬の高い青年が、腕に黒い布を捲いて、一行の背後から静かに声をかけた。

「嶺です！　主人には公私共に相談に与《あずか》って居りました。皆様の御捜査の御便宜になります事なら、何なりとお手伝い致し度いと存じますが――」

襖から、死体の仰臥していた位置の首元と思われる付近迄の距離を測定していた課長は、其時つと身を起して、嶺の心持ち蒼ざめた顔を凝視したが、軈て静かに予審判事を顧て、

「何かお訊ねになる事はありませんか？」

「そうですね。あの遺言云々の点を確めて置き度いですね」

俊宗判事は囁く様に言った。

「――主人は財産に対しては、病的と言ってもいい程、はげしい執着を持って居りました。故に自分の死後の、財産の処分に就いては相当悩んで居りまして、既に御承知でもありましょうが、家庭の事情が可成り複雑して居りますし、それに主人には真の肉親というものが一人も有りませんでした。――」嶺は明晰《めいせき》な口調で、落着いて陳述したのである。「――為に、殊更《ことさら》にその心配が大きかったのかも知れません、此の様な事を私の口から申し上げるのは不穏当かも知れませんが、こうした心情を主人に抱かせる様に致しました原因に、駿さんの病的な傾向と、奥様のヒステリがあります。嘗《かつ》て私は主人に生命保険の勧誘をした事があります。それに対して主人は、嚙み出す様に申しました。『一体俺が死んだら誰が金を受取ると思っているのだ。そんな無駄な金は一文だって出さぬぞ!!』」

弔客の乗って来た車であろう、頻りと警笛を鳴らすのが響いて来た。嶺は再び言葉を続ける。

「――これは、主人の心情を語る、単なる一例に過ぎません。故に此の様な考えを持った主人に何《ど》の様な遺言書が作成されていたかは皆様の想像外のものであるかも知れません。充分そうした心情なり家庭の事情なりを察して居りました私に取っても、余りにも冷酷な主人の意志には、驚愕もし、戦慄もしたものです。

則ち、主人はその財産の殆んど全額を、他人の名義に切かえて、遺言書に記されたものは、家族に残された蚊の涙ほどの遺産の処分と、そしてその意外の仕打ちに、驚きの目を瞠るであろう家族に、嘲笑的な文言をなげつけているのでした。――もし今もその計画と遺言書が破棄されずにありましたなら、奥様始め駿さんは、明日にも路頭に迷う身であったと言えるのです」

　此の言葉は、一同を愕かすに充分であったと言える。判事は思わず手にした鉛筆を持ち直し、課長は眼鏡を左手で押し上げて、嶺を瞶《みつ》めた。

「ではその遺言は、最近改められたのだね？」

「ええ、つい一月程前です」

「以前の遺言書の内容を知っていたのは？」

「私と弁護士とが証人として立会い、公証人の面前で、公正証書として作成しましたから、知っているのは、其の人々丈でしょう」

「その破棄されたのは？」

「一月程以前、矢張り同じ顔触れの人が集まって、主人の意志に基づいて、第二の遺言書を作成致しました」

「今度の分の内容は？」

「遺言執行者が、波頭弁護士になって居ります。本日、故人の枕元に於て、関係者一同に発表されるでしょうけれど、今度は主人の遺産の大部分は、植原篠さんの遺児に依って相続される事になって居るのです。これは本年の初めに、一万円の生命保険に加入したのと同様に、大きい精神的変化でした」

　捜査課長の脳裡には、篠の色の白い肌と、愁に沈んだ姿が泛《うか》んで来た。それと共に、駿の言った、肉親愛です‼と言う言葉が明瞭に反芻されたのであった。

「自分の血肉を分けた者に対する愛着だね‼」

呟く様に課長は言った。

「全くあの人の胎内に、新しい生命が宿ったのを知られた時の主人の驚喜振りは、まさに言語に絶していました。当座は殆ど六甲の別宅に入り浸って居られたのですが、奥様や家族の関係上、此方へ同居せしめられる事になって、昨年末から若奥様がお出でになったのでした」

「駿君は其の内容を知って居たのだろうか？」

何気なく訊き乍らも、課長の鋭い眸は、嶺の表情をしっかと摑えていた。

「さあ！　どうでしょうか。私はそうとは思いませんがネ」

「然し、駿君は、最近遺書が書き改められるという事は知っていたらしいよ」

「そうですか！　すると誰から聞いたんでしょう」

平然と呟く様に嶺は言って、首を傾げた。

第十一章　淳子の部屋

其の頃、弘世は箕作の宅を訪れて、彼の緻密な実験を見守っていた。一体何の物質を、何が為是様に煩雑な方法に依って鑑識しているのか、彼には少しも判らなかった。けれど、只其の実験が、今度の喜多野家の殺人事件に関係があると聞かされた丈で、彼は充分に有頂天に成り得たのである。

漸く満足な結果を得たのであろう、紅い頬を莞爾と微笑ませ乍ら明るく彼はホープに火を点けて、虹の如く煙を吐き出した。

「何の実験です？　先生！」

先刻から何回同じ事を質問するのだろう。自分でも可笑しく思い乍ら、弘世は思わず言ったが、

「今に判るさ！」と軽く言い捨てて急に口調を変え、「——然し弘世君！　昨日君は言わなかったが、駿君が見せると言ったノートには何が記載してあったのかね」

「知らないんですよ——僕！」と困った様に、「黙って部屋を出て行って、数分後帰って来た時の駿君の話じゃ、殺人方法を書いたノートが紛失したって言っていましたが——」

「——殺人方法って？」

「エエ！　僕達、完全殺人法に就て議論していたンですよ。喜多野の奴、探偵趣味の点で僕と友人になった程の狂《マニア》なんです、あの晩も彼が素晴らしい方法を発見したと言うもんですから、僕それに反駁《はんばく》を加えて、その欠点を指摘してやっていたんです」

「どんな殺人法だった？」

「それが一酸化炭素の液化せしめたものを使用するっていうんです！」

「はははは。一酸化炭素に依る中毒死か、成程、炭火を多く使用する日本に於てはよい思付だね、だが一体あの駿君は、何学校に籍を置いているのかね」

「Y――薬学専門学校です。これも、親父と喧嘩の種なんだよ！　と、よく言っていましたが――」

「あの娘の淳子ってのは？」

「M――高女専科です、良い頭をしてるよ、と喜多野が感心している程の才媛《さいえん》だそうです」

「あ、なんでも、駿君とは許嫁だって――」

「それが可笑しいんですよ」弘世は例の熱っぽい口調で語り続ける。

「――今年の春頃迄は迚《とて》も仲が良く、僕も随分羨望したものですが、どうしたのか、最近は二人の間に大きい溝が作られたらしいのです。先日も何故だ？って訊いて、酷く冷淡に叱られましたよ。俺が卒業すると同時に、こんな冷い家庭なんか飛び出して、淳子と二人で楽しいホームを作るんだ、と言うのが彼の口癖だったのですが、夫も、最近出なくなりました。或は単なる臆測に過ぎないかも知れませんけれど、痴話喧嘩の程度にしては、少し深刻な気配がします」

　此の時、箕作は、昨夜、許嫁の事を訊いた時の苦渋の色濃い駿の表情を思出した。

「ところで弘世君！　今何時だい？」

「今四時に八分許り前です」

「君の時計は昨夜から止まったのじゃ無かったのかね」箕作は何気なく言い乍ら、自分の懐中時計を取出して、龍頭《りゅうず》を回した。

「いいえ！　何故です？」

不審気に聞く弘世に、軽い笑を残しつつ、箕作は素早く外出の用意をした。

「喜多野家へもう一度行き度いのだ、が君は何《ど》うする？」

　箕作が喜多野家の二階に姿を見せた時は、捜査課長の一行は、駿の部屋を検べていた。

「何か発見《みつか》りましたか？」

　此の質問に対し、課長は本箱にぎっしりと詰められた犯罪に関する書物を指示した。

「本職跣足《はだし》の蒐集振りだね。探偵小説はまあいいとして、犯罪捜査法だの、法医学概論だのは、この理化学鑑識法や指紋法と共に、趣味の範囲を出ている様だね」

「化学に薬物学、特に有機化学の本も多い様ですね」予審判事も呟く様に言った。

「薬専に籍を置いているそうですよ」言い乍ら箕作は、二三冊手当たりの本を抜き出していたが、ふと、何を認めたのか、その中から手厚い洋書を抜き出し、頁をパラパラと繰り始めた。その本は独逸語で書かれてあった為、課長は一寸表紙を覗いた丈で、直ぐ他の方面を調べ出した。

　南の窓を透して、プラタヌスの繁みが見える。夏の明るい光が満ち溢れている。何が興味を牽《ひ》いたのか、黙々として読み耽《ふけ》っていた箕作が、漸くその本を元の処へ戻した時には、待ちあぐねた課長が部屋を出ようとしている処であった。

「あ！　村田さん！　淳子さんの部屋も一度見て置き度いと思いますが——」

「娘さんの部屋は、確か此の向いだったね」

頷き乍ら、課長は、そっと襖を開いて、駿の部屋とは廊下を隔てて対した北側の部屋に這入った。プンと鼻を打つ軽い香料の香が、女性の甘酸い体臭を匂わせ、等身大の姿見や、濃い色彩の衣類の艶《なま》めかしく衣紋竹に掛る態等、若い女性の姿を、まざまざと描き出すに充分であった。

「このピアノだね」

窓際に置かれた黒く光るピアノを課長は指したが、箕作は何故か、その傍の小型の卓子の上に置かれた扇風機に鋭い視線を投げた。

明るいクリーム色のエナメルを塗った球型の扇風機は、見るからに涼し気に、四枚の羽根を輝かして翼を休めている。彼は続いて、天井を見上げ桁から吊された針金が、日頃は電灯を吊すのに用いるのであろうか、鉤形に曲げられてあるのを見ると、満足した様に微笑んで、次に卓子の抽斗《ひきだし》や、鏡台の中や、書物机の女らしく飾られた上などを探し始めた。

北側は硝子戸を開くと細い廊下になっていて、手摺越しに庭園の葡萄棚《ぶどうだな》が見えた。明るい光線を避ける為か、花模様のレース縫取したカーテンが掛っている。何を求めているのか、探しあぐねたらしい箕作が、此の部屋には何等興味無さそうに、硝子戸越しに庭を見下している判事達には無頓着に、何と思ってか急にピアノを叩き始めた。

「何うしたのですかネ、検証が済んだら帰りましょうか」

瞭《あきら》かに不機嫌な様子を示したのは、何日《いつ》も終日黙々として何一つ最後迄意見らしい事の発表をした事のない樋上検事であった。

結局一行は何も得る処とて無く、喜多野家を引き揚げたのだったが、捜査本部に姿を見せた兎我野警部は、捜査課長の前に上女中久米井みよの証言として、当夜、駿青年が玄関脇応接間に於て、殺人方法として、最も完全なのは云々の不穏なる言葉を弄していたのを立聴いた点を挙げ、更に、駿が夕食後階上に上ったのは、ノートを探しに行ったのが初めだ、というのは嘘であるとし、その証拠として、女中一人並《ならび》に妾篠の証言を挙げたのであった。

此の言葉は確かに捜査課長を愕かした。若し夫れが事実とすれば、何故駿は、其様な虚偽を申立てたのであろうか。その目的とするのは、如何なるものであるのか、一寸想像されなかった為である。

一行の立ち去った後、尚も居残っていた箕作は、弘世を呼び出すと早速声を秘めて、

「ちょいと君に頼み度い事があるんだ。それはネ――」と稍《やや》躊躇したが、「――実は、駿君に此の紙片を渡して、読んだ時の駿君の表情を注意して欲しいのだ。それから――」と又考え、

「アドレナリンの効果を紛失したノートに記入して置いたか何うかを聞いて欲しいのだよ。僕からとは言わずに――」

箕作が一枚の紙片を残して、帰って行った後、弘世はそっと便箋用紙らしい紙片を拡げて見た、とそれには、唯一行に、

――犯人は判った。明日発表する！

と記されてあった。

第十二章　月経閉止期

「月経閉止期に於ては、何故一般に犯罪を犯す傾向が多くなるのだね」

鑑定書を持って来た加藤裁判医を摑えて、村田課長は早速質問の矢を放った。

「月経開始期に於て心身に発現する変調と同様に、閉止期に於ては、肉体的には、卵巣の萎縮があり、脂肪や皺の増加筋肉の弛緩《しかん》等があり、精神的には時には異様な性的昂奮を覚えたり、又は財物に対して猛烈な欲望が生じたり、それに加えて、閉止期の年齢に達したものは、多く羞恥感の減少と共に、自己の行為に対しては、敢行心を強めるが為に生ずる現象でしょうね」

「じゃ、ヒステリ性精神異常者に、計画的犯罪が遂行出来るかね」

これに対し加藤裁判医は静かに意見をまとめる様子であったが、軈《やが》て静かに、

「出来ます。元来ヒステリ性精神病者は、これを三つに分類出来る様です」と説明し始めた。

「――一は感情の異常です。これの特徴としてクレペリンは、身的障碍を示す異常なる快活と軽快とを述べ、その主たるものに、感覚過敏、表情運動麻痺、分泌異常、等を挙げています。これは最も普通の、極めて刺激され易い患者の大部分が此の中に這入るのでしょう。

第二は、即ち知能の異常であって、これには、人に秀れた観察の鋭敏なのや、周到な注意力迅速な理解力の所有者であって、特殊な技能に対して天才等の呼称を与えられている者に多い様です。然し注意深く観察する時は之等の才能は総《すべ》て表面的であって、多くは自負心の強く虚

栄高く、人目に立つ事を平然として行い、又空想のはげしい昂進が現れています。則ち空想上の人物である小説の主人公と同じ様に自分を誤認し、その人物と同様の行為をする様な患者なのです。こんなのが多く虚偽の陳述をして狂言強盗などで警察を騒がすのです。

その第三は意志の異常といいますか、則ち暗示感性の強い、例えば酷い迷信に陥ったり、周囲の煽動なり示唆なりに支配され易く、思慮弁別少く、その見聞した事実の判断如何に依っては、怖ろしき犯罪をも遂行します。

だから、ヒステリ患者と言っても、一概に精神朦朧者とは言えません、寧ろ癲癇性患者が錯覚又は幻覚にて遂行する犯罪と同等以上に惨酷に計画的犯罪を遂行する場合がありますよ」

課長は此の言葉に、何か深く考えに沈む様子であったが、不図思い直した様に、

「ところで、あの胃の内容物から、何か毒物の検査が出来たかね」

「――駄目でした」加藤裁判医は残念そうに答えた。「――アドレナリンは検査しましたが、これは、誰の体内にも存在するもの、それに、粘膜からも体内に吸収されますので、その経路が不明なのですよ。仮令《たとい》体外から送り込まれたとしましてもネ」

「然し、そのアドレナリンかね。――それで人は殺せるのかい？」

「ええ、多量用いたらば――。先ず胸部苦悶を起し、呼吸困難、心悸昂進を伴い、遂に死に至ります」

「普通何に用いるのかね」

「外科手術用です。局所切開に於ては殆ど無血に近い状態で手術を為し得ますからね」

再び課長は深い沈黙に落ちた。

喜多野家を出た箕作は、何を考えてか阪急電車で神戸に姿を現わした。そして尋ねあてて訪問した家は、長唄の老師匠杵屋《きねや》三亀松《みきまつ》の宅であった。半時間以上は、充分費したであろう。さしもに長い一日も暮れて、神戸の街には灯が輝き始め、六甲摩耶の山々は、紫に色褪せて、次第に暮色濃く染め出した頃に、満足と疑惑に包まれた、豊頬の箕作の姿を元町《もとまち》のとある食堂に見出すことが出来た。

その夜、夏の宵には快よい微風のそよ吹く、星の美しい夜であったが、喜多野家に於て、弘世は駿の部屋に彼と相対していた。

「――先ず俺の疑問を明瞭《はっきり》さして呉れ！　いいか。第一君は誰かを庇っているな？　誰だい！　それは！　いや！　隠すな！　今の君の表情の動き丈でも俺には判るよ。言え!!　喜多野！」

依然蒼白な細面に度の強いレンズを光らせ乍ら、長髪を指で掻き上げて、駿は稍動揺の色を見せたが、それも直ぐ平静に戻って、

「何か君の思違いじゃないか！　僕にはそんな必要が無いじゃないか？」

「言えないね！　よし――じゃ訊く！　君は何故盗まれもしないノートを紛失したなんぞ僕に言ったのだい？」

「えッ？」

「さあ！　白状しろ、喜多野！　俺がそんな友達甲斐の無い男に見えるのかい！　俺には夫れが残念だ！」

　驚愕の眸をあげた駿は、唖然として弘世の脂ぎった赤顔を凝視した。

「――な、何を言う！　君は――。それは本当だよ。絶対、僕は嘘を言わない！」

「黙れ、喜多野!!」激越な調子で叫ぶと、弘世は、ワイシャツの釦《ボタン》を開いて肌につけていたらしいノートを取り出した。灰色の表紙に横線の大学ノートである。

　犯罪記録帳――

　第一頁に記された此の文字を見ると、叫《あ》っ！　と声を挙げたのは駿であった。

「何処に有った？　弘世！　一体何処で発見《みつけ》たのだ？」

　その態度には些かの疑いを挿む余地の無い程真実が籠っている。

「――君の本棚にだよ」

　流石の弘世も、これには聊《いささ》か失望したらしく、声を低めて言った。

「――今日箕作先生と一緒に来た時、例の先生達が君の部屋の捜索をしていたろう。その時君の本棚の犯罪本が一同の注視の的に成ったのだよ。処が捜査官達は、本棚の中でも、探偵小説ばかり詰められた棚には、軽い一瞥を与えた丈だ。しきりと法医学だの薬物学だの棚ばかり注意しているのだ。然し俺は違う！　君の書棚の素晴しい探偵小説の蒐集には垂涎万丈《すいぜんばんじょう》の想いがあったのだ。エレリー・クイーンの作だけでも随分集まっている。倦まずに眺めていた俺は、夫等の原書の中に挿まって、此のノートの覗いているのにふと気付いたのだったよ」

「すると誰だろう！　盗み出した奴は？」

　真剣な眼付で駿は考える様に言った。

「——矢張り本当に盗まれたのかい！　君が其処へ仕舞い忘れたのでも無いのかい？」

「僕は此の手文庫の中へ何時も入れて置くのだよ。僕の秘密函なのだ」

　駿は手提金庫様の黒エナメル塗上げの金属製錠前付きの函を指示した。

「——錠が有るじゃないか！」

「ム！　だが残念な事に、鍵をさしたまま忘れていたのだよ」

「何日から？」

「この函を開けたのは、一昨日の朝だったから、それから後だね」

「一昨日と言えば、兇行の前日だね！」と一寸考えて、「——それから君は何か他に紛失したものがある様に言っていたが、夫れは何だい？」

「ある薬品なのだよ？」沈鬱な表情で呟く様に駿は言った。「——普通では一寸手に入り難い品物なのだ」

「劇薬かい？」

「そうだ！」

「人を殺せるのか？」

「ウン！」

「少量でか？」

「ウン！」

「何と言う？」

「入手の経路が香ばしくないのだ、勘弁して呉れ！」

暗い色が蒼白の額をさっと横切った。黙然として其の様子を眺めていた弘世は、其時初めて、箕作から渡された紙片を差出した。

何気なく受取って、その字句を読下した駿の顔貌は、刹那絶望に近い色を漂わせたが、

「——箕作先生からだよ！」

と弘世の声を聞くと、何故か急に明るい色が蘇って、瞳にもありありと生色が浮いて来た。そして強く弘世の腕を握って、

「——有難う‼　感謝するよ！」と言った。

同じ夜遅く箕作氏を同家に再度訪れた弘世は、労を厚く犒《ねぎら》った箕作に、紙片を見せた時の、駿の絶望的な表情、及び箕作先生よりとの言葉に突如、蘇った生色に就て語り、且、ノートを偶然彼の部屋の書架に発見したことから、その内容は、彼の言の通り種々完全犯罪に就ての記述であったが、アドレナリンに就ての記載は無く、何《いず》れも殆ど不可能に近いトリック或は薬品の応用に依る犯罪であって、寧ろ探偵小説の筋書ばかり、心覚えに書付けたものと思えると、例の熱っぽい口調で意見を述べたのであった。そして最後に駿に見せた紙片に就て、其の真意を糺《ただ》すと、箕作は不可解な微笑を頬に浮べて、此の愛すべき求道者に取っては、謎とも思える

言葉を吐いた。

「――犯人が誰だって？　勿論、僕にも判らないよ。然し君！　動機は何だろう？　殺人には殆ど無動機なんて、存在せない筈だ。だからそれさえ判明すれば、犯人は誰と考えなくとも明白な問題だろうねえ！」

第十三章　再訊問

　その翌日は、いかにも梅雨らしく、しとしとと煙の様な雨のしぶる、嫌に蒸暑い日であった。重苦しい室はべったりと一色の鉛である。街路は泥濘で沼の如くなっている、箕作はその泥の中を、自動車で喜多野家の玄関に乗りつけた。思いなしか、日頃明るい彼の顔も、今日は陰鬱に曇って見える。

　玄関に指を突いた上女中に、軽く微笑んで彼は玄関脇の応接室に這入った。

　とそれと殆ど数分も経たぬ間に、同じく車を飛ばして来たのは、これも沈鬱な表情の村田捜査課長と兎我野警部であった。

　プラタヌスの葉末に滴る露が、微かな音を立てて落ちている。南の窓を押開いて、その露のあとを眺めていた箕作は、此の二人の姿を見ると、急に明るい哄笑を投げ掛けて二人を部屋に迎えた。

「一体、どうしたのかね？　真相判明致候に付――なんて言う書状を速達で送って来たりして――」

「ハッハッー！　これは失礼！　まさか僕叱声を頂こうとは予期して居りませんでしたよ」と又高く笑って、急に真面目な顔に戻り乍ら、

「――実は、も一度、慎重な訊問を繰返して頂いて、犯人を決定したいと思ったんです。と言うのも、勿論、有力な手掛りを得た結果なのですがね」

「じゃまだ犯人は確定していないのですね？」

兎我野警部は、明かに憤懣の色を見せて言った。「当日の此の邸宅の状態より見て、外部より侵入せる犯人で無い以上、あの時刻に現場不在証明を有たない此の家の人物が、犯人である位誰にだって判っていますよ」

「――仰《おお》せの通り――」箕作は首肯き乍ら、「――然し残念乍ら、私達にはまだ夫れが出来ていない。例えばあの駿君にしてもです。貴方は駿君が、父親を殺害したと信ずるに足る証拠なり、動機なりを御存じでいらっしゃいますか？」

此の皮肉は、兎我野警部を再度怒らせるに充分であった。

「すると、箕作さん！　貴方は駿青年が無罪であるという反証でもお持ちなのですね」

これに対して、箕作は考え深い目付きで村田捜査課長に視線を移したが、軈て決然として、

「そうです！　その証拠の第一は、彼が二階に上った時には、既に鉱造氏は殺害された後だったことです」

唖然たり！　と言うのは、此の時に於ける両警察官の表情であろう。

「何うして？」と課長。

「その説明は、駿君に対する二、三の質問に依って致しましょう！」

間も無く姿を見せた、依然蒼白長髪の駿に、椅子を与えて、箕作は穏かな調子で、

「ねえ駿君！ あの当夜、君は、弘世君と対談中、二階へ中座して上ったそうだが、其時は表階段から直ぐ君の部屋へ這入ったのだね？」

「ええ！」

「ノートを探す為だったのだね？」

「ええ！」

「ところがノートのみならず、或る薬品も無くなっていた！」

駿は黙って頷く。箕作はそれを凝視しながら続けた。

「――しかも、其の薬品を若し利用されるとすれば、怖ろしき犯罪が遂行され得る。それに加えて、其様な殺人の動機を持ち得る者を、君は其の刹那、まざまざと想い浮べた！」

些かの揺らぎすら見せなかった、厚いレンズの底に光る駿の眸は、急に落着《おちつき》を失い始めた。

「――誰だろう、あの薬品を盗出して、利用せんとする者は？ そして利用し得る者は？――君には直ぐ判っていた。然しそれを確かめるのは余りにも怖ろしい事だ。が、それにもまして君の恐怖心を募らせたものは、宵夕食後の訝かしい父の眠気と、母の態度であった。では既にあの薬品は利用されたのであろうか？ 此の疑問が、君をして父の部屋に行かしめた第一因だった！」

此の推理には、兎我野警部も黙然として聴いている。箕作の声音は、稍鋭さを帯びて来た。

「——君は襖に手を掛けた。窃《そ》っと押開いた。寂としている。寝息すら聞こえない。日頃から憎悪の対象である父とは謂え、若しという惧れは、君をして更に一歩部屋の中へ、父の枕元へと前進せしめた。そして遂に君は、恐る可き父の死を発見したのだ」

その言葉は、駿の肺腑を抉ったに違い無い、彼は力無く首を垂れた。

「——何故君が其の時声を立て無かったか、それは、殺害方法が意外にも、短刀に依って為されていたが為、君は自身に加わる嫌疑を咄嗟に考慮したのだ。で、やむなく戦慄と恐怖に打ちのめされて愴恨《そうこん》と君は階段を下りて、弘世の前に蒼白な顔を見せたのだった。そうだね」

再度首垂れた儘駿は首肯いた。

「では訊く！　君の盗まれたという短刀は、当日君の部屋に確かに有ったのかね？」

「ええ！」

「何時頃迄！」

「夕食前迄……」

「夕食後は？」

「気付きませんでした」

「君は二階へ夕食後上らなかったなんて、虚偽の陳述をしたね」村田課長が堪り兼ねて言った。が何故か駿は夫に対し応答《こたえ》ようともせない。箕作は語調を変えて、

「——駿君！　君は猶も嘘を述べているね。君の部屋には短刀なんか有りはせなかったのだ」

愕然として駿は、箕作の鋭い視線を迎えた。

「その証拠は？」

驚異の瞳を瞠った警部が糺した。

「あの短刀は、元来鉱造氏の部屋の床間に飾られていたものです。ところが、死体の枕元には、白鞘と錦繍の縫取りをした袋のみが落ちて居て、床間に有った長剣二口が更に鬱金《うこん》の布に被われていたのから見ると、尚当然其の袋が発見されねばならない筈、にも不拘あの部屋には見当らず、と言って、駿君の部屋にも発見され無かったのです。ところが偶然にも昨日、私はその鬱金の袋を意外な処で発見しました。それは後刻その現場を見て頂けば、一目瞭然だと思いますよ」

「僕——咄嗟《とっさ》に紛失した薬品の事が言え無かったんです！」弁解する如く駿は陳《の》べた。

「——で、その薬品の名は？」

苦渋の色が濃く現れたが、やがて諦めたか、「ストリキニーネです！」と低く呟く様に言った。

「ストリキニーネ？」

箕作もこれには意外だったのだろう。思わず反問したが、再び頷く駿を見ると、急に深い思索に陥った。

深い沈黙が、蒸暑い部屋を占有した。駿を帰しても尚、箕作は沈思に耽っている。整然たる推理の一端が意外にも掻き乱されたので、その弥縫《びほう》に焦慮しているのであろう。

がそれも数分、やっと明るい表情に戻った彼は、続いて上女中久米井みよを呼出した。

「あの晩、淳子さんはピアノを弾いていたそうだね」

「ハイ！」依然おどおどと伏目勝に答える。

「君が風呂場の奥様の処へ行った時、どンな弾き方だった？　例えば静かなだったか。それとも乱暴な調子だったか？」

「ハイ、部屋に居る時には、ラジオを聴いていましたので、覚えて居りませんが、風呂場に這入る時には、何かこう静かな曲だった様に思います」

「日頃よく聴く曲かね？」

「エエ、時々お弾きになりますので――」と彼女は軽く首肯いた。

「そんな質問が、今度の犯罪と何んな関係が有るのかね」村田課長も聊か憤怒の口調で言った。

「――僕はそれよりも、風呂場に居たという夫人に対して、大きい疑惑を持つね」

上女中を帰した後、再度考慮に耽るらしい箕作は、此の言葉を聞くと、ニヤリと意味深長な微笑を洩らした。

「――第一、夫人には立派な動機がある。それに彼女は、心的障碍の著明な、意思抑制の少いヒステリ患者だ。更に夫等に拍車をかけるものに、性的閉止期に当面せる心理状態がある。あの妾植原篠に対する呪詛憤怒、嘲罵の度を超えたのは、之等を証明して余りある」

大きく箕作の首肯くのを見ると、課長は更に推論を続けた。

「――第二、夫人は当夜、無理に主人の晩酌の対手を買って出ている。これは被害者の死因が、短刀の他に、或る種の毒薬を用いられたらしいという事実を裏書きするもので、その証拠として、常になく鉱造氏が早く睡魔に襲れたこと、及び夫人の陳述に、『偶には妾の酌でも召上って下さいまし、篠のお酌じゃ、毒を盛られるかも知れません云々』と言っているのは、精神的障碍の有る者には珍らしくない自家撞着の甚しきもので、自らの犯罪遂行の意志を告白しているものと認定し得ること等を挙げ得る——。

第三に夫人には確固たるアリバイが無い。入湯中と雖《いえども》、あの風呂場から北側の廊下を通り裏階段から二階に上る時は、誰一人として気付く者は無い。これは僕実験して見た結果に依って断言するのだ」

これは箕作も弘世と二人で実験したもので、表階段に比し、裏側のは殆ど歩音は聴き取り得ないのだ。然し箕作は何故か静かに首を振った。

「——駄目です！　村田さん！　総ては状況証拠です。適確なる物的証拠は何一つ挙げられていないじゃありませんか？」

第十四章　第一の犯人

此の言葉に、きっと鋭く瞳を輝した課長は、金縁の眼鏡を鼻の上に直し乍ら、

「——その証拠は総て消滅されたのか、捜査が不充分の為か、成程君の言葉の如く挙げられていない。例えば、晩酌の時の酒器類の詳細なる鑑識も、現場付近の綿密なる探査も、総て無効

だった。だが、君は此の犯罪に犯人を直接指摘し又は証明するに足る、証跡なり、証拠物を発見し得ると思うのかね」

　これに対し軽く首肯た箕作は、柴島綾を呼んだ。顔色の勝れない下脹れの女中である。

「——あの夜、君が主人の床を敷いたのだったね？」

「ハイ」

「何日も君かね？」

「イイエ。大抵はおみよさんか、御新造さんでございます。あの夜は何故か、御新造さんが、夕食前に、早い目にお床をと仰有いましたので、旦那様の御食事中に、敷きに上ったので御座いました」

「あの部屋の掃除は誰がする？」

「おみよさんで御座います」

「すると、君が二階へ上っている間、台所は誰がしたのかね？」

「御新造さんが、仕度が出来たらみよがして呉れるからと仰有いましたので。——」

「夕食は家族揃って食べるのかね」

「ハイ。でもあの夜は、旦那様だけ奥様のお酌で先にお召上りになりました。私が寝床を敷いて下りて参りました時に、お嬢様や御新造様がお食事を始めていらっしゃいました」

　再度呼び出されたみよは、箕作の質問に澱みなく陳述した。

「お部屋の掃除は、毎朝八時頃致します。然しあの日は、一寸遅く十時頃に成りました。それは日頃朝起きなさいます旦那様が、珍らしく朝寝なさいましたのです。お嬢様のお部屋へは、最近這入った事が御座いません。二月程前から、一寸覗いても激しく叱られますので、お掃除にも入った事がありません。ええ、何日も御自分でしておられます。あの夜の旦那様のお床は綾さんが取りました。妾は、奥様のお傍で、旦那様のお酌の御手伝いを致して居りました。お酒は毎晩二本宛お定まりで、お燗は御新造様がして下さいました」

「そんな事は一通り僕が訊問しましたよ」

無駄な事と言わぬばかりに兎我野警部は、口を尖らせたが、箕作は平然として言った。

「いや！　只私はも一度御注意願い度いと思って、要点丈を質問して見たのです。でその前に一応申上げて置きますが、既に加藤君からの話で御承知の事と思いますけれど、被害者の死因に就て、出血過少が問題になった時、裁判医は、或るホルモンの効力を力説しましたね。そして胃の内容にもその存在を発見したと貴方の処まで報告している事と思いますが、同君は、そのホルモンが――アドレナリンと言うものですが――発見されても、誰の体内にも存在するものである故に、存在の証明を以て、外部より注入されたものとは断ぜられないと言う事も併《あわ》せて報告している事と思います。然し私は、俄然そのアドレナリンに人工製品であるという証拠を発見する事が出来たのです。――」

一寸言葉を切って、ポケットを探って煙草を取り出したが、点けるのも忘れた様に続けた。

「これが重大な発見である事は申す迄もありません」と愕く二人の顔を交互に眺め乍ら、

「――アドレナリンが人工的に作り出される様に成ってから既に十数年を経過していますが、人工アドレナリンが副腎にて作成される天然のものに比し、その効果成分に於て些の相違も見出されなくなったのは、人工製作可能を発見されてから、僅か数年後だったのです。人工のは特性は非旋光性、則ちラセミ体であって、効力は天然のものの約半分、然るにフレッチャーなる人物が人工アドレナリンを左旋性及び右旋性に分解するのに成功したのです。左旋性のものこそ、天然のそれで、従来の人工のものに比し効力は非常に強いのです。

――ところが、念の為、その旋光性を調べた私は、その胃中に発見されたものが、非旋光性なるものを証明し得たのです。これは言う迄も無く絶対的に人工的のものにのみ見る現象で、被害者の交感神経の末梢を刺激収縮せしめた不思議な作用は、或る目的の下に何等かの方法に依って体外より送り込まれたものに相違ありません。

――然しアドレナリンは、粘膜の皮下組織からは徐々に吸収されるが、皮膚からは吸収され得ない。最も効果の早いのは皮下注射或は静脈注射です。多量に用いれば無論死を招き心悸亢進胸部苦悶を起します。

あの被害者は、胃中に於て発見された事及び苦悶が食後一時間程経て起った事等より、酒或は食物に依って体内に搬入されたものと推定されますが、この事実より何か想い当ると言う様な点が有りはしませんか？」

黙々として傾聴していた課長は、此時急に眸を伏せて考え始めた。成程箕作の指摘する点は明白だ。誰がその薬品を鉱造氏に呑ませたか、呑ませ得る者、それこそ犯人なのに違い無い。

「機会は誰にだって有り得る。夫人にだって、側妾《そばめ》篠にだって、上女中みよにだって……」

「そうです。だが最も蓋然性《プロバビリティ》の多いのは？」

「でも君！　動機が無い！　夫人には憎悪がある。だが篠には――」

「――遺産があります！」

兎我野警部が眸を輝かして叫んだ。

「――遺産？」課長は頤を急に撫でたが、「――だが、遺書の内容を彼女は知っていたかね」

間も無く姿を見せた篠は、依然哀愁に満ちた睫毛を伏せて、白い顔は些かの白粉の跡も無く、軽く束ねた毛髪の襟足の辺が妙に淋しく見えた。

「――はい。秘書の嶺様より、ほんの僅か乍ら伺って居りました。然し実際何程《いかほど》残されて居ますやら、心細く思って居ります」

「――生命保険のことは？」

「それは、旦那様より伺いました。新しく生れて来る者の為にと、よく仰有ってでした」

動機は充分に存在し得る。仮令何日かは自分の子供の所有になるとは謂え、変り易き人心に充分苦汁を舐めさされている彼女の事、遺書の内容なり、生命保険のことなりを知れば忽《たちま》ち殺意生ぜずと誰が保証出来得よう。

改めて別の角度から事件を見直した課長は、其時又はたと難点に逢着した。

「――だが君！　あの短刀は、一体誰の仕業だと言うのかね。まさか君は犯人が二人有ると言うのじゃ無かろうね？」

それに対し箕作は、皮肉な含笑を投げて、

「ところが、あの短刀は全然別人に依って遂行されたのです。それを説明する迄に、一度見て頂きたいものが有ります」

内ポケットを探って取出したのは、数行の手帖を割いたと思われる紙片であった。

第十五章　時間の証明

「これは何だね。何の文句かね」

数行細く克明に書かれた鉛筆の跡を辿った課長が、こう言って眉を顰《ひそ》めると。

「長唄『老松』の歌詞です！」と説明する様に箕作は言った。「あの夜七時半から放送していた長唄なんです。私はこれに依って、正鵠な時間を調べ様と思ったのです」

この時不図課長は、あの夜の訊問の際余りにも執拗にラジオの事を訊く箕作に、その意図をメモに書いて質問した処、彼が現場不在証明の確実性の為云々の返答を為したのを想出した。

「――妾篠の陳述に、悲鳴の聞えた時は恰度、〽松の太夫のうちかけは――の段《くだり》をやっていたとの事、御覧になる通り、其処は既に歌詞の三分の二以上過ぎた処で、夫迄に要する時間は、約十八分で、これは、当夜の放送者杵屋三亀松氏の宅を訪問して、実演して頂いて確めたのです。

――で、これに依ると、上女中みよが死体発見したのは、七時四十分であって、駿君が階上に行ったのは、弘世の証言に依ると、彼の時計で七時五十分頃——この矛盾は、弘世の腕時計が約六分進んでいた事に依って解釈されたのですが、——故に真の時間は約七時四十四分頃で、駿君とみよとは、間髪の差で階段の表裏にすれ違ったのでしょう。

——扨《さて》、此処でも一つ、憶出して頂き度いのは、みよの証言に風呂場に行く時、長唄は寺の鐘云々の節をやっていたとある事で、その歌詞の最初の方に、〽右に古寺の旧蹟あり、(合)晨《しん》鐘《しょう》 夕梵の響き、絶ゆることなき眺さへ——の文句を御覧になれば、首肯かれることと思いますが、其処迄に要する時間は、最初から約四分で、則ち七時三十四分頃だった事を証明しているのです。

——これを考えて頂けば、夫人は七時三十四分以後は、完全なるアリバイが成立するのであって、死体に加えられた刺創が、其時刻以前であるという証明が無い以上、夫人が犯人であるという推定は成立し得ないのです」

「同様に其時刻以後であるという証明が無い以上、夫人が無関係であるという証拠には成らない」

反駁する如く捜査課長は言った。

「——然うです」箕作は大きく頷くと、再度駿を呼び出した。

「弘世君が訪問して来た時間は？」

「七時を大分過ぎていたと思います」

「夫迄君は君の部屋にいたのだね？」

「ええ、読書していました」

無雑作に答えたものの、何故か眸を伏せたまま素早く認めた箕作は諭す様に言った。

「──僕の知り度いのは、君が二階にいた間で、七時頃から弘世の訪れた時間迄、誰も下から上って来ないという証明なのだよ」

暫く沈思の末、駿は思切った様に、

「それは証明出来ます。実は私、其の時刻に、何となく胸騒ぎを覚えて、廊下に出てぶらぶらと東へ突当り、父の部屋の横を北へ、そして便所に行き、其頃から弾き始めた淳子のピアノを聴き乍ら、又父が目覚めて怒るのじゃあるまいかなど、思いつつ部屋に戻って来て、少し細目に開いた襖の隙から、余念なくピアノを叩いている淳子の後姿を暫く眺めていました。と間もなくみよが弘世の来訪を伝えに表階段を上って来たのでした」

「此の時刻に就ては、弘世が当家を訪問する際、阿部野《あべの》交叉点に於て、電気時計が七時十五分と指示していたのを記憶していた旨陳述しましたよ。だから、阿部野より当家迄は最小限に見積って八分まあ十分としても二十五分、故に駿君が二階から下りて来たのは、二十七八分頃でしょうか」

箕作の此の説明に猶も合点し兼ねたのか、課長は首を振って、

「その陳述だけでは、確定的証拠とは言えないね。寧ろそれが事実とすれば、駿も更に嫌疑濃厚に思えるね」

兎我野警部も同じ様に鋭く言った。

「只証拠ですよ。駿や夫人が刺殺犯人でないという証拠よりも、誰が犯人で、しかも其の証拠はこれと、早速示して頂けませんかねえ」

無言の儘、二人の顔を眺めていた箕作は、

「じゃ、先ず物的証拠をお見せ致しましょう」と言いつつ、差出したのは一通の封筒であった。

「――御覧下さい。これです」

白いハトロン封筒の内部より取出されたのは、一本の毛髪であった。

「毛髪が個人鑑別に欠く可からざる事は既に御承知と思いますが、これはあの夜、死体の掛蒲団の上に発見したもので、まあ私の幸運とも言いますか、で僭越《せんえつ》とは思いましたけれど内密に持帰り、此家の女性男性とを問わず、各毛髪を蒐集検査して見たのです。ところが、意外にも、其の部屋に入ったとは想われない女性の毛髪と、ピタリと一致するのを発見しました」

「それは誰？　誰かね？」

課長は思わず身を乗り出した。

「可憐なる女性、淳子です！」

余りにも意外なる事実に、兎我野警部は嗤《わら》い出した。

「ハッハッハ。そんなもの、証拠には成りませんよ。第一、淳子には立派なアリバイがありますよ。それに動機も無い――」

「そうです！　然し！」と昂然と眉をあげて、箕作は豊頰を硬直させた。

「――事実は瞭かです。あのピアノの音には、トリックがあります。それに動機も――」

吁嗟《ああ》‼　犯人は、怖るべき刺創犯人は、あの楚々たる麗人、令嬢淳子だというのだ。然して箕作の言うピアノの詭計《トリック》とは何を謂い、動機に如何なる事実を暴露しようと思っているのであろうか⁉

第十六章　悲劇的結末

窓の傍で机に寄って、何事かしきりとペンを走らせていた淳子は、急に背後の襖が開かれた物音に、凝《ぎょ》ッとして振返った。

頬の色は褪せても、濃く細い眉を顰めて、此等の侵入者をキッ！と凝視した彼女の瞳は、哀愁を超えて、理知と意志の強さを表現し箕作始め課長や警部の面貌を鋭く射て犯されまじき色が憤然と漂った。然しその美しさ、軽く波動《ウェーブ》した毛髪の黒く、項《うなじ》より肩への線のなだらかさ、唇を嚙み締めて、後毛を白魚という形容では足りない美しい小指で掻き上げ乍ら、不意の乱入を詰《なじ》る様に眺める姿は、何と言い表わす可きであろう。

「早速ですが、二三お訊ねし度い事が有るのです」箕作は直ぐきり出した。「——あの夜、貴方は夕食後ずっと此の部屋にお出ででしたね」

「ハイ！」何となく不安な面持乍らも、彼女は明確に首肯いた。

「じゃあの日は、一度も叔父さんの部屋には、お這入りにはならなかった訳ですね」

「ええ！」

「悲鳴を聞いて馳せつけた時も！」

「兄が入れて呉れませんでしたの！」

「然し貴女が一番近い位置に居られたじゃありませんか？」

「エエ！　でも、妾、恐ろしかったんです！」

「では又別の事ですけれど、貴女は毎晩ピアノの練習をなさるそうですね」

「――音楽が好きなもので御座いますから――」

「あの夜は何をお弾きでした」

「ハイ！　でも何か気分が勝れませんでしたので、手当りに思いのまま叩き続けていました。何の曲だったかよく覚えて居りません！」

　其時箕作は何を思ったのか、つかつかと彼女の机の傍に寄ると「一寸拝見！」と言い乍ら、彼女の肱《ひじ》の下にあった、丸い花模様に小切れを組合せてつくった肱突きを取り上げた。黄と赤と紫が交錯して、パッと咲き開いたダリアの如く大きく明るく作られている。

「これですよ」淳子の表情を見逃すまいとする如く、横に盗み見乍ら、箕作は、課長に渡した。それが何を意味するのか。判断に苦しみ乍ら、仔細に調べていた課長は、漸く、その品が作られて間も無い事、及び黄色部分の布地が他のに比して手厚く古びているのに気付いた。

「あ、あの鬱金の袋だね。これは！」

　思わず呟く此の声を聞いた彼女は、咄嗟に帯の間よりつまみ出した物を、口中に手早く投げ入れた。

「呀《あ》ッ‼　しまったッ‼」

慌てたのは箕作であった。豊頬は刹那に蒼白となり、額に油の如き汗が浸み出た。

「いいえ！　いいんですの！　此れ位許して頂戴！」彼女は箕作の手を避け乍ら、すくっと突立って、ピアノの傍に、愴恨と馳せ寄って、血の気の無い唇を強く嚙みしめた。

「何《ど》うした？　何うしたのかね？」

　急激な場面の転換は、課長や警部を間誤《まご》つかせるに充分であった。

「――忘れていたんです。駿君の盗まれた薬品、ストリキニーネの存在を失念していた私の罪です」

「毒を、毒を呷《あお》ったんだね？」

流石の課長も茫然として、此の美女の激しく顫動《せんどう》する肩から胸へかけての起伏を凝視した。応急の処置、それすらも忘却した如く。

「――復讐しましたの！　妾、夢も幸福も、唯！　唯一夜の中に、地獄の底に蹴落して仕舞った怖ろしい簒奪者に、妾、命を賭けての復讐を致しましたの！」

　致死量以上を嚥下《えんか》したのであろう。見る見る中に、中毒徴候が現れて来た。軽い慄動は、全身に波及して痙攣となり、顔色は漸次暗紫色に変り始めた。美しく憤りに震えた瞳孔も、次第に拡散し、呼吸が困難になって来たのであろう。激しく喘ぎ乍ら、立ちも得ず、必死の努力も空しく朽木の如く倒れ掛けた。

慌てて支えかけた箕作の手を、力なく払って淳子は、それが最後の努力なのであろう、裾を押えて乱れを防ぎ乍ら、ピアノの傍に崩れ折れて、小さく、駿の名を呼んだ。

此の悲惨、駿は声も無く泣き乍ら、部屋の美しい主の蒼ざめた手を強く握り締めて、絶えてゆく玉の緒を繋ぎ止むる如く、彼女の肩に口を寄せて、強く一言、「許すよ！」と呼びかけたのであった。

第十七章　ピアノの詭計

結末を予期し得なかった事に対し、重大な責を感じてか、箕作の表情は余りにも陰惨であった。

「カプセルにでも包んでいたのなら――」と愚痴を並べてみた彼であったが、動機に就ては彼女が丹念に認《したた》めていた遺言に詳しいと素気なく課長の要求を蹴って、只ピアノの詭計の説明だけと断って、彼はピアノの蓋を開いた。

傍の卓子にクリーム色の扇風機が有る。彼はその扇風機の羽根の軸に細い丸編の紐をかけて、ベルトの如く輪を作った。

次に押入れを探して四尺許りの衣紋竿を取り出すと、それに一寸宛位の間隔を置いて、七八寸の紐を結び付け、彼女の鏡台の抽斗の中から、カーテンの裾飾りに用いられる、糸球をくくり付けた。

「ほほう、妙な事をするね」

課長は呟きつつ、その糸球を手に取って見たが、それは案外直径五分位であるのに比して重く、何か硝子球の如きものを毛糸にて包み込んだものと想像された。

　箕作は続いてその竿を、天井より吊された電灯の紐《コード》を掛けてある針金二本をピアノの上に持来って、横に支えた。恰《あたか》もそれは、玉すだれの如く、房々とピアノの鍵盤の上に垂れ落ちている。彼はそこで先刻の扇風機の軸に掛けた紐ベルトを、竿に掛けて、ピンと張らせた。

「成る程！」漸くその詭計が判ったのであろう。課長は警部を顧て言った。「よく考えているね。面白いじゃないか」

　扇風機はノッチを入れられ回転を始めた。と共に紐ベルトは、衣紋竹を恰も機械工場に於て、唸りをあげて回る動力軸の如く、そして玉すだれを風車の如く回し始めた。かくて、突如響き渡るピアノの音！　それには何の律動も無い、只金属の妙音が繁雑に交錯して世にも不思議な狂燥曲を奏でているのだ。

「呪うべきは、父と呼ぶ人の、怖るべき酒癖だったのです」嗚咽を噛みしめ乍ら、頭髪を両手で掻き毟りつつ、駿青年は言うのだった。「――僕達の愛は真剣でした。愛する者と一つ家に住み得る幸福それは、冷たい煩雑な家庭にあっても、常に僕を慰撫し、幸福な夢を見せて呉れました。この思いは淳子も同様であったと思います。にも拘らず、何と言う悪魔、何と言う野獣！　それでも僕は彼を父と呼ばねばならないでしょうか？」

遺言は誠に血と泪で綴られたものと言って良かろう。無残一夜にして踏み躙《にじ》られた花園は、余りにも大きい痛手を負い過ぎたのである。春の夜の恋心、夢幻の中に兄と呼ぶ愛人の片影を追っていた彼女が、余りにも酒臭い息を意識した時は既に遅かったのであった。彼女の享けた損害は、更に駿の態度豹変に依って倍加されたとも言い得る。苦痛と慚愧《ざんき》と屈辱、それは憤怒と呪詛を呼び起し、復讐を意図せしめたのである。

側妾しのは、即日逮捕された。殊勝な彼女の態度も、夫人の所謂《いわゆ》る狐に過ぎ無かったのである。彼女の使用した薬剤のアドレナリンは秘書の嶺が供給した。遺書の内容を知る嶺が、色欲二道をかけて暗々裡に糸を操った罪は、更に大と言えよう。鉱造氏の性格豹変も彼の周到なる計画の一部と想像されるに於ては。

後日、弘世の来訪せる時、箕作は、弘世の質疑に次の如く答えた。

「――篠が夫人と酌を代ったのも、単に機会を利用した丈の事だよ。別に意味は無いさ。夫人の言動の不審は、あの症状じゃ已むを得ないよ。寧ろ病的な神経が、犯意の存在を予感していたかも知れないね。駿君の部屋で読んだ独逸語の書物は、臓器ホルモンに関するストルツの著書だよ。その内に、アドレナリンに関する項目が有ったのだ。で何《ど》の程度迄説かれているか読んで見たのだ。

嶺の友人に外科医がいたのだね。それで容易に入手する事が出来たのだと思う。然し最初は、紛失した薬品が、てっきりとそれと想像していたので、結論を導き出す迄苦労をしたよ。

駿にも無論犯意はあったと思う。憎悪は充分動機となり得るからね。ノートは矢張り、淳子が盗出したんだね。殺人方法を考える為だよ。が結局、あんなアリバイを考え出して決行したんだ。短刀は、犯行以前に既に部屋に持帰っていたと思うよ。

駿が覚えた漠然たる不安は、本能的なものだったかも知れない。然しピアノの音に階上を覗いて見たり、廊下を彷徨《さまよ》って、彼女の部屋を覗いたりしたのは、淳子の態度に何か疑惑を招くものがあった所為じゃ無いだろうか。だから、訊問に際しては咄嗟に自己の不利も考慮せず、あんな陳述をしたのだったと思うね」

　更に箕作は意味深い微笑を洩らし乍ら、付加えた。

「——短刀は矢張り淳子が叔父の部屋から、持帰ったと思うかと言うのかい。それは何故駿が、漠然たる不安を覚えたか、又用事も無いのに二階に上ったりしたか——無論ノートなんか口実だと考えてだが——推察して見れば判るじゃないか。殺意と迄つきつめた気持は無く共、彼の言葉通り鞘を払って、鋭光を凝視している姿には必《き》っと殺意が漲《みなぎ》っていたに違い無いさ。それを偶然覗見したのが、同じ意図を有していた淳子なのだ。

「其時の彼女の気持は充分推察し得るね。二人の幸福を奪った悪魔への復讐は、あくまでも自分が——して、その刹那に意を決したんだね。ましてや有為の青年の前途を暗黒にするよりは、汚れた一身を投出して、と考えた殉情の賜かも知れない。

　——運命だね。駿も食事後部屋に戻って、短刀の紛失を発見したのだろう。急に不安になって、父の部屋を覗いたり、淳子の部屋を窺ったりしたんだよ。誰が何の目的でと言うのが最も大きい不安だったに違いない。それが彼の示した態度の主因なのだったよ。

——僕が何故それを反対する様に否定し去ったのかは、君の推量に委すよ。善悪の判断は、僕の責務じゃ無いからねえ。

死亡時間だって、胃や腸の内容物の消化状態で殆ど断定出来たよ。然し僕は迂遠な方法を採った。何の必要が有って？　と反問するだろうが、夫の批判も君に委す。いい様に理解して呉れ給え。

——只残念なのは、淳子の死の予知の出来無かった事だ。まさかあの肱突きの発見丈で、万事休すと諦め、自殺を決意しようとは思わなかったよ。それは多分前日捜査されたのを知り、其節は未だ肱突きの未完成だった事や、鏡台の抽斗に入れて置いた飾球が一個不足しているのを発見した事等考えれば、当然発覚を予想していたには違い無かろうがね。しかし夫でもまさか毛髪を落して来たとは想像だにせなかったに違い無いよ。兎に角、只何気無く忘れていた鬱金の袋を、死体発見後気付いたのが、最も彼女の魂を苦しめ、理知の手落ちを責めているだろうね」

（一九三四年九月号）

陳情書

西尾正

西尾正（にしお・ただし）

一九〇七（明治四十）年、東京生まれ。慶応大学経済学部在学中から演劇に熱中し、舞台に立ったり演出をしたりした。同時に小説も書きはじめ、一九三四（昭和九）年七月の「ぷろふいる」に、「陳情書」で新人として紹介された。この作品は発禁処分になったというが、同年十一月の「新青年」に「骸骨」を発表するなど、「ぷろふいる」出身の新人のなかでは、他誌に発表した短編のもっとも多い作家である。代表作に「青い鴉」「海蛇」「月下の亡霊」など。戦争中は保険会社に勤務した。戦後は、鎌倉《かまくら》で結核療養のかたわら、探偵雑誌に短編を発表したものの、一九四九年に死去。五二年、遺作として「海辺の陽炎」が「黄色い部屋」に掲載された。エドガー・アラン・ポーを愛読したといい、三十編足らずの短編の多くは怪奇小説である。

小説が掲載される前から「ぷろふいる」には三《み》田《た》正《ただし》名義で評論を投稿していて、読者欄によく掲載されていた。「土蔵」のような怪奇小説だけでなく、「打球棒殺人事件」「白線の中の道化」と野球ものの本格短編も発表した。

There are more things in heaven and earth, Horatius, Than are dreamt of in your philosophy. (Shakspeare, Hamlet.)

ハムレット「――この天地の間にはな、所謂《いわゆる》哲学の思いも及ばぬ大事があるわい。……」

(シェクスピア)

M警視総監閣下

日頃一面識も無き閣下に突然斯様《このよう》な無礼な手紙を差し上げる段何卒《なにとぞ》お許し下さい。俗間《ぞくかん》の所謂《いわゆる》投書には既に免疫して了《しま》われた閣下は格別の不審も好奇心をも感ぜられず、御自身で眼を通すの労をすら御厭《いと》いになる事かとも存じますが、私の是から書き誌す事柄は他人の罪悪を発《あば》かんとする密告書でも無ければ、閣下の執政に対する不満の陳情でも御座いません。実は私は一人の女を撲殺した男でありまして、――と申しましても私自身その行動に就いては或る鬼魅《きみ》の悪い疑問を持っているのでありますが、然も己が罪悪を認めるに聊《いささ》かも逡巡《しゅんじゅん》する者でなく会う人毎《ごと》に自分は人殺しだと告白するにも拘わらず、市井《しせい》の人は申すに及ばず所轄警察署の刑事迄が私を一介の狂人扱いにして相手にしては呉れません。閣下の部下は、閣下は、我が日本国の捜査機関は、一人の殺人犯を見逃してそれで恬然《てんぜん》と行い済ませて居られるのでありましょうか？　私は私の苦しい心情を、殺人犯で有り乍《なが》ら其の罪を罰せられないと云う苦しさを、閣下に直接知って戴いた上其の罪に服し度《た》いとの希望を以て此度《このたび》斯《こ》うして筆を取った次第であります。一個の文化の民として、罪を犯し乍ら其の罰を受けないと云うのは、如何許《いかばか》り苦しい事でありましょうか？——。是は其の者に成って見なければ判らない煩悶《はんもん》でありましょう。何よりも私は世間の者より狂人扱いにされる事が堪《たま》らなく苦痛なのでありまして、此の儘《まま》此の苦痛が果し無く続くものであるならば、いっそ首でも縊《くく》って我と我が命を断つに如《し》かないと屢々《しばしば》思い詰めた事でありました。私が何故一人の女を、私自身の妻房枝を殺さなければならなかったか？——。其の理由を真先に述べるよりも、私が初めて妻の行動に疑惑を抱いた一夜の出来事から書きつづる事に致しましょう。⸨斯く申し上げれば閣下は「お前の女房は焼け死んだのではないか」と反駁《はんばく》なさるかも知れませんが、私は他ならぬ其の誤謬《ごびゅう》を正し私と共々此の不気味《ぶきみ》な問題を考えて頂き度いのでありますから、短気を起さずと何卒先を読んで下さいまし。⸩それは昨年の二月、日は判乎《はっきり》と記憶にはありませんが、何でも私の書いた原稿がM雑誌社に売れてたんまり稿料の這入った月初めの夜の事でありました。現在でも私は高円寺《こうえんじ》五丁目に住んで居りますが、其の頃も場所こそ違え同じ高円寺一丁目の家賃十六円の粗末な貸家を借りて、妻の房枝《ふさえ》と二歳になる守《まもる》と共々に文筆業を営んで居たのであります。元々私の生家は相当の資産家で、私が学生で居る間は、と申しましても実際は一月に一時間位しか授業を受けず只単に月謝を払って籍を置いて居たに過ぎませんが、其の間は父から毎月生活費を受けて居たのでありますが、一度学校を卒えるや、其の翌日から、――前々から私の放蕩《ほうとう》無頼《ぶらい》に業を煮やして居た父は、ぴたりと生活費の支給を止めて了《しま》ったのでありまして、そうなると否でも応でも自分から働かねばならず、幸か不幸か中学時代から淫靡《いんび》な文学に耽溺《たんでき》して居た御蔭で芸が身を助くるとでも謂《い》うのでありましょうか⦅玉ノ井繁昌記⦆とか⦅レヴュウ・ガァルの悲哀⦆とか云う低級なエロ読物を書く事に依って辛《かろう》じて今日迄口《くち》を糊《のり》して参ったのであります。或る秘密出版社に頼まれて、所謂好色本の原稿を書き綴って読者に言外の満足を与えた事も再三でありました。……

偖《さて》、斯《こ》うして家庭が貧困の裡《うち》に喘《あえ》いで居乍らも、金さえ這入れば私は酒と女に耽溺する事を忘れませんでした。病的婬乱症《ニムフォマニィ》――此の名称が男子にも当て嵌るものであるならば、其の当時の私の如き正に其の重篤患者に相違ありませんでした。最早《もは》や二歳の児がある程の永い結婚生活は、水々しかった妻の白い肉体から総《すべ》ての秘密を曝露し尽して了いまして、妻以外の女の幻影が私の淫らな神経を四六時中刺戟して居りまして、その為大事な理性《フェルヌンフト》を失って居た位であります。其の日、二月某日の夜は寒い刺す様な風が吹いて居りました。金を懐に七時頃家を飛び出し、其の頃毎夜の如く放浪する浅草《あさくさ》の活動街に姿を現わしました。都《みやこ》バアで三本許りの酒を飲んでから、レヴュウ見物に玉木座《たまきざ》の木戸を潜りました。婦人同伴席にそっと混れ込んで、――是は私の習癖で御座いまして、一時間余り痴呆の様になって女の匂いを嗅ぎ乍ら、猥雑《わいざつ》なレヴュウを観て居る裡に、忽ちそんな場所に居る事が莫迦《ばか》莫迦《ばか》しくなり一刻も早く直接女との交渉を持った方が切実だと謂う気になりまして直ぐ態《さま》其処を飛び出して了いましたものの、何分時間が早いので一応雷門《かみなりもん》の牛屋に上りまして鍋をつっ突き酒を加え乍ら、何方《どっち》方面の女にしようかと目論見を立てる事に致しました。飲む程に酔う程に、——（と申しましても私は如何程酒精分を摂っても足許を掬《すく》われる程所謂泥酔の境地は嘗《かつ》て経験した事無く、只幾分か頭脳が茫《ぼん》乎《やり》して来まして所謂軽度の意識溷沌《こんとん》に陥り追想力が失われる様で有ります。従って酔中の行動に就いては覚醒後全然記憶の無い場合が往々有ったのであります）——益々好色的な気分に成って未だ当《あて》の定らない裡に最早や其の牛屋に坐って居る事に怺《こら》えられなく成り、歩き乍ら定めようと元の活動街の方へ引返して参りました。池之端《いけのはた》の交番を覗くと時間は意外に早く経過したものと見え時計は十一時半頃を示して居りました。閉館後の建物は消灯して仄暗い屋根を連ね人脚もばったり途絶えて、偶《たま》に摺れ違う者が有れば二重廻《にじゅうまわ》しに凍え乍ら寒ざむと震えて通る人相の悪い痩せた人達許りで、空には寒月が皎々と照り渡って居りました。酔中の漫歩は自ら女郎屋に這入る千束町《せんぞくちょう》の通りを辿りまして、軈《やが》て薄暗い四辻に出た時です。——旦那、……もしもし、……旦那。……と杜切《とぎ》れ杜切れに呼ぶ皺枯れた臆病想な声が私の耳の後で聞えました。私は立ち止って振り返る必要は無かった、と云うのは電柱の蔭に夫迄《それまで》身を潜めて居たらしい一人の五十格好の鳥打帽《とりうちぼう》にモジリを着た男が、素早やく私と肩を並べて恰《あたか》も私の連れの如く粧《よそお》い乍ら、ぶらりぶらりと歩調を合わせて歩き始めたからであります。私は其の男が春画売りか源氏屋に相違無い事を、屢々の経験から直《ただ》ちに覚《さと》る事が出来ました。案の定男は、相手の顔から些《いささか》の好色的な影も逃すまじとの鋭い其の癖如才無い眼付きで、先生、十七八の素人は如何です？——と切り出して参りました。矢張り源氏屋だったのであります。私とて是迄彼等の遺口《やりくち》には疑い乍らも十度に一度は（真物）に出喰わさない事も無かろうと微《わず》かな希望を抱き、従って随分屢々其の方面の経験は有りましたが、其の範囲内では毎時《いつも》ペテンを喰わされて居ました。三十過ぎにも見える醜い女が、小皺だらけの皮膚に白粉を壁の様に塗りたくり、ばらばらの毛髪をおさげに結って飛んでもない十七八の素人に成り済まし、比類稀なる素晴らしきグロテスクに流石《さすが》の私も匆々《そうそう》に煙を焚いた程の非道い目に会った事も有りまして、当時は一切其の方面の女には興味を失って居る時でしたが、其の夜は奇妙な事に、十七八の素人と謂《い》う音が魔術の如《ごと》く私の婬心を昂《たかぶ》らせたのであります。十七八の素人か、悪くは無いな、だけど君達の言う事は当にならないんでね、と私は平凡な誘惑に対して平凡な答をしますと、男は慌てて吃り吃り、と、と、飛んでもない、旦那、ほ、ほんものなんでさあ、デパアトの売子なんで、……堪りゃせんぜ、あったく、サァヴィス百パアセットですよ。と掻き立て乍ら相不変《あいかわらず》にやついて居ります。売子だとすると朝は早えな、と訊きますと、へえ、其処を一つ勘弁なすって、何ひょろ、もう一つ職業が有りますんで、と揉手をし乍ら答えます。忙しいこったね、と此方もにやにやし乍ら冷かしますと、男は頭を押えて、へへへへ、此奴も不景気故でさあ、お袋が病気で動きがとれねえんで、そう云う事でもしないてえと——と、答えます。私は益々乗気になって、まさか、お前さんの娘じゃあるまいね、と追及すると、相手は急に間誤間誤《まごまご》し出して、と、と、飛んでもねえ、と、ムキになって否定しましたが、不図《ふと》パセティックな調子となり、でも、沁々《しみじみ》考げえりゃあ他人事《ひとごと》じゃ御座んせん、と滾《こぼ》しました。並んで歩き乍らこんな会話を交わして居ると、知らない裡に遊廓の横門の前迄出て了いましたが、気付いて立ち止った時には私の心は其の男の案内に委《まか》せる可《べ》く決って居りました。承託を受けると男は忽然欣喜《こつぜんきんき》雀躍《じゃくやく》として、弱い灯を受けつつ車体を横《よこた》えて客待ちして居る陰気な一台の円タクを指先で呼び寄せました。嗟《ああ》、閣下よ、其の夜其の男の誘いに応じたが為に、其の行先の淫売宿で不可解な事実に遭遇し貞淑であった妻に疑惑の心を抱き始め、遂には彼女を撲殺しなければならない恐ろしい結果を導いて了ったので有ります。

　男は運転手に行先を命じはしましたが、小声である為に私には聞き取れず、遠方かい、と訊きますと、いいえ、直ぐ其処です、と答える許りで、自動車は十二時過ぎの夜半の街衢《まち》を千束町の電車停留所を左に曲《カーヴ》し、合羽橋《かっぱばし》、菊屋橋《きくやばし》を過ぎて御徒町《おかちまち》に出で、更に三筋町《みすじまち》の赤い電灯に向って疾走して行きました。遊廓付近はそれでもおでん立ち飲みの屋台が車を並べ、狭い横丁からカフェの女給仕の、此の儘別れてそれでよけりゃ、気強いお前は矢張り男よ、いえいえ妾は別れられぬ、別れられぬ――と音律も哀愁も無視した黄色い声が聞えて来、酔漢や嫖客が三々五々姿を彷徨《さまよ》わせて居り、深い夜更けを想う為には時計を見る等しなければなりませんが、一度其の区域を外れ貧しい小売商家街に這入りますれば、深夜の気配が求めずして身に犇々《ひしひし》と感じられます。更けると共に月は益々冴え、アスファルトの道に降りた夜露は凍って其の青い光を吸い込んで居ります。自動車が三筋町の電停を一二町も過ぎ尚も疾走を続けようとした折に、夫迄《それまで》石の様に黙り続けて居た男が、運ちゃん、ストップ、と陰気な嗄《かす》れ声を発しました。

閣下に是非共其の場所の探索を命じて戴き度い為に地理的正確さを以て誌し続け度いとは存じますが、何分其の際軽度乍ら酔って居りましたし、酔えば必ず記銘力を失い、時間と地理の観念が極端に薄れて了うのが至極遺憾《いかん》で有ります。男の案内に従《つ》いて上った問題の家と云うのは、電車街路に面した古本屋と果物屋、――多分斯うだったと思いますが、――の間の狭い路次を這入り、其の突き当りの二階家だったのであります。奥に二坪許りの空地が有りまして、共同水道が設置されてあり水の洩れて石畳の上に落ちる規則的な点滴の音が冷たそうに響いて居たのが私の耳に残って居ります。其の家は、――判乎《はっきり》記憶には在りませんが、其の貧相な路次の中では異彩を放つ粋な小造りの二階家で、男が硝子格子に口を押し付ける程近寄せて、今晩は、と声を懸けると、内部からはいと答える四十女らしい者の婀娜《あだ》めいた声が聞えて来、夫迄消えていた軒灯にぽっと灯が這入りまして、私達の立って居る所が薄茫乎《うすぼんやり》と明るくなりました。と同時に、家の内部で人の動く気配がして誰かが階段を登る軋音が微かにミシリミシリと聞こえた様であります。少々お待ちを、と男は言って、私を戸外に待たせた儘するすると格子を開けて忍びやかに内部へ姿を消しましたが、それと同時に其の家の二階に雨戸を引く音が聞えたので思わず見上げますと、隣家の側面に向いた小窓から島田に結った真白い顔を覗かせ、柔軟な腕を現わしつつ雨戸を引き乍ら私の方を見下ろして嫣然《えんぜん》と流し目を送って来たのであります。閣下よ、女は悪くないものです。其の夜の一夜妻が其の小娘で有る事を直ちに悟り、期待した以上の上物なので情炎の更に燃え上るのを覚えました。稍々《やや》あって男が二三寸格子戸を開き、どうぞ、と声を掛けたので、いそいそと内部へ這入りましたが、男は私を玄関の三和土《たたき》の上《あがり》框《かまち》に座布団を置いて坐わらせた丈で、何故か室内には招じ入れませんでした。寔《まこと》に恐れ入りますが、もう少々お待ちを願います、と言われて見れば詮方無く、不承不承命じられた所に腰を下ろして、暫時合図を待つ事に致しました。斯う云う家が客を極端に警戒するものである事は、特に説明する必要も有りますまい。私の腰掛けた場所の右手の恰度眼の位置に丸く切り抜かれた小窓が有りまして、障子と障子の合わせ目が僅かに三四分程開いて、其の隙間から細い光線が流れて居ります。其の部屋は茶ノ間と覚しく凝乎《じっと》耳を澄ますと鉄瓶の沸る音がジィンジィンと聞え、部屋には最初の男を加えて三四人は居るものと想像され、時折大きな影法師がユラリユラリと其の丸窓に映るのであります。暫くの間私を案内した男は其の宿の内儀と、――多分斯う想像するのですが、――周旋料に就いて小声で秘鼠秘鼠《ひそひそ》と相談し合って居る様子でありました。何事か符牒を用いて争って居るらしいので有ります。動《やや》ともすると両者の声の高まる所から想像すると、話が仲々妥協点に達しないらしく時折内儀の叩くらしいぽんぽんと響く煙管の音が癇を混えて聞えて参ります。私は所在無さに室内の空気に好奇心を覚え障子の隙間に片眼を当てて、ついふらふらと内部を覗いて了いました。私の想像した通り、隙間の正面には、長火鉢の傍らに四十格好の脂肪肥りにでっぷりした丸髷を結った内儀が煙管を弄び乍ら悠然と控えて居るのが見え、右手に坐って居る男、――是は見えませんでしたが内儀の視線の方向からそれと想像されます、――に向って熾《さか》んに捲《まく》し立てて居るのであります。内儀の隣りに、即ち私の方から向って左手に、正しくもう一人の女が居る事が想像されました。彼女は南京豆でも嚙って居るらしく時折ぽきんぽきんと殻を割る音を立て乍ら、内儀の云う言葉に賛同を示すらしく至極下品な調子で含み笑いをしつつ男に揶揄《やゆ》的な嘲笑を浴せて居ります。最初の裡こそ私は単なる好奇心を以て窺《のぞ》いて居たのでありましたが、閣下よ、次の如き内儀の吐いた言葉を突如耳にして、ギクリと心臓の突き上げられる様な病的な驚愕を覚えたのであります。内儀は眉をキリキリとヒステリックに釣り上げ、首垂《うなだ》れて居る男に向って斯う叫んだのでありました、――バラされない内に、へえ左様ですかと下手《したて》に出たらどうだい、女だからってお前さん方に舐められる様な妾《あたし》じゃないんだよ、ねえ、おふささん？………

此の台詞《せりふ》は、普通に聞いたのでは左程の意味も感ぜられますまい。陰惨な荒《すさ》み切った淫売宿の内儀が此の位の啖呵《たんか》を切ったからとて些も不思議は無いので、私とても是迄場数を踏んで居りまして所謂殺伐には馴れて居りますから、何事か血腥《ちなまぐさ》い騒動が持ち上りそうな雰囲気に腰を浮かせた訳では有りません。私のギクリとしたと言うのは、其の言葉尻の、明らかに同席の今一人の女に賛同を求める為に吐いた《ねえ、おふささん》と云う呼名を咄嗟《とっさ》に聞いたからでありました。おふさ、房枝、おふさ、おふささん――言う迄も無く私自身の女房の名を連想したからで有ります。閣下は、同名異人が居るではないか？――と仰言るかも知れません。元より房枝などと云う平凡な名前は東京中にても何百となく在りましょう。乍然《しかしながら》、私があの場合恟《ぎょ》ッと衝動を受けたのは理屈ではありません。虫ノ知ラセと云うのは斯う云うのでありましょうか。普通の場合ならば平気で黙過する筈であるのに、異様な好奇心に燃えて其の女の顔を確め度いと云う衝動を覚えたのであります。私は腰を泛《う》かしそっと息を殺して其の女の姿が視野に這入る様二尺許り位置をずらせました。そうする事に依って女の側面の一部を窺う事が出来たのであります。髪を真黒な丸髷に結い地味な模様の錦紗の纏いを滑らかに纏い、彼女が芸者上りの人妻らしい女で有る事が直ちに想像され、チラリチラリと仄《ほの》かに視野に入る横顔の噛み付き度い程愛らしい鼻の上に淡褐色の色眼鏡が懸けられ、長火鉢の縁に肱を突き乍ら南京豆を噛じって居るのですが、其の為に袖口が捲れて太股の様な柔らかい肉付の腕が妖しい程真白い色に輝いて居ります。私は其の横顔を覗いて、思わずはあっと息を呑んで了いました。と云うのは、服装こそ異《ちが》えそれがカフェ時代の房枝の再現だったからで有ります。閣下よ、よくお聞き下さい。私は其処で、其の魔性の家で、私自身の妻を発見したのであります。是は断じて錯覚でも無ければ、所謂関係妄想でも有りません。ましてや虚言を吐く必要が何処に在りましょう？　が、次の瞬間、ふん、莫迦莫迦《ばかばか》しい、今夜はどうかしてるんだナ、ふん……と心中呟いて、自分の率直な認識を否定して了いました、と云うのは、現在の妻が其の女程美しく装い得る筈が無いからで、如何にも房枝は女給仕時代並びに同棲生活の当初に於いてこそ経済的にも裕福であり、逞《たくま》しい程の肉体的魅力を全身から溢れさせて居りましたが、其の後の家庭的困窮疲憊《ひへい》は残らず彼女から若い女の持つ魅力を奪い去って了い、一として私に関心を起させる秘密を失って居るのであります。而も最も根強い理由は、世間からは遊戯女《いたずらもの》の稼業の如く思われて居るカフェの女給仕を勤めた身ではあるが、女の中で是程貞淑な女は居まいと思い込んで居た房枝が、仮にも夜更けの淫売宿になど姿を現わす筈が無いと云う確信で有ります。妻房枝は、其の時刻ともなれば亭主の放蕩に女らしい愚痴《ぐち》を滾《こぼ》す事すら諦らめて了い、水仕事と育児労働と、——子供は生来の虚弱体質で絶えず腸カタルやら風邪に冒されて居て手の掛る事は並大抵で無く、更に内職の針仕事に骨の髄迄疲れ果ててぐらぐら高鼾《たかいびき》を掻いて前後不覚に寝入って居る筈であります。私は自分の莫迦らしい妄想を嘲笑《わら》い、何時の間にか眼の前で両手を確乎《しっかり》固めて居るので急いで其の拳を解き、ふう……と溜息を洩らしました。其の裡に室内の談合は旨く鳧《けり》が付いたものと見え、森《しん》と鎮まって居りました。女の事はどうしたんだろう。一つ催促でもして見ようか、と立ち上るなり悪く逆上して眼鏡が曇って居たので何心無く取り外し、二重廻しの袖でレンズを拭き始めた時に、私は再びはっと奇妙な一致に撃たれてふらふらと腰を落して了いました。室内のおふささんの懸けて居た淡褐色の金縁の日除眼鏡を反射的に思い泛べたからで、詰《つま》り、彼女の懸けて居る色眼鏡とそっくりの、而も金縁のそれを、私の学生時代新派役者や軟派のヨタモンにかぶれて常用して居た事があり、最近ではとんと顧ず壊れ箪笥の曳《ひき》出《だし》にでも蔵《しま》い込んで、其の儘房枝の処置に委せて居た事実を思い出したのであります。私の眼は再び執拗に障子の隙間に吸い付かなければなりませんでした。室内のおふささんは最早や南京豆を嚙じる事は止めて、小楊子をせせり乍ら敷島か朝日の口付煙草の煙を至極婀娜っぽい手付唇付で吹き出して居ましたが、何かの拍子に居住《いずまい》いを組み直した瞬間——彼女の全貌を真正面から眺める事が出来ました。嗚呼、閣下よ、其のおふささんは、瓜二つ以上、双生児《ふたご》以上の、娓《くど》いようですが、——カフェ時代の房枝では有りませんか？　而《そ》して更に私の疑惑を深めた所作と言うのは、暫らく凝乎《じっと》彼女を瞶《みつ》め続けて居ると彼女は時折眼鏡の懸具合が気になるらしく真白い指先で眼鏡の柄を弄《いじ》くるのでありますが、——それは間違い無く眼鏡の故障を立証する所作であって、私の眼鏡も大分以前に其の柄が折れ掛った儘放置してあったので有ります。閣下は又しても、ふふん、救い難き関係妄想じゃ、とお嘲笑いに成るかも知れません。従って茲《ここ》で、如何に私の衝動《ショック》が烈しいものであったかを説明申したとて無駄で有りましょう。私は其の宿に来た目的も打ち忘れて、不可解な一致に茫然自失した儘、襖が開いて男が現われ、どうぞお上りを、と掛けた言葉を夢の様な気持ちで聞いて居りました。一旦否定した疑惑が眼鏡を認めるに及んで更に深まったのであります。万が一に、其の女が私の女房であるとして、何の目的を以て夜半淫売宿なぞに姿を現わして居るので有りましょうか？――閣下よ、《私の悲劇》は右の如き一夜に其の不気味な序幕を開けたのであります。干涸《ひから》び切った醜女があんなにも水々しい妖艶な女と変じ、貞淑一途の女が亭主に隠れた淫売婦であろうとは？――此の世にこんな不可思議な事実が有り得るであろうか？　私は自分が正気である事を確信する為に、一歩一歩脚に力を入れて案内をされた二階への階段を登って行きました。……

　相手の女は期待したより上タマでは有りましたが、私の情《こころ》には既に最前の色情気分《エロティシズム》は消えて階下の疑問の女に注意が惹かれる許りでありました。如何にして歓楽を尽したか、――に就いては記述の中心から離れる事ですし、或いは閣下は、精神病学的見地より私の性欲の詳しい説明を欲せられるかも知れませんが、是は此の場合遠慮して直接口頭にて御答えする事に致しましょう。相手の女は初々しいSpasme《スパズム》を以て私を攻め立てて来ましたが、一方私は御義理一点張りの Ejaculation《エジャキュレエション》にてそれに応じる責を果したに過ぎません。其の労働部屋は四畳半で、枕許には桃色《ピンク》のシェエドを被うたスタンド・ランプが仄かな灯を放ち、薄汚ない壁には、わたしゃあなたにホーレン草、どうぞ嫁菜になり蒲公英《たんぽぽ》、云々の戯句《ざれく》が金粉模様の短冊に書かれて貼って有りました。私は外面何気無く粧い其の戯句を繰返し眺め乍ら、今迄階下《した》に居た眼鏡を懸けた丸髷の女も客をとるのか、と第一の質問を発して見ました。すると女の答えるには、其の眼鏡を懸けたおふささんには、既《も》う情人が付いて居て、其の夜も其の男の来るのを待って居るとの事で有りました。此の家で馴染に成ったのか、と重ねて訊きますと、ええそうよ、今は迚《とて》も大熱々の最中よ、フリのお客なんかテンデ寄せ付けないわ、貴方、一眼惚れ？――と突込んで参りますので、いや飛んでもない、よしんば惚れた所で他人《ひと》の情婦《いろ》じゃ始まらない、只一寸気んなる事があったんでね、ととぼけますと、気んなる事って何あに、此方が却って気ンなるミタイダワ、と来ますので、名前はおふささんと云うんだろ、実はあの女《ひと》と同じ名前の、而《しか》も顔から姿迄そっくりの女を知って居るんでね、何かい、あの人は丸髷を結って居たが、人の細君なのかい、旦那は何をして居るんだい？――とさり気無く追及して参りますと、相手は聊か此方の熱心に不審を抱いたものか、一寸の間警戒の色を示しましたが、生来がお喋りなので有りましょう、ええそうよ、お察しの通りよ、何でも御亭主って云う人が破落戸《ならずもの》見たいな人で、小説書きなんですって、文士って駄目ね、浮気者《もん》が多くって、貴方、文士だったら御免なさい、と答えました。私の疑惑は茲に確定的なものと成りました。一時は悔ッと致しましたが表面は益々落着いて、あんな綺麗な女の色男になるなんて果報者だな、其の果報者は何処の何奴だと空呆《そらとぼ》けて訊きますと、相手は一層調子に乗って来て、それはそれは綺麗な美男子なのよ、恰《まる》で女見たいな。貴方、浅草の寿座《ことぶきざ》に掛って居る芝居見た事ある？　其の人は一座の女形《おやま》なんですって、今夜も既《も》う今頃はお娯しみの最中よ、そりゃ仲が良くって、妾達妬《や》ける位だわ、と野放図も無く喋り立てます。最後に私の確信にとどめを刺す心算《つもり》で、おふささんは何処に住んで居るんだい、まさか高円寺じゃあるまいね、と大きく呼吸をし乍ら質しますと、あら、やっぱし高円寺よ、屹度《きっと》おんなじ女じゃない？　何でも男の子が一人有るんですって、でも御亭主が御亭主だからおふささんも大っぴらで好きな事をして居るらしいのよ、と淡々然と答えたので有ります。酒精《アルコール》の切れた時の私の心臓は非常に刺戟に弱いのでありまして、男の子が一人あると聞いた瞬間はドクドクと物凄い速力で暫しの間鳴って居りました。何故私が是程の動揺を受けたのかと申しますと、それは妻の不貞の事実よりも、――それはそれとしてさして問題にす可き事柄ではありませんし、――其の時高円寺の襤褸家《ぼろいえ》で口を開け高鼾で眠って居る妻の姿を想像すると同時に、今其の家で別のもう一人の妻を発見したと言う、彼の恐ろしいDOPPELGAENGER《ドッペルゲエンゲル》の神秘を想起したからで有りました。閣下は、茲で二重体《ドッペルゲエンゲル》を持ち出した事に、わっはわっはと呵々大笑なさる事でしょう。乍然《しかしながら》、閣下よ、是は古今東西に屢々実例を見る動かし難い事実で有りまして、其の実例を挙げる者が何々教授何々博士と、――無学文盲の徒に非ずして、謂わば最高の科学的智能を備えた学者達で有ると云うのは、何たる皮肉で御座いましょう。詳しい事は独逸の Dr. WERNER (Die Reflexion über dem Geheimnis)《神秘の省察》(Die Untersuchung für die Geistes Welt)《心霊界の探求》の二書に就いてお知り下さいまし。閣下は、此の陳情書を閣下の御屋敷の豪華な書斎の暖炉に向いつつ、半ば嘲笑を混え乍ら御読みの事でありましょう。そうして居られる閣下が、別の場所、例えば新橋《しんばし》何々家で盃を嘗め乍ら芸者と歓を共にして居るもう一人の自分が居るなどと想像する事は、余り気味の好い話では有りますまい。私自身とて斯くの如き事実には全く信を措かざる者であります。が、前陳のおふささんと房枝の問題を、どう解釈したらいいのでありましょう？　私は形式的に女と同衾《どうきん》し乍ら、果してそれが同名異人であるのか、房枝の早業か、将又《はたまた》ドッペルゲエンゲルの怪奇に由来するものであるか、——確めねば気の済まぬ気持に迄達して了ったのであります。それには女の言葉に依ればおふささんは同じ家で密夫と逢曳《あいびき》の最中との事であるから、夜の白むのを待たず高円寺の自宅に取って返し、房枝の存在を確める事が一番近道で有ります。私は斯う決心すると、矢も楯も堪らず女の不審がるのも耳にせず起き上って着物を着換えました。乍然、閣下よ、何と言う不運で有りましょう、私は階段の降り口で、十五歳の折一度経験してそれ以来更に見なかった硬直発作を起し、仰向け態《ざま》に泡を吹いて顚落し、其の儘意識を失い、其の夜は肝心の疑惑を晴らす事が不可能に終ったのであります。

如右《みぎのごとき》、奇妙な経験が動因と成って、閣下よ、私は疑惑十日の後、遂に妻房枝を殺害して了ったのであります。以下、錯雑した記憶を辿り辿り、其の経路を出来る丈正確に叙述した上貴重なる閣下の御判断を仰ぎ度いと存じます。

偖《さて》、それからの私は、妻の日常生活——些細な外出先から其の一挙手一投足に至る迄、萬遺漏無き注視の眼を向ける事を怠りませんでした。問題の眼鏡に就いて確めた事は云う迄もありません。所が、如何なる解釈を施す可きか、其の眼鏡は私が嘗て無造作に投げ込んで置いた通り、壊れ箪笥の曳出に元通り蔵って在るのでした。あの夜の妻の行動に就いて問い質した所、彼女は無論夜半外出した事も無く、近所の家から依頼された縫物を終ると其の儘朝まで寝入って居たとの返事を、何の憶する所無く淡々述るので有りました。若し房枝があの夜のおふささんで有るならば、私の硬直発作を目撃した筈でありまして、左様だとすれば到底斯くの如き平静な答弁は為し得る筈が無く、尚更、房枝の水仕事にかさかさに成った両手を見るに及んで、動《やや》ともすれば私の疑惑は晴れかかるので有りました。此の醜い手が、あのなよなよした真白い指に変わり得る事は不可能と考えねばなりません。閣下は、奇妙な一夜の出来事を逐一妻に語り聞かせて率直に返事を聞き取り、疑いを晴らそうとしなかった私の不注意を詰《なじ》られる事で有りましょう。然し、私は私で、何としてもだにの様にこびり付いた猜疑の心を払い切る事が出来ず、聊も此方の心を悟られない様注意を配り、其の油断を見済せてのっぴきならぬ確証を摑んだ上出来る丈の制裁を加えてやろうと深く企らむ所があったのであります。

　御推察通り、房枝の生活には何の変哲も見られませんでした。其処で私は第二段の予定行動として、当夜の敵娼《あいかた》の言を頼り、毎夜終演迄の三十分間を、――浅草の寿座の楽屋裏に身を潜める事に致しました。即ち、偶には妻の方から誘いに出張る事もあろうと推察し、逢曳の現行犯を捉える可く企らんだ訳であります。其の月の寿座には御承知のクリエータア・ダンディ・フオリイズ・レヴュウ団が公演され、相当の観客を呼んで居りました。劇場正面に飾られた“CREATER DANDY FOLLIES”のネオンサインが浅草の人気を独占して居たかの様であります。房枝の情夫が女形であると言うのは寔《まこと》に解せない話であります。何故ならば此のレヴュウ団は、ドラマとしてよりもスペクタクルとしての絢爛華麗な効果を狙った見世物《ショウ》を上演する団体であって、美男俳優やギャッグ専門の喜劇役者を始めそれぞれ一流の歌姫や踊児などを多数専属せしめ、絶対に女形を必要とする様なレベルトアールは組まないからで有ります。其処で私は、女形と云うのをあの夜の女の思い違いであると断定し、大勢の男優達の中から、房枝の情夫と考えて最も可能性のある美男のジャズ・シンガア三村千代三《みむらちよぞう》を選び出しました。と云うのも、彼が最も柄の小さく平素一見して女形の如き服装をして居る点を考えたからであります。御承知の通り、寿座の楽屋口は隣接の曙館《あけぼのかん》の薄暗い塀に面して居りまして、斜《はす》かいに三好野《みよしの》の暖簾《のれん》が向い合いに垂れて居ります。或る晩は泥酔者を粧い曙館の塀に蹲《うずくま》ったり、或る晩は向いの三好野に喰い度くも無い汁粉の椀などを前に置いて、絶えず楽屋に出入する女に注視の眼を見張ったり、――斯う云う無為の夜が三日許り続きまして、遂に最後の夜、二月末の生暖い早くも春の前兆を想わせる無風の一夜――人眼を憚りつつ楽屋口に現われた妻房枝の、換言すればおふささんの紛《まご》う無き姿を発見する事が出来たのであります。……

　其の夜は、暖かい、――寧ろ季節外れの暖さでありまして、外套は勿論毛製のシャツなどかなぐり捨て度くなる様な不自然な暑いとでも謂い度い気温が、浅草中の歓楽街を包み、些も風の動かない為に凝乎《じっと》して居ても汗が滲み出る位で、さりとて何時寒く成るとも限らぬ不気味な天候なので、思い切り薄着になる事も出来ず、平素に増した人波に群集はむんむん溜息を吐き乍ら、人熅《いき》れの中をぞろぞろ歩いて居るのでありました。妻は、雷門方面から伏眼加減に曙館の正面を通り危うく衝突しそうになる行人を巧みに避け乍ら、恰《あたか》も役者の楽屋を訪問する事なぞ少なくとも初めてでは無い事を証明する様に馴れ切った態度で、それでも流石一寸四囲に気を配ってから、軽く声を掛けると、首を出した楽屋番とも顔馴染らしく、其の儘するすると戸の内部に姿を消して了ったのであります。平素の身汚なさを尽《ことごと》く払い落し、服装から姿態から眼鏡迄、あの水々しい淫売宿のおふささんに成り済ませて……。楽屋口から差す灯を微かに半面に受けて、真白い横顔を薄暗の中に浮び上らせた女が、閣下よ、私の古臭い女房なのでありましょうか？　予期した事とは云い乍ら其の予期通りの現実が腹立たしく、憎悪と嫉妬の片鱗を覚え乍ら他方出来る丈苛酷な処置を施してやろうと、狂い上る感情を押え押えともすれば失われ勝ちの冷酷さを呼び起そうと、懸命に努力して居りました。それから約二十分の間、私は曙館の塀に身を潜めて妻と其の相手の現われるのを凝乎《じっと》待って居たのであります。逸《はや》る心を抑えようとすればする程、口腔は熱し二重廻しの両袖が興奮から蝶の羽根の如く微かに震動して居りました。乍然、閣下よ、それから二十分の後に現われた妻の情夫は、情夫と思われる人物は、――意外にも三村千代三ではありませんでした。寔に色の真白な女の如き優男ではありましたが、五尺三寸にも足らぬ小柄な華奢な肢体を真黒なモジリで包み襟元から鼻の辺迄薄色のショオルで隠し灰色の軽々しいソフト帽子を眼深に冠った、一見して旧派の女形然たる千代三とは似ても似つかぬ別人物ではありませんか？　そして全身から陰気な幽霊の如き妖しい魅力を漂わせて居る所は、孰方《どちら》かと云えば明朗な美男である千代三の溌剌性とは全く異った雰囲気であります。閉館《はね》時の群集の為に、動《やや》ともすれば二人の姿を見失い勝ちでありましたが、却って其の足繁き人波が屈強の隠れ蓑と成りまして、肩を並べ伏眼加減に人眼を憚りつつ足早やに歩み去る二人の跡を、或る時は走り或る時は立ち止りなどして辛うじて尾行して行く事が出来ました。二人は曙館萬歳座《まんざいざ》の前を通って寿司屋横丁を過ぎ、田原町《たわらまち》の電車停留場迄脇眼も振らずに歩んで参りましたが、其処に客待ちして居る自動車を呼び寄て素早やく其の内に姿を隠して了いました。勿論私は、飽く迄も尾行する決心だったので、間髪を容れず同じく自動車に乗り込みあの前の自動車《くるま》を追え、と運転手に命じたのであります。先の自動車は、相当の速力で菊屋橋を過ぎ車坂《くるまざか》に現れ更に前進して上野広小路《うえのひろこうじ》の角を右に曲《カーブ》して、本郷《ほんごう》方面に疾走して行きました。ははあ、天神下《てんじんした》の待合だな、――と彼等の行先をひそかに想像して居りますと、意外や自動車は運転手自身期待しなかったものか、キュキュ……っと急停車の悲鳴を挙げて、湯島天神《ゆしまてんじん》石段下で停った様でありました。私も反対側の車道で停車を命じ、席の窓から容子を窺って居りますと、二人は四辺に人無きを幸いに手に手を取って一段一段緩然《ゆっくり》と其の石段を上って行くのであります。上の境内には待合や料理屋の如きものは在る筈はありません。偖《さて》は暖かいので散歩と洒落《しゃれ》るのか、と思いつつ、私も急ぎ車を捨てて二人が上り切った頃を見計って石段を駈け上って行きました。

　私が斯うして尾行して居る裡に、異常な快感の胸に迫るのを覚えた事を告白しなければなりません。他人の弱点を抑え雪隠詰《せっちんづ》めに追い詰めると云う事は気味の宜しい事で、殊《こと》に自分の女房が美しい女に成り済まし男との、RENDEZ-VOUS《ランデブー》の現場を取押える事は、淫虐《サディスティック》的な興奮さえ予想させたので有ります。妻と其の誰とも判らぬ男は、人無き境内の御堂の傍のベンチに腰を下して、其の背後の樹立に私の潜んで居る事も知らずに、堅く手を組み合わせ肩と肩を凭《もた》れ合わせた儘、暫しは動きませんでした。高台であるが為に二人の縺《もつ》れ姿が、ぽっかりと夜空に泛び上り、其の空の下には十一時過ぎの街衢《まち》が眠た気なイリュミネエションに瞬いて居ります。余程の馴染なので有りましょうか。二人はかなり永い間沈黙を続けて居りましたが、閣下よ、最初に彼等の口から洩れた音と云うのが、何と、哀調綿々たる歔欷《すすりなき》では有りませんか？凝然《じっと》黙って居た二人は、同じ様に肩を顫わせてしくしくと哭《な》き始めたのであります……。浮気な悪戯《いたずら》と思って居た私にとって、此の事は甚だ意外でありました。はっと息を呑んで其の儘注視して居りますと、先ず泣き歇《や》んだ男が、鼻を鳴らし乍ら、泣くのよそう、ね、泣くのよそうよ、と妻の背を擦《さす》りつつ優しく劬《いた》わり始めたのであります。泣いたって仕様が無い、ね、一緒に死んだ方がいいよ、と妻の顔を覗き込んで呟きますと、妻は此の哀愁《かなしみ》をどうなとしてくれと云った様な、いっそ自暴《やけ》半分の乱調子で、いやいや、私は死なないわ、死なない、死なない、だって……だって一緒に逃げれば、死ななくても済むんですもの、と逆襲して行きました。男が其の儘返事に詰って黙って居りますと、私だって役者位やれます、ね、そうして、一緒にどっかへ、遠い所へ逃げて了いましょうよ、と重ねて泪混りに男を口説いて居る様子なのであります。そして二人が黙ると、次第に胸が苦しく成って来るものか再びさめざめと声を揃えて歔欷を始めるのでありました。そう言う言葉の抑揚が、泪を混えた其の雰囲気が、何か夢の中の悲哀の場面の如く感ぜられて、其の二人が悲しみの裡にも其の境遇を享楽して居ると云ったような、或る種の芝居がかった余裕が判乎《はっきり》と分るので、却って逆に私の方ははっと現実的に返ったのであります。畜生、巫山戯《ふざけ》てやアがると、思わず心の裡で呟きました。そうして泪を流す事が彼等の睦事なのではないのでしょうか？　続けて語られた密語は最早や記憶には有りません。思わず赫《か》ッとなってスティックを握った儘、二人の前へ飛び出したのであります。……

閣下は、私が其の女を最早や決定的に「妻」と認定して居る事を、若しや早計と批難なさるかも知れません。醜悪な妻が有りもしない衣裳を何処からか引き出して来、斑《まだ》らな髪を真点《まんまる》な丸髷に結い亭主の留守を見済ませて、密夫と逢曳を遂げるなどと云う事は、或いは不可能な又は奇蹟かも知れません。が、私は付け難い判別にさ迷うよりは、其の焦燥を捨てていっそ妻と決定して了った方が楽だったのであります。不時の闖入者《ちんにゅうしゃ》を見て二人は、はっと身を退けましたが、私はむらむらと湧き起る憎念の抑え難く、房枝っ、と叫び態、握って居たスティックを右手に振り上げ呆気にとられて茫然たる妻の真向眼がけて、力委せに打《ぶ》っ叩いたのであります。男は、何事か、私の無法を口の中で詰り乍ら、無手で私の体に打つかって来ましたが、私の右手は殆んど機械の如き正確さで第二の打撃を相手に加える事に成功しました。呀《あ》ッと面を押えて退《の》け反《ぞ》った時に、今度は妻の方が再びもぞもぞと起き上る気配なので、我を忘れて駈け寄るが早いか、体と云わず顔と云わず滅多矢鱈《めったやたら》に殴りつけました。寔にそれは忘我の陶酔境でありまして、右手が疲れると左手に持ち直し、息の根絶えよと許りスティックの粉々に折れ尽きる迄殴り続けたので有ります。最初の裡くねくねと体を蠢《うご》めかして居た妻も、軈ては気力尽きてぐったり動かなくなったのを見済まして、私は悠然と落ちた帽子を拾い着崩れた着物の襟を合わせ、是でいいんだ、ふん、是でいいんだ、と呟き乍ら、一歩一歩念を押す気持で石段を下り、来懸る円タクを留めようと至極呑気な気持で待って居りました。

訝《おか》しな陽気だと思って居りましたよ、旦那、やっぱり風が出て来ましたね、と云うハンドルを握った運転手の声に、それ迄ウツラウツラ居眠って居た私ははっと気付いて窓の外を眺めますと、何処を通っているのか郊外の新開地らしく看板の並んだ商店街の旗や幟がパタパタ風に翻って居りました。車が動き出すと同時に私は苦痛に近い疲労を覚え、割れる様な頭痛と絞られる様な吐気に攻め立てられ、到底眼を開けて居る事に堪えられず其の儘崩折れる様に席の上に居眠って居たのであります。そしてそう云う肉体的変調が、閣下よ、持前の肉体痙攣――あの発作の前兆だったのであります。むん、そうの様だね、と曖昧に答え又ウトウト始めますと、運転手は迚《とて》も寒くなりました、旦那、風邪を惹きますよ、と注意を促して居る様でしたが、後は耳に入らず其儘車の震動に身を委せて居眠りを続けて了いました。どの位経ったか全く憶えが有りませんが、旦那、火事ですよ、火事です、旦那、……と云う声にはっと眼を寤《さま》しました。其処は高円寺駅付近の商家道路で、乗って居る自動車は其の隅の方に停車して居るので、どうしたんだ、と訊きますと、もう是以上這入れません、済みませんが降りて下さい、と云うので、火事では大変だと思い遽《あわ》てて道路に駈け降りますと、外は烈風に加うるに肉の斫《き》りとられる様な寒さで、寝巻の上にどてらを羽織った男女が大勢道路の両側に立って居て、火事だ、火事だ、何処だ、行って見ろ、等と口々に叫び乍ら脛を丸出しにして駈け去って行く人達の後から、ウ――ウ――と癇高い警笛を鳴らしつつ数台の消防車が砂塵を立てて疾走して行くので有りました。私も茫乎《ぼんやり》立って大勢の人の向いて居る方を眺めますと、南の空に火の粉がボーボー舞い上って、立って居る所は風上で有りましたが、折柄の烈風で南へ南へと焔が次第に拡大して行く様子なのであります。地勢から見て、私の借家は其の頃鉋屑《かんなくず》の如く他愛無く燃え落ちた時分なのでありましょう。子供の顔が眼先にちらついたのは憶えて居りますが、それから後の事は全く追想する事が出来ません。私は、道端の人達の間に其の儘意識を失って倒れて了ったらしいので有ります。……

何時だか恰《まる》で見当も付きませんが、翌日眼を寤《さま》した所が、閣下よ、A警察署なのであります。刑事部屋へ呼び出されますと、黒い服を着た男が茫乎して居る私に姓名と住所を訊き糺した上、御気の毒だね、昨夜《ゆんべ》の火事で、あんたの奥さんと御子さんが逃げ遅れて焼け死んで了ったよ、と悔みの言葉を吐くではありませんか？　昨夜人事不省に陥って居た私は、其の警察署で保護を受けて居たらしいので有ります。有難い事です、至極有難い事です、が、――警察は昨夜湯島天神境内で私が妻を殴打した事実を知らないのでありましょうか？　恐らくあれ位殴れば息は切れた事と思います。それなのに、如何なる錯覚を起してか、子供は兎も角妻迄が、あのおふささん迄が焼け死んだと云うのは？　可笑しいので思わずニヤニヤし乍ら、嘘ですよ、嘘ですよ、私に女房は二人ありませんからね、何かの間違いでしょう、と言いますと、相手は私の顔を不思議想に凝乎黙って瞶めて居りましたが、多分此の頃から私を狂人扱いにしたらしいのです、——君は哀しくはないのかい、君は？　念の為にもう一度訊くが、君は高円寺一丁目の文士青地《あおち》大六《だいろく》さんでしょ？　ふん、ふん、そんなら焼死体は、君の家主の好意で三丁目の大塚《おおつか》外科病院に収容して有るから、早やく行って始末をして来給え、と殊勝らしく注告するのであります。私は益々可笑しくなりまして、刑事さん、私の女房は姦婦でして、昨夜或る所で男との密会最中を発見し、私が此の手で撲殺して来たのですよ、一応取調べて下さい、と云いますと、相手はぐっと乗り気に成って、一体それは何時頃か、と追及して参りました。私は大体の時間を割り出して、十一時過ぎだったと思いますよ、と答えますと、相手は一寸の間考えて居たが、急にいやァな苦笑いをし、変に憐愍の眼眸を向け、ふふふふ……何を云ってるんだ、君は、昨夜の火事は十一時頃から熾え出して十二時過ぎ迄消えなかったんだぜ、君はどうかしているよ、君は、同じ奥さんが二人居るなんて、そんな馬鹿な事があるもんかい、ささ、帰り給え、行って早く始末をせにゃいかんよ、と到頭私を署外へ追い出して了ったので有ります。

其の後の事は、多分閣下もよく御存知の事と思います。即ち其の日の朝刊は、二つの小事件を全然別個のものとして全市に報じて居たのであります。私は後々の為に其の二つの記事をスクラップして置きましたが、次に貼付して閣下の御眼に供する事に致します。

高円寺の大火——昭和八年二月二十三日午後十一時頃、高円寺一丁目に居住する文士青地大六（30歳）の外出中の借家より発火し火の手は折柄の烈風に猛威を揮って留守居たりし大六氏の内妻房枝（29歳）及び一子守（2歳）は無惨にも逃げ遅れて焼死を遂げた。乳呑子を抱えた房枝さんの半焼の悶死体が鎮火後発見せられ、当の青地氏は屍体収容先三丁目大塚病院にて突然の不幸に意識が顚倒したものか屍体を前にして頑強にそれが房枝さんで無い、人違いだと主張し、俺の女房は綺麗な着物を着た美人だと叫んで居るが、屍体は裾の摺り切れたよれよれの銘仙を着した儘発見せられた。目下原因を精密に調査中である。

昨夜十一時頃浅草寿座出演中のダンデイ・フオリイズ・レヴュウ団専属女優美貌の踊児《ダンサー》島慶子（25歳）が本郷湯島天神境内にて突如暴漢に襲われた。顔面其他に数個の打撲傷を負い、其場に昏倒して居るのを暁方になって境内の茶屋業主人成田作蔵さんが発見し、驚いて交番に駈けつけたものである。其夜慶子嬢は何故か大島の対、黒羅紗のモヂリを着し男装をして居た。現場に日本髪用の簪《かんざし》ピン、女下駄等が捨てられてある所より、痴情怨恨から犯人は女性ならんとの見込みもあるが、現場に数片に裂けたステッキの遺棄ある所より主犯は矢張り男で、其の杖で殴打したものであろう。慶子嬢は意識を取戻したが、此の暴行事件に就いては単に女の介在して居る事を肯定せる已《のみ》で何故か其他の事情に就いては、口を緘して語らぬ。茫然自失、恐怖の表情を顔に表わし多く語るを避けて居る。因に同嬢は男装癖のある変態性欲者で異性には皆目興味を持たぬと謂われて居る。不気味な事件で、裏面に男女の情痴を繞《めぐ》る複雑な事情が潜んで居るらしい。云々。

閣下よ、――閣下は此の二つのスクラップから不可解な謎をお感じになりませんか？　即ち、此の世に同一人物である私の妻房枝が同時に二人存在して居たと云う結論に到達しなければならないので有ります。が、果して此んな不自然に近い奇蹟が有り得るで御座いましょうか？　迷いに迷った挙句、私はハタと次の如き過去の妻に関する一小事件を追想して、哀しくも私の結論は決定的と成ったのであります。――それは、焼死した守が一歳の頃でありました。梅雨のシトシト落ちる鬱陶しい一夜、妻と家計の遣り繰りに就いて相談して居りますと、隣室に臥て居た守が空腹の為か突然眼を覚し癇高い泣き声を立てて母を呼び始めました。私は向い合った妻に乳をやれと合図をしますと、妻も肯いて立ち上ったのでありますが、其の立ち上った瞬間、隣室の子供が不図泣き歇《や》んだのであります。乳房を啣《ふく》ませてやらなければ絶対に泣き歇まぬ守が、其の場合急に静かになったので、何気無く好奇心を覚えて境目の襖を二尺程開き寝床を覗いたのであります。すると、閣下よ、其の部屋には既に妻が居て長々と寝そべり乍ら私に背を向けて守に乳を与えて居るではありませんか？　即ち傍らに立ち上った妻ともう一人隣室の妻とを、瞬時ではありましたが同時に目撃した訳であります。おや、変だぞ、と気付いた時には、既にもう一人の妻は消えて、消えたと同時に守は再び火のつく如く泣き立てたのであります。私以外に、無心の守迄がもう一人の母を見たに相違ありません。妻も自分の分身を発見した筈で有りまして、額に幾条かの冷汗を垂らし乍ら急いで守に乳房を啣ませる動作に移って了いましたので、其の事件は其の儘私の幻覚として忘れ去って了いました。妻の真蒼に成った顔色を今でも思い浮べる事が出来ます。閣下よ、妻は正しく不思議な病気、――若しそれが病気と呼び得るならば、――ドッペルゲエンゲルの重篤患者に相違ありません。嗚呼、閣下は又しても私を嘲笑して居られますね。小説家である私が別個の新聞記事を土台として、以上の如き実話風な物語を創り出したのであろうと？　私は真剣であります。其の為私の神経組織は病的な程、feeble《フィブル》に成って居ります。斯う云う私を嘲笑なさる事は一種の不徳で有り侮辱で有り、私は閣下に決闘を申し込まねばなりません。

　偖、閣下よ、以上で私の陳情の目的が何であるか御判りになった事と存じます。よしんばそれが二人の妻の片方で有ろうとも、私の殺人罪には変わりは御座いません。即刻私を召喚して下さい、其の用意は出来て居ります。狂人の名を付せられる位ならば、寧ろ私は死刑を選びます。妻の同性愛の相手島慶子と云う踊児をも、もっと厳重に訊問したならば、或いは此の事件は解決を見るかも知れません。慶子は己が所業に恐怖を感じて居た由では有りませぬか？　如何な秘密を、彼女は持っているのでありましょう？　殴打後私が立ち去ってから妻の屍体が紛失する迄の、慶子の行為こそ問題ではありませんか？　或いは今だに房枝は生きて居て、何処かに隠匿されて居るのかも知れません。それには茶屋業主人成田作蔵と云う男が共謀して居るかも知れぬではありませんか？　以来半歳――あの事件はあの儘埋没して了いました。私は閣下の怠慢を責めねばなりません。私の抗議《プロテスト》が、全然出鱈目であるか或いは宇宙に於ける一片の真実であるか、厳密に究明すれば私自身にすら判りません。只私は微塵の作為も無く以上を綴った事を、断言する事が出来る已《のみ》であります。最後に、——私を飽く迄も妄想性精神病患者とお考えならば、何卒精神鑑定を施して下さる事をお願い致します。出頭の用意は既に出来て居ります。

さようなら、閣下よ、閣下の繁栄を祈り居ります。

東京市杉並区高円寺五丁目

青地大六拝

M警視総監閣下

（一九三四年七月号）

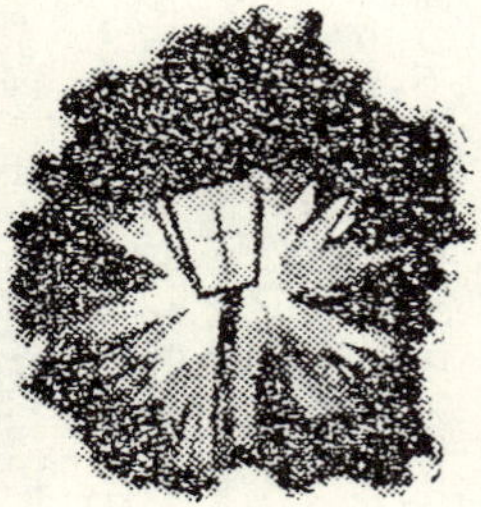

鉄も銅も鉛もない国

西嶋亮

西嶋亮（にしじま・りょう）

本名・斎藤龍《さいとうりゅう》。詳しい経歴は不明である。「西島」と表記されるほうが多い。「ぷろふいる」に執筆していた頃は東京の杉並《すぎなみ》区に住む。著者近影は学生服姿だった。一九三五（昭和十）年四月に「新人紹介」として「秋晴れ」が掲載される。赤外線装置によって人の出入りがモニターされている電気工学科の造船製図室が殺人現場で、密室状況の謎解きだった。この作品の評価は高かったが、ほかに小説は、特集「モダン犯罪」のための掌編「『赤字』」と「鉄も銅も鉛もない国」を「ぷろふいる」に、掌編「犯罪可能曲線」を「探偵文学」に発表しただけのようだ。

骨も心も、まるで肉の固まりに過ぎぬまでに、摺り減らしてしまった兵士達は、久しぶりに麦殻の入った寝具に臥《ふ》しながらも、まだ、黄色い土埃《つちぼこり》と、それを突き通して青黒く迫っては、台風のように駆け抜けて行く、あの鉄輪の戦車隊の夢に、うなされ続けていたことでしょう。がらんと晴れてはいても、麻痺性痴呆症に似て、何処《どこ》とはなく、どんより鈍い朝でした。

乳で煮こんだ挽割麦《ひきわりむぎ》と、卵で溶いた海藻とが、狭い迫持《せりもち》の石窓から吹きこんで来る、黄色な朝の中に、冷たくひえ切って、空々しく残されていました。

幼ない野心だけで生きている心は、暗澹《あんたん》とした沼に阻まれたとなると、思いの外脆《もろ》いものです。馬の毛の入った寝床の上で右を敷き左を敷き、暁方まで憔悴《しょうすい》し切った王の心は、荒廃として、朝の食も忘れてしまったのでは無いでしょうか。広場の黒い栃の葉の下では、日時計が、切紙細工みたいな強い影で、もう、十一時の溝に乗ろうとしている頃でした。

「驚きました、浴室は湯気で、西港の春先に包まれたほど、生暖《なまあたた》かい苦しさです」

「でございましょうとも、夜の白々する頃から、狂ったように焚き続けですもの……」

無表情に歪曲した冷たい石の劈開面《へきかいめん》で、床も、壁も、天井も、それに、灰色の妖女でもあるかのように跫音《あしおと》も残さないで遠のいて行く、侍女服の飾りもない鉛色は、腐敗した空気をなお陰鬱《いんうつ》にかげらせていました。

「何《ど》うしてまた……王は、ほどもなく魚飯《さかなめし》の昼だと言う今まで、寝部屋から顔もお出しになりませぬのに……」

厚い煤《すす》んだ樫戸の所で、わずかばかりたゆたいながら、

「寝室係が逃げてから、朝の戸を叩くのまで私達に負わせられて……でもあなたにはお気の毒ね」

「嫌《い》や、私など何とも思われていなかったのでしょう、彼《あ》の人逃げたんじゃなくて、妃《きさき》の化粧部屋に匿《かく》まわれているなどと言う噂もある位ですもの、もうそんなこと言って私を困らせないで……」

沈んだ吐息の下から「まだお寝《やす》みであらせられましょうか」と、重い把手を叩いたのです。けれど厚いフェルトの防音壁みたいに言葉を吸い消した戸は、押えつけられた石の呟きしか返しては呉れませんでした。

灰色の侍女を啜りこんだ扉は、直ぐ、激しく揺れて、投げるように、鉛色の肉塊を吐出したのです。冷たい石廊の上にひれ伏した顔からは、乙女らしい憂《ものう》げな清さも、若々しい羞恥も消え失せ、代りにギロチンに乗せられた囚人にでもなければ見られない、惨《みじ》めに歪んだ硬直だけが、束ねた髪の先で、蠅の羽音を聞かせました。革上衣の胸を油で磨いた兵士は腕に抱えた

柄長の斧も忘れて、樫戸へ突きあたります。骨甲の深い目庇《めひさし》の下から、寝室いっぱいに強く流れて行く朝を見ます。白く布を着た寝台の上へ、乾からびた血を染ませて、捨てられた褐色の片耳を探り当てます。南京玉を綴ったように飴色《あめいろ》の敷物を這《は》い続けた血の滴跡《たれあと》を追います。そして、間伸びのした階の五段上に赤茶けた血の枕を捉えます。露台へ降りると、丸い太柱の間から、中庭を埋めて白い蕾《つぼみ》とすがすが青い蓮の葉が覗かれます。そのキラキラする水玉に囲まれて大きな花弁が散った……としか見えない、若い王妃の白衣が横たわっています。

　だみたオルゴールの呟《つぶや》きと蠟涙《ろうるい》の煙の底から鈍く照らし出された聖母の像を仰《あお》ぐ懺悔《ざんげ》囚《しゅう》のように、ぐったりと彼は打たれます。死んだ池。平べったい水の塊《かたまり》が、青光りに滑《なめら》かな葉の面を、気紛《きまぐ》れな綿雲を一つ映して落ちます。けれど投げ出された裾《すそ》は、白い襞《ひだ》一つ崩しません。革短衣《かわたんい》の兵は、再び狂うような焦燥に捉われます。一筋に細い血の糸を引いた桟橋の上をあわただしく駆け抜けます。斧の柄が白い花弁を揺すり広い葉脈を叩きます。そして、抱き起したのは、ぐったり溶けた脂粉の疲れ落ちた塊です。白い胸には「語るな」とかすれた血文字が読まれたのでした。

　暖められた冷凍肉のように弛《ゆる》みきった城の中は、俄《にわか》にふつふつと忙しい気泡が湧き返って、それは池の泥底から絶えず浮上っては、蓮の病葉に突きあたっているメタンに似たものでした。古びた城門をいくらとざして見ても、地鳴りのように底を拡がって行くざわめきを、街の隠れた報道員達は、どうして見逃して置けるものでしょうか。

「王はお妃に、耳を嚙み切られて、奥の部屋に這入られたなり出ておいでにならぬそうな」

「……今度の敗《ま》け軍《いくさ》で悩み狂われた王は、王妃の片耳を噛み切ったり寝室係の鼻を削ぎ落としたりの御乱行《ごらんぎょう》だと……」

などと、真《まこと》しやかな噂が、風よりも早く辻々を舐め尽したのでした。

●

膨《ふく》らんだ土台《スタイロペエト》に腰を下して、アカンサスの葉越しに覗き上げると青い泥枝で葺《ふ》いた塔の勾配は、昼下がりの緑の空へ突き刺さっていました。肥った王室医と赭《あか》ら顔《がお》の老軍医とは、素焼きの煙草壺を抱いて、ぼそぼそと囁《ささや》き合っている所なのです。

「王妃は御快癒の見込みだと、今し方廊下で耳に入れたが……」

「そう、暮方までにはお気を取戻されると拝されるが、何しろ肌は血を失い、指などば痙攣《ひきつ》ったまま、こう、屈《かが》んでしまっておられる。それに、幾分《いくぶん》下痢の気味もあり……」

「下痢が……何処とはなし『死神《しにがみ》の小便《しょうべん》』中毒に似通って思われるが……」

「死神の小便」

「兵達は俗にそう呼んどりますが、砒素《ひそ》を溶かし込んだ揮発性の液体ですよ。私達もアルスワッサアと仮に名はつけて見たもののこの戦《いくさ》で初めて行き当った、一つの、まあ、壁でしてな。向うの国のベルグ火山地方に湧くらしいと言う話ですが……十五度位までは液状で居るのですよ、それが気温が昇ると気化して僅かな蒸気を吸っただけでも、七分とは経《た》たぬ間に犬のように藻掻《もが》いて斃《たお》れてしまうのですからな、今日まで雑草の上を群なして送り返されて来た大方の戦死兵は、皆んなこれで遣られとって、何せ、暁《あかつき》の暗に草を分けて来ては一面に振り撒いて行くんで、朝焼けを待って私達が行軍を起しはじめると、前衛部隊から枯葉でも払うように斃れましてな……」

「ああ、私も盾に乗せて運び返された死屍を二人程見ましたが……」

「恐らくは敵の誰かが尻押ししての仕事ですな、『死神の小便』と言い、寝部屋に抛《ほう》り捨てられたあの片耳朶《かたじだ》と言い……見られたか、泥蓮の底から掘り出された王の骸《むくろ》を、顔の筋肉は鈍い角で無尽に打ち潰《つぶ》されて、死骸《しがい》の右耳を切り去るのは、向うの兵の不文律ですよ」

「それに、切口が……石の刃物では、とてもああ鋭く離せるものじゃない……」

「とまれ、一昨日のボルケノ火山の噴煙は、嫌な前じらせでしたなあ……」

いま更のように沁々《しみじみ》と、台石の表面に白く積った火山灰を日焼けした指で払うのでした。暗い寺院の鐘の震えた疎密波《そみつなみ》が、冷え冷えと拡がるまで、こんな黒色火薬みたいにかさかさ燥《はしゃ》いだ話を続けなければなりませんでした。ゴシック風な細い窓からは、摑み所のない狼狽《ろうばい》が霧のように噴いて来るのでした。蟠《わだか》まった不安な猜疑《さいぎ》は、ボジア、ネグアの二つの王家の探り合うような思惑の上へ重く降りていました。

「いかがにあらせられましょうや、若《も》しお差つかえなくば、昨夜のご容子《ようす》など承《うけたま》わりたいと存じますが……」

細い肩を薄日に青白く曝して、王妃の長い睫毛《まつげ》は僅《わず》か、離れているだけです。掌を、白い粉に塗らせて、何処とはなし、裏街の埃《ほこり》の中で死にかかっている私娼《ししょう》、言うまでもなく不敬なたとえでしょうが、言ってみればそんな空虚さなのでした。

「昨夜と申すと……」

「この暁、中庭の池に臥《ふ》して崩れられたまでの……おん自ら降立たれたのでございますか、そして何刻《いっ》頃……」

「白い蕾を三つ四つ欲しさに出たまでのこと」

「あの冷え冷えする双子星座の下へでございますか、石廊の隅に控えておる兵をお呼びもなく、夜寒《よざむ》になど冒《おか》されましては……」

「王はわたしに折って参れと仰《おお》せられた故、また、淋《さび》しげに爽《さわや》かな匂《におい》を嗅がれたらお額に迫った皺《しわ》が一つでも消えはせぬかと気づかって、……兵士達の盾を伏せたように埋った黒い葉の隙を白く綴《つづ》った花珠は、スッスッと綻《ほころ》んで、東の丸屋根からはみ出した冬の明るい星冴えは、わたしを十五六の乙女にまでつれ戻して呉れました。自分ながら沁々と眺めいる夜目にも白々と伸びた指先で膨らんだ花弁が、身もだえするように顫《ふる》えている。心が暗い池の面を何処までも拡がって行くような気で、そっと唇を押あてて匂を貪ったのです……それからの心は、死んでもいるのか、わたしの胸には甦って呉れませぬ」

煤んだ戸の下から黄色い雁皮紙が革紐で編んだ市長の靴底へ滑り抜けて、不格好な掌の中で、小ざかし気な眼を瞬くと彼は、板戸の向うで耳を平たく押しつけている保安局員の助言を、盗むように辿りました。

(夜明け近い池へ妃一人追い遣るなど想像も能《あた》わず。王は若《も》しや取沙汰《とりざた》通りご発狂されたるに非《あら》ずや。廊下に控えし衛兵は黎明《れいめい》、王が厠《かわや》に立たれし他人影《ひとかげ》を見掛けずと言う、残るは中庭から露台のみ)

「露台を抜けられる時に、石壁へ爬虫類のように貼りついた影などは、若しや……」

「いや……露台には油灯が三つも揺れていたゆえ、よも怪しい姿など見逃す気遣いはなし、自らも、心ひそかに疑惧《ぎぐ》を抱いて、恐る恐る降り立った訳でもあるし、それは言い切れると信じますが……」

「王は、極度に心痛にあらせられた由《よし》承わっておりまするが、少しお話し下さらば幸に存じ上げますが……」

「それは戦に敗れた苦悶《くもん》と焦立たしさからであられたろう、ひどく亢奮《こうふん》されておられた……そのことに関わっては、わたしは語りとうない。王はいかがされた。もう会議は終《おわ》られる頃と思いますが、それにその喪服はどうされたのじゃ」

「アゴ……」

後は像彫《ぞうちょう》のような王室医の顎が押えつけてしまったのでした。

「何にいたせ、償地問題で揉み抜いていることと存じます。西港は王家の父祖ご発祥の地でもあり、国民と致しても異国人の足にむざと躙《にじ》られることは、たえも切れぬ屈恥《くっち》と存じますゆえ……」

その晩も、もうほの暗い街灯の硝子では、鈍重な蛾が気味悪く震えている頃でした。

壁に切り込まれた、明り棚の囲りの黒く染みた油煙の上には、新しい反射紙が貼られ、蠟みたいな机の上に投出されてあるのは王の死骸と共に泥の底から抜き出した、薄刃の金属刀と、魚骨の針で鬼百合を縫いとった妃の手巾《ハンカチ》、なかばは泥臭い血で汚されてあるのです。ましてや、その周りに深刻な額を集めた委員達の俯取図《みとりず》は、誰がみても中世紀の、あの粥《かゆ》のように濁った囚牢《しゅうろう》の臭を連想させられるのでした。

「そんな訳で、寝室の真向いにいた衛兵達は王が、三時近い頃、歩廊を折れて厠へ這入《はい》られたのを知っているだけであって、他にはついぞ一人の足音すらも聞かなかったと言っているのです。王は樫戸の所で、朝は食を晩《お》そめに、風呂だけは早く焚いて置くよう仰せられて、兵は二人共係りの寝部屋を叩きに去ったのですが、帰って来るまで三分かそこら、若《も》し何ものかが寝室へ忍び入ったとすれば恐らく、その不連続な僅かの隙にであるとしか思えぬでしょう……」

机の木端《こっぱ》を厚い掌で摑み潰しながら、俯目勝《ふしめが》ちに立上っているのは保安長官でした。

「……所が市長より先程、報告のあった如く、王が寝台を抜けられたことを、お妃が一向存じられぬとして見れば、妃が池へ降りられたのは、アゴニ王が歩廊へ立たれた前だったと思われます。一方、寝部屋の容子から察し上げると王は寝台の上にお寝みの所を刺されたと拝されま

す。王が厠から帰られたのは、遅くも三分後のことでありましょうし、まして再び寝具の中に這入られた頃には、兵がもう扉《ドア》の外の壁で睡たげに斧を抱えていたものと考える外ないのでございます。言うまでもなく池に臨んだ露台の石柱の陰にも潜めないことは無いでしょうが、いくら暗い炎の裡とは言え、気ざとい王妃の眼から逃れるのは至難なことでありまして、あの泥深い池の底に息をひそめて沈んでいるなどは、寝室の床に泥の砕片《さいへん》一つ落ちていなかったのを見ても明白に否定出来ると信じます」

　手ぬるい冗長な助動詞に憤ろしく、叫びが、ネグア家の三男、切れ者少佐の唇から、

「その前に、私は更にいぶかしく思っておるのは、王妃の仮死に関した経緯《いきさつ》である。王室医ならびに軍医の言葉に依ればアルスワッサア中毒とのことであるが、この国で、手に入

れ難い溶液であること、更には一昨日公式寝室係りの失踪、またそれに関わる侍女の証言などより敵王家のインフォルモ王子こそ、姿を代えた寝室係である事実が判明したのである。このたびの敗戦に、敵の策戦が毎々《まいまい》、我々の裏を知り抜いたように見えた次第《しだい》も、ここに読まれるのであるが、先ほど調査員の言葉によれば蓮の蕾の中には桟橋沿いの悉《ことごと》くに、同じアルスワッサアが認められたとあった。これは彼がこの花珠を愛好せられる王のご日常を知って、王或は王妃暗殺の目的に立った所業に相違ないのであるが、何故寝台の傍にある切花に混じなかったか、如何なる理由で打撲と言う、いかにも原始的な惨虐を用いねばならなかったか、と言う点に重さが掛かって来ると思う……」

「途中で遮って失礼とは思いますが、私にも違った種類の疑惑が抱かれるのであります」

と、気まずそうに周囲を窺《うかが》っているのは老いた軍医でした。

「存ぜられる趣《おもむき》もありましょうが、アルスワッサアは、気温十五度を境界として状態を変え気化してしまうものなのです。然るに妃のお話を今、市長よりつたえられますと、恰《あたか》も蓮の開花期に方《あた》り、奇禍に遇われた如く拝されまするが、この花は一体が一日中で最も気温の低下せる暁に開くものと聞いておりますのと思い合わせて、アルスワッサアは当然、液状のまま存したことが思われるのであります。第八花弁若《も》しくは第九花弁に針で突いたような瑕《きず》を残しておる所から注射器ようのもので、蕾の中へ注ぎ込んだらしいのですが、各々の花托の中に含まれた砒素量は、到底《とうてい》、致死量にまで及んでいないのであります。しかも、それが液の形である時に於ては、芯の上を、舌で完全に舐め除かぬ限り、とてもあれ程の中毒症状は呈すものではありません、かと申して妃が、そのようなことを為《な》されたとは、考えも及ばぬ所なのであります……」

「この問題は私の近く発表致した『蓮の開花時に関する研究』に係り合いのあることだけに、私には一言させて貰《もら》いたい衝動に駆られるのであります」

発作的に上半身を起したのは、今まで眠ったように俯伏《うつぶ》していた教授なのでした。

「……いまも軍医から話がありました如く、蓮の開花時は最低温時、即《すなわ》ち暁三時から四時の間が普通でありまして、未だ気象台よりの記録が入手しては居りませんが、恐らく十度或は八度、その付近であったろう事は、統計から察せられるのであります。軍医はこの見地より砒素水の液状であるべき旨、強調されましたが、私の実験に依りますと、蓮によらず総《すべ》ての顕花植物に於ては、開花期に呼吸機能が旺盛となる結果、発熱現象が見られるのでありまして、蓮について特に申しますと、其の温度は蕾に温度計を挿《さし》入《い》れることにより、水銀柱は十度から十三度位高い所を指すのであります。だから必ずしも液体の形状を採っていたかどうか、断言の範囲には無い訳であります。言うまでもなく花弁に包まれた狭い領域の内部では、一つの飽和点が存在し、漂っている蒸気と言うものは、恐らく致死量には達していなかったでは、ありましょう。けれども、若し花株の裡に充分な量だけ、アルスワッサアが滲《し》み込んでいた場合を考えるならば、妃が口づけされた時、その極く僅かな外力に刺戟《しげき》されて展《ひろ》げられた弁の隙から吸いこまれた蒸気と、開花により芯の真上に生れた、部分的に空気の稀薄なポケットへ向かって、周囲から流れ巻いた気流の渦とが、残っていた液体をも蒸発させ、王妃の肺に送りこんだであろうことは、想像され得るのであります」

「だが、学究の立場から、たとえそんな場合があり得ると主張されても、いかなる意志のもとに砒素を撒き散らしたかが判断に苦しむのであります。王暗殺が目的でありますなら当然、粥の中なり嗅煙草の壺なりへ混入するべきでありますし、たとえ花を媒体と致すにせよ致死量を誤るとは考えられないことです。またその直接目的が王妃を対象としたものであるとしても、肌寒い黎明《れいめい》の中へ妃独りが迷い出られると言う、極度に確率の低い状況を予定の内に加えて、恐るべき工作が企てうるものでしょうか……」

「私は、更に基礎的な錯誤――皆々の独り勝手な推論と猜疑の上へ投げられた錯誤を思う」

威圧《いあつ》するように肩をもたげたのはネグア・マイナ少佐です。幾人もの兵士達の血に塗《まみ》れた勲章が、黄色い炎の中で、輝いて揺れるのでした。

「先刻保安長官の主意は、王も妃も寝室を去られた時間――あり得ないその偶然な瞬間的空虚の寝室へ、暗殺者が滑り込んだとあったが……若しそれが真相であるなら、王が再び戸を押して帰って来られた時、劇《はげ》しい争闘が起ったものと思わねばならない。それにも拘らず壁一つ隔てた石廊では兵士の耳に煙の崩れる音さえ残していないのである。彼が想像される如く公式寝台係であって王には顔見知りであらせられたとしても、深夜、王が寝まれるまでも枕もとに佇《たたず》んでいるなど、とても出来る事ではない、只一つ残された隠れると言う手段にした所で、知られる通り眼の届かない所と言っては寝台の下があるだけで、しかも寝台の側板は床まで深く、這い潜る隙もないばかりか、厚い黒檀材は、人間一人の力量位で擡《もた》げて、その下へ滑り込むなど、到底許さないのである。吾々が挙《こぞ》って、公式寝台係の失踪と不敬事件とを或る因果律で結ぼうと固執するところに、根底的な錯誤があるものだと信ずる」

「しかし、王に暴虐を加えた人間は、少くとも出来得べき状況に置かれた人間は、彼を措いて考えられませんが……」

「いや、可能な人間は他にも一人だけいる」

「一人だけ……」

「さよう、お一人だけ可能なお方が……」

　言葉の後には、息詰まるような嫌なしじまが続きました。それは誰の心でも一度はときめかされ、動かされ、そして迷わされていた心なのです。

「誰もが蟠っている疑惧を肚《はら》の底に押えつけて、辻褄を無理に合わせた表面的な糊塗で抜けて行こうとする所に矛盾があり杜撰《ずさん》がある。なる程寝台係は、池の表へアルスワッサアの気幕を投げたかは知らぬ。だが、王の片耳を落したのは、決して彼ではあり得ない。寝台の傍に転がっていた石膏像の塊には、撲殺兇器を指さすように褐色の血がこびりついていた。而も市長は、妃の手にまみれている白い粉を見のがさなかった。いかにも隣国の兵士がするように耳朶《じだ》を切り離したりはして見ても、寝台から階段、露台から水際《みぎわ》まで、よろめきながら迫った血の跡は、弱い女が重い死体を抱えて辿ったことを告げているとしか思えはしない。また橋の石畳へ崩れておられた妃の胸衣に血で綴られた『語るな』ニヒス・スプレヘン、のかすれた字並びは、皮肉にも、妃の右肘を中心にした弧に沿って読まれたではないか……」

若しその時、焦茶の制服を点けた保安局員が幽霊のように足音を殺して、耳うちに来なかったなら、ボジア王家の女婿、保安局長官でさえも恐らく何とも、一言も答え返すことが出来ず口をつぐんで終ったでしょう。

「今、部下より報告のありました事実に就いて……」

と、小さい手帳を握りしめると敵意に溢れた語感で、彼を紹介したのでした。

「急ぐこともあり、直接調査に当った私自身の口から報告する僭越《せんえつ》を許容されたいと思います。寝室現場を先刻、視て通った時、偶然気付いたことなのですが、血潮の滲みたあの寝具の表面に、細かい鋸屑《のこぎりくず》が散っていた事実なので、私の注目を惹いたのはその分布状態であります。二つの曲線によって限られた鋸屑の全然存在しない空面を含み、屑の密度はその限界曲線に近づく程稠密《ちゅうみつ》を加えて居るのです。曲線と言うのは、対蹠した双曲線で、それが肩と首と枕によって造られたものである事が想像されたのです。若し仰臥《ぎょうが》している真上から鋸屑を撒布するならば、こうした結果を見せはしないだろうか、と言う推断が、当然私の脳には湧いて来たのです。同時に恐ろしく、最大限度まで乾燥した木質繊維は、反射的に天井板を連想させる充分な条件でもあったのです。二階の妃の寝室へ駆上がって、下の寝台から上げた垂線と交るあたりの床敷を荒々しく探しまわったのです。そこでは古い格子天井の板が桟に沿って入れられた鋸で取外せるように嵌め戻してあったのです。私が驚愕したのは、それだけではありません。妃の寝台の下に乾からびたパン屑の粉と、空の飲水壺が転がされているのを見てしまったからなのです。逃げたと噂されていた寝台係は、思いの外あんな所で息をひそめていて、昨夜、天井を四角に抜いた空隙から、あの石像でも落としたのではありますまいか、けれど私が当惑に直面したのはお妃の寝部屋からただ一つの緩い階段を降りて王の寝台の側まで、一昨日の噴煙に流された火山灰が、白く刷《は》かれてあって、其所《そこ》を掻《か》き乱しているのは周章《あわ》てた私自身の不格好な足あとだけだったのです。中庭の池に向いた窓は、一つだけ開け放したままで残っていました、言うまでもなく窓から飛び落ちるなら、それは逃げ出せたでしょう。けれど手摺の下は、気味の悪い蓮の葉と、泥の中から突出した石柱なのです、底の無い沼の中へ呑込まれてしまうか、石の角で頭を打って気を失うのがやっとでしょう。どうして王の屍体を部屋の外まで担《かつ》ぎ出すことが出来るでしょうか……」

「それは全く不必要な冗長な煩悶ですよ」

傲慢な冷笑を重ね重ね見せたのはマイナ少佐なのでした。

「総《すべ》てを二、三日前にととのえて置いた、お妃の工作だと考えたなら、僅かな蹉跌《さてつ》もなく消失するではないか……それ所か」

と芝居掛りに声を低めると、美しい綿の入った革表装、大判の詩集日記を、視線と視線の焦点へ投げ出したのでした。

「王妃の日記です、彼女の歪曲《わいきょく》した内面生活が、荒廃し切った心理となって残りなくさらけ出されています。その文辞は、一族のものとして、また国民の一人として、到底《とうてい》私自身の口から読上げるには忍びないのであります。寝室係の若者と計って王暗殺を企てた、彼女の変質者めいた心には戦慄をさえ覚えるのであります。傍に臥せている王の周囲に、鋸屑を敷くなどは、彼女にとって六《むっ》かしいことでは無いのであります」

●

群衆ほど恐ろしい媒体はありませんでした。空間のピラミッドでもあるかのように、暁に突刺さった黄道光が薄れて、地表面に曳いた切線をすり抜けて、光の最初の一粒が、街の戸板に突き当った頃、もう巷《ちまた》の宣伝員達は蠟石刷《ろうせきずり》の新聞紙よりも早く、摑み所の無い言葉の塊を口から耳へ吐き続けていたのでした。

「王妃は、となり国の若い王子にそそのかされて、王の花瓶へ毒を混ぜたんですと」

「そればかりか耳を切り取って、刺繡《ししゅう》でもするように突き崩した王の屍骸を、泥池へ投込んでしまいなすったそうですよ」

そんな時、「群れ」は決して批判したり、疑を抱いたりするものではありません。押えれば押えるほど、いかにも本当らしく飾りされ、限りない早さで拡がって行くのが常でした。

今はもう街の角々、街路樹の葉末葉末からは、「まあ、あのやさしそうな王妃さまが……」と、驚きとも、憎しみともつかぬ囁きがしきりもなく、潰れたように拡がって来るのでした。

街の外れ、枯草に囲まれた小高い仕置場をとり巻いた橅《ぶな》の葉が、金色《こんじき》に色づいて、白い枝の先で細かく震えている朝でした。

低い柵の外まで、溢れるような市民の波がギッシリと押寄せて来ていました。

妃は、白い長い喪服を着けて、釣鐘草のように、うな垂れたまま緩い斜面の落葉を踏む一足毎に、白い吐息が消えて、それは陽がようやく櫨の幹を赫々《あかあか》と照し出す頃でした。

恐らく街中の人が残らず集ったに違いないとさえ思われる人垣の間からは、うめきとも、感動ともつかないざわめきが、風のように渡りました。そのざわめきと、秋の陽射しを強く照り返して、黒曜石の首切斧が、小羊のように青ざめた王妃の後に続いて居ました。

群衆が再び気づいた時は、黒い僧衣を着たネグア王家の長老が、連山のように長いお祈りを終ろうとしている所でした。その母音はまるで、岡の底から這上ってくる溶岩のもだえででもあるかのように、気味悪く、途切れては、続きました。けれど、犇《ひし》めき合った肩と肩の陰に、陰険な額と、歪み笑いのした唇とを集めて、何か呟き合っている五人の石器商達の暗い円陣には、誰一人として気を惹いた者もありませんでした。

それは、ほんの、瞼を抑えて、放す程の間でした。

「私は、何も知らないのです。ケニヒ・アゴニ……」

……人々は薄い妃の唇から洩れた呟きを、聞き逃しはしませんでした。が、次の一息をつくひまもなく、貝殻状に割れた黒曜石の鈍重な刃が、総てのものを押し進めてしまいました。

芒《すすき》の原のように、ざわめき立った群衆の上に、その時、のしかかるほどの叫び声が浴びせられたのです。市民達の眼が、その時見たのは、柵の上に威丈高に青空を背負って、踏み上った石鏃商達の黒い影でした。足もとには、麻縄で紡錘のようにいましめられた偽筆業者のいじけた姿がみすぼらしく転がされてありました。

示唆めいた煽情的な口調が、それに続いて群衆の眼の上、額の上へ撒かれたのです。

「私達は、堕落しきった支配階級の、醜い犠牲となって、息絶えられた王妃のご終焉を悲しむ……彼、少佐マイナこそ、リヤネグア王家こそ、貴族階級こそ、社会道徳の敵である」

「少佐ネグア・マイナは、この偽筆業者に三百五十グロセ・スタインの石貨を囮《おとり》に王妃の日記を偽造させ、死の断罪を無理強いに押しつけたのだ。巧みに王を殺害したばかりに飽きたらず、泥池の底へ血染みのした手巾と、薄刃とを投込んで、純な王妃までも屠《ほ》ふったのだ」

「吾々が泥塗れに汚れて木鋤《きすき》を押し、石粉に肺を冒されながら、鑿《のみ》を汗ばませている間、吾々から奪い去った血汗の塊を彼等は何に費やしたのか……淫楽と、醜聞と、相続争いと……他に何があったか……」

そんな子供っぽい言葉が、それでも、今は油然《ゆうぜん》と生れ起った妃への同情心に燃え移って、集団的な憤りにまで湧き立ちました。

●

三十年の間、言うまでもなくその間には、三百の漁船を遂に帰しては呉れなかった、悲しい台風の思い出も幾度かありました。九月の始めにもう霜が降りて、一粒の穀物すらも口に出来ぬ農民達の、うめきで、北部の農園地帯が蔽われ切った事もあったのです。そして南の国から、船に乗って渡って来て、嘘のように二万五千の命を吸い消してしまった気紛れな悪疫も……

けれども、図書館の記録を通して見れば、極く穏かな、輝きに満ち溢れた生活が続いたのでした。

戦いに敗れて焦土のように疲れ切った壌《つち》の中からは、王家の瓦崩を動機として、新しい生産力が芽生えて来ました。それは商人達にとっては、最も恵まれた月日でした。

若し湾の口を扼《やく》している二つの岬の、どちらかに立って、一日見つめていたなら、十幾艘と言う荷船、空船が、海峡の潮流を乗り切って、出入るのが数えられたに違いありません。けれど積荷の量が船の復原力に気遣われるほど殖えて来るにつれて、高い労働賃金を払い、原始的な工具を動かしてまで、家内工業を続けて行く訳には行かなくなって来たのです。石器の需要が途絶える、在庫品の値が下る、ただそれだけの理由では、石器商達も、金属製品を港の外で押えてしまうわけに行かぬほど、生産力は進み過ぎていました。戦勝国の精錬所や鉄工場には、何組もの技術者たちが送られました。

或る夕方です。今はもう美術館に変ってしまった城の、石門の前には、痩せた飢犬一匹うろついてはいませんでした。湿った丸柱に背を凭《もた》せて、じっと、細い塔のあたりへ、うっとりした眼差しを投げたまま、いつまでも動こうとしない浮浪人がありました。日焼けのした額、骨ばってはいても、坑夫ででもあったかのように筋肉のしまった腕からは、何か、気高い力強さに似た淋しさがありました。

麻服の警備員に促されて、またとぼとぼと力なく城門を出て行くまで、その片耳の無い浮浪人は、その右頬をかくすように襟の中へ埋めて腐食《ふしょく》しかけた深成岩の窓から窓を、濁った鞏《きょう》膜《まく》で追っている姿は、こと更みすぼらしくも見えました。

九十七人の若い技術者達が顔を輝かせて、鍛具《たんぐ》や書籍や鉄材などを舷側が水に浸るまで積みあげて帰って来たのは、それから七年おいた、初夏の、ある霧の深い朝でした。

青空へグット突刺したら、白い流れ雲さえが、二つに切れて行きそうな槍の穂、何か底気味悪く、あらゆる秘密を見すかしてしまいそうに、明るく磨かれた金属鏡。その底に埋もれては、彼《か》の国の金属工業、ことに武器鍛工者達の間に一つの画期的な革命を捲き起してしまった可鍛合金を見つけ出した、鍛工イノガの自叙伝も見えました。

イノガは或る街外れにある蹄鉄場《ていてつじょう》で、あのムッとする熱と、馬蹄の焼ける動物質な臭気にむせながら、ギラギラと汗で額をかがやかせている職工の一人でした。

或る夏の暮れ方、今にも飢え倒れそうに、工場の柱にすがっていた時は、何処のものとも知れない、片耳は無く頬を汚れた短い鬚で埋めた浮浪人の一人だったと言います。

イノガ合金がやっと鍛工の間に妙なざわめきを涌かし始めた頃、彼は薄い自叙伝を残して、どこともなく、立去ってしまったのでした。

埃にうるんだ城門を精神病者のように見入っていたのはイノガだったか、違うか、ただ城壁の傍で彼に似た人影が、外へ消えて行った、と言うだけが、人々に残された、僅かな消息でした。

自叙伝がその国のジャナリズムの潮に含みこまれた頃、国立共同墓地の狭い潜り戸からは、街路樹に凭れたまま斃れていた身元も知れない放浪人の屍を運んで、頼り無げな鍬の音が響いて来たのでした。

やっぱりその頃、鉛の粉の漂う、印刷工場では、老いた校正係が手を真赤に染めながら老眼鏡越しにゲタを穿いたゲラを追って行くのでした。

「私達は総ての希望も総ての野心も放棄しなければならなかった、十二万の若い血を犠牲として得たものと言えば、たえも切れない頼り無さと、敗戦の苦さに過ぎなかった。祖々誇らしげにつたえ受けた歴史は、鉄と鋼の楯とで、脆くも砕かれてしまったのだ。折れ易い樫の鋤を牛に曳かせている農夫達、鈍い石の刀で魚を割いている主婦達。けれど、私の心を暗く蔭らせたのは、一寸の鉱脈もないと言うことでは無くて、寧《むし》ろ、自分達の利益を固執する為には、あらゆる手段に訴えて、遂に一枚の銅貨も港の内へ入れなかった、打石器製造商達の寂しい心だった。(私の心を暗く蔭らせたのは、あまりに隔たった文化のひらめきと、鈍重な石の矛だった)

私の心は、自利のためには、国民の生活までも無視して押通そうとする彼等の醜さへの憤りに燃えた。(私の心は、傷けられた歴史と、踏にじられた国民の疲れた心とへの、償いに燃えた)

寝台の枕の傍では、花弁を払い落した蓮の黄色い蕊《しべ》だけが気味悪く残っていた。妃はそれを見ると、私の心を、この上暗くさせまいと気づかって呉れたのだろう、石柱が、蛍色な肌を暗に溶かしていた露台を池へ降りて行った。暁方近くまで、悶え抜いた私の瞼はその時、かすかに閉じたのだった。

　程もなかった。右の耳にうずくような刺痛が、ぬるぬるした睡眠を突き驚かした時、閃めくように見えたのは、顔の真上に切られた四角な空隙から滑り落ちて来る、丸い扁《ひら》たい黒いつぶてだった。枕を摑むと、夢中で私は顎の先まで落ちて来たのを殴りつけた。

　まるで追われた蜘蛛《くも》が糸でも伝いのぼるように、扁たい塊を吸いこんでしまうと天井は、再び閉ざされた。私は黙って、手に残された枕を見つめた。眼に感じない程な鋭く裂かれた切口からは黒い馬の毛が溢れて落ちた。鋼の力の恐ろしさと驚きとで、ふるえた胸や眼を瞠《みは》った。耳から肩へしきりもなく流れて来る血にぐっと枕を押しあてたまま、妃の寝部屋から降りて来る階段を睨みつけた。

　鎧窓をあける軋《きし》りに続いて、たとえようもない凄惨な叫びが、中庭の池から、厚い石壁を通して聞こえて来た。

　暁の寒い露台の外では、石杭の台へ、窓から飛び誤って、顔を砕《くだ》き潰した屍体と、池の中につき出した桟橋の向うでは、妃の白い寝衣《ねまき》が、横たわって弱々しく見えた。左手には私のために摘んだ白い蕾を三本握って神々しい血の引いた唇は僅かに歪んでいた。恐らく、あの男が窓から墜《お》ちるのをみて、気を失ったのだろう、この時、私の胸には、ある想念がむしょうに突き上げ四肢さえもふるわせた。「語るな」の二言葉と、熱い口づけとを額に残して、衣服を奪った男の死骸を泥の中へ落しこんで、その朝早く、草原へ城門を抜けて行く羊飼の群れにまぎれこんだのだった。

石廊の兵士を欺《あざむ》いて追いやった時よりも、塞《とりで》のまえで羊の数を数えられた時よりも、もっと心をしめつけて呉れたのは、着換えた着物のかくしの中にあった見も知らぬ武器だった。

二つの重い木の円板が、せまい間隙《かんげき》を置いて、グルグルと鞏靭な糸を巻いた心軸で結びつけられていた。けれどその円板の裏に貼りつけられた薄い鋼《はがね》の刃こそ、私の驚きを、ある夢にまで拡げて呉れた」

この国の言葉に訳された時は、商人達は、あちこちを（　）の中みたく書き直してはいたのですけれど、埃臭い薄い仮綴じの原書こそ資本家達を否定し、動きのとれぬまで自家中毒に引ずりこまれた社会制度に、たえ切れぬ不満を飽和させていた、この国の若い知識階級にとっては、ひとつの焼石ともなったのでした。そして国立図書館を占領した人々の群れと、兵士達の間に、嫌な臭の散ったのは、雪の吹つける、寒い朝でした。

●

革命が終って、内海のような静けさが、三たびこの国に訪れました。ただ静けさ、とは言っても、堰堤《えんてい》を切り崩して、また固有なものまでも、ただ「古い」と言う名のもとに、押流してしまうのではないかと恐れられる程な勢いで流れ込んで来る、文化のすさまじい迫力は誰もの心に、はっきりと気づかれたのでしたが、人々も決してアゴニ王の像を鋳《い》ることを忘れてはいませんでした。

それは、恰《あたか》も四十年昔、戦に敗れた兵士達が、力無い足取りで城壁の樫戸を潜って来た時の思い出を、老人達の胸に、もう一度想い起させるように、赫々《あかあか》した西陽が青黒い石の塞《とりで》をかすめて、屋根一ぱいに吹きつけている夏の暮方でした。

芝生の暖かい色と、栃の広い葉とで埋められた街の広場には、等しく、喜びと夢とを多分にたたえた群衆の顔が、隙間なく波立っていました。

中古風な襞だらけの白い裾を、重そうに引きずりながら、花に埋もれた女の子は紐を曳きました。空では、西日を浴びて緋のように燃えていた白布が、まるで清純な乙女の肩から、肌着が滑りおちるとしか思えぬように、イノガ合金で鋳《い》あげたばかりの座像を現わしました。

それは、馬上から胸を張って、二十の軍国へ呼びかけられた若いアゴニ王でもありませんでした。海岸街の薄暗い教室をたずねられて、貧しい子供達に「未来への夢を捨ててはなりません……」と静かに話されたアゴニ王でもありませんでした。

熔けるような「ふいご」の前で、背中は丸く金敷の上にかがめられ、焼けた鉄片の上に、「トンの槌」をあてている老いた鍛工イノガの姿でした。

今、西の山塊へ呑まれようとする陽は汗ばんだ額といじけた肩と安山岩に嵌《は》めこまれた碑文とをたたえるように照し出しているだけです。

革命の産んだ熱情詩人、この国の輝ける歴史すらも、未だ持ったことが無かったと言われる詩人ポエモが、十月《とつき》と言うもの部屋にとじこもったきり、その原稿は何度書直しても赤インクで隙間もなく埋め尽くされたと言う碑文は、

「この国の土塊《つちくれ》となった誰にもまして

神に恵まれ、愛された人」

と言う句で起してありました。

（一九三六年三月号）

花束の虫

大阪圭吉

大阪圭吉（おおさか・けいきち）

一九一二（明治四十五）年、愛知県新城市《しんしろ》の旧家に生まれる。本名・鈴木福太郎《すずきふくたろう》。一九三二（昭和七）年、甲賀三郎に認められ、「デパートの絞刑吏」を「新青年」に発表してデビュー。「気狂い機関車」「石塀幽霊」「三狂人」「銀座幽霊」「動かぬ鯨群」など、戦前には珍しい謎《なぞ》と論理の本格短編を次々と発表して注目される。探偵役として青山喬介《あおやまきょうすけ》、東屋三郎《あずまやさぶろう》、大月《おおつき》弁護士がいた。三六年、初の著書として短編集『死の快走船』をぷろふいる社から刊行。「なかうど名探偵」などユーモラスな味わいの作品も早くから発表していたが、戦時体制が強まり、探偵小説の執筆がままならなくなると、ユーモア小説、風俗小説、スパイ小説、捕物帳が目立つようになり、『海底諜報局』ほかの著書がある。四二年に上京し、日本文学報国会に勤務しながら創作活動を続けたが、翌年に召集され、一九四五年、フィリピンのルソン島で死去。

「ぷろふいる」には「花束の虫」が初登場で、期待の新鋭として、「とむらい機関車」「雪解」「闖入者」と力のこもった短編を寄せている。ほかに掌編の「塑像」がある。愛読者の集まりだった名古屋探偵倶楽部の会合にもよく出席していた。

一

岸田直介《きしだなおすけ》が奇怪な死を遂げたとの急報に接した弁護士の大月対次《おおつきたいじ》は、恰度《ちょうど》忙しい事務もひと息ついた形だったので、歳若いながらも仕事に掛けては実直な秘書の秋田《あきた》を同伴して、取るものも不取敢《とりあえず》大急ぎで両国《りょうごく》駅から銚子《ちょうし》行の列車に乗り込んだ。

岸田直介——と言うのは、最近東京に於て結成された瑪瑙座《めのうざ》と言う新しい劇団の出資者で、大月と同じ大学を卒《お》えた齢若い資産家であるが、不幸にして一人の身寄《みより》をも持たなかった代りに、以前飯田橋《いいだばし》舞踏場《ホール》でダンサーをしていたと言う美しい比露子《ひろこ》夫人とたった二人で充分な財産にひたりながら、相当に派手《はで》な生活を営んでいた。もともと東京の人で、数ケ月前から健康を害した為房総《ぼうそう》の屛風浦《びょうぶがうら》にあるささやかな海岸の別荘へ移って転地療養をしてはいたが、その後の経過も大変好く最近では殆《ほとん》ど健康を取戻していたし、茲《ここ》数日後に瑪瑙座の創立記念公演があると言うので、関係者からはそれとなく出京を促されていた為、一両日の中に帰京する筈になっていた。が、その帰京に先立って、意外な不幸に見舞われたのだ。——勿論《もちろん》、知己と迄言う程の深いものではなかったが、身寄のない直介の財産の良き相談相手であり同窓の友であると言う意外に於《おい》て、だから大月は、夫人から悲報を真っ先に受けたわけである。

　冬とは言え珍らしい小春日和で、列車内はスチームの熱気でムッとする程の暖さだった。銚子に着いたのが午後の一時過ぎ。東京から銚子迄《まで》にさえ相当距離がある上に、銚子で汽車を降りてから屛風浦付近の小さな町迄の間がこれ又案外の交通不便と来ている。だから大月と秘書の秋田が寂しい町外れの岸田家の別荘へ着いた時には、もうとっくに午後の二時を回っていた。

　この付近の海岸は一帯に地面が恐ろしく高く、殆ど切断《きりた》った様な断崖で、洋風の小さな岸田家の別荘は、その静かな海岸に面した見晴の好い処に雑木林に囲まれながら暖い南風を真面《まとも》に受ける様にして建てられていた。

　金雀児《えにしだ》の生垣に挟まれた表現派風の可愛いポーチには、奇妙に大きなカイゼル髭を生した一人の警官が物々しく頑張っていたが、大月が名刺を示して夫人から依頼されている旨を知らせると、急に態度を柔げ、大月の早速の問に対して、岸田直介の急死はこの先の断崖から真逆様に突墜《つきおと》された他殺である事。加害者は白っぽい水色の服を着た小柄な男である事。而《しか》も兇行の現場を被害者の夫人と他にもう二人の証人が目撃していたにも不拘《かかわらず》いまだに犯人は逮捕されない事。既にひと通りの調査は済まされて係官はひとまず引挙げ屍体は事件の性質上一応千葉医大の解剖室へ運ばれた事。等々を手短かに語り聞かせて呉れた。

　軈《やが》てカイゼル氏の案内で、間もなく大月と秋田は、ささやかなサロンで比露子夫人と対座《たいざ》した。

　悲しみの為か心なしやつれの見える夫人の容貌《かお》は、暗緑の勝ったアフタヌーン・ドレスの落着いた色地によくうつりあって、それが又二人の訪問者には甚《たま》らなく痛々しげに思われた。こ

んな時誰でもが交す様なあの変に物静かなお定《きま》りの挨拶が済むと、瞼をしばたたきながら、夫人は大月の問に促されて目撃したと言う兇行の有様に就いて語り始めた。

「――順序立てて申上げますれば、今朝の九時頃で御座居ました。朝食を済まして主人は珍しく散歩に出掛けたので御座居ます。今日は朝からこの通りの暖さで御座居ますし、それに御承知の通り近頃ではもう直介の健康もすっかり回復いたしまして実は明日帰京する様な予定になっていましたので、お名残の散歩だと言う様な事をさえ口にして出て行きました程で御座居ます。女中は、予《あらかじ》め本宅の方の掃除から、その他の色々の仕度をさせますので、妾《わたし》達より一足先に今朝早く帰京させました為、主人の外出しました後は、妾一人で身回りの荷仕度などしていたので御座居ます。ところが十時過ぎてもまだ主人が戻りませんのでその辺を探しがてら町の運送屋迄出掛けるつもりで家を出たので御座居ます。一寸、あの、お断りいたしておきますが、御承知の通りこの辺一帯の海岸は高い崖になっておりまして、此処から凡《およ》そ一丁半程の西に、一段高く海に向って突出した普通に梟山《ふくろやま》と呼ぶ丘が御座居ます。恰度妾が家を出て二三十歩き掛けた頃で御座居ました。雑木林の幹と幹との隙間を通じて、梟山の断崖の上でチラリと二人の人影が見えたのです。何分遠方の事で充分には判り兼ねましたが、ふと何気なく注意して見ますと、その一人は外ならぬ主人なので御座居ます。が、他の一人は主人よりずっと小柄の男で、も一人の証人が申される通り水色の服をきていた様で御座居ますが、これが一向に見覚えのない、と申しますより遠距離で容貌その他の細かな点が少しもハッキリ見えないので御座居ます。妾は立止った儘《まま》ジッと目の間から断崖の上を見詰めていました。——すると、突然二人は争い始めたので御座居ます。そして……それから……」

夫人はフッと言葉を切ると、そのまま堪え兼ねた様に差俯向《さしうつむ》いて了《しま》った。

「いや、御尤《ごもっとも》です。——すると、兇行の時間は、十時……？」

大月が訊《たず》ねた。

「ええ。ま、十時十五分から二十分頃迄だろうと思います。何分、不意に恐ろしい場面を見て、すっかり取のぼせて了いましたので——」

恰度この時いつの間にかやって来た例のカイゼル氏が、二人の会話に口を入れた。

「——つまり奥さんは、もう一人の証人である百姓の男に助けられる迄は、その場で昏倒《こんとう》していられたんです」

で、大月はその方へ向き直って、

「すると、その百姓の男と言うのは？」

「つまり奥さんと同じ様に、兇行《きょうこう》の目撃者なんですがな。——いや、それに就《つ》いて若し貴方がなんでしたなら、その男を呼んであげましょう。……もう、一応の取調べはすんだのだから、直ぐ近くの畑で仕事をしているに違いない」

親切にもそう言って警官は出て行った。

大月は、それから夫人に向って、この兇行の動機となる様なものに就いて、何か心当りはないか、と訊ねた。夫人はそれに対して、夫は決して他人に恨みを買う様な事はなかった事。又この兇行に依って物質的な被害は受けていない事。若しそれ等以外の動機があったとしても、自分には一向心当りがない事。等々を答えた。

軈て十分もすると、先程の警官が、人の好さそうな中年者の百姓を一人連れて来た。

大月の前へ立たされたその男は、まるで弁護士と検事を勘違いした様な物腰でぺこぺこ頭を下げながら、素朴な口調で喋り出した。

「――左様で御座居ます。手前共が家内と二人でそれを見ましたのは、何でも朝の十時頃で御座居ました。尤も見たと言いましても始めからずうと見ていたのではなく、始めと終りと、つまり二度に見たわけで御座居ます。始め見たのは殺された男の方が水色の洋服を着たやや小柄な細っそりとした男と二人で梟山の方へ歩いて行ったのを見たんで御座居ますが、何分手前共の仕事をしていました畑は其処から大分離れとりますし、それに第一あんな事になろうとは思ってませんので容貌《かお》やその他の細《こまか》な事は判らなかったで御座居ます」

「一寸、待って下さい」

証人の言葉を興味深げに聞いていた大月が口を入れた。

「その水色の服を着た男と言うのは、オーバーを着てはいなかったのですね。——それとも手に持っていましたか？」

そう言って大月は百姓と、それから夫人を促す様に見較べた。

「持っても着てもいませんでした」

夫人も百姓も同じ様に答えた。

「帽子は冠《かむ》っていましたか？」

大月が再び訊ねた。この問に対しては百姓は冠っていなかったと言い、夫人は良くは判らなかったが若《も》し冠っていたとすればベレー帽だろう、と述べた。すると百姓が、

「や、今思い出しましたが、その時、殺されたこちらの旦那は、小型の黒いトランクを持っていられました」

「ほう。——」大月はそう言って夫人の方を見た。夫人は、そんなものを持って直介が散歩に出た筈はないし、又全然吾々の家庭には黒いトランクなどはない、と答えた。

「成程。では、貴方《あなた》が二度目に二人を見られた時の事を話して下さい」

大月に促されて、再び証人は語り続けた。

「——左様で御座居ます。二度目に見ましたのはそれからほんの暫く後で御座居ましたが、急に家内の奴が海の方を指差しながら手前を呼びますので、何気なくそちらを見ると、雑木林の陰になってはっきりとは判らなかったので御座居ますが、こちらの奥さんも仰有《おっしゃ》った通り、梟山の崖ッ縁で、何でも、こう、水色の服を着た男がこちらの旦那に組付いて喧嘩してたかと思

うと、間もなくあっさりと旦那を崖の下へ突墜《つきおと》して、それから一寸《ちょっと》まごまごしてましたが、例の黒いトランクを持って雑木林の中へ逃げ込んで行きました。──直ぐその後を追駈《おいか》けて行けば、屹度《きっと》どんな男か正体位は見届ける事も出来たで御座居ましょうが、何分不意の事で手前共も周章《あわて》ておりましたし、それに何より突墜された人の方が心配で御座居ましたんで、真っ先に一生懸命崖の下の波打際へ降りたんで御座居ます。するともう墜された人は息絶《こときれ》ていたし、手前共二人だけでは迚《とて》もあのえらい崖の上迄仏様を運び上げる事は出来ませんので、兎《と》に角《かく》この事を警察の旦那方に知らせる為に、仕方なくもう一返苦労して崖を登り、町へ飛んで行ったんで御座居ます。その途中、直ぐ其処の道端で、気を失って倒れていられたこちらの奥さんを救けたんで御座居ます。──はい」

　証人は語り終って、もう一度ぴょこんと頭を下げた。

　大月は巻煙草《シガレット》を燻《くゆ》らしながら、恰《あたか》もこの事件に対して深い興味でも覚えたかの如く、暫くうっとりとした冥想に陥っていたが、軈て夫人に向って、

「御主人が御病気でこの海岸へ転地されてからも、勿論別荘《こちら》へは訪問者が御座居ましたでしょうな？」

「ええ、それは、度々《たびたび》に御座居ました。でも、殆ど今度出来ました新しい劇団の関係者ばかりで御座居ます」

「ははあ。瑪瑙座の──ですな。で、最近は如何でしたか？」

「ええ。三人程来られました。やはり劇団の方達です」

「その人達に就いて、もう少し伺えないでしょうか？」

「申上げます。――三人の内一人は瑪瑙座の総務部長で脚本家の上杉逸二《うえすぎいつじ》さんですが、この方は確か三日前東京からおいでになり、今日迄ずっと町の旅館に滞在していられました。別荘《たく》へは昨日、一昨日と、都合二度程来られましたが二度共劇団に関するお話を主人となさった様です。後の二人は女優さんで、中野藤枝《なかのふじえ》さんに堀江時子《ほりえときこ》さんと申されるモダーンな美しい方達ですが、劇団がまだ職業的なものになっていませんのでそれぞれ職業なり地位なりをお持ちでしょうが、それ等の詳しい事情は妾は存じないので御座居ます。この方達は、昨日、やはり町の旅館の方へお泊りになって、別荘《たく》へも昨晩一度御挨拶に来られましたが、今日、上杉さんと御一緒に帰京されたそうで御座居ます。二人とも上杉さんとはお識合《しりあい》の様に聞いております」

「すると、その三人の客人達は、今日の何時頃に銚子を発《たた》れたのですか？」

　大月の質問に、今度はカイゼル氏が乗り出した。

「それがその、調べて見ると正午の汽車で帰京しているんです。勿論《もちろん》、兇行時間に約一時間半の開きがありますし、各方面での今迄の調査に依れば、他に容疑者らしい人物がこの町へ這入った形跡は殆どないし、尚旅館の方の調査の結果、彼等は三人とも各々バラバラで随分勝手気儘な行動をしていたらしく、殊《こと》に上杉などは完全な現場不在証明《アリバイ》もない様な次第ですから、当局にしても一応の処置は取ってあります。――ところが、証人の陳述に依る加害者の風貌と、調査に依る上杉逸二の風貌とは、大変違うんです。つまり上杉は、被害者の岸田さんなどよりもまだ背の高い男なんです。だから、その意味で、上杉へ確実な嫌疑を向ける事は結局出来なくなるのです。――」

茲で警官は、捜査の機密に触れるのを恐れるかの様に、黙り込んで了った。

大月は秘書の秋田を顧みながら、内心の亢奮を押隠すかの様な口調で静かに言った。

「兎《と》に角《かく》、一度、その断崖の犯罪現場へ行って見よう」

二

殆ど一面に美しい天鵞絨《ビロード》の様な芝草に覆われ、処々に背の低い灌木の群を横《よこた》えたその丘は、恰度《ちょうど》木の枝に梟が止った様な形をして、海に面した断崖沿いに一段と嶮《けわ》しく突出していた。遠く東の海には犬吠《いぬぼう》が横わり、夢見る様な水平線の彼方を、シアトル行きの外国船らしい白い船の姿が、黒い煙を長々と曳いて動くともなく動いていた。

到頭《とうとう》本来の仕事よりもこの事件の持つ謎自身の方へ強くひかれて了ったらしい大月と、それから秘書の秋田は、間もなく先程の証人の男に案内されて、見晴の良いその丘の頂へやって来た。

証人は海に面した断崖の縁を指差しながら、大月へ言った。

「あそこに喧嘩の足跡が御座居ます。――警察の旦那方が見付けましたんで」

そこで彼等はその方へ歩いて行った。歩きながら大月が秘書へ言った。

「ね、君。考えて見給《みたま》え随分非常識な話じゃないかね。――いくら今日は暖かだったからって、不自然にもそんな白っぽい水色の服など着て、オーバーもなしでいたと言う犯人は、どうも今日ひょっこり遠方からこんな田舎へやって来た人間じゃあないね。僕は、屹度《きっと》犯人はこの土地で、少くとも服装を自然に改め得る位い以上の余裕ある滞在をした男だ、と考えるよ。そしてその男は、少くともあの場合、黒いトランクを平気でその持主でもない岸田氏に持たせて歩かす事の出来る人間だよ。つまり、極めて常識的に考えて見て、そんな事の出来る人間は岸田氏の親しい同輩か、或は広い意味で先輩か、それとも、そうだ。婦人位いのものじゃあないか——。次にもうひとつ、証言に依ると犯人は岸田氏より小柄で細っそりしていたとあるが、病上りとは言え相当体格のある岸田氏に組付いて、格闘の揚句あっさり岸田氏を崖の下へ突墜して了ったと言うからには、子供の喧嘩じゃあないんだから、何か其処に特種な技でもない限り、犯人は柄の割に腕の立つ、少なくとも被害者と対等以上の実力家である事だけは認めなけりゃならないね」

と、黙って歩いていた証人が口を入れた。

「いや、全くその通りで御座居ます。あの方が崖から突墜される瞬間だけは、手前もよく覚えておりますが、それは全く簡単な位いに、……こう、……ああ、これだ。これがその喧嘩の足跡で御座居ます」

そう言いながら証人は、急に五六歩前迄馳け出して立止り、地面の上を指差《ゆびさし》ながら二人の方へ振り返った。

成程彼の言う通り、殆ど崖の縁近く凡そ六坪位いの地面が、其処許《そこばか》りは芝草に覆われないで、潮風に湿気を帯《ふく》んだ黒っぽい砂地を現わしていた。砂地の隅の方には、格闘したらしい劇《はげ》しい靴跡が、入乱れながら崖の縁迄続いている。よく見ると、所々に普通に歩いたらしい靴跡も見える。そしてそれ等の靴跡を踏まない様に取りまいて、警官達のであろう大きな靴跡が幾つも幾つも判で捺した様についている。

　大月は争いの跡へ寄添って見た。

　大きな靴跡は直介のもので、薄く小さいのが犯人の靴跡だ。二種《ふたいろ》の靴跡は、或は強く、或は弱く、曲ったり踏込んだり、爪先を曳摺《ひきず》る様につけられたかと思うとコジ曲げた様になったりしながら、激しく入り乱れて崖の縁迄続いている。そうして、崖の縁で直介の靴跡は消えて了い、その代りに角の砂地がその上を重い固体の墜ちて行った様に強く傷付けられている。下は、眼の眩む様な絶壁だ。

　大月はホッとして振返ると、今度は逆にもう一度靴跡を辿り始めた。が、二種の靴跡が普通に歩いている処迄来ると、小首を傾げながら屈み込んで、其処に比較的ハッキリと残されている犯人の靴跡へ、注意深い視線を投げ掛けていた。が、軈て顔を上げると、

「ふむ。こりゃ面白くなって来た」と、それから証人に向って、不意に、「貴方は確かに犯人は男だ、と言いましたね。——ところが、犯人は女なんですよ。——」

　秋田も証人も、大月の意外な言葉に吃驚《びっくり》して了った。二人は言い合わした様に眼を瞠《みは》りながら、靴跡を覗き込んだ。が、勿論二人の眼には、どう見てもそれは踵《かかと》の小さいハイ・ヒールの女靴の跡ではなく、全態の形こそ小さいが、明かに男の靴跡としか見られない。秋田は、大月

の言葉を求める様にして顔を上げた。すると大月は、静かに微笑みながら、

「判らないかね。――じゃあ言って上げよう。ひとつ、よくこの靴跡を観察して御覧。すると先ず第一に、誰れにでも判る通りこの靴跡は非常に小さいだろう。第二に、靴の小さい割に爪頭と踵との間隔――つまり土つかずが大きいだろう。そして第三に、これが一番大切な事なんだが、ほら、踵の処をよく御覧。底ゴムを打った鋲穴の窪みの跡が、こちらの岸田氏の靴跡にはこんなに良く見えるが、この靴の踵の跡には少しも見えないじゃあないか。ね。いいかい、君。靴に対する衛生思想が、一般に発達して来た今日では、オーヴァー・シューや、特殊な運動靴などを除く限り、殆んどどの男靴にも踵へ鋲穴のあるゴムが打ってあるんだよ。ところが、この靴にはその底ゴムを打ってない。而《しか》らばオーヴァー・シューか、と言うに、オーヴァー・シューにしては、子供のものでない限りこんな小さな奴はないし、又、運動靴などにしては、こんな大きな割合の土つかずを持った奴はない。そして又オーヴァー・シューや運動靴の様な特種なものには、それぞれ特有なゴム底の凹凸なり、又は金属的な装置がある筈だ。そこで、僕は、この犯人の靴跡の個有《こゆう》の型状――例えば、全体に小さい事や、外郭《がいかく》の幅が普通の靴底のそれよりも遥かに平坦で細長い事や、土つかずの割合が大きくそして特異である事や、そして又、人間の足首で言うと恰度蹠骨尖端の下部に当る処なんだが、あの少女の履くポックリの前底部を一寸思い出させる様なこの靴跡の前の部の局部的な強い窪み方――。等々の総合的な推理からして、僕はこの靴を、一種の木靴――あの真夏の海水浴場で、熱い砂の上を婦人達が履いて歩く可愛い海水靴《サンダル》であると推定したんだ。そして、少なくともその海水靴の側面は、美し

い臙脂《えんじ》色に違いない――。何故って、ほら、これを御覧」

　そう言って大月は、靴跡の土つかずの処から、その海水靴が心持強く土の中へ喰入った時に剝げ落ちたであろう極めて小さな臙脂色の漆の小片を拾い上げて、二人の眼の前へ差出した。そして、

「勿論、こんなにお誂《あつら》え向きに漆が剝げ落ちて呉れる様では、その海水靴ももう相当に履き古されたものに違いないが、ここで僕は、去年の夏辺りどこかの海水浴場で、その海水靴と当然同時に同じ女に依って用いられたであろうビーチ・パンツとビーチ・コートを思い出すんだ。そして而もそれらの衣服の色彩は、派手な水色《ペイルブリュー》であった、とね。だが茲で、或は君は、若しも男が、犯人は女であると見せかける為に、そんな婦人用の海水靴を履いたのだとしたならどうだ、と言う疑いを持つかも知れない。が、而し、それは明かに間違っている。何故ならば、若しも犯人が男で、そしてそんな野心を持っていたのだったならば、その男は、一見男に見えるビーチ・パンツやビーチ・コートを着るよりも、当然、逆に、一見して婦人と思われるワンピースか何かの婦人服を着なければならない筈だからね。……いや、全く僕は、最初夫人の証言を聞いた時から、ひょっとこんな事じゃないかと思った位いだ。遠方から見てそれが男装であったと言うだけで、犯人を男であると断定するなど危険な話だよ。なんしろ海のあちらじゃ女の子の男装が流行ってる時代なんだし、岸田氏を取巻く女達などは、ま、言って見れば日本のデイトリッヒやガルボなんだからね。――兎に角、若しも犯人が、夫人やこの証人の方の遠目を晦《くら》ます為にそんな奇嬌な真似《まね》をしたのだとしても、今更そんな事を名乗って出る犯人など

ないんだから、まあ、直接の証拠をもっと探し出す事だよ」

大月は再び熱心に靴跡を辿り始めた。

軈て暫くして、靴跡が交錯しながら砂地から芝草の中へ消えているあたり迄来ると、再び二人の立会人を招いて、地上を指差しながら言った。

「林檎《りんご》の皮が落ちてるね。見給え」それから証人に向って、「警察の連中はこれを見落したりなどして行ったんですか？」

「さあ、――この付近に林檎の皮など落ちている位いは珍しい事じゃないですから、旦那方は知らずに見落したんじゃなかろうかと思いますが。何でも旦那方はそこいら中細《こまか》に調べられて、あの雑木林の入口に散っていた沢山の紙切れなんども丁寧に拾って行かれた位いで御座居ます」

「紙切れを――？」

「へえ。何か書いた物をビリビリ引裂いたらしく、一寸見付からない様な雑木林の根っこへ一面に踏ン付ける様にして捨ててあったものです。手前が拾いました奴は、恰度その書物の書始めらしく、何でも――花束の虫……確かにそんな字がポツリと並んでおりました」

「ほほう。……ふうむ……」

大月は暫くジッと考えを追う様にして眼をつむっていたが、軈て、

「ま、それはそれとして、兎に角この林檎の皮だ。勿論これは、警察で見捨《みすて》て行ったものだけに月並で易っぽいかも知れない。が而し決して偶然ここに落ちていたのではなくて、この犯罪

と密接な関係を持っている。——つまり兇行が犯された当時に剝き捨てられたものなんだ。よく見て御覧。そら。この皮は、岸田氏の靴跡の上に乗っているだろう。そして一層注視すると、その又皮の上を半分程、それこそ偶然にも犯人の靴が踏み付けてるじゃないか。だからこの皮は、兇行当時前に捨てられたものでもなければ、兇行当時後に捨てられたものでもない。正に加害者と被害者の二人がこの丘の上で会合した時に剝き捨てられたものなんだ。そして、尚一層注意して見ると」大月は林檎の皮を拾い上げて、「ほら。剝き方は左巻きだろう。なんの事はない。よくある探偵小説のトリックに依って推理すると、この場合犯人は女だったのだから、林檎の皮を剝いたのは極めて自然に犯人であると見る。従って犯人は左利、と言う事になるわけさ。……だが、それにしても黒いトランクは何だろう？　そして、岸田氏に組付いて、そんなにあっさりと断崖から突墜す事の出来る程の体力を具えた女は、一体誰れだろう？　そして又、『花束の虫』とは一体何を意味する言葉だろう？……」

それなり大月は思索に這入って了った。そして腕組をしたまま再び靴跡の上を、アテもなく歩き始めた。秘書の秋田は大月の思索を邪魔しないつもりか、それとももうそんな仕種《しぐさ》に飽きて了ったのか、証人の男を捕えて丘の周囲の景色を見ながら、その素晴しい見晴に就いて何か盛んに説明を聞き始めた。

一方大月は、考え込みながらぶらぶらと歩き続けていたが、ふと立止ると、屈み込んで、何か小さなものを芝草の間の土の中から拾い上げた。それは黒く薄い板っぺらの様な小片で、暫くそれを見詰めていた大月は、軈てその品をコッソリとポケットの中へ入れて、深く考える様に首を傾げながら立上った。

そして間もなく大月は、秋田と証人を誘って、丘を降りて行った。

夕方近くの事で、流石《さすが》に寒い風がドス黒い海面を渡って吹き寄せて来た。もう時間も遅いし、それに直介の死亡に依る大月の当面の仕事は、まだ全然手が付けてないので、東京へは明朝夫人と一緒に引挙げる事にして、二人とも別荘の客室へ一泊する事になった。

梟山の検証で、推理がハタと行詰ったかの様にあれなりずっと思索的になって了った大月は、それでも夕食時が来てホールで三人が食卓に向うと、早速夫人へ向けて切り出した。

「少し変な事をお訊ねする様ですけれど、花束の虫――と言う言葉に就いて何かお心当はないでしょうか？」

「まあ――」夫人は明かに驚きの色を表わしながら、「どうして又、そんな事をお訊ねになりますの。『花束の虫』と言うのは、何でも上杉逸二さんの書かれた二幕物の脚本だそうですけれど……」

「ははあ。成程《なるほど》。――して、内容は？」

「さあ。それは、一向に存じないんですけれど……何でもそれが、今度瑪瑙座の創立記念公演に於ける上演脚本のひとつであると言う事だけは、昨晩主人から聞かされておりました。昨日上杉さんが別荘《こちら》をお訪ね下さった時に、主人にその脚本をお渡しになったので、そんな事だけは知っているので御座居ます」

「ああ左様ですか。すると御主人は、まだ今日迄その脚本をお読みになってはいなかったんですね？」

「さあ。それは――」

「いや、よく判りました。御主人が今朝の散歩にそれを持って梟山へお出掛けになっている以上、まだお読みになってはいなかったんでしょう……」

大月はそう言って、再び考え込みながら、アントレーの鳥肉を牛の様に嚙み続けた。

軈て食事が終ると、夫人がむいて呉れる豊艶な満紅林檎を食べながら、遺産の問題やその他差当っての事務に関して大月は夫人と相談し始めた。

秋田は、ふと、先程丘の上で大月の下した犯人は左利きであると言う断案を思い出した。そして何か英雄的《ヒロイック》なものを心に感じながら、コッソリと夫人の手許を盗み見た。が、勿論夫人は左利きではなかった。

翌朝――。

それでも昨晩に較べると大分元気づいたらしい大月は、朝食を済ますとこの土地を引き上げる迄にもう一度単身で昨日の丘へ出掛けて行った。そして崖の頂へ着くと再び昨日よりも厳重な現場の調査をしたり、靴跡の複写《コピー》を取ったりした。が、それ等の仕事が済むと、気に掛っていた仕事を済した人の様に、ホッとして別荘へ戻って来た。

そして間もなく、大月、秋田、比露子夫人の三人は、銚子駅から東京行の列車に乗り込んだ。

車中大月はこの犯罪は、大変微妙なものであるが、もう大体の見透はついたから、茲一両日の内には大丈夫犯人を告発して見せると言う様な事を、自信ありげな口調で二人に語り聞かせた。が、何故どうしてそうなるとか、詳しい話を聞かせて呉れないので、秋田は内心軽い不満と不審に堪えられなかった――。

三

屏風浦を引上げて、大月と秘書の秋田が丸《まる》の内《うち》の事務所《オフィス》へ帰ったのは、その日の午後二時過ぎであった。

事務所には、二人が一日留守をした間に、もう新しい依頼事務が二つも三つも舞い込んで、彼等を待っていた。昨日の屏風浦訪問以来、大月の言う事なす事にそろそろ不審を抱かせられてうんざりしていた秘書の秋田は、それでも極めて従順に、どの仕事から調べかかるか、と言う様な事を大月に訊《たず》ねて見た。が、それにも不拘《かかわらず》大月は、もう一度秋田を吃驚《びっくり》させる様な不審な態度に出た。全く、それは奇妙な事だった。

――銚子から帰って二時間もしない内に、新しい書類の整理をすっかり秋田に任せた大月は、築地《つきじ》の瑪瑙座の事務所を呼び出して、暫く受話器を握っていたが、軈て通話が終ると、何思ったのかついぞ着た事もないタキシードなどを着込んで、胸のポケットへ純白なハンカチを一寸折り込むと、オツにすましてその儘夕方の街へ飛び出して了ったのだ。

歳柄もなく口笛などを吹きながらさっさとアスファルトの上を歩き続けて行った大月は、銀《ぎん》座《ざ》裏のレストランでウイスキーを一杯ひっかけると、それからタクシーを拾ってユニオン・ダンス・ホールへやって来た。そして其処で、昔習い覚えた危い足取で古臭いワルツを踊り始めた。——が、それも二十分としない内に其処を飛び出すと、再びタクシーに乗り込んで、意勢《いせい》よくこう命じた。

「日米・ホールへ！」

それから、次に、

「国華・ホール！」

——そんな風にして、ざっと数え上げると、ユニオン、日米、国華、銀座、フロリダと、都合五つの舞踏場《ホール》を踊り回った大月は、最後のフロリダで若い美しい一人のダンサーを連れ出すと、その儘自動車を飛ばして丸の内の事務所へ帰って来た。

いつもならばもう仕事を終って帰っている秋田も、流石に今日は居残っていた。そして、不意に若い女などを連れて帰って来た大月を見ると、もう口も利けない位いに驚《おどろ》いて了った。が、そんな事には一向に無頓着《むとんちゃく》らしく、帰って来た大月は、秋田に一寸微笑して見せただけで、直ぐ隣室へその女を連れ込むと、間の扉をピッタリ閉めて了った……。

そして、おお、呆然《ぼうぜん》として了った秋田の耳へ、軈て、狂躁なジャズの音が、軽いステップの音と一緒に、隣室から聞え始めて来た。

全く、「先生」のこんな態度に出会ったのは、今日が初めてであった。秋田はもう書類の整理どころではなくなった。ともすると、鼻の先がびッしょり汗ばんで、眩暈《めまい》がしそうになるのを、ジッと耐えて、事務卓《デスク》に獅嚙《しが》みついていた。が、それでも段々落着くに従って、彼の脳裡に或るひとつの考えが、水の様に流れ始めた……

——ひょっとすると、この女が、あの梟山の海水靴の女ではないだろうか？ そして、先生が……だが、そうすると、一体この騒ぎは何になる……いや、これには、何か深い先生のたくらみがあるに違いない。そうだ。兎に角この女を逃してはならない。犯人を茲迄引き寄せて、この儘逃したとあっては面目ない。先生の先刻の、あの意味ありげな微笑は、確に自分の援助を求めた無言の肢体信号《ポーズ・サイン》なのだ——。

やっと茲迄考えついた秋田は、ふと気付くと、もうどうやら隣室の騒ぎも済んだらしく、いつの間にかジャズの音は止んで、只、低い囁く様な話声が聞えていた。が、軈てそれも終ると、どうやら人の立上ったらしい気配がして衣摺《きぬずれ》の音がする。で、急にキッとなった彼は、椅子から飛上ると、扉の前へ野獣の様に立開《たちはだか》った。

と、不意に扉が開いて、大月の背中が現れた。そして、そのタキシードの背中越しに、若い女の艶しい声で、

「まあ、いけませんわ。こんなに戴いては……」

すると大月は、それを両手で押えつける様にして、それから秋田の方を振向きながら、

「君。——何と言う恰好をしているんだ。さあ、お客様のお帰りだ。其処をお通しし給え」

そこで秋田は、眼を白黒させながら、思わず一歩身を引いた。

「ほんとに済みませんわ。——じゃあ、又どうぞ、お遊びにいらして下さいな」

そう言って若い女は、媚《こび》を含んだ視線をチラッと大月へ投げると、秋田には見向きもしない

で、到頭その儘出て行って了った。

大月は自分の椅子へ腰を下ろすと、さも満足そうにウエストミンスターに火を点けた。

秋田はどうにも堪らなくなって、到頭大月の側へ腰掛けた。そして、

「一体、どうしたと言うんですか?」

「別に、どうもしやしないさ。が、まあ、兎に角、これからひとつ説明しよう」

そう言って大月は、内ポケットへ手を突込むと、昨日屏風浦の断崖の上で拾った、例の黒く薄い板っぺらの様な小片を取出した。

「これ何んだか、勿論判るだろう? よく見て呉れ給え」

「……何んですか。――ああ。レコードの缺片《かけら》じゃありませんか。これが、一体どうしたと言うんですか?」

「まあ待ち給え。その隅の方に、金文字で、少しばかり字が見えるね」

「ええ。判ります。……arcelona《アルセロナ》――として、Victor《ビクター》・20113――とあります。それから、……チ・フォックストロット――」

「そうだ。その字の抜けているのは、勿論、あの、踊りのバルセロナの事だ。そして、もうひとつの方は、マーチ・フォックストロットだ――ところで、君は、時々ダンスを嗜《たしな》まれる様だが、その踊り方を知ってるかね? その、マーチ・フォックストロットと言奴《いうやつ》をだね」

秋田は、図星を指されて急に顔を赤らめた。が、軈て仕方なさそうに、

「二三度名前だけは聞いた事がありますが、僕はまだ習い始めですから、全然踊り方は知らな

いです」

「ふむ、そうだろう。――実は、僕も知らなかった。が、いま帰って行かれたあの若いお客さんから得た知識に依ると、何でもこのダンスは、四五年前に日本へ伝ったもので、普通に、シックス・エイトって言われているそうだ。欧州では、スパニッシュ・ワンステップと呼ばれているものだよ。そしてその名称の示す様に、このダンスのフィギュアーと言うか、つまりステップの型だね。それは非常に強調な、人を激励する様な、ワンステップ風のものなんだ。――ところで、これを君は、何だと思う」

大月はそう言って、一枚の紙片を秋田の前に拡げて見せた。秋田は、それを一寸見ていたが、直ぐに、幾分得意然として、

「――判ります、つまりこれが、そのマーチ・フォックストロットのステップの跡、と言うか、足取りの跡を、先生が図にしたものなんでしょう」

すると大月は笑いながら、

「――ウッフッフッフッフッフッ……まあ、そうも言える。が、そうも言えない」

「と言うと――」

秋田は思わず急き込んで訊ねた。

「つまり、スパニッシュ・ワンステップの足取りであると同時にだね。いいかい。もうひとつ別の……何かなんだよ」

「別の――⁉」

「他でもない。屏風浦の断崖の上の、あの素晴しい格闘の足跡なんだ！」

——秋田は、蒼くなって了った。

四

自分の鋭い不意打の決断に、すっかり魂消《たまげ》て了った秋田の顔を見ながら、ニコニコ微笑していた大月は、軈て、煙草の煙を環に吹きながらポツリポツリと言葉を続けた。

「——勿論、最初、あの取り乱れた足跡を見た時には、僕も、異議なくあれが争いの跡であると信じ切っていたよ。だが、僕は、君があの証人と何か話合っている間に、あの芝草の中から、こ奴《いつ》を、このレコードの缺片《かけら》を、拾い上げたんさ。それから急に、僕が鬱《ふさ》ぎ込んで了ったのを、君は大分不審に思っていた様だったね。だが、実を言うと、あんな田舎の丘の上で、而も殺人の現場で、オヨソその場面と飛び離れた蓄音器のレコードの缺片などを拾い込んだ僕の方が、君よりも、どれだけ不審な思いをしたか判らないよ。而もこの小片は、よく見ると、あの喧嘩の靴跡の内の、芝草の生際《はえぎわ》に一番近い女の靴跡の下敷になっていたんだよ。つまり海水靴の踵に踏み付けられた様になって、割れてからまだ間もない様な綺麗な顔を、砂の中から半分覗かせていたんだよ。——僕は、考えた。晩迄考えた。そして到頭、その謎を解いて了ったんだ。——新時代の生活者である岸田夫妻の別荘の近くに、こ奴が転っていたのに不思議はないとね。つまり、あの丘の見晴しのいい頂の上で、よしんばそれが直介氏であろうと、比露子夫人であろうと、或は又、その他の誰れであろうと、兎も角岸田家に関係のある誰れかが、手提蓄音器《ポータブル》を奏でて娯《たのし》んだとしても、何の不思議があろうとね。そして、そしてだ。このレコードの缺片や、それから又こ奴の落ちていた時の様子からして、僕は、誰れか彼処《あすこ》で、ダンスを踊っていたんじゃあないかと言う、極めて漠然とした、だが非常に有力な暗示にぶつかったんだ。そこで翌朝、つまり今朝だね。僕はもう一度あの丘を調べに出掛けたんだ。そして其処で僕は、はからずも、あの素晴しい足跡の中に、昨日それを見た時には全く単に荒々しい争いの跡でしかなかったその足跡の、いや靴跡の中に、どうだい、よく見ると、なにかしら或るひとつの、旋律《リズム》――と言った様なものがあるじゃないか。僕は思わず声を上げた。そして、そう思って見れば見る程、その事実は、益々ハッキリして来る。勿論《もちろん》、そんな六ケ敷《むつかし》い、激しいステップのフィギュアーを持ったダンスを僕は知らなかった。だが、その時の僕に、それがダンスのステップの跡でないと、どうして断言出来よう。そしてそれと同時に、実に恐しい考えが、僕の頭の中でムクムクと湧上り始めたのだ。と、言うのは、その時に僕は、昨日別荘で、夫人の陳述した証言を思い出したんだ、――突然、二人は格闘を始めました。そして、曰々――と言った奴をね。ここんとこだよ。いいかい君。夫人は、同じその証言の中に於て、兇行当時あの断崖の上の人物を、一人は夫の直介であると見、又も一人は水色の服を着た小柄な男と言明している通りに、近視眼じゃあないんだよ。そして而も、思い出し給え。夫人は、岸田直介との結婚前に、飯田橋舞踏場《ホール》のダンサーをしていたんだぜ。その比露子夫人《ひろこふじん》が、仮令《たとい》多少の距離があったにしろ、そして又、仮令もう一人の百姓の証人――彼はダンスのイロハも知らない素朴な農夫だ——が、そう言っているにしろ、ダンスをし始めるのと、喧嘩をし始めるのとを、見間違えるなんて事は、そのかみダンスでオマンマを食べていた彼女の申立として、断然信じられない話だ。そこで、僕は、夫人が虚偽の申立をしたのではないか、と言う、殆《ほとん》ど不可避的な疑惑にぶつかったものだ。同時にだ。逆に、この調子の強烈な、六ケ敷そうな直介氏のダンスの相手《パートナー》として、曾《かつ》て職業的なダンサーであったところの比露子夫人を想像するのは、これこそ、最も尋常で、簡単な、だが非常にハッキリした強い魅力のある推理ではないか。——ところが、茲《ここ》に、僕の推理線の合理性を裏書して呉《く》れる適確な証拠があるんだ。君は、昨晩あの別荘の食堂で、夕食後比露子夫人が何気なく満紅林檎の皮を剝いて僕達に出して呉れたのを見ていたろう。そして勿論君は、その時、あの兇行の現場で僕が下した『犯人は左利である』と言う推定を思い出しながら、熱心に夫人の手元を盗み視たに違いない。ところが、夫人は左利ではなかった。そこで君は恰も自分の過敏な注意力を寧《むし》ろ嫌悪する様ないやな顔をして鬱ぎ込んで了《しま》った。——だが、決して君の注意力は過敏ではなかったのだ。それどころか、まだまだ観察が不足だと僕は言いたい。若しもあの時、君がもう少し精密な洞察をしていたならば、屹度《きっと》君は、驚くべき事実を発見したに違いないんだ。何故って、夫人は明かに右利で、何等の技巧的なわざとらしさもなく極めて自然に右手でナイフを使っていた。が、それにも不拘《かかわらず》、夫人の指間に盛上って来るあの乳白色の果肉の上には、現場で発見したものと全く同じ様な左巻の皮が嘲ける様にとぐろを巻いているじゃないか。僕は内心ギクリとした。で、落着いてよく見る、……と。なんの事だ。実に下らん謎じゃあないか。問題は、ナイフの最初の切り込み方にあるんだ。つまり、普通果物を眼前に置いた場合、蔕《へた》の手前から剝き始めるのを、夫人の場合は、蔕の向う側から剝き始めるのだ。——勿論こんな癖は一寸珍らしい。が、吾々は現に昨晩別荘の食堂で、その癖が三つの林檎《りんご》に及ぼされたのを見て来ている。ありふれた探偵小説のトリックを、その儘《まま》単純に実地に応用しようとした僕は、全く恐ろしい危険を犯す処だったね。……ところで、この林檎の皮なんだが」大月はそう言って、いつの間に何処からか取り出した小さなボール箱の中から、大切そうに二筋《すじ》の林檎の皮を取出しながら「この古い方は断崖の上の現場で、こちらは今朝別荘のゴミ箱から、それぞれ手に入れた代物だ。もう気付いたろうが、僕はこの艶のいい皮の表面から、同一人の左手の拇指紋を既に検出したんだ。——君。岸田直介の殺害犯人は比露子夫人だよ。さあ。これを御覧——」

その結果は、ここに記す迄《まで》もなかろう。軈て大月は、ニタニタ笑いながら立上ると、大股に隣室へ這入って行った。そして、再び彼が出て来た時に、その右手に提げた品を一眼見た秋田は、思わずあっと叫んで立上って了った。

秋田が声を挙げたも道理、その品と言うのは、今朝三人が屛風浦の別荘を引挙げた時に、比露子夫人の唯一の手荷物であり、秋田自身で銚子駅迄携えてやった、あの派手な市松模様のスーツ・ケースではないか⁉

「別になにも驚くことはないさ。僕は只、夫人の帰京の手荷物がこのスーツ・ケースひとつであると知った時に、屹度この中に大切な犯人の正体が隠されているに違いないと睨んだ迄の事さ。だから僕は、銚子駅で、親切ごかしに僕自身の手でこ奴をチッキにつけたんだよ。夫人の本邸へではなく、内密で僕のこの事務所《オフィス》を宛名《アド》にしてね。——今頃は屹度岸田の奥さん、大騒ぎで両国駅へ、チッキならぬワタリをつけているだろうよ。只、君は、いつの間にこれが持ち込まれて、隣室の戸棚へ仕舞われたかを知らなかっただけさ」

　そして笑いながら大月は、ポケットから鍵束を出して合鍵を求めると、素早くスーツ・ケースの蓋を開けた。

　見ると、中には、目の醒《さ》める様な水色《ペイルブリユー》のビーチ・コートにパンツと、臙脂色の可愛い海水靴と、それから、コロムビアの手提蓄音器《ポータブル》とが、窮屈そうに押込まれてあった。

「じゃあ一体、『花束の虫』と言うのはどうなったんですか？」

　秋田が訊ねた。大月は煙草に火を点けて、

「さあそれなんだがね、僕は最初その言葉を暗号じゃあないかと考えた。が、それは間違いで、『花束の虫』と言うのは、只単に、上杉の書いた二幕物の命題に過ぎないのだが、僕は、その脚本があの丘の上でジリジリに引裂かれていたと言う点から見て、岸田直介の死となにか本源的な関係——言い換えればこの殺人事件の動機を指示していると睨《にら》んだ。で、先程一寸電話で、瑪瑙座の事務所へ脚本の内容に就いて問い合わせて見た。するとそれは、一人の女の姦通《かんつう》を取扱った一寸暴露的な作品である事が判明した。ところが、事件に於て犯人である夫人は、明かに『花束の虫』を恐れていた。で、僕の疑念は当然夫人の前身へ注がれた訳だ。その目的と、もうひとつスパニッシュ・ワンステップの知識に対する目的とで、僕はあんな馬鹿げたホール回りをしたわけさ。——が、幸いにも、飯田橋華かなりし頃の比露子夫人の朋輩《ほうばい》であったと言う、先程のあのモダンガールを探し出す事の出来た僕は、計らずも彼女の口から、上杉逸二と比露子夫人とがそのかみのバッテリーであった事、そして又、夫人は案外にもあれでなかなかの好色家である事等を知る事が出来た。――で以上の材料と、僕の貧弱な想像力とに依って、最後に、犯罪の全面的な構図を描いて見るとしよう。……先ず比露子夫人は、岸田直介との結婚後、以前の情夫である上杉に依って何物かを――それは、例えば、恋愛の復活でもいいし、又何か他の物質的なものでもいい――兎に角強要されていた、と僕は考えたい。そして上杉は、その脅喝《きょうかつ》の最後の手段として、好色な夫人の現在の非行を暴露した『花束の虫』を、瑪瑙座に於ける新しい自分の地位を利用して、直介の処へ持って来たのだ。勿論、夫人は凡てを知っていた。そして、いま、裕福な自分の物質的な地位の上に刻々に迫ってくる黒い影を感じながら、この一両日の間と言うものは、どんなにか恐ろしい苦悩の渦に巻き込まれていた事だろう。其処では、恰度《ちょうど》イプセンのノラが、クログスタットの手紙を夫のヘルメルに見せまいとする必死の努力と同じ様な努力が、繰返されたに違いない。――だが、結果に於て夫人はノラよりも無智で、ヒステリカルであった。昨日の朝になって、多分夫人は、これ等の奇抜な季節違いの装束を身に着けると、『花束の虫』を読みたがる直介を無理に誘い出し、あの証人が黒いトランクと間違えたこの手提蓄音器《ポータブル》を携えて梟山へピクニックに出掛けたのだ。この場合僕は、あの兇行《きょうこう》をハッキリと意識して夫人はあんな奇嬌な男装をしたのだと考えたくない。それは、犯罪前のあの微妙な変則的な心理の働き――謂《いわ》ば怯懦《きょうだ》に近い、本能的な用意、がそうさせたのだ。そして夫人は、絶えず『花束の虫』から直介の関心を外らす為に、努力しなければならなかった。――軈《やが》て、見晴のいいあの崖の上で、二人はダンスを踊り始めたのだ。あのうわずった調子の、情熱的なスパニッシュ・ワンステップをね。そして、その踊の、情熱の、最高潮に達した時に、今迄夫人の心の底でのたうち回っていた悪魔が、突然首を持上げたのだ。――茲《ここ》で君は、あの証人が、馬鹿にあっさり墜されたと言って不思議がっていた言葉を思い出せばいい。――それからの夫人は、完全に悪魔になり切って、もう恐れる必要もなくなった『花束の虫』を破り捨てると、手提蓄音器《ポータブル》を携《たずさ》えて直ぐに別荘へ引返したのだ。そして、最も平凡な犯罪者の心理で、あんな風に証人の一役を買って出た――と言うわけさ。……兎に角この手提蓄《ポータ》音器《ブル》を開けて見給《みたま》え。夢中になって踊っていた時に、誤って踏割ったらしいレコードの大きな欠片と、それから、先程一寸僕が拝借した、いずれも同じスパニッシュ・ワンステップのレコードが四五枚這入っているから――」

大月はそう語り終って、煙草の吸殻を灰皿へ投げ込むと、椅子に深く身を埋めながら、さて、夫人の犯罪に対する検事の峻烈な求刑や、そしてそれに対する困難な弁護の論法などをポツリポツリと考え始めた。

（一九三四年四月号）

両面競牡丹
<small>ふたおもてくらべぼたん</small>

† 酒井嘉七

酒井嘉七（さかい・かしち）

生年や生地など詳しい経歴は不明。神戸の貿易会社に勤務していたという。一九三四（昭和九）年、「新青年」に「亜米利加発第一信」を発表してデビュー。戦前に十編余りの本格短編を発表しているが、「空飛ぶ悪魔」「呪われた航空路」といった航空機ものと、「ながうた勧進帳」「京鹿子娘道成寺」のような長唄ものの、タイプのまったく違うふたつのジャンルが特徴的だった。短編集に四七年刊の『探偵法第十三号』がある。ミニヨン・エバハートの長編『霧中殺人事件』ほか翻訳も手掛けた。一九四七年死去。五二年、遺稿短編として「完全犯罪人の手記」が「黄色い部屋」に掲載された。

「ぷろふいる」には、三五年の「探偵法第十三号」を最初に短編を三作、「郵便機三百六十五号」ほか掌編三作を発表している。また、エラリイ・クイーン「宝探し」やチェスタトン「消失五人男」などの翻訳もあった。愛読者の集まりである神戸探偵倶楽部には設立当初から参加している。

奈良坂やさゆり姫百合にりん咲き

——常磐津《ときわず》『両面《ふたおもて》月《つきの》姿絵《すがたえ》』

一

港の街とは申しますものの、あの辺りは、昔から代々うち続いた旧家《きゅうか》が軒をならべた、静かな一角でございまして、ご商売屋さんと申しますれば、三河屋《みかわや》さんとか、駒屋《こまや》さん、さては、井筒屋《いづつや》さんというような、表看板はごく、ひっそりと、格子戸の奥で商売《あきない》をされている様なお宅ばかり——それも、ご商売と申すのは、看板だけ、多くは、家代々からうけついだ、財産や家宅をもって、のんびりと気楽にお暮しになっている方々が住んでいられる一角でございました。私の家は、そうした町のかたすみにございまして、別に、これと申すほどの資産もございませんでしたが、それにしても、住んでいる家だけは自分のもの——と、こういった気持ちが、いくらか、私たち母娘《おやこ》の生活を気安くさせていたのでございましょう。

母は小唄と踊りの師匠でございました。しかし、ただ今で申す、新しい唄とか、踊とかの類ではなく、昔のままの、古い三味線唄、いわば、春雨《はるさめ》、御所車《ごしよぐるま》、さては、かっぽれ、と申しますような唄や、そうしたものの踊りの師匠だったのでございます。母は別に、私を師匠にして、自分のあとをつがせる、という様な考えをもっていた訳でもございますまいが、子の私は、見まね、聞き憶《おぼ》えで、四つの年には、もう、春雨なんかを踊っていたそうでございます。そのころから、ずっと、母の手すきには、何かと教わっていたのでございますが、私が母の替りにお弟子さんを取るようになりましたのは、丁度、私が十七の春、とても、気候の不順な年でございましたが、ふとした事から、母が二、三ケ月臥《ふせ》った事が、きっかけになったのでございます。それからは母がよくなりましても、お子供衆のお稽古は私がいたしていたのでございます。その内に、何時《いつ》の間にか、母親は楽隠居、そして、私が全部お稽古をいたす様になったのでございました。しかし、何分にも、お稽古人はほとんど全部がお子供衆、月々の収入はたいした事もございませんでしたが、それにいたしましてもお子供がたのお稽古人は、いつも十四、五人もございましたので、私たち親娘は、ごく気楽に暮していたのでございます。

丁度、私がお稽古をする様になりましてから、半年あまりも経った頃でございましたでしょうか、私は、あの恐怖にも似た気もちを、今だに、忘れることが出来ないのでございます。それは、お稽古やすみの、ある霧の深い午後でございました。その二、三日も前から、お天気は、

毎日のようにどんよりと曇って、低くたれ下った陰鬱な空が、私たちの頭を狂わさずにはおかない、というほどに、いつまでも、何時までも、じっと、気味悪く、地上の総《すべ》てを覆《おお》いかぶせていたのでございました。ところが、その日の、お昼すぎからは、思いもかけぬ濃霧が、この港の街を襲うて参ったのでございました。まだ、日は高いのでございますが、重くるしく、ずっしりと、空いっぱいに、たれこめた鼠色《ねずみいろ》の雲の堆積から、さながら、にじみ出るかのように、濃い、乳色の気体《きたい》が立ちならんだ人家の上を、通りの中を、徐々に、流れはじめたのでございました。私は、その頃、少しばかり買物がございましたので、三《さん》の宮《みや》の『でぱあと』まで出むいていたのでございます。買物と申しましても、別に、あの辺りまでわざわざ行かねばならぬ訳もなかったのでございますが、今になって考えますれば、たとえ、何の理由がなくとも、あの日、ああした場所まで、出かけるように、前の世から定められていたのでもございましょうか。……私は、『でぱあと』で、新柄の京染や、帯地の陳列

を見せて頂き、かえりには、お母さんのお好きな金つばでも買ってあげましょう——と、かように考えまして、参ったので、ございました。

あのような日和《ひより》でございましたので、さすがに、繁華街にある、『でぱあと』の中も、人はまばらでございました。私は、まず、八階まで昇り、京染と帯地の陳列を見せて頂き、それから、七階、六階と歩いては、階段から降りて行ったのでございます。階段に面した側は、丁度、山手とは反対になりまして、天井から、足もとまでがずっと、がらすの窓になり、そこを透して、ほど遠からぬ港の船のいくつかが、段階子《だんばしご》を降りて行く目の前に、朧《おぼろ》げながら浮んでくるのでございます。窓の向うには、なおも、魔物のような濃霧が、濛々《もうもう》と、何かしら不可思議なものとともに、流れて行くようでございます。漠然《ばくぜん》とした不気味《ぶきみ》さに小さな慄《ふる》えを感じながら、私は階段を静かに降りていたのでございました。と、七階から六階へ通じるところでございましたか、誰も人影はございません。階段の半分を降りきった、折り返しのところで、突然、下から、音もなく昇って来られた方と、危うく衝突する様になって、立ち佇《どま》ったのでございます。そして、ふと、対手《あいて》の方を見上げたのでございますが、その瞬間、われにもあらず、あっと、口の中で叫んだのでございました。それと、申しますのも対手は誰でもございません。私——ええ、間違いなく、私ではございませんか……。

かようなことを申しますと、何を阿房《あほう》なことを、どうして、お前の他に、お前さんがありましょう。それは、他人のそら似というもの——と、お笑いになるかも存じません。それは、世間には、よく似た方がございましょう——私によく似たお方も、また、私が似ている方もおありになるでございましょう。しかし、似たと言うのは、あの場合、決して、正しい言葉ではございません。まさしく私が朝《あした》に夕《ゆうべ》に、鏡の中で見なれている、私自身に、相違ないではございませんか。私は、その瞬間、ぞっとして、背筋を冷たいものが走った様に感じたのでございます——瘧《おこり》の発作《ほっさ》にでもとらわれたような慄《ふる》えを感じて参りました。私でない私、そうしたもので、どうして、目に見えたのでございましょう。窓の向うには、『おりえんたる・ほてる』でございますか、巨大な、白亜の建物が、霧の海を背景に、朧げに浮んでおります。魔物のような濃霧は、窓がらすの上を這うように流れております。何か不思議なものが、いまさらのように、その中に見えるようでございます。そうした神秘的な、不気味な霧が、私の頭をかき乱していたのでもございましょうか。漠とした、しかし、たえ難いまでの恐怖におののき、烈《はげ》しく鼓動する胸を抱きながら、大きく目を見張っている私を振りむきもせず、その第二の私は、階段を音もなく昇り、かき消すように、姿を消してしまったのでございます。

二

恐怖にうちのめされ、慄然《りつぜん》たる悪寒《おかん》に身体を震わせながら、それからの四、五日間を、私は、自分の前に現われた自分の姿のことばかし考え乍《なが》ら、過ごしたのでございました。ご存じでもございましょう、常磐津の浄瑠璃《じょうるり》に、両面《ふたおもて》月姿絵《つきのすがたえ》、俗に葱売《ねぎうり》という、名高い曲でございまして、その中に、おくみという女が二人現れ、

常〽もし、お前の名は何と申しますえ

〽あい、私ゃ、くみというわいな

常〽して、お前の名は

〽あい、わたしゃくみと言うわいな

常〽ほんにまあ、こちらにもおくみさん。こちらにもおくみさん。こりゃまあ、どうじゃ。

と、驚くところがございます。この一人は、実在の人物、そしていま一人の方は、悪霊《あくりょう》なのでございます。これと、同じ様に、私が見ました自分の姿も、怨霊《おんりょう》ではありはすまいか――私は、かようなことをも考えながら、おののいていたのでございます。それと申しますのも、私たちの土地では、昔からのいい伝えがございまして、自分の姿が見えると、それは、近いうちに死ぬるしらせであるというのでございます。私は、こうした、いい伝えが、私の場合には、言葉の通りに、実現される様な気がいたしまして、何とも言いようのない恐怖に似たものを感じつづけていたのでございます。そうした訳で、お稽古は少しも手につきません、お弟子さん方のお稽古はお母さんに、お頼みいたしまして、私は気分が悪うございますのでとかように申し、四、五日も、床についていたのでございます。

しかし、五日と経ち、十日と暮しておりますうちに、こうした事も、つい忘れてしまいまして、二週間余りの後には、悪夢から覚めきったように、私の頭からは、もう、すっかり、あの、

私の影も姿も消えさってしまったのでございました。時として、あの不気味な瞬間を思い出す事がございましても、

（あの時は、お天気の加減で、頭が変になっていたのではないのかしら）

なぞと、考える様になっていたのでございます。しかし、そうは申しますものの、次の瞬間には、

（いや、確かに……）

と、こう思いまして、さて、われと自分の頭を、大きく振り、

（思うまい、思うまい、早く忘れてしまいましょう）

と、独白《ひとりごと》していたのでございます。

昔から、よく、一度あることは二度あるとか申しますが、私の場合では、一度ならず、二度三度と、思いもかけぬ出来ごとがつづいていたのでございました。

この第二の出来ごとと申しますのは、お部屋をお掃除いたしておりますとき、片隅から、小さな石のはいった指差が出て来たことでございました。いつの頃から、そうしたところに、ころがり込んでいましたものやら、見ると、私のものではございません。もしかすると、お母さんがもっていられるものでもあろう、と、かように考えまして、おたずねいたしましたが、そうでもございません。

「お子供衆のうちの、どなたかが落されたのではないのかい」

　お母さんは、こんなにも申されましたが、そのお部屋は、私の居間でございますので、そうしたところまで、お弟子さんがはいって来られる筈もございません。それに、見た目にも、お子供衆のお持ちになるものでもございません。私は不思議なことがあるもの、とは考えましたものの、まさか、家の中にあったものを、警察へおとどけするのも、どうかと存じましたし、それに、あれほども高価なものとはゆめにも考えませんでしたので、簞笥《たんす》の小引出しに、入れたまま、忘れるともなく、忘れていたのでございました。

　こうした出来ごとがございましてから、二、三日も過ぎた頃でございましたか、何も、これほどのことを、出来ごとなぞと申すのも変でございますが、新しい、お弟子いりがあったのでございます。これが、いつもの様に、お子供衆でございましたら、別に、変わったことではないのでございますが、何分にも、相手がお年をめされた方それも、大家の御隠居さまとも、お見うけするような御仁《ごじん》でございましたので、私たちにいたしますれば、正《まさ》しく、一つの事件には相違なかったのでございます。

　それは、二、三日もの間、降りつづいた、梅雨《つゆ》のように、うっとうしい雨が、からりと晴れて、身も心も晴々とするような午後のことでございました。お稽古も、一と通りすみまして、ほっと、大きな息をしたところでございました。

「ごめんくださいませ」

と、いう丁重《ていちょう》に訪れて来られた方がございました。年の頃は五二、三、着物の好みは、あくまで、渋い、おかしがたい気品あるうちにも、何かしら昔を思わせる色と香のまだ消えやらぬ、どこか大家の御隠居さま、と感じられるお方でございました。

「御都合がおよろしい様でございましたら、しばらく、お稽古して頂きたいと存じますが」

と、かように申されたのでございます。私にいたしましては、もとより、異存《いぞん》のある筈はございません。

「お稽古と申しましても、ほんの、お子供衆のお手ほどき、それでもおよろしい様でございますれば」

と、お受けしたのでございました。私は最初の内、そうした身分の方でございますれば、わざわざ私たちの様なところへお越しになるのも、不審といえば、不審なこと、何故にまた、お宅へ名ある師匠をお呼びよせにはならないのであろう、と考えたのでございました。しかし、段々と、お話を承《うけたま》わっていますと、それにも道理のあること、と合点《がてん》したのでございます。この方は、私が最初に推量いたしましたように、名ある資産家の御隠居さまでございました。お宅は芦屋《あしや》の浜にございましたが、お若い時からの、ご陽気すぎ、それも、奥様、ご寮人《りょうにん》さまで、下男、下女にかしずかれていられる間は、下の者の手前、こうしたお稽古ごとなぞ思いもよらぬことでございましたもの、御隠居さまで、御自由なお身体になられますと、時間の御都合もでき、せめてもの楽しみに、と、お買物の風を装われては、街までお出ましになり、それも、名のある師匠ではお知合いのお方にお会いになるけねんもございますこととて、わざと、

ああした旧家町。私たちの様な、お稽古所へ尋ねて来られたのでございました。ところが、

「では、そちらさまのご都合が、およろしいようでもございましたら、お稽古は今日からでもいたしましょう」

　と、申しまして、

「唄をなさいますか、それとも、踊りのお稽古でございましょうか」

　と、お伺いいたしますと、

「唄を、どうぞ」

　と申されたのでございます。お年寄り衆でございますれば、大抵《たいてい》は踊りか、さもなくば、三味線のお稽古をなさるものでございますので、こうしたお言葉に、私は、少し意外に感じたのでございました。それで、

「唄でございますね」

　と、念を押し、

「何か、ご注文でも……」

　と、重ねて、おたずねしたのでございました。すると、

「それでは、春雨と、梅にも春を、お歌いいたしたいと存じますが最初は春雨を、お稽古して頂きます様に……」

　と申されました。私は、糸の調子を下げまして、

「では、お稽古いたしましょう」

と、三味線を取り上げ、

〽春雨に、しっぽり濡れる、鶯《うぐいす》の……。

と、うたい始めたのでございました。が、お稽古にかかりますとすぐに、

「もう、今日はこれで結構でございます」

と、頭をお下げになったのでございます。私は、初めのうちで遠慮なされている事と存じまして、

「どうか、ご遠慮なく、ごゆるりと、お稽古なさいます様に……」

と、申しましたが、

「いいえ、今日はこれで結構でございます。別に、急ぐお稽古でもございませんし、ぜひ憶えねばならぬ訳でもございません、これから、遊び半分に、ゆっくりと、お稽古させて頂きたいと存じます」

と、かように申されたのでございました。そして言葉を改め、

「これは、ほんの少しでございますが、おひざ付きに、そして、これは御連中さまへのお近づきの印に、皆様で一杯お上がり下さいます様に……」

と、紙の包みを二つ出されたのでございました。私は、おひざ付き、と申された紙包みは、有難く頂いたのでございますが、もう一つの方は、

「連中さんと申しましても、実は、お子供衆ばかりでございますから、皆様に一杯さし上げる訳にも参りませせぬ」

と微笑みながら、ご辞退いたしますと、この方も、お上品に、お笑いになりまして、

「なる程、お子供衆でございましたら、ご酒《しゅ》を上がって頂く訳にも参りますまい。では、何か、お菓子でも買って、おあげ下さいませ」

と、仰有《おっしゃ》ったのでございました。

三

この方が、お稽古に来られる様になりましてから、二週間目のことでございました。もう、その頃は、春雨と、御所車を上がっていられたのでございますが、

「実は、近い内に、どこかの温泉へ、保養がてら、一、二週間ほど行きたいと思っているのでございますが、どうも、一人で行くのは話し相手がなく、淋しいもので……」

と、こう、仰有るのでございます。そして、

「……若《も》し、お師匠さまのご都合がおよろしい様でございましたらお供をさせて頂きたいと存じます」

と、こんなに、申されたのでございました。——師匠をいたしておりますと、こうしたお誘いをよく受けるのでございます。どなた様も、きまった様に、

（師匠のお供……）

とは申されますものの、当然、こちらの方が、おともでございまして、お風呂からお上りに

なりますと、紺の香も新しい、仕立おろしの宿の浴衣《ゆかた》に着かえまして、さて、

「お師匠さま、こうしていましてもご退屈でございますから、時間つぶしに、何か一つおさらいして頂きましょうかしら」

　と、いわれるのでございます。すると、

「ほんに、そういたしましょう」

　と、三味線を宿のお女中さんに、おかりいたしまして、お稽古人の機嫌を取りながら、お稽古するのでございます。こうした事は、分限者《ぶんげんしゃ》の御新造《ごしんぞう》さんで隠居さまがたを、お稽古人にもっていられる長唄や清元のお師匠がたには、ありがちの事ではございますもののわたくし風情《ふぜい》の、小唄の師匠にとっては、ほんに、めずらしいことでございました。丁度、それからの、一、二週間は、お稽古は休みでございましたし、母もすすめて呉れましたので、私は、このご親切な申出を、お受けいたしたのでございます。ところが、そうと定《きま》りますと、私への御祝儀《ごしゅうぎ》としてでございましょうか、美しい島原模様に染め上げた、絞縮緬《しぼりちりめん》の振袖と、絵羽《えば》模様の長襦袢、それに、絞塩瀬《しぼりしおせ》の丸帯から、帯じめ、草履にいたるまで、すっかり揃えて下さったのでございました。――かように申しますれば、どれほど私が喜んで御隠居さまの、お供をいたしましたことか、お分りでございましょう。

　旅だちの日が参りますと、私は、頭の先から足の先まで、御隠居さまから贈っていただいた品物で装いまして、家を出たのでございます。ところが、御隠居さまは、家を離れるとすぐに、

こんな事を申されたのでございます。

「旅をいたしている間、私がお師匠、とお呼びするのも、何んだか人の気を引き易くて、変でございますし、私も、御隠居さまと呼ばれますと、何だか改まりまして、保養をする気がいたしませぬ。でこういたしましょう。私は、あなたを、娘か何かの様に、お千代と呼ぶことにいたしましょう。師匠は、私を――お母さん、では、余り芝居がかる様でございますから、伯母さんと言って下さいませ。これでは不自然でなく、いいでございましょう」

と、かように申されたのでございます。汽船は、新しい『別府丸《べっぷまる》』でございました。中桟橋《なかさんばし》に着きますと、船は、もう横づけになっております。切符の用意はしてございましたので、私達はすぐ船に乗ったのでございます。ところが、船の入口で、御隠居さまは、お知り合いの方にお逢いになったのでございました。背広服を着た、いかめしい、お方で御座いました。御隠居さまは、丁寧に御挨拶をなさいました。私も、軽く会釈をいたしましたが、お話の邪魔をするのは失礼と存じまして、少し離れて立っておりました。男の方のお声は少しも聞きとれませんでしたが、御隠居さまの、

「……しばらく、別府で保養をいたしたいと存じます。千代もつれまして」

と、言っていられるのが、かすかに、聞きとれたのでございました。私は、その方の事は、何もお訊《たず》ねいたしませんでした。勿論《もちろん》、そうした事は失礼と、存じていたからでございます。

しかし、

「千代を連れまして」

と言われた言葉が気になりましたので、それとなく、お聞きいたしますと、御隠居は、笑いながら、

「いいえ、違いますよ、お師匠のお話をいたしまして、千代と思って、お連れ申して行く、とお話いたしていたのでございます。実はあれは、親戚にあたる者でございまして、私の姪に、師匠ほどな手頃の、千代という娘のあった事を知っているのでございます」

と、こう申されたのでございました。それから、幾度《いくたび》も、あの千代が生きていましたら、ほんとに師匠ほどでございます。そういたしましたら、私も生き甲斐《がい》があるのでございますが、三年前に死にましてからは、ほんとに、世を味気《あじき》なく暮して参りました。しかし師匠にお稽古して頂く様になりましてからは、すっかり、この世が明るくなった様に感じまして、自分ながらに、大変、喜んでおります。と、こんなことを申されたのでございます。

温泉宿の生活と申しますれば、どこでも、そうでございましょうが私たちも、ただ、御飯をいただいて、お湯に入ることだけが、一日の仕事でございました。もっとも、日の光が、お部屋いっぱいに差しこむ、うららかな朝、かおりの高い、いで湯に、ほてった身体を宿のお部屋着につつんで、ほっとしています時など、伯母さまは、よく、

「では、千代ちゃん。何か、おさらいして頂きましょう」

と、いつも、きまったように、春雨か、または御所車を弾きまして、御隠居さまは、小さな声でおうたいになりながら、

「ねえ、千代ちゃん、あなたに教わって、すっかり上手になったでございましょう」

と、静かに、お笑いになるのでございました。


御隠居さまは、いつも私を、千代ちゃん、千代ちゃんと、それはそれは、親身の伯母であっても、こうまではいって下さるまい、してくださるまい、と思うほど、私を大切にして下さいました。私も心から伯母さまと呼びまして、部屋の女中までが、

「ほんに、お睦《むつま》じいことで、お羨ましく存じます」

と、一度ならず、二度までも、私達を前にして、さも、うらやましげに、申した程でございました。

四

私たちのお部屋は、静かな離れ座敷でございまして、三方には中庭を控え、夜なぞ、本館の方から洩れてくる部屋部屋の火影《ほかげ》が、植込の間にちらちらと見えるかと思えば、庭の木立の上からは、まっ白いお月さまが、そっと、のぞき込むのでございました。――のぞきこむ、と申しますれば、私たちのお部屋は、いま申しましたように、ほとんど中庭にあるのでございますから、お部屋の障子《しょうじ》を明けておりますれば、時折、お庭掃除の男衆が、箒《ほうき》や熊手などを手に、そっと頭を下げて通りすぎるようなことは、別に不思議でもないのでございますが、そうした

下男のお一人に、いかにも、何か目的あるかのように、そっと、お部屋をのぞいては通りすぎるお方があったのでございます。顔をなるべく、見せないようにしていられますものの、どこかでお目にかかったような気がいたしまして仕方なかったのでございました。

「たしかに、どこかでお目にかかった方」

私は、かように、考えつづけて、おりましたが、ふと、思い出すと、

「おお、そう」

と、御隠居さまの方に向き直り、声を低めて、

「伯母さま。今、通って行きました、男衆に、お気づきになりましたか、あの人は、私たちが、出帆《しゅっぱん》いたします時、伯母さまと話していられた、ご親類の方に、そっくりでございます」

と、こんなに申しまして、口の中で、いくら似ているとは言え、あれほど、似ている方があろうことか、と独白いたしました。が、それと同時に、長い間、すっかり忘れておりました、あの私自身の姿を思い出しまして、思わず、ぞっとしたのでございました。御隠居は、

「そうでございますか、そんなに、あの親類の人に似ていましたか」

と、小さな声で申されまして、何か意味ありげに、微笑《ほほえ》まれたのでございました。

単調な、温泉宿の日々ではございますものの、時のたつのは早いものでございまして、私たちが、この温泉町へ参りましてから、はや、二週間の日が過ぎたのでございます。あすは、いよいよ、かえりましょう、と、御隠居さまが申された、その夜のことで、ございます。

「あす、お土産を買うといっておりましても、何やかやと慌ただしいでしょうから、今夜のうちに、何か買っておかれましたらいいでございましょう。私が行ってもよろしいけれど、少し頭痛がするようでございますから、宿のお女中さんをお連れに、何か買っていらっしゃいませ、お勘定は、宿の方へとりに来るように申されるとよろしいでございましょう」

御隠居さまは、かように申されたのでございました。

「では、やっていただきましょう」

私は、かように答えまして、身じたくを、ととのえたのでございます。買いものと申しましても、温泉町のことでございますから、宿の部屋着のままで、およろしいではございませんか、と、宿のお女中も申したのでございますが、それにいたしましても、若い娘の身で、そうしたことは、あまりにも、はしたないと考えまして、旅だちの前に御隠居さまに買っていただきました、島原模様の振袖に絵羽模様の長襦袢、それに、塩瀬の丸帯まで、すっかり、来たときそのままの身仕度をととのえまして、

「では、伯母さま、ちょっと行かせていただきます」

と、ご挨拶いたし、お部屋を出たのでございます。ところが、私といたしましたことが、宿を出て、道の一、二丁も参りましたとき、思いついたのでございますが、御隠居さまの御用を承《うけたま》わって来ることを、失念いたしていたのでございます。

(これは、大変なことを、御隠居さまとても、お土産を買っておかえりにならねばなるまいに、自分のことだけを考えて、御隠居さまのご用事を、つい忘れてしまいました)

私は、こんなに自分で申しながら、そして、われと我が粗忽《そこつ》さに、思わず、顔を赤らめながら、宿のお女中には、表で待っていただき、お部屋にとってかえしたのでございます。しかし、表玄関から、廊下をつたって行きましては、時間もかかりますこととて、お庭づたいに、離れのお部屋へ急いだのでございます。ところが、いつもは、障子も開けたままでいられる御隠居さまが、ぴったりと、障子をたて切り、電灯も消されまして、薄明るい、まくら雪洞《ぼんぼり》にしつらえました、小さなあかりをつけていられるのみでございます。私は、飛び石をつたいながら、はて、不思議なこと、と思わず、立ちどまったことでございました。中には、たしかに御隠居さまがいられます。しかし、障子にうっすらと、さした影から考えますと、おひとりではございませぬ。誰か、も一人の方と、向い合って、じっと、していられるご様子でございます。私は、あまりにも、そのご様子に、常ならぬものを感じたのでございました。はしたないとも、無作法とも、そうしたことを考える余裕もございませぬ。音をたてぬよう、静かに、縁側に上がって、障子を細目にひらき、そっと中をのぞいたのでございます。と、雪洞のうす明るい、真白い光にてらされて、御隠居さまの、無言で、じっと、坐っていられる姿が見えたのでございます。前には、どなたが、……こう考えまして、ひとみをこらしました時、私は、われにもあらず、

「あっ……」

と、声を上げたのでございます。私の目にうつりました人影、それこそ、誰の姿でもございません。私ではございませんか。——まくら雪洞の、蒼白い、にぶい光の中に、じっと坐った

まま消えいりそうな女の姿、顔から、あたま、着ている着物、島原模様に染め上げた、絞縮緬の振袖と、白く細い手くびに見える絵羽模様の長襦袢それに、絞塩瀬の丸帯から、大きく結んだしごきまで、何からなにまで、わたくしに相違はございません。御隠居さまは、それが、ほんとの私とお考えになって話していられたのでございましょう。背を、つめたいものがさっと流れました。身体が、がたがたと、顫《ふる》えて参りまして、後から、大きな、まっくろな手が、私に襲いかかったように感じました。と、そのまま、私は、深い、ふかい谷底へ気がとおくなってしまったのでございました。

×

あれから、もう、まる一年、分限者《ぶんげんしゃ》の御隠居さまとは、表かんばん、よからぬ生業《なりわい》で、その日その日をお暮しになっていたとは言いながらも、私には親身のように、おつくし下さった御隠居さま、それに、あの、私と生き写しのお千代さま、いま頃は、どこでどうしていられますことやら。今にして思いますれば、お千代さまと『でぱあと』でお逢いいたしました時――もうあの時分、あの方々は、私のことをご存じであったのでございましょう。――さては、話に聞いていたのは、この娘さんのことでもあろうか、真実《ほんとう》にわたしによく似た方もあるもの、この人なれば、仲間うちのものが、下町風に身を俏《やつ》した自分とも思い違えて、こちらの袖に物をかくすほどのことは無理からぬこと、さぞや、おかえりになって、立派な指差がころげ落ち、驚かれたことでもあろう。こんなことをも、お考えになったでございましょう。それと同時に、あのような――私をご自分の傀儡《かいらい》にして、御隠居さまともどもに港の街をはなれさせ、お上の注意をそちらへむけた内に大きなお仕事をなさる計画も、おたてになったのでございましょう。御隠居さまや、お千代さまがお考えになりましたように、お上の方は、御隠居さまにつれられた私を、ほんもののお千代さまとお考えになったのでございましょう。それがために、わざわざあの遠い湯の町まで、後を追ってお越しになり、私たちの様子を見まもっていられたのです。しかし、これはお二人さまの予期されていましたこと、それでこそ、必要な場合には――犯罪の行われました当時、千代とわたくしは、あの湯の町にいたのに相違ございません、私たちを監視なされていたお役人さまがご証明くださるでございましょう――と、いったことがいい得る訳でございました。

お千代さまのお仕事が、難なく運んでおりますれば、ああした手違いも起こらなかったでございましょう。が、もくろんだお仕事に失敗なされましたことと、その報告のため、私たちの宿に姿をお見せになったことが、すべてに破綻《はたん》をきたしたのでございましょう。よい頃を見はからって、私とお千代さまを入れかえるために、二組をおつくりになり、その一つをわたくしに下さった、あの立派な衣裳も、結果は、ただ、私を驚かせるに役立つにすぎないのでございます――わたくしの、夜の静寂《しじま》を破った叫び声、それが、すべての終りであったのでございました。かけつけられた、お上の方――あの、お庭そうじの男衆に姿をやつしていられました警察の方も、初めのうちは、さぞ、

常〽こちらにもおくみさん。こちらにもお組さん。こりゃまあ、どうじゃ。

という唄の文句にございますように、仰天なさったことでございましょう。それにいたしま

しても、時おり、三味線とり上げ、常磐津『両面月姿絵』なぞ、おさらいいたしますとき、

〽奈良坂やさゆり姫百合にりん咲き

と、思わず唄いすぎましては——もし、わたくしを、このさゆりにでもたとえていただけば、あの姫百合にも見まほしい、いま一人の私、お千代さまは、いまは、どうしていられることやら、と、かようなことを、つい思い浮べては、三味ひく手をしばし止め、あらぬ方をじっとみつめるのでございます。

（一九三六年十二月号）

絶景万国博覧会

小栗虫太郎

小栗虫太郎（おぐり・むしたろう）

一九〇一（明治三十四）年、東京生まれ。本名・栄次郎《えいじろう》。一九二二年から四年ほど印刷所を経営するが、仕事がたちゆかなくなって小説を書きはじめる。二七（昭和二）年には、織田清七《おだせいしち》名義の「或る検事の遺書」を「探偵趣味」に投稿して掲載された。三三年、甲賀三郎の推薦で、「新青年」に密室殺人の「完全犯罪」を発表してデビュー。翌三四年に同誌に連載した『黒死館殺人事件』は、異様な館での連続殺人もので、ペダントリーで飾られた独特の探偵小説として大きな話題を呼んだ。犯罪心理小説『白蟻』や異国情緒《じょうちょ》溢《あふ》れる『二十世紀鉄仮面』を経て、「有尾人」「地軸二万哩」ほか、没後に『人外魔境』として一冊にまとめられた、海外秘境探検小説に意欲をみせた。終戦直後の四六年、社会主義探検小説を意図した長編「悪霊」を執筆するものの、二月に死去したため、連載第一回が雑誌に発表されただけにとどまった。

デビューと「ぷろふいる」の創刊は同じ年だったが、早くもその年に「寿命帳」で登場している。さらに「合俥夢権妻殺し」「絶景万国博覧会」「源内焼六術和尚」と異色短編を発表し、秘密結社を背景とするスリルとサスペンスに満ちた長編『青い鷺』を連載した。

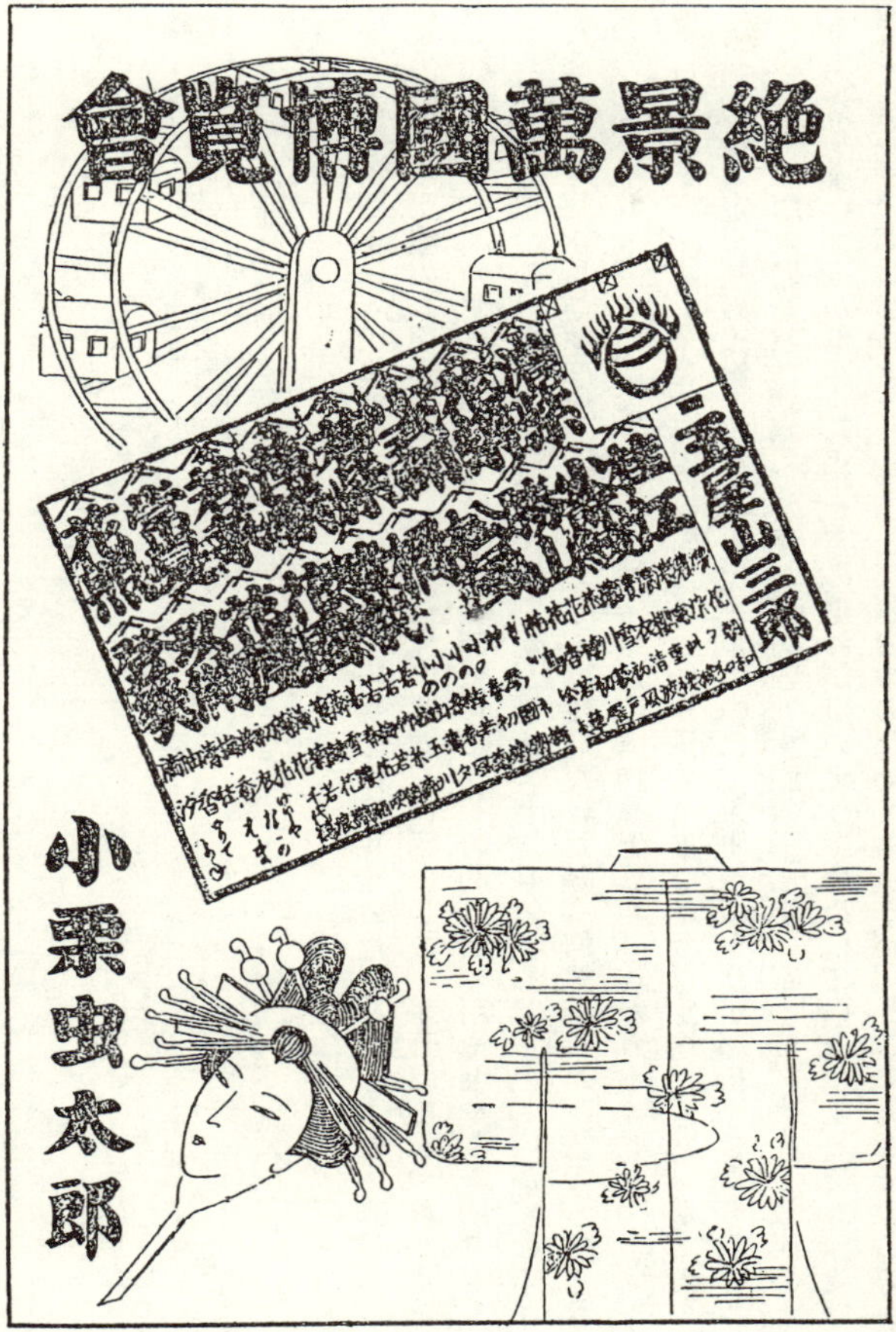

絶景萬國博覧會
玉屋山三郎
小栗虫太郎

一、尾彦楼《おひころう》の寮に住む三人のこと
並《なら》びに老遊女二つの雛段を飾ること

なんにしろ明治四十一年の事とて、その頃は、当今の接庇雑踏《せっぴざっとう》とは異なり、入谷田圃《いりやたんぼ》にも、何処かもの鄙《ひな》びた土堤の俤《おもかげ》が残っていた。遠見の北廓を書割にして、茅葺屋根《かやぶきやね》の農家がまだ四五軒も残っていて、いずれも同じ枯竹垣を結び繞《めぐ》らし、その間には、用水堀や堰《せき》の跡などもあろうと云った情景。わけても、田圃の不動堂が、延宝の昔以来の姿をとどめていた頃の事であるから、数奇《すき》を凝らした尾彦楼の寮でさえも、鳥渡見《ちょっとみ》だけだと、何処からか花鋏の音でも聴えて来そうであって……、如何さま富有な植木屋が朝顔作りとしか、思われない。

その日は三月三日——いやに底冷えがして、いつか雪でも催しそうな空合だった。が、そのような宵節句にお定《き》まりの天候と云うものは、また妙に、人肌や暖《ぬく》もりが恋しくなるものである。まして結綿や唐人髷などに結った娘達が、四五人雪洞《ぼんぼり》の下に集い寄って、真赤な桜炭の上で手と手が寄り添い、玉かんざしや箱せこの垂れが星のように燦《きら》めいている——とでも云えば、その眩《くら》まんばかりの媚《なま》めかしさは、まことに夢の中の花でもあろうか。そこに弾《はず》んでいるのが役者の噂でなくとも、又となく華やかな、美しいものに相違ないのである。所が、尾彦楼の中には、日没が近付くにつれて、何処からともなく、物《もの》怯《お》じのした陰鬱なものが這い出して来た。と云うのは、その夕《ゆうべ》、光子《みつこ》のものに加えて、更にもう一つの雛段が、飾られねばならなかったからだ。

所で、この尾彦楼の寮には、主人夫婦は偶《たま》さかしか姿を見せず、一人娘の十五になる光子と、その家庭教師の工阪杉江の外に、まだもう一人、当主には養母に当るお筆《ふで》の三人が住んでいた。そのお筆は、はや九十に近いけれども、若い頃には、玉屋山三郎《たまややまさぶろう》の火焔宝珠《ほうしのたま》と云われた程の太《たゆ》夫《う》であった。しかも、その源氏名の濃紫《こいむらさき》と云う名を、万延頃の細見で繰ってみれば判る通りで、当時唯一の大籬《おおまがき》に筆頭を張り了《おお》せただけ、なまじなまなかの全盛ではなかったらしい。また、それが稀代の気丈女《きじょうもの》、落籍《ひか》されてから貯めた金で、その後潰れた玉屋の株を買い取ったのであるから、云わば尾彦楼にとっては初代とも云う訳……。従って、当主の兼次郎《けんじろう》夫妻は、幾らか血道が繋がっていると云うのみの事で、勿論《もちろん》腕がなければ、打算高いお筆が夫婦養子にする気遣いはなかったのである。所が、そのお筆には、何十年この方変らない異様な習慣《しきたり》があった。全く聴いただけでさえ、はや背筋が冷たくなって来るような薄気味悪さがそれにあったのだ。と云うのは、鳥渡因果噺《ばなし》めくけれども、お筆が全盛のころおい通い詰めた人達の遺品を——勿論その中には彼女のために家蔵を傾け、或は、非業の末路に終った者もあったであろうが——それを、節句の日暮かっきりに、別の雛段を設《しつ》らえて飾り立てる事だったのである。

それ故、年に一度の行事とは云いながらも、折が折桃の節句の当日だけに、それが寮の人達には、何となく妖怪めいたものに思われていた。その滅入るような品々に、一歳《ひととせ》の塵を払わせる刻限が近付いて来ると、気のせいかは知らぬが、寮の中が妙に黴臭《かびくさ》くなって来て、何やらモヤモヤしたものが立ち罩《こ》めて来るのだ。そして、その翳《かげ》が次第に暗さを加えて、はては光子の雛段にも及んで来ると、雪洞の灯《ひ》がドロリとしたぬくもりで覆われてしまうのだった。然し、孫娘の光子にはそんな懸念は露程《つゆほど》もないと見え、朝から家を外にの、乳母子《ねんね》のような燥《は》しゃぎ方。やがて、日暮れが迫り、そろそろ家並の下を街灯点《とも》しが通る頃になると、漸く門内の麦門冬《りゅうのひげ》を踏み、小砂利を蹴散らしながら駆け込んで来たが、その折門前では、節句目当ての浮絵からくりらしい話し声——。（京四条河原夕涼みの体。これも夜分の景と変り、ちらりと火が灯《とも》ります。首尾よう参りますれば、お名残惜しうはござりまするが、そういう様へのお暇乞い。何んよい細工で御座りましょうが。）と呼び立てるのを聴けば、年柄もなくそのからくり屋を光子が門前で引き止めていたらしく思われる。

まことに、そのような邪気《あどけ》なさは、里俗に云う、「禿《かむろ》の銭《ぜに》」「役者子供」などに当るのであろう。けれども、また工阪杉江にとると、それが一入《ひとしお》いとし気に見えるのだった。全く光子と云う娘は、又とない内気者——。人中《ひとなか》と来ては、女学校にさえ行く事が出来ない——と云っても、それが掛値なしの真実なのであるから、当然そこには家庭教師が必要となって、工阪杉江が招かれるに至った。然し、そうして杉江が現れた事は、また半面に於いても、光子を永い間の寂寥から救う事になった。と云うのは、十歳の折乳母に死に別れてからは、時偶《ときたま》この寮に送られて来る娘はあっても、少し経つと店に突き出されて、仙州《せんしゅう》、誰袖《たがそで》、東路《あずまじ》などと、名前さえも変ってしまう。そんな訳で、唯さえ人淋しく、おまけに、変質者《ひねくれもの》で、祖母とは名のみのお筆と一所に住んで行くのには、到底《とうてい》耐えられなくなった矢先の事とて、光子が杉江を、いっかな離すまいと念じているのも無理ではないのである。全く、工阪杉江と云う婦人には、寧ろ女好みのする魅力があった。年齢《としのころ》はまだ三十に届いたか、届かぬ位であろうが色白の細面《ほそおもて》に背の高いすらりとした瘠形《やせがた》で、刻明な鼻筋には、何処か近付き難い険があるけれども、寮に来てからと云うものは、銀杏返しを結い出して、それが幾分、理性の鋭さを緩和しているように思われた。然し、そう云った年配婦人の、淋し気な沈着《おちつき》と云うものは、また光子ぐらいの年頃にとると、こよなく力強いものに相違なかった。そして、次第にその二人の間は、師弟とも母子《おやこ》ともつかぬ、異様な愛着で結ばれて行ったのであるが、然しその時だけは、杉江の口の端に焦《じ》り焦《じ》りしたものが現われ待ち兼ねたように腰を浮していた。

「光子さん、先刻《さっき》からお祖母さまがお呼び立てで御座いますのよ。いつものお雛様をお飾りになったとかで。いいえ、行かないでは私が済みません。あのお祖母さまがおむずかりにでもなったら、それこそで御座いますよ」

と叱るようにして促がすと、あんな妙なお雛様って——と一端は光子が、邪気《あどけ》なく頬を膨らませてすねてはみたが、案外従順《すなお》に、連れられるまま祖母の室に赴いた。お筆が住んでいるのは、本屋とは回廊で連なっている離れであって、その薄暗い二階に、好んで起き臥しているのだった。その室は、光琳《こうりん》風の襖絵のある十畳間で、左手の南向きだけが、縁になっていた。その所以《せい》でもあろうか。午後になって陽の向きが変って来ると、室の四隅からは、はや翳《かげ》りが始まって来る。鴨居が沈み、床柱に異様な底光りが加わって来て、それが、様々な物の形に割れ出して行くのだ。すると、唯でさえチンマリとしたお筆の身体が、一際《ひときわ》小さく見えて、はては奇絶な盆石か、無細工な木の根人形としか思われなくなってしまうのだった。

然し、その日のように雛段が飾られて、紅白に染め分けられた雪洞の灯が、朧ろな裾を引き始めて来ると、そこにはまた別種の鬼気が――今度は、お筆の周囲《ぐるり》から立ち上って来るのだった。と云って、必ずしもそれは、緋毛氈の反射の所以ばかりではなかったであろう。恰度《ちょうど》その白と紅の境いが、額の辺りに落ちているので、お筆の顔は、その二段の色に染め分けられていた。額から下は赭っと柿ばんでいて、それがテッキリ、嬰児《あかご》の皮膚を見るようであるが、額から上は、切髪の生え際だけが、微かに薄映み――その奥には、白髪が硫黄の海のように波打っていた。

然し、それだけでは、余りに顔粧《かお》作りめいた記述である。そのようにして、色の対照だけで判ずるとすれば、さしずめお筆を形容するものに、猩々《しょうじょう》が芝居絵の岩藤。それとも山姥とでも云うのなら、まずその辺が、せいぜい関の山であろうか。けれども、その顔を線だけに引ん剝いてみると、そこには、人間のうちで最も醜怪な相が現れていた。もし、半世に罪業深く、到底死に切れぬような人間があるとしたら、それが疑いもなく、お筆であろう。眉は、付け眉みたいに房々としていて、鼻筋も未だに生々しい張りを見せている。が、その偏平な形は、所《いわ》謂《ゆる》男根形と呼ばれるものであって、全くそこだけにはお筆の業《ごう》そのもののような生気がとどまっている。けれども、それ以外には、はや終焉に近い、衰滅の色が現れていた。歯が一本残らず抜け落ちているので、口を結ぶと、そこから下がグイと耀《せ》り上って来て、眼窪までもクシャクシャと縮こまってしまい、忽ち顔の尺に提灯が畳まれて行くのだ。そうなると、その大⌒《いりやま》の頂上《いただき》が、全く鼻翼《こばな》の裾《すそ》に没《かく》れてしまって、そこと鼻筋の形とが、異様に引き合い対照を求めて来る。それがまた、得《え》も云われぬ嘲笑的な図形であって、まさにお筆にとれば刻印に等しく、永世滅し切れぬと思われるほど嘲笑的なものだった。と云うのは、或る一つの洒落《しやれ》た〇〇な形が、場所《ところ》もあろうに、皺の波の中に描かれてしまうからであった。こうして、お筆は一年毎に小さくなって行って、今日此頃では、精々七八つの子供程の丈しかないのであるが、然し、そのような妖怪めいた相貌も、寮の人達にとれば、日毎見慣れているだけに、何等他奇のないものだったであろう。

　けれども、その時は合の襖を開いた途端に、光子は危く声を立てようとし、後探りに杉江の前垂れの端を、思わずも握り締めた。それは雪洞の灯を掻き立てようとしたのであろう、お筆は雛段の方に少しにじり寄っていて、半ば開いた口が、紅《べに》の灯を真正面《まとも》にうけていたからだった。その――いやに紫ずんでいて、そこには到底、光も艶もうけつけまいと思われるような歯齦《はぐき》だけのものが、銅味《あかみ》に染んだせいかドス黒く溶けて、そこが鉄漿《おはぐろ》のように見える。そして、その奥が赭っと赤く、血でも含んだように染まっているのだが……、何より光子と云う娘は、幼ない頃からお伽噺《とぎばなし》と現実との差別がつかなかったり、また日頃芝居や一枚絵などを見馴れている少女だったので、全くそのような娘には、すぐ何かにつけて夢幻的な世界が作られ、彼女自身も、その空気の中に溶け込んでしまう性癖が、なければならなかった。それで、お筆の腰から下が緋毛氈に隠れているのが眼にとまると、そこが緋袴にでも連想されたのであろう。忽《たちま》ちその全身が、官女の怨霊のようなものに化してしまい、それがパッと眼に飛び付いて来ると、その瞬間お光の幼稚な心は、はや幻と現実との差別を失ってしまったのである。

然し、お筆は日頃の険相には似もせず、愛想よく二人を招じ入れたが、そうしてはじめ光子の童心を襲った悪夢のような世界は、続いて涯てしもなく、波紋を繰り広げて行った。老いた遊女が年に一度催す異形な雛祭りと云うのが、たとえ如何なるものであるにせよ……、また既にそこに宿っている神秘が、二人を朦朧《もうろう》とさせているにもせよ……、決してその本体は、光子が描き出したような夢幻の中にはなかったのである。

二、傾城釘抜香《けいせいくぎぬきこう》のこと
並びに老遊女観覧車を眺め望むこと

雛段の配置には、別に何処と云って変わった点はなかったけれども、人形がそれぞれに一つ――例えば、官女の檜扇には根付、五人囃しが小太鼓の代りに印伝の莨《たばこ》入れを打つと云った具合で、そのむかしお筆を繞《めぐ》り粋《いき》を競った通客共の遺品が、一つ一つ人形に添えられてあった。所が、杉江の眼が逸早《いちはや》く飛んだのは、一番上段にある内裏雛《だいりびな》に注がれた。そのうち女雛の方が、一本の長笄《ながこうがい》――それは、白鼈甲に紅は鎌形の紋が頭飾りになっているのを、抱いていたからである。杉江は、もの静かに眼を返して、それをお筆に問うた。

「ねえ御隠居様、たしかこの笄は、花魁《おいらん》衆のお髪《ぐし》を後光のように取り囲んでいるあれそうそう立兵庫《たてひょうご》と申しましたか、たしかそれに使われるもので御座りましょう。けども真逆《まさか》の女のお客とは……」

お筆は、相手が気に入りの杉江だけに、すぐその理由を説明しようとする気配を現した。クッキリ結んだ唇が解けて、顔が提灯を伸ばしたように長くなったが、やがてその端から、フウとふいごの風のような呼吸が洩れて行って、

「いいえ、実はそれが、私のものなんだよ。私のこの白笄は、いわば全盛の記念《かたみ》だけど、玉屋の八代の間これを挿したものと云えば、私の外何人もなかったそうだよ。それには、こう云う風習《しきたり》があってね」と国分《こくぶ》を詰めて、一口軽く吸い、その煙草を伊達に構えて語り出した。「まあ御覧な。笄《こうがい》の頭がありきたりの耳掻き形じゃなくて、紅い卍字鎌の紋になっているだろう。それが、朋輩だった小式部《こしきぶ》さんの定紋で、たしか、公方様お変りの年の八朔《はっさく》の紋日だと思ったがね。三分以上の花魁八人が、それぞれに定紋を彫った、白笄をお職に贈ると云う風習があるんだよ。所が杉江さん、私が一生放さないと云うに就《つ》いては、此処に酷《むご》い話があってね。それには、お前さん達は知るまいけれども、最初まず、『釘抜』と云う訳を聴いて貰いたいのさ」

お筆が洩らした「釘抜」という言葉の意味は、あの肉欲世界と背中合わせになっていて、時には其処から鬼火が燃え上ろうし、また或る時は、承梯子《かるわざこ》の練術場《きたえば》と云うような役目も務めると云った、一種の秘密境なのである。遊女には、永い苦海の間にも精気の緩急《おきふし》があって、〇〇〇の肌が死ぬほど鬱《うつ》とうしく感ぜられ、それがまるで、大きな波の蜒《うな》りの底に横わっていて、

その波が運んでくれるまではどうにもならないと云ったような、何とも云えぬやるせなさを覚える時期があるのだ。それをまかしと云って、その時期には自然〇〇が疎《うと》くなり、稼ぎが低くなるのであるから、その対策として、楼主側では「釘抜」と呼ぶ制裁法を具《そな》えていた。それには、幾つかの形式があるけれども、そのうちで最も大仕掛な、機械化されたものが玉屋にあったのだ。

恐らく、その折檻法の起因と云えば、宗教裁判当時かマリア・テレジア時代の拷問具が、和蘭《オランダ》渡りとなったのであろうが、まず、大きな矢車と思えば間違いはない。その矢柄の一つに、二布だけの裸体にした遊女を括り付けて、そこに眩暈《めまい》を起させぬよう、緩かに回転して行くのだ。また、それから行う折檻の方法が、二種に分れているのであって、枕探しをしたとか、不意の客と深間になったとか云う場合などは、身体の位置が正常《まとも》になった時——即ち、頭を上に直立した際を狙って、背を打つのである。勿論《もちろん》それには、苦痛がまともに感ぜられるのであるが、単純なまかしの場合だと、身体が逆立して血が頭に下り、意識が朦朧となった際を打つのであるから、その痛感は些程《さほど》のものではなく、たとえばピリッと電光のように感じはしても、間もなくその身体が、平行から直立の方に移って行くので、従って、その疼《うず》きと共に、血が快《きもち》よく足の方に下って行って、そこに得《え》も言われぬ感覚が齎《もた》らされて来るのである。つまり、これなどは、廓と云う別世界が持つ地獄味のうちで、最も味の熾烈《しれつ》な、そして華やかなものであろう。が、そうして被作虐的《マゾフィスムズ》な訓練をされると、遊女達の精気が喚起されるばかりではなく、その効果が、東室雨 起 南室晴《とうしつあめおこらばなんしつははる》るの〇〇〇〇〇〇〇〇、〇〇〇〇〇されるか、恐らく想像に難くはないであろうと思われる。

所で玉屋では、その「釘抜」を行うのに医者を兼ねた豊妻可遊と云う男を雇っていた。そして、その場所が奥まった中二階の裏に出来ていて、大矢車のうえした――恰度遊女の頭に当る所には、天井と床とに二個所、硝子《びいどろ》の窓が切り抜かれていた。その床の一つは、その下が階段の中途になっていて、それは、当今で云うところの曇硝子に過ぎなかったが、天井のものには、鏡が嵌まっていて、そんな所にも、些細な事ながら催情的な仕組みが窺《うかが》われるのだった。さて、お筆の朋輩の小式部にも、勤め以来何度目かのまかしが訪れて来たのだが、その際彼女が逢った「釘抜」の情景を、この大変長い前置の後に、お筆が語り始めた。

「そんな訳で、小式部さんにも、その日『釘抜』をやる事になったのだがね。その前に、あの人は私を捉まえて、その些中《さなか》になるとどうも胸がむかついて来て――と云うものだから、私は眼を瞑《つむ》るよりも――そんな時は却って、上目《うわめ》を強《きつ》くした方がいいよ――と教えてやったものさ。だけども、その日ばかりには限らなかったけれど、そのような折檻の痛目を前にしていても、あの人は何処となく浮き浮きしていたのだ。と云うのは、その可遊と云う男が、これがまた、井筒屋《いづつや》生き写しと云う男振りでさ。いいえどうして、玉屋ばかりじゃないのだよ、廓中あげての大評判。四郎兵衛さんの会所から秋葉《あきば》様の常夜灯までの間を虱潰《しらみつぶ》しに数えてみた所で、あの人に気のない花魁などと云ったら、そりゃ指折る程もなかっただろうよ。なあに、もうそんな、昔の惚言《のろけ》なんぞはとうに裁判所だっても、取り上げはしまいだろうがね。だけど、その時の可遊さんと来たら、また別の趣きがあって、却って銀杏八丈の野暮作りがぴったり来ると云う塩梅《あんばい》でね。眼の縁が暈《ぼ》っと紅く染って来て、小びんの後毛《おくれげ》をいつも気にする人なんだが、それが知らず知らずのうちに一本一本殖えて行く——と云うほど、あの人だっても夢中になってしまうんだよ。そりゃ、男衆にだったら、そんな時の小式部さんをさ——あの憎たらしいほど艶やかなししむらなら、大抵まあ、一日経っても眼が飽《く》ちくなりやしまいと思う」

とお筆でさえも、上気したかのように、そこまで語り続けたとき、彼女はいきなり言葉を截《た》ち切って、せつなそうな吐息を一つ洩らした。それから、二人の顔を等分に見比べていたが、やがて、目窪の皺を無気味に動かして、声を落した。

「所が杉江さん、人の世の回り舞台なんてものは、全く一寸先が判らないものでね。その時『釘抜』が始められてから間もなくのこと、ぴたりと矢車の音が止んでしまって、二人が何時までも出て来なかったと云うのも無理はないのさ。それがお前さん。心中だったのだよ。私も、後から怖々《こわごわ》見に行ったけれども、恰度矢車が暗がりに来た所で——いいえ、それは云わなけりゃ判らないがね。小式部さんを括り付けた矢柄が止まっていた位置《ばしょ》と云うのが、恰度あの人が真っ逆か吊りになる——云わば当今《きょうび》の時間で云う、六時の所だったのだよ。つまり、そう云う名が付いたと云うのも、矢車の半分程から下に来ると、眼の中に血が下りて来て、四辺《あたり》が薄暗くなって来るのだし、それに、ぴしりと一叩き食わされてから、また上の方に運ばれて行くと、今度は、悪血がすうっと身体から抜け出るような気がして、恰度それが、夜が明けたと云う感じだったからさ。所が、小式部さんの首には、下締が幾重にも回されていて、その両側には、身体中の黒血を一所に集めたような色で、蚯蚓腫《みみずば》れが幾筋となく盛り上がっている。したが、不思議と云うのはそこで、繁々その顔を見ると、末期《まつご》に悶え苦しんだような跡がないのだよ。真実小式部さんが、歌舞の菩薩であろうともさ。絞め付けられて苦しくない人間なんて、この世に又とあろうもんかな。それから、可遊さんの方は、小式部さんから二、三尺程横の所で、これは、左胸に薬草《くさ》切りを突き立てていたんだがね。それが、胸から咽喉の辺にかけて、血潮の流れが恰度二股大根のような形になっているので、ただ遠くから見ただけでは、何だか首と胴体とが別々のように思われてさ。全くそんなだったものだから、気丈の方では滅多にひけを取らない私でさえも、一時は可遊さんが誰かに切り殺されたんじゃないかとね、まさかに、斯んな粋事《いきごと》とは思えなかった程なんだよ。だから今日この頃でさえも、鰒《ふぐ》の作り身なんぞを見ると、極ってその時は、小式部さんのししむらが想い出されて来てさ。いいえ、そんな涙っぽい種じゃなくて、たしかあの人には、死身の嗜《たし》なみと云うのがあったのだろうね。絞められても醜い形を、顔に残さなかったばかりじゃない、肌にも蒼い透き通った玉のような色が浮いていて、また、その皮膚《かわ》の下には、同じような色の澄んだ、液でもありそうに思われて来て――いいえ全くさ、私は、小式部さんが余り奇麗なもんだから、つい二の腕のところを圧してみたのだがね。すると、その凹んだ痕の周囲《ぐるり》には、まるで赤ぼうふらみたいな細い血の管が、すうっと現れては走り消えて行くのさ。それがお前さん、その消えたり現れたりする所と云うのが、てっきりあの大矢車で――それも、クルクル早く、風見たいな回り方をしているように見えるんだよ」

と次第に、お筆の顔の伸縮が烈しくなって行って、彼女の述懐には、もう一段――いやもっと薄気味悪い底があるのではないかと思われて来た。杉江は、その異様な情景に、強烈な絵画美を感じたが、不図眼の中に利智走った光が現れたかと思うと光子の肩に手をかけ、引き寄せるようにしながら、

「まあ私には、その情態《ありさま》が、まるで錦絵か羽子板の押絵のように思われて来るので御座いますよ。――御隠居様と小式部さんとが二人立ちで……。でも、笄の色が同じですと自然片方の小式部さんが引き立ちませんわ、ああ左様で、あの方のは本鼈甲に、その頭が黒の浮き出しで牡丹を……。それから御隠居様、お言葉の中からひょいんな気付きでは御座いますけど、その矢車と云うのは、いつも通り緩やかに回っていたのでは御座いませんでしたか」と静かに訊ねると、一端お筆は、眩んだように眼を瞬いたが、答えた。

「所が杉江さん、それが私には未だもって合点が往かないのだがね。実は、そのずっと後になってからだが、ゆかりと云う雲衣《くもい》さん付きの禿《かむろ》が、斯う云う事を云い出したのだよ。その時、釘抜部屋と背中合わせになっている中二階で、その禿は、稽古本を見ていたのだが、どうも小式部さんとしか思われない声で――可遊さん、そんな早く回しちゃ、眼が回ってならないよ。止めて、止めて――と切なそうに頼む声を聴いたと云うのだがねえ。そうすると、当然可遊の方から挑みかけた無理心中と云う事になってしまうけれども、そうなるとまた、今度は身体が竦《すく》み上《あ》がるような思いがして来ると云うのは、その矢車の事なのさ。現実その時は、ゆかりの耳にさえも、最初からゴトンゴトンと云う間伸びのした調子が続いていて、緩やかな轆轤《ろくろ》の音は変わらなかったと云うのだからね。とにかく、それ以来六十年の間と云うものは、例えばそ

れが合意の心中であったにしてもだよ、あの時小式部さんの取り済ましたような顔色と、その矢車の響との二つが、何時までも私の頭から離れなくなってしまったのさ」

　そのように、可遊小式部の心中話が、その年の宵節句を全く湿やかなものにしてしまい、わけても光子は、それから杉江の胸にかたく寄り添って階段を下りて行ったのだった。然し、一日二日と過ぎて行くうちには、その夜の記憶も次第に薄らぎ行って、やがて月が変ると、その一日から大博覧会が上野に催された。その頃は当今と違い、視界を妨げる建物が何一つないのだから、低い入谷田圃からでも、壮大を極めた大博覧会の結構が見渡せるのだった。仄《ほん》のり色付いた桜の梢を雲のようにして、その上に寛永寺《かんえいじ》の銅《あか》葺屋根が積木のようになって重なり合い、またその背後には、回教《サラセン》風を真似た鋭い塔の尖《さき》や、西印度式の五輪塔でも思わすような、建物の上層がもくもくと聳え立っていた。そして、その遥か中空を、仁王立ちになって立ちはだかっているのが、当時日本では最初の大観覧車だったのだ。

　所が、その日の夕方になって、杉江が二階の雨戸を繰ろうとし、不図斜《はすか》いの離れを見ると、そこにはてんで思いも付かぬ異様な情景が現れていた。全く、その瞬間、杉江は眼前の妖しい色の波に、酔いしれてしまった。けれども、それは、決して彼女の幻ではなく、勿論遠景の異国風景が及ぼしたところの、無稽な錯覚でもなかったのである。その時、彼女の眼に飛び付いて来た色彩と云うのは、殆んど収集する隙がないほどに強烈を極めたもので、恰度めんこ絵か絵草紙の悪どい石版絵具が、あっと云う間に、眼前を掠め去ったと云うだけの感覚に過ぎなかった。平生ならば、夜気を恐れて、四時過ぎにはとうに雨戸を鎖ざしてしまう筈のお筆が、その日はどうした事か、からりと開け放っているばかりでなく、縁に敷物までも持ち出して、その上にちんまり坐っているのだった。それだけの事なら何処に他奇があろうぞと云われるだろうが、その時、或は、お筆が狂ったのではないかとも思われたのは、彼女があろう事かあるまい事か、襠《し》掛《かけ》を羽織っているからだった。全く、八十を越えて老い皺張った老婆が、濃紫の地に大きく金糸の縫い取りで暁雨傘を描き出した太夫着を着、しかも、すうっと襟を抜き出し、衣紋《えもん》を繕っているのであるから、それには全く、美しさとか調和とか云うものが掻《か》き消《う》せてしまって、何さま醜怪な地獄絵か、それとも思い切って度外れた、弄丸《しなだま》作者の戯画でも見る心持がするのだった。然し、次第に落ち着いて来ると、お筆が馳せている視線の行手に杉江は気が付いた。それがいつもの通り、口を屹《き》っと結んでいて、その∧《いりやま》形の頂辺《てっぺん》が殆んど顔の真中辺まで上って来ているのだが、その幾分もたげ気味にしている目窪の中には、異様に輝いている点が一つあった。そして、そこから放たれている光りの箭が、遠く西の空に飛んでいて、寛永寺の森から半身を高く現し、その梢を二股かけて踏んまえている大観覧車に——はっしと突き刺っているのだ。

三、老遊女観覧車を買い切ること
並びにその観覧車逆立ちのこと

仮りにもし、それが画中の風物であるにしても、遠見の大観覧車と云う開花模様はともかくとして、その点睛に持って来たのが、ものもあろうに金糸銀糸の角眩ゆい襠掛――しかもそれには、老いと皺とではや人の世からは打ち抾がれている老遊女が、くるまり眼をむいているのであるから、その奇絶な取り合せは、容易に判じ了せるものではなかった。のみならず、遠く西空の観覧車に、お筆が狂わんばかりの凝視を放っていると云う事は、また怖れとも嗤《わら》いともつかぬ、異様なものだった。けれども、そうしているお筆を眺めているうちには、何時となく、彼女が人間の限界を超絶しているような存在に考えられて来て、そこから満ち溢れて来る、不思議な力に圧倒されてしまうのだった。が、またそうかと云ってその得体の知れぬ魔力と云うのが、却って西空の観覧車にあるのではないかと思われもするので……、ああでもない斯うでもないと、とつおいつ捻り回しているうちには、遠景の観覧車も眼前にある異形なお筆も、結局一色の雑然とした混淆の中に、溶け込んでしまうのだった。然し、そうして、お筆の動作に惹かれて行ったせいか、杉江は、観覧車の細かい部分までも知る事が出来た。

それには細叙《さいじょ》の必要はないと思うが、大体が直径二、三町もあろうと思われる、巨大な車輪である。そして、軸から輻射状に発している支柱が、大輪を作っていて、恰度初期の客車のような体裁をした箱が、その円周に幾つとなくぶる下っている。勿論、それが緩やかに回転するにつれて、眼下に雄大な眺望が繰り広げられて行くのだった。が、その客室のうちに、一つだけ美麗な紅色に塗られたのがあって、それが一等車になっていた。

その紅車《あかぐるま》の一つが、お筆の凝視の的であった事は、後に至って判明したのだったけれども、彼女の奇怪な行動はその日のみに止まらず、翌日もその次の日もいっかな止まろうとはしなかったので、その毒々しいまでの物奇《ものず》きには、もう既に呆れを通り越してしまって、何か凸凹の鏡面でも眺めているような、不安定なもどかしさを感じて来るのだった。然し、そうしているお筆を見ていると、その身体には日増しに皮膚が乾しかすばって行って、所々水気を持った、黒い腫物様の斑点が盛り上って来た。それでなくとも、鼻翼《こばな》や目窪や瞳の光りなどにも、何となく、目前の不吉を予知しているような兆が現れているので、最早寸秒さえも吝《おし》まなくてはならぬ時期に達しているのではないかと思われた。勿論光子は、怖ろしがって近付かなかったけれども、杉江は凡《あら》ゆる手段を尽して、お筆の偏狂を止めさせようとした。が、結局嚙みつくような眼で酬《むく》い返《かえ》されるだけで、彼女は幾度か引き下らねばならなかったのだ。然し、その四日目になると、お筆は杉江を二階に呼んで、意外な事にはその一等室の買切りを命じた、しかもその上更に一つの条件を加えたのであったが、その影には、鳥渡説明の出来ぬような痛々しさが漂っていて、生気を、その一重に耐《こら》え保っている人のように思われた。

「とにかく、いずれ私の死に際にでも、その理由は話すとしてさ。さぞ、お前さんも云い難いだろうがね。この事だけは、是非なんとか計らって貰いたいのだよ。あの観覧車の中に、一つ紅色に塗った車があるじゃないか。それが、毎日四時の閉場《はね》になると、一番下になってしまって、寛永寺の森の中に隠されてしまうのだよ。いいからそれを、私は閉会《らく》の日まで買い切るからね。一つ、一番頂辺《てっぺん》に出しておくれ——って」そのように、お筆が思いも依らぬ空飛な行動に出たのは、一体何故であろうか。然し、その理由を是非にも聴こうとする衝動には、可成り悩まされたけれども、杉江はただ従順《すなお》に応《いら》えをしたのみで、離れを出た。そうして、厚い札束と共に、妖しい疑問の雲をお筆から譲られたのであったが、何故となくその紅色をした一等車と云っただけで、さしもお筆の心中に渦巻いている偏執が判ったような気がした。あの紅色の一点——それがどうして、下向いてはならないのだろうか。また、立兵庫を後光のように飾っている笄の形が、よくなんと、観覧車にそっくりではないか。

　そうして、翌日になると、その一等室の買切りが、はや市中の話題を独占してしまったが、詰まる所は、尾彦楼お筆の時代錯誤的な大尽風となってしまい、その如何にも古めかし気な駄《だ》駄羅《だら》振りには、栗生武右衛門チャリネ買切りの図などが、新聞に持ち出された程だった。然し、やがて正午《ひる》が廻って四時が来、愈々《いよいよ》大観覧車の閉場時《はねどき》になると、さしも中空を塞いでいる大車輪にも、見事お筆の所望が入れられたのであろう。ぴったりと紅の指針を宙に突っ立てたのだった。

「ああ、やれやれこれでいいんだよ。お前さんには、えらいお世話になったものさ。だけど杉江さん、念を押すまでの事はないだろうが、あれは必ず、閉会《おわり》までは確かなんだろうね。もし一度だって、あの紅い箱が下で止まるようだったら、私しゃ唯あ置きゃしないからね」

　と云うお筆の言葉にも、もう張りが弛んでいて、全身の陰影からは一斉に鋭さが失せてしまった。それは、あたかも生れ変った人のように見えるのだった。遂ぞ今まで、裲掛を着て観覧車を眺めていたお筆と云う存在は、とうに死んでしまっていて、唯残った気魄だけが、その屍体を動かしているとしか思えなかったほど、彼女の影は薄れてしまったのである。そして、その日は、縁からも退いてしまって、再びお筆は、旧通りの習慣を辿る事になった。けれども、その時の、杉江の顔をもし眺めた人があったとしたら、たしかその中に燃えさかっている、激情の嵐を観取する事が出来たであろう。彼女は雨戸に手をかけたままで、茫《ぼ》んやり前方の空間を眺めていた。そこには大観覧車の円芯の辺りを、二、三条の夕焼雲が横切っていて、それが、書割の作り日の出のように見えた。そして、問題の一等車が、予期した通り円の頂点に静止しているのだけれども、そのもの静かな黄昏が、今宵からのお筆の安かな寝息を思わせるとは云え、却って杉江にとると、それが魔法のような物凄い月光に感ぜられたのであった。

それから、彼女は雨戸を繰り、硝子戸を締めて、階段を下りて行ったが、何故か本屋に帰るではなく、離れの前庭にある楓の樹に寄りかかって、じっと耳を凝らし始めた。すると、それから二、三分後になって、お筆がいる二階の方角で、キイと布を引き裂くような叫声が起った。その瞬間杉江の全身が一度に崩れてしまい、身も世もあらぬように戦《おのの》き出したと思われたけれども、見る見る間に彼女の顔は、鉄のような意志の力で引き締められて行った。そして、本屋の縁を踏む頃には、呼吸も平常通りに整っていたのである。然し、それから一週間程経って、家婢が食事を運んで行くと、意外にもそこで、尾彦楼お筆の絶命している姿が、発見されたのであった。その死因は、明白な心臓麻痺であり、お筆は永い業の生涯を、慌だしくもまるで風のように去ってしまった。

「どうして先生、あの日には、お祖母さまが辛《き》っと御安心なさったのでしょう。それだのに、何故ああも急にお没くなりになったのでしょうか」とはや五七日も過ぎ、白木の位牌が朱塗の豪奢なものに変えられた日の事であった。杉江と居並んで、仏壇の中を覗き込んでいるうちに、お光はそう言ってから、金ぴかの大姉号を眺め始めた。

「それは、斯《こ》う云う訳なので御座いますよ。貴女はまだ、その道理がお解けになる年齢《としごろ》では御座いませんが、そう云う疑念《うたがい》が貴方の生長《そだち》を妨げてはと思いますので、ここで、思い切ってお話しする事に致しましょう」

と杉江は、今までにない厳粛な態度になって、お光を自分の胸に摺り寄せた。

「実を申しますと、お祖母さまは、私があの世にお導きしたので御座います。と申すよりも、あの大観覧車に殺されたと云った方が——いいえ、その原因と云うのも、あの紅色の一等車にあったのです。あの時お祖母様は、御云い付け通りになったのを見て御安心になり、すぐ部屋の中へお入りになられたのですが、それから少し経つと、いきなり観覧車が逆立ちして、あの紅の箱が、お祖母さまが一番お嫌いの色と変わってしまったのでした。私はまだお教えは致しませんでしたが、総じてものの色と云うものは、周囲《あたり》が暗くなるにつれて、白が黄に、赤が黒に変ってしまうものなのです……。あの観覧車にも、陽が沈んで。残陽ばかりになってしまうと、此方から見る紅の色が殆んど黒ずんでしまうのです。またそれにつれて、支柱の銀色も黄ばんでしまうので、恰度その形が大きな黒頭の笄に似て来て、しかも、それがニョキリと突っ立っているようでは御座いませんか。けれども、それだけでは、到底お祖母様を駭《おどろ》かせて、心臓に手をかけるだけの働きはないのです。実は光子さん、この私が、あの観覧車を逆立ちさせたので御座いますよ」

「それは先生、どうしてなんで御座いますよ。まるでお伽噺みたいに、そんなことって……」

とお光は結綿を動かして、せかせかと息を喘ませていたが、杉江はその黒襟の汚れを爪で弾き取って、

「いいえ、それと云うのは、私の設えた幻燈なので御座います。あの二階の雨戸に一つ節穴があるのを御存知でいらっしゃいましょう。ですから、その上に硝子の焼泡が発するようにして締めたのですから、当然そこから入って来る倒《さ》かさの像が直立してしまって否でも次の障子にその黒頭の笄が似た形が、映らなくてはならないでは御座いませんか。つまり、普通ならば逆さに映るべきものが、真直に立っているのですから、現実上野にある観覧車が逆立ちしてしまったと。お祖母さまは思われたのです。ですけど、日頃は楓の樹に、邪魔されていて、その光線が雨戸に当らなかったのですから、それをし了せるためには、是が非にも楓を横に傾《かし》がせねばならなかったのです。ねえ光子さん、お祖母さまはどうして何故に、黒頭の笄の下向きを怖れられていたのでしょうか」

それに依るとお筆の急死は、瞬間現れた倒像に駭いての、衝撃《ショック》死に相違いなかった。けれども、そうして現れた黒頭の笄が、何故に逆立ちすると、それがお筆の心臓を握りしめてしまったのであろうか。或は、その笄と言うのが、殆んど記憶の中でかすれ消えてはいるけれども、そのむかし、玉屋の折檻部屋で、小式部が挿していたとか云う、それではなかったのであろうか。案の状杉江は、六十年前の心中話しに遡って行って、その時陰暗の中でお筆が勤めていた、或る一つの驚くべき役割を暴露したのであった。

「そう申せば、その黒笄の形と云うのが、あの時小式部が最後に挿していたと云う、それに当

るでは御座いませんか。それに光子さん、その時お祖母さまは、立兵庫に紅頭の白鼈甲をお挿しになっていたので御座いますよ。それで、あの方の悪狡い企みをお聴かせ致しますが、やはりそれも同じ事で、今申した色の移り変り。その時は、原因が周囲《ぐるり》にあったのではなく、今度は小式部の眼の中にあったのです。と申しますのは、何度も逆かさ吊りになると、視軸《めのなか》が混乱して、視界《あたり》が薄暗くなって来るのです。それですから、その真下に当る硝子戸の裏に、銀沙を薄く塗って、お祖母様はそれに御自分のお髪《ぐし》を近付けていたのです。大体、銀沙を薄く塗った硝子板と云うものは、その塗った方の側に映っている像は、その背後《うしろ》から見えますけれども、却って裏側にあるものは、それに何一つ映る事がないのです。で御座いますもの。小式部さんが逆か吊りになると、視界《あたり》が朦朧として来て、下の硝子板に映っているお祖母様の紅頭《べにがしら》と白鼈甲の笄が、黒と本鼈甲の自分のもののように見えてしまうのです。また、それから半回転して天井の鏡を見ると、そこにもやはり同じものが映っているのですから、当然回転が早められたような癇《かん》の狂いを感じて、そのまま失神《きのとお》くなるような眩暈を起こしてしまったのです。つまりその隙にお祖母様は、薬草《くさ》切りで可遊の背後から手を回して刺したのでしたし、それから何も知らずに気を失っている小式部を絞め上げるのは、何の雑作ない事では御座いませんか。云うまでもなく、二人の仲を嫉《やっ》かんだ上での仕業だったでしょうが、それからと云うものは黒笄の逆立ちを、お祖母さまは何よりも怖れられたのです」と云い終ると、杉江はお光の頰に熱い息を吐きかけて、狂気のように掻い抱いた。そして血の筋が幾つとなく走っている眼を宙に釣り上げて、杉江は胸の奥底から絞り出したような声を出した。

「ですけどお嬢様、今になって考えてみると、あの時私が――怨念《うらみ》も意地も血筋もない私が、何故《どうして》ああ云う処置に出たのだろうと、自分で自分が判らないので御座いますのよ。全くそれが、通り魔とでも申すのでしょうか。それとも、あの観覧車に不思議な魔力があって、それが、私をしっかと捉《と》らまえて放さなかったのかも知れません。けれども、あの観覧車から釘抜部屋の秘密をそれと知った時に、私はこの上お祖母さまをお苦しめ申すのは不憫と思い、ああした所業に出たので御座います。ねえ光子さん、安死術――そうでは御座いませんでしょうか。どんなに私をお憎しみの神様があっても、これだけはお許し下さるでしょうね。それに、この恐ろしい因果噺はどうで御座いましょう。お祖母さまは、御自身お仕組みになった黒穽のからくりでもって、果ては末に、御自分の胸を刺さなければならなかったのですから。サア、明日は観覧車に乗って、あの紅色に塗った一等車の中に入ってみましょう。そしてあの穽の紅い頭の中で、お祖母さまの事も、小式部さんの事も、何もかも一切合財を忘れてしまいましょうよ」

（一九三五年一月号）

就眠儀式

木々高太郎

木々高太郎（きぎ・たかたろう）

一八九七（明治三十）年、山梨県生まれ。本名・林髞《はやしたかし》。慶応大学医学部在学中から小説を発表。卒業後は同大学生理学教室の助手に。助教授時代には、留学生としてパブロフのもとで条件反射を研究したこともある。一九三四（昭和九）年、海野十三の勧めで「網膜脈視症」を「新青年」に発表、精神分析を素材としたのがユニークで話題となった。つづいて「睡り人形」「青色鞏膜」などの短編を発表、すぐれた探偵小説は芸術小説であるという探偵小説芸術論を唱える。三六年、初の長編『人生の阿呆』を「新青年」に連載し、翌年に直《なお》木賞《きしょう》を受賞した。三七年には海野十三、小栗虫太郎とともに雑誌「シュピオ」を発刊している。四六年、教授となる。翌四七年、「新月」で第一回探偵作家クラブ賞短編賞を受賞。『わが女学生時代の罪』「少女の臀に礼する男」など戦後も斯界の中心にあって精力的な創作活動をみせた。一九六九年死去。

　精神分析テーマの代表的作品である「就眠儀式」のほか、「印度大麻」「盲《めし》いた月」「蝸牛の足」と「ぷろふいる」に短編を発表したが、「盲いた月」は解決篇募集の企画のために書かれたものである。また、三六年には、甲賀三郎の探偵小説非芸術論に論争を仕掛けた。

一

その年は、早くから夏が来た。そして中途で夏が消えた、と言われた、妙な気候であった。六月の十八日に、大学の講義は終って了ったので、大心池《おころち》先生の一家では、早くも鎌倉《かまくら》に避暑されて、先生は毎日鎌倉から通われることになった。六月終りの或る日曜日に、私は当時医局長をしていたので、月曜日の来る前にどうしても先生の指図を得て置かねばならぬことがあったので、早朝に鎌倉へ出かけた。

先生のお宅へ着いたのが、朝の十時であったが、早くも真夏のような雲が湧き出て、どうもひどい暑さであった。先生は、朝から由比ヶ浜に出られたと言うので、そのまま由比ヶ浜へ出て見ると、流石《さすが》に、気の早いビーチ・パラソルが数本立ててあって、その一つに、浴衣《ゆかた》姿の先生が、首だけパラソルの中につっ込んで、寝そべって居られた。その傍《そば》に××大学の制服を着た学生が一人かしこまっていた。

「先生、かまいませんか」

「立田《たちた》君か、遊びに来たのか」

「Ja《ヤー》 und《ウント》 Nein《ナイン》です。急な用件が一つ出ましたので、かけつけてやって来ました」

「そうか——偶然、四年生の川本《かわもと》君と言うのが来てね、やはり海岸で僕を探しあてたのだ」

私の用件は直ぐきまった。三人は暫《しば》らく海を見ながら話しをした。

六月の海は静かであった。

私が来る前からの、話しの続きがあるらしかったが、私が来てから容易にそのつづきが出ないので、私は気の毒に感じたものだから、よろしければ話しをつづけて貰い度《た》いと言った。

「何あに、今、君の来る前に、川本君の珍しい神経症の話を聞いていたところだ」

そう言って先生は、顎をしゃくった。それは学生につづきを話せと言う合図であった。

「そんなわけで、これは一度大心池《おころち》先生に往診をして頂くといい、先生は夏はこの鎌倉に住んで居られるから、と言ってすすめているわけです」

「そうか。然《しか》し、どうも、此処で往診と言うのは僕は困るね、立田《たちた》君に往診してもらうのもいいと思うね、然し、何しろ君も四年生であり、神経症のことはもう講義でも習ったのだから、医案は僕が指定してあげるから、君がやって見たらよくはないかな」

「そうですね、とも角、御往診を願うとすれば叔父の諒解を得る必要はあるのですが、若《も》し私に出来ることなら、先生の御指図で是非やって見《み》度《た》いです」

そう言って、此の青年は、その娘の容体と言うのを詳しく話し出した。——青年の母の、従兄に当る人で、工科大学の、確か電気科を出て古い工学士の松代《まつしろ》と言うが或る炭鉱につとめていたが、つい四五年前にやめて、この鎌倉に隠退した。一家は、妻と、一人娘の水尾子《みおこ》と女中二人とだけであるが、川本の家とは殆《ほとん》ど交際も無かったのだが、三年程前に、避暑のためにこの青年が一と夏厄介になったのを機縁に、親戚としての交際が始まった。それから青年は毎夏来ることになったが、今年の夏は来てくれるなと言うて来たので、これには何か理由があるのだろうと思って、つい二三日前に、却《かえ》って、やってくることになったわけであるが、その理由と言うのは、約四五ヶ月前から、一人娘の水尾子が、甚《はなは》だ不思議な病気、と言うか、癖と言うか、とに角一種の不眠症に悩み始めた。それで泊り客があると、却って不眠症が昂じると好ましくないと言うのであった。

水尾子は今年十七歳になった。女学校の四年生であった。その知識欲から言っても、教養から言っても申し分のない明るい、野性的な、希望に充ちた女の子であった。ところが、今年の三月頃に突然、ひどい不眠症を起した。それが、やや一週間ばかりで癒《なお》ったが、そのあと性質が全く一変して了ったばかりではなく、非常に奇妙な習慣が現われて来た。性質が一変したと言うのは、母親に対して口答えをするようになった。父親に対しても著しく不機嫌になった。いつも不満らしくいつも何か圧迫されているような、妙な子になって来たことである。学校へゆくのは少しも差支《さしつか》えないが、学科の勉強は著しく怠けるようになった。とうとう、両親もひどく困り抜くような習慣がついた。それは、毎夜おきまりのように、非常に細心に、自分の部屋を整理しないと、寝つくことが出来なくなって了ったことである。見るに見兼《みかね》て、両親が注意をすると、「自分は睡《ね》る時には静かでないと眠れないから」と答える。このために、娘は、先《ま》ず自分の部屋にかけてある、鳩笛の掛け時計を止めて了わなくてはならぬ。それから自分の腕時計を外して、机の抽出《ひきだ》しの奥深く入れないとねられない。入れるにしても、唯そのまま入れるのではない。必ず新聞紙に包まなくてはならぬ。而もその新聞紙は必ずその日の日付でなくてはいけない。そのために、或日は、父親が汽車の中で読もうとして、東京へ持って出て了ったために、一枚もその日付が無かった。それで、家中を探したあげくの果が、隣家《となり》迄《まで》、その日の日付の新聞紙を借りにゆかなくてはならないこともあった。それからまだある。腕時計を外したあとの自分の腕に、締め革のあとが残っていると、そのあとが消える迄眠れない。だから丹念に一方の手で撫でさすってそれを取ろうとするのであった。更に奇妙なのは、廊下の表へゆく突き当りは応接間になっているが、この応接間の、廊下に面したドアが、一晩中開いていないと寝られない。単に開いている許《ばか》りであってはならぬ。それがどうしても半あきになっていなくてはならぬのである。だから非常に不便なのは、この廊下を人が通ることが出来ない。若しも人が通るために、ドアをしめると、それを耳ざとく聞きつけて、必ず寝床から起き出て、ドアを半あきにしなくてはならぬのである。これは頗《すこぶ》る異常でもあり、且つ困った習慣で、時計を遠ざけると言うのは静寂《しずか》にすると言う意味にもなるが、ドアの半あきと言うのはどうも意味がわからぬ。更にもう一つ特異なことがある。それは、一切の刃物類をすっかり包まなくては寝られぬことである。鉛筆を削る小刀は勿論《もちろん》のこと、来客のために出す果物のナイフでも、しっかり包《くる》んで了わなくてはならぬ。だから娘は夕刻になると一家中を見て廻って、刃物と言う刃物を一切しまって歩くと言う仕末であった。これは夜中に怪我をしては困ると言うのが本人の口実なのだが、とに角、以上のような条件が、全部充たされないと決して眠ることが出来ないのである。だから、これだけの条件を充たすためにはどうしても一時間位かかって了う。条件がすっかり充たされるまで、繰りかえし繰りかえしやるのであるからその労力は見ていて気の毒であるばかりではなく、傍《はた》の者にも甚《はなは》だ迷惑なのである。

「なるほど、それで君にはそれが何と言う症状かわかりますか」

「はい。つい最近、休暇前に、先生の精神病学の講義《フォールレーズング》で、神経症のところを習ってから初めてわかりました。これは就眠儀式《シュラーフェルモニエル》と言うのでしょう」

「そうだね。それは実に見事な就眠儀式だね」

「ところが、この就眠儀式には、もう一つ変わったことがあったのです。それはついこの六月に来てから気がついたのですが、一ケ月に一回、それは一日だけのこともあるし、二三日つづくこともあるが、とに角、非常に機嫌がよくなって、両親に対しても非常にいいのです。そして、このような日に限って、ドアの半開きもその他の儀式もひどく寛解すると言うわけですが、そう言う日が一ケ月に一回あるらしいのです」

「周期的にだね。一ケ月一回の周期で来るのだね」

先生はそう言って、私の方をみた。そして「君、面白い例だね、これは――こんなに典型的の、丁度、フロイドが、講義のうちに報告している例のような、こんな典型的のは初めてだね。十七歳で、突然に神経質になった――急にエディプス観念群が擡頭して来た――つまり色気がついて来たのだ、而も時計の音を遠ざけると言う症状は、その色気も猛烈について来たことを物語っているのさ」

大心池先生はそう言った。何気なくそう言って、見ると川本君がいやな顔をしていた。大心池先生がジッとそれを見た。川本君は、先生の凝視に気がついて、急に顔を赤らめた。

「そうか。川本君、では君は、もっと述べてごらん、――立田君に気兼ねする必要はないよ――君の話し易いために、僕の方からきり出してやろう。君はその娘さんに前から好意を持っていたのだし、今もそうなのだね」

川本君は、躊躇していたが、思い切って――と言うように言い出した。

「実は、先生の前ですが、水尾子がまだ十四歳か十五歳位の時からですが、私はあの子を愛し始めていたことが、今度神経症になってから、私も気付いたのです。ですから、先生の講義のうちに、神経症は変質ではない。それは或時は明敏な頭脳、秀才の頭脳も罹患するのだとあったのに救われたような気がしました――今日海岸に先生を探しましたのも、何か先生の御意見を伺い度い気持があったのです」

「そうか、では、僕も、歯に衣着せぬ意見を述べてもよいのだね。それはやはり精神分析療法を施したら効果あるものと思うね。――君わるく思っちゃいかんよ、その娘さんを一度も見たことが無いのだから、一般論からの議論として言うだけの話だから――フロイドも言っているが、就眠儀式には一々意味がある筈だ。その意味を見付けて了えば神経症は離脱するのだ。例えばフロイドは時計の音は Kitzler の Pulsation だ、動悸の象徴だと言う。刃物を恐れるのは、Penis に対する Angst だとすら言っている。これは一見荒唐無稽にも見えるだろうが、フロイドは隣り合せの両親の寝室のドアを開けて置かなくては寝られぬ娘の例をあげている。これは明らかに両親の近づくのを妨害する無意識の意図だ。この例では隣室のドアではないが、応接間のドアを開けて置かなくては寝られないと言うのは似ているではないか。予想が外れても、少しも差支えないだろうが、唯、今の君の話だけで解釈《ドイックング》をして見ると、恐らく、精神的の Pubertät に達して、君と言う liebe の対象が現われているに係らず、まだ父親に対するエディプスが抜け切らぬのだ。寧《むし》ろ、未来の良人たる、男性に対する愛と、父親に対するエディプス観念群とが戦っているとも解釈出来る。だから君は、自分で分析療法に似た方法――それは立田君から習えば少しはわかるだろうから――でその娘さんを取り扱ってごらん。そうすれば Abreaktion に到達して、自然に治癒もしてくる、且つ、君に対してリビドを向けて来ると言うようにもなるだろうと思うね」

大心池先生は、由比ヶ浜の六月の海を眺めながらこんな立ち入った意見を洩らした。私も、川本君にとに角やって見給え、私も少しは手伝ってあげることが出来るだろう、必要があらば大学病院へ来て分析例を見たりするといい、君の好きな人を、医者に任せるのは好まぬだろうから、君の力で癒やすことが出来れば結構ではないか、とすすめて見た。

川本が辞し去ってから、私はこの問題を尚も話題にした。

「では一ケ月に一回、就眠儀式が崩れると言うのは、あれは先生の御意見では、女性周期に相当するとお考えなのですか」

「そうさ、あれだけの材料で判断すれば、先ずそう考えるのが無難だね。必ずしも実際の Monatsfluss に一致すると言わなくともよろしかろう。ハヴェロック・エリスの如きは、男性にも周期があると言ってる位だ。僕は、Psychische Menstruation と言うような仮定すらもしていいと言う大胆な論文を書いたこともあるよ。フロイドのところにいた頃のことだ。――ウィーンのあの初夏のことだった――もう二十年も前になるが……」

大心池先生は、そう言って、再び海を眺めた。そして気がついたと言う風に「然し、もう一つの全く異る周期を考えてもいいね。それは生理的のものではない。経済的のものだ」

「経済的ですって？」

「うん、人間は、子供を除いては誰でも、この Soziale Menstruation を免れるわけにはゆかぬ。月末にはよかれあしかれ、債鬼《さいき》が来るのだ」

私はそう聞いて、実に奥深い、大学の講義などでは出て来ない、先生の思想に触れたような気がした。然し、心のうちから湧き上る疑問を感じた。

「然し、では、先生は、今の話にそんな周期があるとのお考えもあるのですか」

「多分無いね。若しあるとしたら、これは単純ではないね。――そうだ、僕は、あの川本と言う愛す可《べ》き学生のために、それが、無いことを希望する」

大心池先生は、私に向ってそう言った。そして、何か心の中の疑問を自分でも否定さるるようであった。

二

学生の川本君は、私のところへ来て二三の分析例を研究もし、私も少しは相談にのったが、七月が過ぎ八月が来る迄、別に報告をして来なかった。

その年は気候が不順で、六月、七月が真夏のようであったが、八月の声を聞いてから毎日雨が降り出した。そして夜などは秋のように涼しくなった。

大心池先生は、雨さえ激しくなければビーチ・パラソルを浜に持ち出して、その中で読書をするのを好まれた。だから、先生を訪ねる客は、いつも浜に出ては先生を探した。

そうした曇り日の或る午後、薄日がさし出したので、浜は案外賑やかとなった。ビーチ・パラソルが急に沢山になって、早くも海に入る人があった。私は、この海岸で、大心池先生の口述原稿を筆記していた。其処《そこ》に久しぶりで学生の川本君がやって来た。

「ああ、君には暫らくだね、その後あの就眠儀式の娘さんはどうしたかね」

「はあ、頑固なのです。その原因となった情景を探し出そう、どうかして解釈《ドイテン》して見ようと努力しましたが無駄でした。先生に一度診察して頂かなくては所詮駄目と思いましたが、叔父が承知しないのです。始めはその理由が解せなかったのですが、あとでわかりました——それはまことに言い憎いことですが、どうも、そう言うえらい先生では、お礼も充分出来ぬと言う考えがあるらしいのがわかったのです。それで私は初めて、叔父の家が、楽らしくは見えて、案外財政上困って来たのを知ったのです——先生何かこの経済上の問題と神経症とが関係することがあるでしょうか」

私は、前に大心池先生の言われたことを思い出して、川本君は、炯眼《けいがん》にもそんな思想に気付いたのかと思った。

「そうだね、経済上の問題が、エディプス観念群に影響を与えると言うこともいろいろある。然し、まあ、金持ちであるための一種の罪悪感と言うか、責任感と言うか、から神経症を誘発することはあるが、それは却って貧乏になると癒るものなのだ――然し君の場合にはそのことは関係ないだろう。唯発病の誘因情景が判ったかね。それがやはり一番大切なんだよ」

「いいえ、はっきりつかめないのです。尤《もっと》も、その後、私の探り出したところですと、四五ケ月前から、叔父が、どうも今まで交際していなかった人と急に交際し始めましたが、どうも、応接間のドアが就眠儀式のうちにありますので、私は確かにこの客とか、交際とか言う点にも気付かなくてはならぬ点がありはしまいかと思うのです」

「それは、川本君、いいところに気がついたね」

「お客様が来ると、水尾子はいつもよく女学校の制服のまま、お茶を持って客間にゆかされたものです。だから叔父のところへ来る客は、水尾子は殆ど知ってるわけです。神経症になってからは勿論そう言うことは止めましたが、どうも夜分お客がある時に、特に就眠儀式がひどく起るのではないかと思われる節もあります。とに角、私はエディプス観念群を仮定するならば、父の愛を独占しなければ止まず、いやしくも父の関心を引くもの――例えば来客の如きがどうしても安心を妨げるものと解釈し度いように思うのです」

「ほう。そして一体、近頃になって交際を始めたと言うのはどんな人ですか。何か若い、何か女性の関心の対象となるような人ででもあるのですか」

「いいや、老人です。先生も御存知ではないかと思うのですが、ついこの鎌倉の××に住んでいる。高輪藤吉《たかなわとうきち》と言う、あの高利貸なのです」

「ああ、名前は聞いたことがあります」

「あれが、実は叔父と同じ炭鉱に前につとめていたのだそうです。叔父より先にやめて、高利貸を始めたのだそうですが、今はもう巨万の富を握っているとか言います」

「それで、その高輪氏と君の叔父さんと言うのが近頃繁く交際を始めたと言うのですね。——これは余り立入った質問で憚りがあるが、君は答え度くなければ答えて呉れぬでもいいのだが、それは何か、君の叔父さんがその人から高利でも借りたと言うわけですか——少くとも君はそう言う疑いを持っているのですか」

「いいえ、そうではありません。叔父が借りる方ならば、寧ろ叔父の方から、出向いてゆく可きですが、叔父の方から出向いたのは一度か二度だけで、いつも高輪氏の方からやって来るらしいのです」

そう言って、川本君は尚荐《しき》りに高輪氏のことについて語った。これを又、この一見、娘の神経症とは大して関係もなさそうな高輪氏の話に、異常な興味を持ったものと見えて、大心池先生が、亦、根掘り葉掘り聞き出した。デップリ肥った、赤ら顔の、いつも羽織を着ないで懐ろをふくらまして、着流しのままでやってくる。堂々たる体格の人である。ところが、自分の不図発見したところでは、この人は脊髄癆《せきずいろう》ではないかと思うと川本君は言うのである。

「そうですね、君の描写《ベシュライブング》を聞いていると、脊髄癆はいかにも高利貸、高輪氏に似つかわしいね。一体どうして、それを君は知りましたか」

大心池先生のこの質問に対して、川本君の答えたところを聞くと、この雨つづきになってからの或る夜、高輪氏がやって来てから大降りになった日があった。とうとう嵐となって、客間の電灯が消えたのだ、それ蠟燭をと立ち騒いだ時に、高輪氏はちっとも騒がず、丁度いい、わしはいつも大きい手提電灯を持っているから、と言って玄関に置いてあった、氏の持って来れた手提電灯を持って来て客間にすえた。丁度この時川本君は電灯会社に電話をかけようとして玄関の近くにいたものだから、高輪氏が客間から出て玄関にゆく時を見たが、確かに明らかな歩行失調症《アタキシイ》があるのを見た。ところが、このことを叔父も知ったと見えて、高輪氏がしょっちゅう電灯を持って歩くと言うのは病気なのだろう。高輪氏の病気は何だ、と川本君に聞くので、川本君は脊髄癆と思うと答え、且つ次のように説明した。あれは、眼が見えているうちはいいが、眼をつぶるとか、光を急に無くすとか、とに角視覚を失うと、運動失調症と言う症状が起こってくる。例えば歩行では、歩行蹣跚《まんさん》となり、身体の平衡がとれなくなる。眼のよく見えるところでは何でもない。それで夜道で転んだりするといけないと言う医者の注意で、ああ言う風に、電灯などでは先が薄すぎるので、手提げの大きい電灯にしたのであろうと説明した。

「そうか、そんな病気だったのか。それで思い当るのだが、自分は、訪問してくれるならば、夜分にしてくれと始めから言うていたが、高輪は、何故か夜分は嫌いだと言うていたよ。ところがどうしても、俺のところへ来るのは高輪の利益問題だから、仕方なく夜でも来るようになったのだ」

ところが、このことがあってから、叔父は、自分で大きな手提電灯を設計して組立て始めた。

まるで何か実験でもやるような大懸りのことをして、材料を選択して自分でやり出した。聞いて見ると、「高輪の奴、あれでも電灯がうす暗くていけないと言っていたから、工夫して、今度は必要に応じてボタンを押すと、一時にパッとあかるく出来る電灯を発明して高輪に売りつけるのだ」と言った。もとより工科大学の電気科の出身だから、電気のことはあかるい。

　この電灯は高輪氏の要求には持って来いであって、普通の道路を歩く時は通常の灯光として置き、少しデコボコ道に来たら、ボタンを押して、明るくし、又普通の道では通常の灯光とすればいい。そう言う工夫が出来るのだと言うのであった。

　大心池先生は、この話で一層熱心となった。それは川本君は知らぬであろうが、私にはよく判る。大心池先生は、熱心になると急に声が低く、底力を帯びて来るのだ。

「ほう、それは面白いなあ。どんな工夫なのか、君はのぞいて見はしませんか」

「叔父も余り言わぬのですが、何だかウッドのメタルとか言うものを用いるのだと言う話です」

「何？　ウッドのメタルだって？」大心池先生は著しく低い声で、念を押した。そして「それでは一時あかるくなるかも知れぬが、やがて一定時間で急に暗くなりはせんかな」とつぶやくように言った。

　そして、急に顔をあげて、「川本君、僕は、その水尾子さんとか言う、君の好いている娘さんを、一度診察して見度いな。勿論《もちろん》、君の先刻言ったように、お礼などは心配するに及ばぬのだ。僕の方で診て見度いと言うのだから——どうも君の話を聴いているうちに、急に興味が湧いて来た。どうだろう、君から話して見て呉れてよろしければ、私はかまわない行って見度いがね」

川本君は大心池先生のこの言葉を聞いて、非常に喜んだ。

「では早速、帰って話して見ましょう、御都合がよろしければ、明朝でもお迎いに来ます」

「いいや、君、明日と言わずに、今日、これからでもわたしは行き度《た》いのだ」

川本君は、先生が斯う言うと、直ぐ立った。そして兎も角叔父の家の様子を見て来て、直ぐ又ひっかえして来ると言って出かけた。まだ午後三時と言うのに、空は俄《にわ》かに暗くなった。やがて雨が降り出した。先生と私とが逃げるようにして浜を引きあげた頃は、雨は益々ひどくなって、先生のお宅の硝子《ガラス》窓は、水をかけられるように流れて、殆ど外の様子を見ることが出来ない位の降りとなった。

既に、数日降りつづけて、やっと今日少し晴れ間を見せたのに、又この降りでは、鎌倉の河川は大小となく、悉《ことごと》く、又氾濫するであろう。土地によっては洪水が出るかも知れぬ——私はそんな事を考えながら、先生のお宅の応接間で、煙草を荐《しき》りに吸うていた。同じ部屋に、先生も煙草をのみながら、黙って座って居られた。先生の煙草の火が赤く見えるように客間は暗かった。そして、暗いままに暮れてゆくのではないかと思われた。

その暗い中から、先生の低い、然し、特有な声が聞えた。

「立田君、今の川本君の娘さんの、就眠儀式は、全く思いもかけない意味があるようだよ。——僕は、間に合わぬことはあるまいが、気がついて来ると非常に気になる。川本君の話で気がついたのだが、どうも、これは未然に防がねば、甚だ不幸な事件を起こすのではないかと思われて来たよ。

——神経症が『過去』を語ると言うことは、もう度々経験している。然し、神経症は、洞察力のある人に対しては、『未来』をも亦《また》語るのではないか。そうだとすれば、この神経症などは、確かにこの一例になるような気がするのだ。こうなると、早く川本君からの返事が聞き度いものだ。……」

三

先生と私とは、軽い夕食を済まして待っているところに、川本君が篠つく雨をおかしてやって来た。帰って見ると、叔父の松代は留守であったが、話しをすると叔母は非常に喜んで、是非にと望んでいる、と川本は言った。但し、叔父が今日午後出かける時に、例の高輪氏が夜分見えるだろうが、若し自分が帰っていなかったら、少し位お待ちを願えと言って置いた、と川本は述べた。

高輪氏が来ても、お邪魔にならぬならばいいだろう。僕は唯、その娘さんの部屋に行って、娘さんを診察して見度いだけであるし、却ってもてなしを頂くことは好ましくないから、川本君さえその応待をして呉れればいいのだ、と大心池先生は言った。それで三人は直ちに出かけて行った。

松代の家は、相当広い前庭を持った、日本建の家で、応接間だけが西洋間であった。成程、廊下へ出るドアがあって、その廊下を奥へ入ると、右側に水尾子の部屋があり、左側には両親の居間があった。二階も三間あって、その一室を川本君が占領していると言う話である。

松代の家に着いた頃から、さしもの大雨が収まりかけて来た。やがて小降りとなり、そのうちに糠のような細雨に変って了った。

大心池先生は、家の間取りなどを見た上で水尾子の部屋に入った。怖い顔をした、大きい紳士が入って来たので、水尾子は驚いたが少しも悪びれなかった。

成程、美しい、躰つきも、十七歳としては、ずっと大人びた娘であった。私は神経症の若い娘をしょっちゅう取り扱っているが、中には、一定の症状以外の行動は常人と少しも変わらぬ人もある。水尾子も、正にそう言う型で、一眼見たところでは、この娘が頑固な就眠儀式を持っているとは思いもよらないと言う感じである。

大心池先生は、川本君だけ遠ざけて、診察を試みた。反射機能などを簡単に調べてから、二三の問診をした。

「お客間の扉をあけてさえ置けば、お客さんがいても寝られるでしょうね」

「やっぱり考えたのでは、わかりませんわ。お客がある時は、必ずお客間のドアはしめてありますから、一度もあけてあった経験はありません」

「一度寝付けば、朝迄眼が醒めませんか」

「いいえ、度々、夜中に、一二度は眼がさめるのです」

「それは便所にゆくためですか。或いは客間のドアが閉まっていはしないかと、気になるのですか」

「そうですね。やはり客間のドアが気になるのだと思います」

「ところが、お嬢さん。お部屋の鳩笛時計だの、腕時計だのをちゃんとしまわれるのに、客間にもお時計があるじゃありませんか。恐らくドアをあけて置くと、夜おそく、静かになった頃には、じっと耳をすませば、あの時計の音は、この部屋迄聞こえて来はしませんか——その処をよく考えて見て下さい」

大心池先生が斯《こ》う言うと、水尾子はじっと考えた。そして始めは「よくわかりませんわ」と言っていたが、大心池先生も私も、何も言わず、少しも追い迫る感じを与えずに待っていると、やや五分ほどしてから、答が出て来た。

「そうです。今、気がついたのですが、客間のドアをあけて置かないと寝られないのは、客間のお時計の音が聞えないと安心して寝られないのであったかも知れません」

「お嬢さん、あなたはよくわかる方ですね——よい処へ気がつきました。それでは、もう一度お聞きしますが、ゆっくり考えて下さい。ご自分の部屋の時計をとめたり、腕時計を包んでしまって了ったりなさるのは、あれは時計が気になるのではなくて、それが聞こえるとお客間の時計がまぎれて了って、聞こえなくなるものだから、それで寝られないと言うのでしょう——よく考えて御覧なさい」

この答は、案外に直ぐ出てきた。

「そう言えばそうでございますわ。私、時計の音がやかましくて寝られないのだと、始めは思っていましたが……」

「そうです、お嬢さん、今夜はお父さんとお母さんのお許しを得て、お客間の時計を此の部屋に、持って来て置いて寝なさい。そうすれば必ずよく寝られますよ」

娘にはこの言葉の意味が、はっきりわかったと見えて、「ありがとうございます」と頭を下げた。

「其処で、お嬢さん、もう一つ伺い度いことがあるのです。刃物を包《くる》まないと寝られないと言われるのに、どうしてお客間の欄間《らんま》にかけてある、あの刀剣がむき出しになっているのが、包まなくてもいいのですか、――あれは気にならぬのですか」

水尾子は、この鋭い質問に驚いた。然し、これには「今まであの刀剣のことは少しも気になりませんでした。どうも私の気になるのは、手の中にかくして持ってるような刃物類で、そう大きいものではないようです」

水尾子の診察はこれで済んだ。

松代夫人がしきりに引きとめるので、先生と私とは客間に座って、お茶など飲んでいると、来客があった。それは言う迄もなく、高輪氏であったが、私は高輪氏の来たのを機会《しお》に、もう辞去す可《べ》きだと思って、先生の顔を見たが、先生は知らん顔をしていた。私は、先生はまだこの家を辞去することの出来ぬ、何か目的があることを察して、黙っていると、高輪氏はその巨軀を客間に運んで来て、私共を見ると、客があるとは意外と言う顔をした。

高輪氏は、先生の怖い顔に対して敬意を表するように見えたが、私や川本君に対しては一顧だにしなかった。先生は一眼で高輪氏を見て了った。あとは興味なさそうに、客間の油畫など眺めていられた。先生がゆっくりされたのは、テッキリ高輪氏に逢い度いためであったろうと私は思っていたのだが、そうではなかった。やがて先生の目的がわかった。先生は松代氏を見度かったのだ。

高輪氏が来てから、ものの二十分も経ったころであろう。やがて、玄関を荒々しくあける音がして、当の松代氏が帰って来た。いきなり客間に入って来たが、その瞬間、松代氏は高輪氏の外に来客があるので、妙にギクリとした。そして、大心池先生をジッと見た。何故か私は、その時のすさまじい顔付きを見たのだった。が、その感情は一瞬にして消え去って、悧巧そうな、痩せた黒い顔には、案外柔和な光があった。

川本君があわてて、大心池先生と私とを、松代氏に紹介した。松代氏がお礼の言葉を言わぬ前に、先生は「私はああ言う御病人を興味を以て研究しているものですから、勝手に私の方から診察をさせて頂いたのですが、もう大分御軽症ですから、数日のうちにはすっかりもとの通りになりましょう。御心配には及ばぬことと思います」と述べ、やおら立ち上って、さっさと辞去した。

丁度雨は止んで居たので、少し歩こうと言いながら、玄関を出ると、あとから追いすがるようにして川本君がかけ出して来た。

「君、あの娘さんはいい娘さんだね。僕も、あの娘さんを見る前は、神経症になるような娘さんは、たとえあとでは癒ったにしても、君の結婚の相手としては不賛成だと思っていたが、今は、君があの娘さんと結婚することを、寧ろすすめてもいいような気がして来たのだ。——それから、診察の大略は明朝話してあげるが、今夜は、特に君に頼み度いことがあるのだ。僕の言う意味は判らぬでも、疑わずに、やって欲しい。それは、今夜君の叔父さんの様子をよく気をつけて置くこと、若し叔父さんが家を出たら、君もお供をし給え、それから供はいらぬと言ったら尾行して見ることだ。勿論、何か事が起きれば、君には臨機の処置が出来る筈だ。——そして明日、この報告を私に聞かして下さい。すれば、私は水尾子さんの神経症を治療する、最良の方策を考えることが出来ると思うのだ。今の診察で、大体の想像はついたが、その報告で決定的となる。わかったかね」

「叔父のことなら、今でも大抵のことがお答え出来ますが……」

「いいや、高輪と言う客が来た晩の叔父さんの態度なり、様子なりを知り度いのだ。特に高輪の帰ったあと、君の叔父さんがどんな風に神経質になるかを、君に気をつけて貰い度いのだ」

川本君は、その意味を理解した。そして走り去った。

先生と私とは、雨後の道を歩きながら、黙っていた。それは暗い道であった。闇と言ってもいい位の暗さであった。その闇の中から、先生の声が聞えて来た。

「立田君、人間は予見は出来ても、未然に事を防ぐと言うようなことは仲々出来るものじゃないね。どうもこれは止むを得ぬのだ」

「では、先生は、何か事件を予期せられるような印象を受けられたのですか。例えば、高輪氏が何か娘さんの神経症と関係があるのですか——まさか、高輪があの娘さんに手を出すと言うわけでもありますまい」

「勿論だよ。高輪なんとか言うのが、手を出そうったって、川本のような騎士がいるからそれは駄目だが、然し、神経症と言う奴は、実に、普通ではわからぬ人心の秘奥を感知するのだな。これは実に、我々精神病医の無限の研究対象だな」

先生はそう言って、あとは黙って了われた。

この夜のうちに、果して事件が起きた。

それは実に奇妙な事件であった。何か我々の問題にしている神経症に関係がありそうで、而《しか》も、何処で関係しているのかさっぱりわからぬような、事件であった。

四

高輪氏が松代家を辞去したのは、午後八時過ぎであった。自動車を欲しいと言うので、松代家から電話で一台呼んだ。いつも呼びつけの、××タクシーであった。

松代氏は、この夜、兼ねて自分で設計して作った、手提電灯を高輪氏に贈与したので、高輪氏は、自分の持って来た手提電灯と、二つ持って自動車にのった。

送り出した松代氏は、今日半日の他出で疲れたと言う風な面持で、客間に戻って深々と椅子にかけていたので、川本君も、大心池先生の言い付け通り、それとなく叔父の様子に気をつけながら、同じ部屋の一隅で莨りに煙草をふかしていた。

二人は黙って、別々の考えに耽るが如くであったが、やがて四十分か四十五分経った時、急に、鎌倉警察署から一人の刑事が自動車でやって来た。川本君が取り次ぎに出て見ると、「高輪藤吉氏があなたの家を辞去して、自宅に帰る途中、折から雨水で崩れていた自宅の裏の断崖から転落して死んだ。ついては、この事件には運転手も関係あり、且つ今日の、高輪の足取りも調査する必要があるから、ほんとうは明日でもいいのだが、御出頭下さる御好意があらば、是非今夜のうちに願い度い」と言うのであった。

川本君がこの由を松代氏に告げ知らせると、松代氏は、急に顔を蒼白にして、驚いた。然し、忽ち気づいたと見えて「これは行かねばならぬだろう。とに角、僕は出かけて来る」と言った。そして刑事と一緒に直ぐ出て行った。

川本君は、大心池先生からの言い付けもあるので、とに角、あとを追って出て見た。あとで聞くと、川本君は直接に警察署の方へはゆかなかった。暗い道を一度、事件の現場の方へ行ったそうだ。行って見ると死体の引あげが終ったと見えて、二三人の刑事らしい人が、その付近を探し物でもしているらしく、闇の中に警察署の提灯《ちょうちん》が右往左往していた。川本君は引きかえして警察署にゆき、松代氏より凡そ三十分許りおくれて着いた。

松代氏との面会は直ぐ許された。

この頃には、高輪氏の検死もすんでいたが、これには他殺の疑いがあると言うことだった。死体と共に二つの手提電灯が発見されたが、何れも岩角に当って破壊されていた。主なる容疑者は、××タクシーの運転手で、この運転手が何故最も有力な容疑者になって了ったかと言えば、それは次のような事情からであった。

高輪氏は、松代邸を辞去して自動車にのった時は至って上機嫌であった。そして二三度は運転手に話しかけて、自宅に向って行ったが、××橋のほとりで自動車がとまって了った。

「旦那、此の橋は通行止ですよ。弱りましたな」

「そんな筈はないよ。わしが先刻――そうだ約一時間半ほど前に、自動車で通った時は確かに通れたのだ。現に少しも道普請の様子はなかったのだ。どうしてだ」

「だって旦那、カンテラがついて通行止とちゃんと出てますよ、縄も張ってありますよ」

「そうか、それは弱ったな。此処から俺の家迄は歩いても十分もかかるし、それに暗い晩だな」

「旦那、ではこの川に添うてお宅の近く迄ゆきましょう。あそこに小さい橋があってお宅の裏に出れば歩くところは二分程ですみましょう」

運転手は××川がずっと遡って結局広い断崖になる所迄出ると、丁度宏荘《こうそう》な高輪氏邸の真裏に出ることを知っていた。その細い橋を渡って少し崖道を歩くと邸の石塀に出て了い、此の所からぐるりと高輪氏の石塀をまわれば、表門へ直ぐ出ることを知っていたので、そうすれば歩くところは極く短かくてすむ、と言ってすすめたのであった。運転手の話を真とすれば、この時高輪氏は、何の躊躇もなく、「それがよかろう」と元気に言ったそうである。

橋は極く細い橋であったが、まさか丸木橋ではなかった。石の橋で、しっかり作られていたもので、人一人は優に通り得る橋であったが、この夜は××川はこのあたりでも濁流で物すごかった。高輪氏は無造作に自動車を下りると、用意の手提電灯を左右の手に持って、両方ともスイッチをいれた。そして運転手に向って、「君済まんが、少し眼がわるいので、わしが向うに渡り切る迄、自動車のヘッドライトを橋の方へ向けて置いてくれんか」と言った。

運転手は、高輪氏が手提電灯を二つもつけた上に、尚自動車のヘッドライトを要求したのは、よくよく欲張りか、用心張りだと思ったが、要求通りに自動車を向けかえて、橋がすっかり照し出されるように光を向けた。この時、運転手は二つの疑問を起こした。

第一は、少し足もとの危っかしい様子を見て、これは松代氏の宅で酒を出されたものに違いない。上機嫌だったのもそのためだろうと思ったことと、第二は、いやに用心をして自動車のヘッドライトを向けさせたところで、橋を渡って了っても、その向うの断崖道《がけみち》——即ち高輪氏自身の邸と、川との間の道で、この道をぐるっと回れば高輪氏の邸の表門へゆける道——は橋よりは尚細くて危かしいのを、何とするのであろうと思ったことである。然し、これとても自分等には、難なく辿れる道だから、少しも不安には思わなかったと述懐している。

ところが、どうしたわけか、高輪氏が、その石橋を渡り切ったと思われる頃に——そうです、余り長い橋ではありませんので、二間半か三間位の橋ですから、あの時はもう渡り切って居られたものと思いますが——丁度その時にどうしたわけかヘッドライトがフッと消えて了った。おやと思って手をのばしてスイッチをひねって見ると、ライトは再びついたが、この一度消えて二度つける迄の約三四分の間に、アッと言う叫び声と共に、確かに高輪氏は、真逆様に断崖の下の方、濁流の上に岩角のつき出したあたりに落ち込んだのだ。この落ち込む有様を、二度目につけたライトの光で、運転手ははっきり見たのであった。

どう言うわけかわからぬが老人ではああ言うことがあるものですか、ヘッドライトの消えたために、足を踏み外したとはどうしても考えられぬ……と言う陳述である。

現場を見て来た刑事連も「高が光が消えた位で踏みあやまるような所ではない。それに、高輪氏は両手に可なりあかるい電灯を持っていたのだから、ヘッドライトが消えた位で決して落ちるわけがない。貴様が、つき落したに違いあるまい。さあ、何の怨恨で、或いは金でも奪うためにつき落としたか、白状しろ」と言うので、運転手を責めたが、運転手は決してそうではないと主張していると言う。

「その証拠には、私はその場から、これは大変なことになったと思って、直ぐ自動車で最寄りの交番まで行って、これを訴えたではありませんか。その訴えた時間を考えて下されば松代氏の宅を出てからものの十五分もかかっていないことはすぐわかるでしょう。私は少しも逃げかくれしたのではないのです」

と熱心に主張しているのであった。

高輪氏の懐中には、手の切れるような紙幣で二千円の現金があった、高輪氏の妻女の証言では家を出る時には二三十円の小金を持っていたばかりで、確かに松代氏より外のところに行った筈はないと言う。

松代氏は司法主任の部屋で証言を取られていたが、二千円は確かに自分が渡したものであること、自分は昔から約一万円許りの借金があったのだが、この三月頃から、急に返却しろと言うので、月賦にして二千円宛《ずつ》、渡し、遂に今日最後の二千円を渡して了ったわけで証書も受取ったが、それは残念ながら、高輪氏の帰ったあとで焼き捨てた。然し、その現金は私の渡したものに違いない、と述べた。これは、運転手が金を奪うつもりで殺したのではないことを証明するようなものであった。それに、運転手の言う時間の点も、松代氏の言うところと一致した。

川本君も、司法主任から聞かれるままに、松代氏に代って二三の証言をした。ところが、運転手の述べたところを、司法主任から聞いている間に、「どうも生意気なことと御考えになるかも知れませんが、私は××大学の医学部の学生ですが、高輪氏の断崖より落ちたのは、氏の持って居られた脊髄癆と言う病気のためではないかと思います」と述べた。この言葉が問題となって、司法主任は非常に喜んで、尚大心池博士が、この鎌倉に居ることがわかり、博士の名は司法主任もよく知っていたので、逸早《いちはや》く、その夜のうちに、大心池先生は司法主任の電話を受け取ったのであった。

大心池先生は好意的に署に出頭した。そして脊髄癆に関して次のように述べた。

「若しも或る程度の重い脊髄癆症を持っている患者であるならば、断崖の道を歩いている時突如として視覚を失ったとすれば、直ちに失調症を起こして断崖を落ちると言う危険は先ず必発と言うてよい。脊髄癆と言う病気は、脊髄後索の侵される病気である。脊髄後索と言うのは、筋覚神経繊維、即ちどの位の重さが筋にかかっているかの感覚を伝える神経の路である。これがやられると、歩くにも手を用いる仕事にもその足や手の筋の働き工合がわからなくなる。だから、眼の見える時は視覚で足の位置を見るから、うまく歩けるが、眼を瞑《つむ》ると、少しも足の位置が感じられぬから、失調症となって歩行蹣跚となるのだ。だから高輪氏が真に脊髄癆患者であったら、ヘッドライトの消えたことで急に視覚の昏迷が生じ断崖より落ちたのもあり得ることだ」

　この大心池博士の言で司法主任は直ちに高輪氏の主治医を確かめて見ると、確かに高輪氏には脊髄癆があったとの証言。更に運転手はこの詳しい理論を知っていなかったことが明かとなり、他殺の疑いは全くはれた。これは二三日後にそう決定したのだった。

　だが此の時、大心池先生の証言で、司法主任は他殺ではなく、奇禍であることを納得したあと、司法主任は尚一つの不思議な疑問を抱いた。

「待てよ。高輪氏は午後七時に自宅を出る時は確かに玄関から自動車で出たのだ。して見ると、あの橋はその時には自動車で通ったわけで、決して通行止ではなかった。それだのに、帰りに、午後八時半頃に、その橋に通行止の札が立ててあったと言うのはどうもおかしい。そうだ」

と司法主任は気が付いた。そして直ちに、土木課に電話をかけて、道路改修の場所を調べさせた。ところがその返事は、確かに、橋は改修工事などして居らぬ。尤もその近くに通行止の箇所が一箇所あるが、それは橋や、自動車道には無関係のところだとの事であった。其処で司法主任は直ちに、この夜のうちに刑事を派して調べさせると、運転手が先刻の陳述で通行止であったと言う橋の上には何にも通行止はない。土木課の言う通り、その附近に一箇所通行止があるだけであった。

　運転手がもう一度疑われた。嘘をついたのではないかと考えられたので、直ちに呼び出されて、此の点を追及されたが、運転手の陳述は少しも変りがない。

「確かに通行止がありました。それは高輪さんも見られたので、そうか、止むを得んから回れと、確かに言われたのです。何だか、今それがないと言うのは、狐につままれたようですが、よし狐の仕業《しわざ》だとしても、私も、高輪の旦那も二人共見ていたことは確かです。而も私共は、どうかして其処を通り度かったので、二三分がとこ自動車を止めて二人で思案していた位ですから、毛頭嘘はありません」

「だが今調べさせたら橋の上にはそんなものは一つもないのだ。何を寝ぼけているのだ」

「寝ぼけてと仰有られればどうも致し方ありませんが、これは、私の外に誰か通行人で見た方もあるのでないかと思いますからお調べ下さい」

運転手がこう言ったのは、それは必死の知恵であったのだろう。甚だ悧巧であった。やがて翌日、確かにその夜八時半から九時半頃迄の間に、橋の上に通行止のあるのを見て通ったと言う人が二人出て来た。同時に、九時半から十二時の間に其処には通行止はなかったと言う証人も現われたが、運転手は赦されて直ちに放免せられた、この事件は過失死でケリが付いた。

大心池先生はその夜署から帰って黙々として一言も洩らされなかった。そして私も亦何も言わなかった。私にはこの事件は疑問に充ちていたが、大心池先生が何か言われぬ限り、私は黙っていようと決心したのである。

この事件後一週間ほどして松代水尾子嬢は、すっかり癒って了った。そして、母親と一緒に大心池先生のところへ挨拶に来た。

「お嬢さん、あなたの、あの時に罹られた病気は、神経症と言うのです。然し、この神経症と言うのは何か大事件など起ると急に癒ることがあるものです。あなたの場合は、お宅の大事件でなくて、他家《よそ》の大事件で、それで病気が癒ったのですから、まあとくでしたね」

そう言って、大心池先生が、水尾子を慰めているのを私は聞いた。

この事件の疑問は、然し、やがて一年を経てから、大心池先生の口からすっかり氷解するような説明を聞いた。それは先生が、私だけに話されたことであるが、私は、この事件の当初から先生は、はっきり凡てを予想し、知って居られたことを知り、益々先生の驚く可き推理に敬服したのであった。

五

川本君は翌年三月医学士となった。

専門として内科を選んだので、暫らく私共は逢う機会がなかったが、この若い医学士はその後憂鬱であったとの噂があった。

ところが、翌年の夏が近づいてから川本君は或る日急に大学の大心池先生の部屋にやって来た。私は丁度、医局の用件で先生の部屋にいた時であった。

見ると川本医学士は見るかげもなく痩せ衰えていた。

「ほう、暫らくだったな、時に君はひどくやつれたね」

「はい、それで先生にご相談に上ったのですが……」

そう言って川本学士は暫らく言葉を切った。

「ああ、君がそれだけ言えばわかるような気がするな。間違っていたら怒ってはいけないよ。——水尾子さんと君との結婚がうまくゆかないんだろう」

「そうなのです。実は、うまくゆかないどころではなくて、水尾子は或る人と縁談がととのって、もう来年の春は結婚式と言うことになりました」

「それは亦どうしたわけかね。君は水尾子さんと仲たがいをしたと言うのかね」

「いいえ、そうではないのです。実は経済上の問題もあるのです。私に叔父が水尾子のことはあきらめてくれと言うので叔父の話したところによりますと、いつぞやの高輪氏のこともあれは何か昔のことで高輪氏が叔父を脅迫して、二万円とかを要求し、叔父も応じなくてはならぬことがあって、月賦で二千円宛払っていたが、途中で高輪氏が奇禍に逢われたので、あとはのがれたが、それでも八千円も払込んで了って、あの頃から殆ど財政上に悲境に沈んでいたのだそうです。それで、水尾子も承知の上で、今度の金権縁すがまとまったのだと言うのです」

「では水尾子さんも、まあ余り望まぬが家のために結婚を承諾したと言うわけだね」

「まあそうです。私はそれを疑いませんし、且つ許さねばならぬと思いましたので……」

「そうか、それは気の毒だね。だが、川本君。わしは貧乏でも、我慢して君と水尾子さんの結婚するのが至当だと思うね。そしてそれは水尾子さんを愛している君の権利でもあるが、その他にも君はそれを叔父さんに要求する充分な権利を持ってる」

川本君は大心池先生のこの言葉で、ギクリとしたように顔をあげた。そして、其処に実に怖い顔ではあるが、海のように深い二つの瞳を見た。

「君が望むならば、わたしが松代家へ行って水尾子さんを貰い受けてやるよ。どうだ」

大心池先生がそう言った時、川本君の頬は潮紅して、その眼は輝いた。

「幸い、明日わたしは鎌倉にゆく。君の意志さえわかれば松代氏に逢うし、久しぶりで水尾子さんにも逢ってくるよ」

翌々日であった。大心池先生は医局に来て、私一人居るのを見て次のように語った。

「川本君の結婚は、昨日すっかりきまった。松代氏及その一家は今成立している縁談を破談にしても川本君の希望を協《かな》える約束をしたよ。——わたしは、つまり切札を出したのだ。松代氏にいきなり言ったのだ。昨年の事件の時に、通行止の立札とカンテラとが橋の付近にあったのをそのまま橋の上に移して、高輪氏の自動車を通らせなかったのはあなただ。高輪氏を計画的に邸裏の断崖を通る様に仕向けたのはあなただ。これは無理もない。脅迫の手を逃れようとする防衛手段であったのでしょう。手提電灯のヒューズにウッドのメタルを用いて、その断崖の途中で光が急に弱くなるようにして置いたのもあなただ。然しあなたのために幸いなことには、実際は運転手のヘッドライトで高輪氏の奇禍が生じたのであったから、あなたに罪はない。然し若しも橋の上に通行止が発見せられ、それより疑いが生じた場合には、やがてあなたの謀計も追及された筈であったのだ。ところが、通行止は、高輪氏の死後、まだ司法主任がこれに気付かぬうちに誰れかによって取り除けられて了った。これがあなたに対する最も幸いなことであったが、これは或る青年があなたが刑事と同行したあと、家を出て行って、秘かに取り去って了ったのだ。その青年は健気にもそれから一年にもなるがこの話を誰れにも言いはしない。

唯この大心池は水尾子さんの神経症を診察した時からあなたの殺意を察したのだ。この青年も大心池と同じように或時期にそれと察していたのだとする可き証拠はその通行止を取り去ったと言う行為で判る。すると、この青年の明敏な頭脳、あなたに対する好意、堅忍《けんにん》不抜《ふばつ》な意志、それは、たとえ貧乏でも一人娘の水尾子さんを要求する権利と、同時に水尾子さん一家を幸福にするための知恵と覚悟を証明しているのですと」

「ああ、それで、先生、私にもあの事件の首尾がよくわかりました。けれど、先生が神経症の時に既に起る可き事件を予想したと仰言るのは何とも驚きます」

「いいや君、だから、僕は、神経症と言うのは、普通の健全な頭脳からみると、決してわからぬものを無意識に知っている状態だと言うたのだ。この事件の首尾が、私の解釈の正しいのを証拠だてているわけだが、水尾子の神経症は、あれは君高輪が出入りするようになって、父親の殺意が生じたのを、無意識に感じたのだ。そのお客は一ケ月に一度重大な用件で来る。その時の二人の会見に、お茶を運んで来たこの若い娘の無意識がおびえたのだ。その周期性が神経症の一ケ月に一回の寛解となって、逆に現われて来たので、始めにあれを Menstruation だと言ったのは笑う可き解釈だったのだ。

それで刃物を恐れるのも殺意を恐れたのだ。時計の音は、前に考えたように Pulsation を意味することは確かであったが、フロイドの例のように性欲的のものではない。もっと切実なもので、あれは、心臓の拍動そのものの、象徴であったのだ。客間の時計と言うのが、父親の心臓の拍動を意味したのだ。

——勿論、就眠儀式となった、根本原因はエディプス観念群《コムプレクス》で、父親への異常な愛着だが、それは父親が死んでは困ることを意味し、それが不眠の原因となった。神経症の娘の感覚と言うか、感性と言うか、とに角、客間にお茶を運ぶ間に、客との関係、脅迫の気魄などを感知するのは、何とも鋭い感性だね。

——私は始め水尾子さんの就眠儀式の話を聞いた時は、そうは思わなかったが、二度目に川本君の話を聞き、実際に行って見て、あの娘さんを診察した時に、それを察した。然し、娘さんが客間の刃物だけ不問にしたのだ、父を脅迫する悪者を父に切って捨てて貰い度くもあり、一方父を罪人とし度くないから、そう言う罪悪に近よせ度くないことが、別の刃物をかくすことになって来た。これは所謂《いわゆる》神経症者にある対立両存性《アムビヴァレンツ》と言うのだ。

——何《いず》れにしても父親の生命を愛する象徴が、あの客間の時計がきこえなくては、眠れないと言う症状となった。それをはっきり聞くために、他の時計を止めたり、かくしたりしたのだ。

——神経症の症状には意味がある。痴呆症などとは其処が違うのだと言うのはこれでもよくわかるね」

　大心池先生がそう話していたところへ、医局の人が入って来た。先生はこれで話を打ち切って、決して言葉をつがなかった。

　私がこの話を誰にも語るまいと決心したのは、大心池先生のその態度から得た教訓であったのだ。

（一九三五年六月号）

プロファイリング・ぷろふいる

芦《あし》辺《べ》 拓《たく》
（作家）

一九八二年ごろのことです。ある探偵小説愛好家が、阪神《はんしん》間にある一軒の古本屋に立ち寄りました。店はごく普通の構えで、七十歳をとうに越えたご主人が店番をしておられました。最近はミステリ専門の古書店も増えたり、インターネットでの検索なども可能になりましたが、当時はそう便利にはゆかず、古本探しはもっぱら偶然の出会いに期待しなくてはなりませんでした。むろん、めったに期待できないことですが、何気《なにげ》なく入ったそこにはまさにその出会いがあったのです。

戦前の探偵小説雑誌「ぷろふいる」、その末期の昭和十一年十一月号。学生時代から古本を漁《あさ》ってきたその人にとって、初めて出会う「ぷろふいる」の現物であり、しかも愛好する小栗虫《おぐりむし》太郎《たろう》の長篇『青い鷺』の連載第一回が掲載された号とあっては、喜びもひとしおだったでしょう。その人は勇んで「ぷろふいる」をレジに持ってゆきました。あまりにうれしそうだったせいか、パイプをくわえたご主人は「こういうの、お好きでっか」と尋ねてきました。その人が「ええ」と答えると、ご主人は驚いたことにこう言ったのです。「その雑誌、わたいが出してましたんや」と。

その人こそは熊谷晃一《くまがいこういち》（別名・市郎《いちろう》）氏。探偵小説熱に浮かされ、私財を投じて「ぷろふいる」を創刊し、ほかにも多数の探偵小説書を出版された人物だったのです。「ぷろふいる」の刊行はまる四年、全四十八号に及びますが、そのとき店頭で売られたのは、熊谷さんのお手元に残った最後の一冊だったということでした。

　戦前の探偵小説誌としては「新青年」と並び称されながら、知られることの少ない「ぷろふいる」については「幻影城」一九七五年六月号（第五号）が特集を組んでおり、今回収録された「就眠儀式」「狂燥曲殺人事件」のほか、大阪圭吉《おおさかけいきち》氏「闖入者」、光石介太郎《みついしかいたろう》氏「空間心中の顛末」、のち韓国初の推理作家となった金来成《きんらいせい》氏「探偵小説家の殺人」を再録し、全冊の表紙をカラーで掲載するという素晴らしい内容となっていました。

　くだんの探偵小説愛好家にとっても、この特集は「ぷろふいる」について知り得た数少ない機会であり、特に中島河太郎《なかじまかわたろう》氏の「『ぷろふいる』五年史」、九鬼紫郎《くきしろう》氏の「『ぷろふいる』編集長時代」は最上の資料かつ貴重な証言でもありますので、ぜひ参照されるようおすすめしておきます。

　さて、冒頭に記した出会いからしばらくたった八三年八月十一日、熊谷さんに対するインタビューが、もう一人の愛好家を加えて行なわれました。熊谷さんはすでに七十八歳ながら、当日もP・D・ジェイムズの『ナイチンゲールの屍衣』を読みつつおいでになったという筋金入《すじがねい》りのマニアだけに、そのお話は興味深い事実を含んでいました。

　折しも「ぷろふいる」創刊から五十年。しかし、この人たちの同人誌に載せられるはずだったインタビューはどうしたことかそのまま埋もれてしまい（思えば当時は、冒険・ハードボイルドとSFの全盛時代でした）、その間に熊谷さんも亡くなられました。私もつい最近にその存在を知り、インタビュアーの方からテープをお借りしたわけなのです。

以下の文章は、その内容および前記「幻影城」での特集、さらにはインターネット上にミステリ専門のHP「小林文庫」を開かれ、大阪圭吉専門の掲示板まで設けておられる小林《こばやし》眞《しん》さんの研究成果もまじえて書かせていただくものです。これらの方々に心より感謝と敬意を表する次第です。

熊谷晃一さんは明治三十八年（一九〇五）生まれ。京都の呉服商で老舗《しにせ》デパートとして知られた藤井大丸の経営者一族で、いわゆる旧家の出身でした。父親は映画会社をやり（その縁もあってか、熊谷さんは戦後の一時期、映画館を経営することになります）、母親は黒岩涙香《くろいわるいこう》、丸亭《まるてい》素人《そじん》などを愛読した探偵小説ファンといいますから、家庭には文化的・趣味的な雰囲気《ふんいき》が漂っていたことでしょう。

熊谷さんがまだ二十代のころ、出版を手がけたいということになったとき、自分も母も大好きな探偵小説ならばいいだろうということになり、熊谷家の店から別家した番頭の末広鉄之介（助？）という画家に相談しました。実はこの方こそ「ぷろふいる」の創刊号から一年間ほど表紙を手がけられた加納哲《かのうてつ》氏なのでした。

この加納氏から都新聞編集長のモリ・ミヨシ（字不明、九鬼氏の回想では京都日出新聞のA

氏）なる人物を紹介され、この両氏を通じて山下利三郎《やましたりさぶろう》、山本禾太郎（〝のぎたろう〟と読むのが通説のようですが、熊谷さんはテープでは〝かたろう〟と発音しておられます）、西田政《にしだまさ》治《じ》といった諸氏と知り合ったとのことです。熊谷さんは雑誌全体を総括し、実務は伊藤利夫《いとうとしお》という人が熊谷家の事業の一端と兼務して担当することになりました。費用はすべて熊谷さんのポケットマネーです。

こうして「ぷろふいる」（当初は「仮面」というのも候補に挙がったそうです）は昭和八年五月号をもって創刊し、山下・山本両氏の創作に西田氏の翻訳が掲載され、早くも短篇探偵小説の募集が始まっています。やがて東京作家の寄稿も盛んになって誌面はにぎわい、熱心な寄稿家の中から前出の九鬼氏が三十号（昭和十年十月号）から編集長となったわけです。

ここで、小林眞氏がまとめた「ぷろふいる」発行所の所在を挙げておくと、最初期の「ぷろふいる」では「京都市下京《しもぎょう》区四条河原町《しじょうかわらまち》」、昭和八年の九月号からは東京の「渋谷区代々木深町」、昭和十二年には同じく「神田《かんだ》区神保町《じんぼうちょう》」と変わっているものの、これは連絡所のようなものだったようです。九鬼氏の回想では実際に東京に編集部を移したのは廃刊の年になってからで、それまでは四条河原町の交差点西南角のビルの二階にあったといいます。この点、熊谷さんの「東京にはしょっちゅう行っていた。神田神保町のビルに事務所を置いて、九鬼を向こうへやった」という証言とも一致します。

それまでの東京作家との接触は、熊谷家の親戚でたまたま東京在住だった、堀場慶三郎という京都弁丸だしのご老体が行なっていたようで、このあたりも「ぷろふいる」の家庭的な雰囲気がうかがわれますが、しかし当時の大家や新人から的確に原稿を獲得しているのは大したものです。

その点は、今回の収録作品の顔触れを見ても納得されるでしょう。在京作家だけでなく、今回「木魂」が採られた九州の夢《ゆめ》野久作《のきゆうさく》氏にもたびたび会いに行っていたようです。

実際、当時の探偵小説家で「ぷろふいる」に寄稿しなかったのは昭和十年に亡くなった浜尾《はまお》四郎《しろう》氏、原稿料が安いので書いてもらえなかったという横溝正史《よこみぞせいし》氏、それに延原謙氏ぐらいだといいます。江戸川乱歩《えどがわらんぽ》氏（西田政治氏の紹介とのこと）も小説こそ書きませんでしたが、のちに『鬼の言葉』にまとめられるエッセイや自伝的な連載「彼」を寄稿しています。

当時の熊谷さんが本格派として、乱歩氏よりむしろ高く評価していたのが甲賀三郎《こうがさぶろう》氏で、エラリー・クイーンによって完成されたスタイルに慣れたわれわれからすると、「血液型殺人事件」などに見る本格観には違和感はあるものの、氏は昭和十年新年号からの「探偵小説講話」でオピニオンリーダーとしての積極的役割を果たそうとしてゆき、やがてそれは〝探偵小説芸術論〟をめぐる木々高太郎《きぎたかたろう》氏との有名な論争に発展してゆきます。

この点について「リレー評論」を企画してその直接の端緒を作った九鬼氏は「ぷろふいる」側が論争を仕組んだことを否定していますが、熊谷さんの印象はそうではなかったようです。

その木々氏に探偵小説を書くことをすすめた海野十三《うんのじゆうざ》氏の「不思議なる空間断層」は、「乃公（＝友枝）」とその友人である「私」の使い分けが効果をあげている作品ですが、甲賀氏がこのことに気づかず、「探偵小説講話」で支離滅裂な作品と決めつけたことで知られます。一貫して探偵小説の大衆化を主張してきた海野氏が、こういう誤読を生みかねないようなきわどい実験を試みたのには、掲載誌の性格を抜きにしては考えられないでしょう。「ぷろふいる」とその読者は、書き手側の試みをしっかりと受け止めてくれると期待されていたのです。

既存作家にとって「ぷろふいる」は、自説の実践や論争、あるいは実験的創作の場を提供したわけですが、一方で新人作家や熱心な愛好家にとっては、「新青年」などよりはるかに頼もしい発表舞台でもありました。ようやく先年、『探偵小説のプロフィル』（国書刊行会）としてまとめられ、「これほど優れた海外作品研究が戦前になされていたのか」とショックを与えた井上良夫《いのうえよしお》氏の一連の評論などはまさにその典型でしょう。

たとえば蒼井雄《あおいゆう》氏の場合を見ると、本書収録の「狂燥曲殺人事件」（百三十枚）でデビューしたあと、連作「ソル・グルクハイマー殺人事件」に参加。このあと春秋社が行なった画期的な書き下ろし長篇探偵小説募集に傑作『船富家の惨劇』（昭和十一年）で入選したのを受けて、その夏から『瀬戸内海の惨劇』が連載され始めます。しかし、こうした重厚な本格長篇は雑誌連載では地味に見えたのか、編集部の意向で後半を書き急がせたらしく、そのせいで大傑作にしそこねたのは「ぷろふいる」最大の失敗と言わざるを得ませんが、それでも蒼井氏の本領が長篇にあることを見抜いていちはやく連載を依頼した点は評価に値するでしょう。

この蒼井氏、それに「両面競牡丹」の酒井嘉七《さかいかしち》氏（この作品のような〝長唄もの〟と「探偵法13号」などのアメリカナイズされた作風と両極端をもつ作家です）の参加していた《神戸探偵作家クラブ》の例会写真（昭和九年六月十六日）が今も残っています。そこには両氏のほか山本禾太郎、西田政治、斗南有吉、九鬼澹（紫郎）、西島志浪、戸田巽の諸氏が写っており、これがそのまま「ぷろふいる」を支えた人々であることがわかります。

「ぷろふいる」は読者欄を充実させ（中島河太郎氏も投稿者のお一人だったようです）、各地に読者の会があり、戦後の名古屋にいちはやく実に優れた内容の雑誌「新探偵小説」を立ち上げた人々も、実は「ぷろふいる」の愛読者たちだったのです。

名古屋方面というと、新城《しんしろ》在住で戦前の本格短篇作家としてトップに挙げられる大阪圭吉氏が思い出されます。大阪氏は「ぷろふいる」には本書収録の「花束の虫」を皮切りに名作「とむらい機関車」や「闖入者」などを発表するのですが、氏についてより重要なのは、ぷろふいる社による『死の快走船』（昭和十一年六月）の刊行です。

まだ無名の新人の、しかも本格推理短篇集が出るというのはかなり異例だったはずで、氏はこの直後「新青年」での連続短篇に起用されるなど作家的地位を確立してゆくわけです。なお、熊谷さんにとって一番印象に残っている作家は「大阪圭吉つぁん」であったとのことでした。

なお、ぷろふいる社は小栗虫太郎氏の『白蟻』を書き下ろし中篇という、これも当時としては異例な形式で刊行しており、「ぷろふいる」が本来の雑誌以外の出版事業でも大きな足跡を残していることがわかります。なお、熊谷さんの回想では、小栗氏とはさらに「戯作（『源内焼六術和尚』などのことか？）の本を出そう」と企画していたそうです。

このほか、今となっては作家の面影を伝える貴重な資料である訪問インタビューなど、さまざまな収穫を残しながら、昭和十二年四月号をもって「ぷろふいる」は廃刊となります。「新青年」あたりに比べて泥臭かった表紙が高井貞二氏によってリフレッシュされてまもなく、しかも「探偵倶楽部」と改題し、今の言葉でいえばメジャー展開するとの予告が出た直後のことでした。

現在の価値にして億を超える欠損（熊谷さんは「マニアやさかい金出したんですわ」と平然と語っておられましたが）に加え、熊谷家の事業の失敗が原因というのが定説ですが、これについては「『探偵倶楽部』のような俗な名にしてまでやりたくなかった」という意味のことをおっしゃっています。案外、それがファンとしての感覚を保ち続けた熊谷さんの本音《ほんね》だったかもしれません。

このほか、戦後に「かもめ書房」を設立しての単行本出版や長篇小説雑誌「小説」の創刊（第二次の「ぷろふいる」およびその改題「仮面」、また熊谷書房を名乗る版元にも全く関係されなかったそうです）といった活動、あるいは「ぷろふいる」関係の人と作品についてなど書くべきことは山ほどあるのですが、与えられた枚数の三倍に迫ってなお止まらないありさまですので、この辺で打ち切りといたします。

最後に、江戸川乱歩の文章を引いて結びといたしましょう。彼は「ぷろふいる」の情熱と挫《ざ》折《せつ》、功と罪を冷静に分析したあとで、こう記しています――

「もしいつか探偵小説史を書く人があったならば、探偵小説への純真な情熱のみに終始したこの雑誌のために、多くの頁を費すにやぶさかではないであろう」（『探偵小説四十年』より）

当時の探偵小説界と世相

1920年(大正9)	「新青年」(博文館)創刊(〜50)	国際連盟成立
1921年(大正10)	翻訳物の「探偵傑作叢書」(博文館)発刊	
1922年(大正11)	「新趣味」(博文館)創刊(〜23)	
1923年(大正12)	江戸川乱歩、「二銭銅貨」を「新青年」に発表 「秘密探偵雑誌」(奎運社)創刊(〜23)	関東大震災
1924年(大正13)		第二次護憲運動発足
1925年(大正14)	「探偵趣味の会」が発足し「探偵趣味」を創刊(〜28) 「探偵文芸」(奎運社)創刊(〜27)	治安維持法公布 ラジオ放送開始
1926年(大正15)	「創作探偵小説選集」(春陽堂)刊行	円本時代始まる
1927年(昭和2)	「現代大衆文学全集」(平凡社)発刊	
1928年(昭和3)	「猟奇」(猟奇社)創刊(〜32)	最初の普通選挙
1929年(昭和4)	「日本探偵小説全集」(改造社)「世界探偵小説全集」(博文館、平凡社)「探偵小説全集」(春陽堂)と全集がブームに 「小酒井不木全集」(改造社)発刊	世界恐慌始まる
1930年(昭和5)		ロンドン海軍軍縮会議
1931年(昭和6)	「江戸川乱歩全集」(平凡社)発刊 「探偵小説」(博文館)創刊(〜32) 「探偵」(駿南社)創刊(〜31)	満州事変
1932年(昭和7)	「新作探偵小説全集」(新潮社)発刊	上海事変　満州国成立

		五・一五事件
1933年（昭和8）	「ぷろふいる」（ぷろふいる社）創刊（〜37）	日本、国際連盟脱退 ヒトラー政権成立
1934年（昭和9）	小栗虫太郎「黒死館殺人事件」が「新青年」に連載	東北地方の冷害・大凶作
1935年（昭和10）	「月刊探偵」（黒白書房）「探偵文学」（探偵文学社）創刊（ともに〜36）「世界探偵名作全集」（柳香書院）「世界探偵傑作叢書」（黒白書房）発刊 夢野久作「ドグラ・マグラ」刊行 江戸川乱歩編「日本探偵小説傑作集」刊行	
1936年（昭和11）	「探偵春秋」（春秋社）創刊（〜37） 春秋社の書下し長編募集に蒼井雄「船富家の惨劇」入選 「夢野久作全集」（黒白書房）発刊	二・二六事件 日独防共協定
1937年（昭和12）	「探偵文学」が「シュピオ」（古今荘）と改題（〜38） 木々高太郎「人生の阿呆」が直木賞を受賞	日中戦争勃発 日独伊三国防共協定
1938年（昭和13）	「江戸川乱歩選集」（新潮社）発刊 「甲賀大下木々傑作選集」（春秋社）発刊	国家総動員法施行
1939年（昭和14）	警視庁検閲課が江戸川乱歩「芋虫」の全編削除を命令	第二次世界大戦勃発 国民徴用令公布
1940年（昭和15）		日独伊三国同盟
1941年（昭和16）		太平洋戦争勃発

「ぷろふいる」作者別作品リスト

山前　譲・編

漢字を新字体にしたほかは、本文の表記に従った。読物ページ、匿名、読者投稿の欄は紙幅の都合で省略した。[　]はとくに題のないもの。「・」付きは創作以外。→は別名義を示す。作製にあたって、「ミステリー文学資料館」の嶋崎雅子さんと赤川実和子さんの協力を得た。

アイス，エゴン・

焼鳥を食べるナイル　1933.12

相沢和男

・我もし作家なりせば　1934.12

盗人　1935.8

・空想文学の革命　1937.4

青井素人

・ヒヤリとした話　1933.6

銃殺した女　1933.6

・甲賀三郎を語る　1933.7

・幻影の映画　1933.8

蒼井　雄→藤田優三

狂燥曲殺人事件　1934.9

・作者の言葉　1934.9

ソル グルクハイマー殺人事件 G、絞られた網　1934.11

・「瀬戸内海の惨劇」について　1936.7

瀬戸内海の惨劇　1936.8-1937.2

・盲腸と探偵小説　1936.10

・この作に就き　1937.1

・ハガキ回答　1937.4

青海水平

リングの死　1934.1

田舎饅頭　1934.7

・夏日花譜抄　1934.10

・春閑・毒舌録　1935.3

青山倭文二

幸運　1935.9

赤田鉄平

追いつめられた男　1934.8

空気男　1934.12

秋川三郎

・菊池寛と甲賀三郎空想対談記　1937.4

秋田不泣

花骨牌の秘密　1935.7

秋月玲瓏

・悪の華　1934.1

秋野菊作→西田政治、八重野潮路

・雑草庭園　1933.8,1934.1,2,4,10,11,12,1935.1,2,3,8

・英米探偵趣味の会　1933.11

・探偵小説ファンの手帖　1935.9

・毒草園　1935.12-1936.12

象牙柄小刀事件　1936.12

・ドラモンド・キース中尉の転宅　1937.3

朝霧探太郎

・噴水塔　1937.1-4

東　浩

・狐火　1933.8

・探偵月評　1934.4

信天翁三太郎

・名所案内　1936.12

雨宮辰三

骨畸形　1936.1

・略歴　1936.1

亜山過作

・新青年から出た作家　1937.1

新居　格

・ハガキ回答　1936.6

荒木貞夫

・ハガキ回答　1936.6

荒木十三郎→橋本五郎

叮寧左門　1934.6

碑三千石　1934.7

新延春樹

・血液型とは何か？　1936.12

飯田心美

・新映画案内　1933.11

・仮面の男（映画評）　1933.12

伊賀英彦

実験犯罪　1934.8

・作者の言葉　1934.8

・我もし人間なりせば　1934.12

生田八城

・探偵月評　1934.9

伊皿子鬼一

・探偵月評　1934.1

・日本名探偵のぷろふいる　1934.2-7

石井舜耳

・怪物夢久の解剖　1936.2-3

・転居御通知―夢野久作―　1936.8

石川一郎

・マヂェステック事件　1936.1

・夢野さんの逝った日　1936.5

・近頃読んだもの　1936.8

・探偵小説と地方色　1936.12

石子紘三

千社礼　1934.10

石沢十郎

地下の囚人　1935.1

・作者の言葉　1935.1

幽霊ベル　1935.8

鐘楼の怪人　1935.11

・略歴　1935.11

伊志田和郎

姿なき作家　1936.1

石浜知行

・ハガキ回答　1936.6

石光琴作→九鬼澹

・ニセモノ・通行止　1935.3

古典綺話　二篇　1936.1

・探偵小説の尺度計―平林初之輔―　1936.8

・匿名批評につき　1936.11

市川小太夫→小納戸　容

・私と探偵小説　1933.9
・ハガキ回答　1935.12

一ノ木長賢

・ぷろふいるに寄する言葉 1933.5

伊東鋭太郎

間諜に堕ちた妃殿下　1933.11
・シドニイ殺人事件　1936.3
・半島毒殺変ホ調　1936.6
・近頃読んだもの　1936.12

伊藤親清

・臨床上から女性の犯罪を覗く　1935.12

伊東利夫

・寝言の寄せ書　1934.8
・A１号(六)　急行列車の女　1934.9
・映画評　絢爛たる殺人　1934.11
・「鉄の爪」の試写を見て 1934.12

伊東夢郎

探偵川柳　1933.6

乾信一郎

薄茶の外套　1933.12

井上英三

・近頃読んだもの　1936.12
・ハガキ回答　1937.4

井上良夫

・名探偵を葬れ！　1933.8
・英米探偵小説のプロフィル　1933.9-1934.6
・探偵小説論　1934.4
・傑作探偵小説吟味　1934.7-10
・探偵小説の研究書　1935.1
・日本探偵小説界の為めに！　1935.2
・作品月評　1935.5-7,9-12
・アガサ・クリスチイの研究　1935.6-8
・「黒死館殺人事件」を読んで　1935.8
・「白蟻」を読む　1935.10
・探偵小説の本格的興味　1935.11
・ハガキ回答　1935.12
・昭和十年度の翻訳探偵小説　1935.12
・木々高太郎氏の長篇その他　1936.4
・三つの棺　その他　1936.6
・ドロシイ・セイアーズのスケッチ　1936.7
・船富家の惨劇　1936.7
・未熟者の歎きなど　1936.10
・外道の批評　1936.11
・探偵小説時評　1937.1-4
・A・K・グリーンに就いて　1937.2

岩田豊雄

・ハガキ回答　1936.6

ウオルポール，H・

潤池　1935.9

上村源吉

団扇　1935.8
〝海のエキストラ〟　1936.9

内海狡太郎

心中　1935.5

貉遊戯 1935.8

海野十三

・ぷろふいるに寄する言葉 1933.5

・探偵実演記 1934.1

蝿 1934.2-3

・恐怖について 1934.5

顔 1934.10

不思議なる空間断層 1935.4

・作者の憂鬱 1935.6

・ハガキ回答 1935.12

・探偵小説論ノート 1936.1

・『鉄鎖』か『殺人鬼』か？ 1936.1

・探偵小説を萎縮させるな 1936.5

・「キリストの脳髄」を読む 1936.7

棺桶の花嫁 1937.1-3

・探偵小説の風下に立つ 1937.3

エバーハート，ミグノン・

蜘蛛猿 1936.2

エヴアンス，C・J・

死の罠 1934.11

江戸川三郎

・探偵作家を打診する 1933.9

・Q氏との対話 1933.10

江戸川乱歩

・ぷろふいるに寄する言葉 1933.5

・陰獣劇について 1933.9

・野口男三郎と吹上佐太郎 1934.1

・「探偵小説の鬼」その他 1935.1

・鬼の言葉 1935.9-1936.2,5

・ハガキ回答 1935.12

・浜尾氏のこと 1936.1

・彼 1936.12,1937.2-4

江羅陸蔭

・ぷろふいる行進譜 1934.12

オウエン

銀器 1936.9

オツペンハイム，E・P・

傀儡三人旅 1935.3,5-6

オルチー夫人

ナインスコーアの秘密 1935.2

フレウヰンの縮図 1935.3

クリスマス悲劇 1935.4

ゼレミア卿の遺言 1935.6

大井　正

ソル グルクハイマー殺人事件 A、監禁者の脱出 1934.10

大江専一

・ハガキ回答 1935.12

・海外探偵雑誌総まくり 1936.3

・近頃読んだもの 1936.6

大川平一

・モダン犯罪論 1935.11

大川幸夫

簾 1934.7

大倉燁子

・ハガキ回答 1935.12

大阪圭吉

花束の虫 1934.4

塑像 1934.8

とむらひ機関車 1934.9

・我もし自殺者なりせば 1934.12

雪解 1935.3

・ハガキ回答　1935.12
闖入者　1936.1
・幻影城の番人　1936.4
・近頃読んだもの　1936.9
・連続短篇回顧　1937.11

大下宇陀児

・ぷろふいるに寄する言葉　1933.5
・探偵小説随想　1934.1
・探偵小説不自然論　1935.1
・破約の弁　1935.10
・ハガキ回答　1935.12
・商売打明け話　1936.1
・浜尾さんを惜しむ　1936.1
ホテル・紅館　1936.2-10
・扉言葉　1936.2
・作家悲喜　1937.1

大空　翔

・六十九番目の男　1936.4

大谷竹次郎

・ハガキ回答　1936.6

大辻司郎

・ハガキ回答　1936.6

大庭武年

カジノの殺人事件（戯曲）　1934.8
復讐綺談　1935.11
・大連と探偵小説　1936.12
歌姫失踪事件　1937.3

大畠健三郎

河畔の殺人　1934.3
ソル グルクハイマー殺人事件 C、探偵局報告書　1934.10
西班牙の楼閣　1935.3
・猟書行脚　1936.7-12

大森洪太

・ハガキ回答　1936.6

大八嶋　修

ノアの洪水　1935.2

小笠原正太郎

生き延びた鬼熊　1934.9
・我もし熊なりせば　1934.12
・まづこれからだ！　1936.1
・仙台風景　1936.2
癩人　1936.10

岡戸武平

・『其処はおとし穴だよ』—小酒井不木—　1936.8

荻　一之介

四つの聴取書　1934.4

荻野浪蔵

・群少犯罪註釈　1936.7

沖野岩三郎

・ハガキ回答　1936.6

小倉浩一郎

・スタヂオの犯罪　1935.12

小栗虫太郎

・作者の言葉　1933.10
寿命帳　1933.11,1934.1
・オツカルトな可怖かなくない話　1934.5
合俥夢権妻殺し　1934.6
絶景万国博覧会　1935.1
・ハガキ回答　1935.12
源内焼六術和尚　1936.1
・三重分身者の弁　1936.4

・「青い鷺」に就いて　1936.10
青い鷺　1936.11-1937.4
・胡鉄仙人に御慶を申すの記　1937.1

カーネル，リチヤード・
いなづまの閃き　1936.9
貝原堺童
その夜の事件（戯曲）　1935.2
夏秋　潮
集団犯罪　1936.2
・略歴　1936.2
尼川少尉の生存　1936.7
・スパイK・T氏　1936.4
春日野緑
・ぷろふいるに寄する言葉　1933.5
河童三平
・我もし王者なりせば　1934.12
桂　茂男
・インチキマンダン　1933.7
桂　雅太郎
・幽霊殺害事件　1936.8
・猿蟹合戦　1936.12
葛城芳夫
キリストの脳髄　1936.6
・略歴　1936.6
暴露電線　1936.8
加藤久明
証憑湮滅　1935.4
・所感　1936.1
鐘　窓一郎
フェア・プレイ　1936.1
・百萬ナモ・ナゴヤ　1936.3
加納　哲
・ヒヤリとした話　1933.6
・奇怪な遺書　1933.8
勇姿　1933.12
・高雄随行の記　1935.1
加茂川静歩
明智小五郎のスランプ　1935.4
唐木映児郎
・女性犯罪論　1935.12
川端勇男
・尖端科学と探偵小説　1936.6
河原三十二
・探偵月評　1934.3
ふく子夫人　1935.3
来朝したルパン　1935.4
・連続短篇小説　1937.1
神田澄二
・内訳話をする　1936.10
キーガン，セリア・
真昼の劇場事件　1936.10
キング，シー・デーリー・
アトリエの惨劇　1935.5
木々高太郎→林　髞
就眠儀式　1935.6
・探偵小説二年生　1936.1
印度大麻　1936.2
・愈々甲賀三郎氏に論戦　1936.3
盲ひた月　1936.8,10
・批評の標準　1936.9
・盲ひた月解決篇を選して………　1936.10

・探偵小説三年生 1937.1
蝸牛の足 1937.4
岸　孝義
・ぷろふいるに寄する言葉 1933.5
・指紋の沿革 1936.4-5
喜多怪堂
・夜嵐お絹 1935.12
北林透馬
・ハガキ回答 1936.6
北町一郎
・苦労あのテこのテ 1936.10
五万円の接吻 1936.11
木村　毅
・ハガキ回答 1936.6
金　来成
楕円形の鏡 1935.3
・作者の言葉 1935.3
探偵小説家の殺人 1935.12
・略歴 1935.12
・書けるか！ 1936.1
クヰーン，エレリイ・（エラリー・クヰーン、エラリー・クイーン）
・探偵小説批判法 1933.12
ギリシヤ館の秘密 1934.4-8
双頭の犬 1934.9
恋愛四人男 1935.1
黒猫失踪 1935.7
飾窓の秘密 1936.1-6
宝探し 1936.4
クラーク，ダツドレイ・
市長と探偵 1936.11
クラーク，ローレンス・
囮 1934.2
グリーン，アンナ・カサリン・
ラファイエット街の殺人 1937.2
クローウエル，ノーマン・
荒野の殺人 1936.8
クロフツ，F・W・
・探偵小説の書き方 1936.11
九鬼　澹→石光琴作
・探偵小説とヂヤーナリズム 1933.5
・「体温計殺人事件」を読む 1933.6
死はかくして美しい 1933.7
・江戸川乱歩を語る 1933.8
・「完全犯罪」を読む 1933.9
・「幻想夜曲」について 1933.11
神仙境物語 1933.11
幻想夜曲 1933.12
・夢野久作論 1934.1
・小栗虫太郎論 1934.3
・続・小栗虫太郎論 1934.4
Ａ１号(一)　密偵往来 1934.5
・探偵月評 1934.7
・寝言の寄せ書 1934.8
・探偵小説に関する諸問題 1934.9
・探偵小説の科学性を論す 1934.10
・蒼井君の力作拝見 1934.10
・我もし探偵作家なりせば 1934.12
・外国・日本・探偵作家の素描

1935.1
人工怪奇 1935.3
・望郷の譜 1936.2
R子爵夫人惨殺事件 1936.4
報酬五千円事件 1936.8
葛山二郎
・推薦の書と三面記事 1935.12
国枝史郎
・わかりきつた話 1935.1
栗島すみ子
・ハガキ回答 1936.6
栗栖　亭
わがエルキウル・ポワロの登場 1935.4
黒瀬阿吉
盗難奇譚 1934.11
・作者の言葉 1934.11
黒沼　健
・シヤーロック・ホームズの言葉 1933.11
・ホームズの事件簿 1934.2
・エルキユール・ポワロ 1934.6
・師父ブラウンの面影 1934.7
ケネディ，M・
ウヰスキイの壜 1936.11
ケネデイ，ジヨン・B・
火あそび 1933.5
甲賀三郎
・漫想漫筆 1933.8
・探偵時事 1933.10-12
・野島君の「深夜の患者」 1933.10
誰が裁いたか 1934.1-3
・探偵小説と批評 1934.3
・身辺雑記 1934.5
血液型殺人事件 1934.6-7
・探偵小説講話 1935.1-12
・ハガキ回答 1935.12
・探偵小説とポピウラリテイ 1936.1
・浜尾君を憶ふ 1936.1
・正誤・回答・横槍 1936.2
木内家殺人事件 1936.5-6
・「小笛事件」 1936.7
・「条件」付・木々高太郎に与ふ 1936.8
・勿羨魚 1937.1
好　奇生
・犯罪と耳 1933.5
神戸探偵倶楽部
燃ゆるネオン 1937.4
五香六実
盲ひた月（解決篇入選作） 1936.10
小谷夢狂
・探偵・怪奇映画欄 1933.8
・趣味の映画 1933.9
・先づ原作を求める 1936.2
谺　翔介
帝王者 1937.4
東風哲之介
冬の事件 1934.7
・作者の言葉 1934.7
小納戸　容→市川小太夫

陰獣（戯曲） 1933.9-11

小南又一郎

・証拠の偶中 1933.5

自ら拾った女難 1935.12

・法医学とは何ぞや 1936.9

・ハガキ回答 1937.4

菰野劒之介

人相書 1934.10

小山甲三

・殺人を娯しむ男 1936.6

小蘭　治

青い鍵 1936.12

サマルマン，アレキサンダー・

毒滴 1936.3

SAKAI，K・

・大空の死闘 1935.12

・『幸運の手紙』の謎 1936.1

・細君受難 1936.2

・地下鉄の亡霊 1936.3

・魂を殺した人々 1936.4

酒井嘉七

・寝言の寄せ書 1934.8

探偵法第十三号 1935.2

郵便機三百六十五号 1935.3

実験推理学報告書 1935.9

撮影所殺人事件 1935.11

呪はれた航空路 1936.4

・雲の中の秘密 1936.8

両面競牡丹 1936.12

桜井正四郎

・発禁の秘密 1935.11

桜井忠温

・ハガキ回答 1936.6

左頭弦馬

花を踏んだ男 1933.7

・筆者の言葉 1933.7

踊り子殺しの哀愁 1933.9

鏡（猟奇歌） 1933.9

・探偵劇断想 1933.12

白林荘の惨劇（戯曲） 1934.3

水晶杯（猟奇歌） 1934.3

A１号（二）　月の街でわかれた男 1934.6

ソル グルクハイマー殺人事件 H、輝く十字架 1934.11

仮装舞踏会の殺人（戯曲） 1935.2

古典犯罪夜話 1936.1

白骨揺影 1936.9

鮫島龍介

龍太の女婿 1935.4

ジイド，アンドレ・

十三番目の樹（戯曲） 1936.9

滋岡　透

愛のアヴンツウル 1935.11

・猟奇漫談 1936.10-12

獅子文六

・ユーモア小説と探偵小説 1937.3

シマツタ・シモン

・みどりの園 1936.12

信濃雄三

・新潟だより 1936.4

忍　喬助

計画遂行 1936.8

下村海南
・ハガキ回答　1936.6
十九日会会員
蟹屋敷　1937.2
城　彦吉
唖者矯正法奇譚　1934.9
城　昌幸
面白い話　1935.2
・ハガキ回答　1935.12
浄原　坦
遺書　1934.11
探偵P氏の日記　1936.8
白須賀六郎
・上海密輸八景　1936.12
新橋柳一郎
・伊藤前京都府刑事課長と語る　1933.6
・第六感　1933.6
・笑つた女　1933.8
揮発油とカルモチン　1933.12
・噂の幽霊　1934.1
杉並千幹
・霊の驚異　1933.8
A1号（三）　百日紅勘太郎の荷物　1934.6
杉山　周
・新人・中堅・大家論　1937.2
セイアーズ,ドロシイ・エル・（ドロシイ・セイヤーズ）
ストロング・ポイズン　1936.7-12
香水の戯れ　1936.9
瀬古　憲
面会に来た男　1935.8
妹尾アキ夫
・ハガキ回答　1935.12
・近頃読んだもの　1936.5
盲ひた月（解決篇入選作）　1936.10
・ホフマン・その他　1937.1
・卑劣について　1937.2
・批評の木枯　1937.3
・文章第一　1937.4
千加哲三
サムの初手柄　1935.4
千成瓢太郎
恋人捜査法　1935.2
曽我廼家五郎
・探偵趣味を語る　1933.6
楚木亜夫
・人間性を感じつつ　1936.5

大慈宗一郎
帰郷　1935.5
高井貞二
・挿絵について　1936.10
高島米峯
・ハガキ回答　1936.6
高田義一郎
・屁の話　1933.5
・探偵趣味的最近世相　1934.1
透君の自殺　1935.5
火の玉小僧変化　1935.11
・ハガキ回答　1935.12
・ベルチヨン式鑑別法　1936.3

・小笛事件放言　1937.1
・ハガキ回答　1937.4

高山義三
・犯罪史的文献　1936.5

竹内白鷺
・スリ以上　1933.12

武田麟太郎
・ハガキ回答　1936.6

竹村久仁夫
丘の家の殺人事件　1935.12
・略歴　1935.12
・北海道の代表都市　1936.2

辰巳柳太郎
・ハガキ回答　1936.6

田中早苗
・アメリカの名科学探偵　1935.1
・推薦の書と三面記事　1935.12
・徹頭徹尾気持ちのいい人 1936.1

棚橋　基
・犯罪記録　1933.5

丹波草生
・生きた犯罪史を聴く
1936.11-1937.2

探遊崖童子
・破片　1937.2-4

チエスタトン（G・K・チエスタートン、G・K・チエスタトン）
黄いろい鳥　1936.4
消失五人男　1936.6
奇樹物語　1937.1

チャペク，カレル・
透視術　1936..3

チヤンス，ピーター・
手術魔　1936.4

辻　三九郎
・ヒヤリとした話　1933.6

辻　斬之介
・「白林荘の惨劇」を読む 1934.4
ホームズ・日本に現はる　1935.4
モダン探偵趣味銷夏法　1936.8

土屋光司
・ヴァン・ダインと探偵小説　その他　1936.10

角田喜久雄
・ぷろふいるに寄する言葉 1933.5
・ハガキ回答　1935.12
蛇男　1935.12
・近頃読んだもの　1936.8

鶴見祐輔
・ハガキ回答　1936.6

テール，エドウイン・
・拳銃学物語　1934.1

ドイル，リン・
煙草　1936.4

トツク，アルフレツド・
李豊の長煙管　1933.7

堂下門太郎
・隠語おん・ぱれいど
1933.5-1934.10,12
・ヒヤリとした話　1933.6

道本清一
・チロルの誘惑　1936.3

戸田　巽
目撃者　1933.6

・ポーの怪奇物語二三　1933.8

・夢の分析　1933.10

隣室の殺人　1933.11

或る待合での事件　1933.12

出世殺人　1934.2

・探偵小説は大衆文芸か　1934.6

A１号（四）　三つの炎　1934.7

幻しのメリーゴーランド　1934.8

・寝言の寄せ書　1934.8

相沢氏の不思議な宿望工作　1935.4

南の幻　1935.10

ムガチの聖像　1936.3

・読後感少々　1936.5

幻視　1936.8

悲しき絵画　1936.11

踊る悪魔　1937.4

斗南有吉

爪　1934.5

・作者の言葉　1934.5

ソル グルクハイマー殺人事件 E、纏る端緒　1934.11

鐘　1934.12

・山紫水明の地　1936.3

・紙幣の呪ひ　1936.8

土呂八郎

チエスタトンのガブリエル・ゲールに就いて　1934.5

・犯罪事実小説の旗の下に!!　1936.5

・毛髪を染める婦人患者　1936.8

・近頃読んだもの　1936.10

内藤嘉輔

・指紋に就いて　1933.5

奈加島謙治

・宝石怪盗狂走曲　1933.9

中島　親

南瓜　1934.9

俳句綺譚　1934.10

・我もし探偵作家なりせば　1934.12

・探偵小説の新しき出発　1935.1

火の用心　1935.5

中野　実

・探偵味　1937.4

中村美与

火祭　1935.10

・略歴　1935.10

・都市の錯覚　1936.4

中村由来人

綺譚倶楽部の終焉　1935.7

中山狂太郎

アジヤンター殺人事件　1936.3

・作者の言葉　1936.3

誘蛾燈　1936.9

名古屋探偵倶楽部

弾道　1937.3

七曜生

暗い日曜日　1936.12

波　蜻二

読心術　1934.11

乞食　1935.5

並木東太郎

心中綺談　1935.8

並木来太郎

瘋癲の歌　1934.12

・作者の言葉　1934.12

名和絹子

嘆きの郵便屋　1936.1

ニュートン，ダグラス・

髪　1934.1

西尾　正→三田　正

陳情書　1934.7

・作者の言葉　1934.7

海よ、罪つくりな奴！　1934.9

土蔵　1935.1

打球棒殺人事件　1935.6

白線の中の道化　1935.7

奎子の場合　1935.12

・新年の言葉　1936.1

線路の上　1936.5

・私の書くもの　1937.1

西嶋志浪

・神戸よいとこ　1936.3

西島　亮（西嶋　亮）

秋晴れ　1935.4

作者の言葉　1935.4

『赤字』　1935.11

・微分方程式を繰り乍ら　1936.1

鉄も銅も鉛もない国　1936.3

西田政治→秋野菊作、八重野潮路

・早期埋葬奇談　1933.6

・箱入の花嫁　1933.9

・横溝正史を語る　1933.11

・探偵月評　1934.2

・寝言の寄せ書　1934.8

・「狂燥曲殺人事件」の印象　1934.10

・読後寸感録　1935.8

・小栗虫太郎の酒精　1935.10

・ハガキ回答　1935.12

・蠹魚の譫言　1936.1-8

・近頃読んだもの　1936.11

仁科四郎

・寝言の寄せ書　1934.8

ヌブイツク，ベタ・

ベルツイ男爵の落とした宝石　1935.11

野島淳介

深夜の患者　1933.10

・甲賀三郎論　1934.2

延原　謙

・ぷろふいるに寄する言葉　1933.5

・探偵小説図書館設立私案　1935.1

・推薦の書と三面記事　1935.12

・近頃読んだもの　1936.7

野村雅延

・アルコールに漬けた指　1933.7

ハモンド，H・

奇妙な殺人　1935.10

パルマー，スチュアート・

首吊り殺人事件　1934.11

ハロン，ベネット・

誕生日の贈物　1936.7

白牙

・展望塔　1936.9-1937.1

・地方色の問題　1936.12

・抱茗荷の説を読む　1937.2

土師清二

・ひとり言　1934.1

橋本五郎→荒木十三郎

鍋　1933.9

・大下宇陀児を語る　1933.10

樽開かず　1934.1

寝顔　1935.7

・ハガキ回答　1935.12

双眼鏡で聴く　1936.7

波多野狂夢

指紋の怪　1933.5

・僕の心境とプロフイル　1933.5

シグナル　1933.9

ソル グルクハイマー殺人事件 F、蜘蛛手十文字　1934.11

蜂　剱太郎

・小鬼雑記帖　1936.6

・斜視線　1936.7-8

服部好三

・ガンネス未亡人ミブランビリエ　1935.12

服部元正

・アガサ・クリステイの勝利　1934.1

殺人遺書　1934.6

・作者の言葉　1934.6

復讐奇譚　1934.10

人生短縮術　1935.11

・怪物横行時代を夢見る　1936.1

花園京子

悪魔の声　1934.12

・作者の言葉　1934.12

英　住江

＋と－の事件　1933.8

塙　康次

悪戯　1935.11

馬場孤蝶

・ハガキ回答　1936.6

馬場重次

・ヒヤリとした話　1933.6

決算　1933.12

ソル グルクハイマー殺人事件 B、渓谷の惨死体　1934.10

浜尾四郎

・ハガキ回答　1935.12

林　髞→木々高太郎

・解剖学と生理学　1936.10

春川一郎

悪運　1934.8

煙草の箱　1934.9

蜘蛛　1934.12

鍵　1935.8

伴　代因

・探偵小説の正しい認識　1934.6

・「ケンネル殺人事件」を見て　1934.8

恐怖　1935.5

伴　大矩

・訳者のはしがき　1934.4

ビーストン, エル・ゼ・（L・J・ビーストン）

ビラスキイ公爵の懺悔　1933.5

不知火　1937.4

ピエトル，J・
・アワテモノ　1935.12
光　西年
三十二号室の女　1935.9
久山秀子
・ハガキ回答　1935.12
平塚白銀
セントルイス・ブルース　1935.8
三面記事　1935.11
・探偵小説の存在価値　1936.1
南風　1936.5
ブランド夫人，E・
幽霊宿屋　1936.8
ブレア，マクアルパイン・A・
お前だつたのか！　1933.12
フレイザー，フエリン・（F・フレーザー）
バーカー教授の推理　1934.11
バーカー教授の法則　1935.2
バーカー教授と羊肉　1935.4
南極探検隊殺人事件　1936.1
フレツチヤー，J・S・
怪人キツフイン　1933.8
燈台守綺談　1934.1
覚醒　1936.9
フレデリック，アーノルド・
盗まれた黒祈禱書　1936.9
笛野笛吉
・作家速成術七ケ条　1937.1
福田照雄
・秋酣新人不肥事　1934.11
福原麟太郎
・ハガキ回答　1936.6
節江　薫
・巴里　K・O　1936.2
節江兄弟
・我もし彼女なりせば　1934.12
藤田優三→蒼井雄
・寝言の寄せ書　1934.8
藤原羊平
・人間藤の伝説　1933.6
・無理心中の一歩前の廻れ右　1936.8
古畑種基
・ハガキ回答　1937.4
ベル，J・J・
弾丸　1934.3
ベントン，ジョン・
水泡　1936.7
ポースト，M・D・（メルヴィル・ポースト、メルビール・D・ポースト）
アンクル・アブナア　1936.4
藁人形　1934.11
シヨウバネーの探険日記　1935.9
ポート，アーネスト・M・
ブロークン・コード　1933.6-7
ヴォルム，ハアディ・
真夜中の訪問　1936.9
星田三平
偽視界　1934.10
星庭俊一
棒紅殺人事件　1935.6
苦策　1936.8

堀田子鬼
探偵川柳　1933.8
堀場平八郎
・秋の東京大学野球聯盟戦と新人　1933.9
本田緒生
波紋　1934.12
・ハガキ回答　1935.12

マーキン，M・T・
コベント・ガーデン殺人事件　1935.8
マーチン，A・
時計　1935.10
マイヤース女史（イサベル・マイヤース）
妖紅石　1934.10-12
マチソン，H・H・
悲しき船路　1933.6
マッカレイ，J・
地下鉄サムと映画スター　1936.7
マツクハーグ，W・
バケツの水　1936.9
舞木一朗
一〇〇一四号の癖　1934.10
・作者の言葉　1934.10
十五・ぴん・ぴん・ぴんの謎　1935.11
・今年こそは　1936.1
支那服　1936.7
前田郁美
吸血鬼　1935.5
・作者の言葉　1935.5
・おめでたいことなど　1936.1
紅の恐怖　1936.8
夏の夜噺　1936.9
前田五百枝
吸殼　1934.4
前田喜朗
・探偵劇を中心に　1936.1
・〝殺し場物語〟　1936.9
まがね
・探偵月評　1934.5
マコ・鬼一
幽霊横行　1935.5
若鮎丸殺人事件　1936.5
政田大介
・群像傍見録　1934.11
松本　清
啼くメデユサ　1936.12
・寸感　1936.12
丸井善吉
毒薬　1935.4
丸尾長顕
・ハガキ回答　1935.12
マグダラのマリヤ　1935.12
・稀有の書　1936.5
・編輯は煉獄苦である　1936.10
丸山定夫
・ハガキ回答　1936.6
ミイルス，シヤーリイ・
三角奇談　1936.7
三重野紫明
・潜行運動と筑紫女　1933.6

三上輝夫
・サナトリウムの秘密室　1936.3
三木音次
・芸術品の気品　1934.6
水嶋愛子
深夜の物音　1934.7
水谷　準
・ぷろふいるに寄する言葉 1933.5
・ユーモアやぁい！　1933.12
・夢見る記　1934.1
・尻馬に乗る　1934.5
・Anti－Ivan－Democracy　A からCまで　1935.1
・ぷろむなあど・ぶをろんてえる　1935.7
月光に乗るハミルトン　1935.9
・ハガキ回答　1935.12
・探偵小説界昭和十年版　1935.12
・ぷろじぇ・ぱらどくさる 1936.1
・探偵小説の貧乏性　1936.6
・ハガキ回答　1937.4
水ノ江塵一
・謎の藤村氏失踪事件　1936.3
三田　正→西尾　正
・我もし人魂なりせば　1934.12
・行け、探偵小説！　1935.2
光石介太郎
・無題　1936.1
綺譚六三四一　1935.2
・作者の言葉　1935.2
空間心中の顛末　1935.9
緑川　勝
八剣荘事件の真相　1934.4
水上呂理
犬の芸当　1933.12
南沢十七
人間真珠　1936.5
峰　富美守
参考人調書　1935.8
宮城　哲
龍美夫人事件　1935.10
・略歴　1935.10
・勉強する事　1936.1
二人の失踪者　1936.9
村田千秋
幽霊アパートの殺人　1934.4
湯女波江の疑問　1934.12
雌龍学人
・毒草学　1936.11
毛利甚之介
遅かった十　1935.4
百瀬　龍
電話　1935.8
森　若狭
・梅干壺の嬰児　1933.5
森下雨村
・ぷろふいるに寄する言葉 1933.5
・水谷準を語る　1933.12
・二つの話　1934.1
・「軽い文学」の方向へ　1935.1
・ハガキ回答　1935.12
・木々高太郎君に　1936.1
・ハガキ回答　1937.4
・寸感　1936.1

森田耕一郎

ポスト　1936.1

諸岡　存

・奇病論　1936.8

八重野潮路→秋野菊作、西田政治

・夢と珈琲　1933.6

・電話の声　1933.8

新妻の推理　1933.12

・紙魚禿筆　1936.12

山崎猪三武

魔の軌道　1935.8

山下平八郎

横顔はたしか彼奴　1933.5-9

(第１回は山下利三郎名義)

・森下雨村を語る　1933.9

歳末とりとめな記　1933.12

運ちゃん行状記（戯曲）　1934.3

・寄稿に際して　1934.3

見えぬ紙片　1934.5

・グルクハイマー殺し合作と連作ストーリー工作を見て　1934.11

野呂家の秘密　1935.1

・ハガキ回答　1935.12

山城雨之介

三足の下駄　1934.4

扇遊亭怪死事件　1934.8

・我もしクレオパトラなりせば　1934.12

・汚水の国を偲ぶ　1936.1

大禹治水説話序篇　1936.1

山本禾太郎

二階から降りきた者　1933.5

・ヒヤリとした話　1933.6

一時五十二分　1933.7

・車庫　1933.8

黒子　1933.10

おとしもの　1933.12

黄色の寝衣　1934.1

幽霊写真　1934.6

・事実問題と推理　1934.7

・寝言の寄せ書　1934.8

Ａ１号（五）セルを着た人形　1934.8

八月十一日の夜（戯曲）　1935.5

・白蟻の魅力　1935.10

・探偵小説と犯罪事実小説　1935.11

・ハガキ回答　1935.12

・ペンぬり犯人　1936.1

・犯罪から裁判まで　1936.2

抱茗荷の説　1937.1

行方宗作

・探偵月評　1934.6

・噂　1934.7

雨の日の出来事　1935.2

夢野久作

・ぷろふいるに寄する言葉　1933.5

うごく窓（猟奇歌）　1933.12

うごく窓（猟奇歌）　1934.2

地獄の花（猟奇歌）　1934.4

木魂　1934.5

死（猟奇歌）　1934.6

見世物師の夢　1934.7

・「金色藻」読後感 1934.8
白骨譜（猟奇歌） 1934.9
[猟奇歌] 1934.10
[猟奇歌] 1934.11
白くれなゐ 1934.11
・我もし我なりせば 1934.12
[猟奇歌] 1934.12
[猟奇歌] 1935.1
・探偵小説の正体 1935.1
[猟奇歌] 1935.2
・スランプ 1935.3
[猟奇歌] 1935.4
[猟奇歌] 1935.5
[猟奇歌] 1935.6
[猟奇歌] 1935.7
・やつつけられる 1935.8
[猟奇歌] 1935.9
・甲賀三郎氏に答ふ 1935.10
猟奇歌 1935.11
・ハガキ回答 1935.12
猟奇歌 1935.12
髪切虫 1936.1
良心・第一義 1936.5
芝居狂冒険 1936.6
米山　寛
深夜の行人 1934.11

ラインハート，メリー・
じゃじゃ馬殺し 1937.3
ランドン，P・
終点駅 1936.1
洛北笛太郎
・作品月評 1936.1-5
蘭　郁二郎
幻聴 1934.12
リイコック，エス・
深夜の冒険 1935.11
リッパヂァ，ウオルタ・エフ
カーン氏の奇怪な殺人 1933.9-12
ルナール，アルセニオ・
死の小箱 1934.6
ルブエル，モーリス・
医師の場合 1933.8
レノックス，リチヤード・
毒酒 1933.7
ローマー，サックス・
博物館殺人事件 1934.1
ロビンソン，バートン・E・
ラヂオ・アリバイ 1933.6
狼人街
川柳探偵作家プロフイル 1933.9-10

若松秀雄
金曜日殺人事件 1934.2
伊奈邸殺人事件 1934.8
墓穴を掘った男 1935.4
渡辺啓助
北海道四谷怪談 1934.7
癩鬼 1935.5
・ハガキ回答 1935.12
・バルザック蒼白記 1936.1
・亡霊写真引伸変化—渡辺　温— 1936.8

・啼く「メデユサ」を読む 1937.1

渡部八郎

ソル グルクハイマー殺人事件 D、
古小屋に残る謎　1934.10

＊西嶋亮氏との連絡がとれませんでした。氏（または著作権者）の消息をご存じの方は、連絡先をお教えくださいますよう、お願いいたします。また、一一、九三、一四三、二六六、二七七、二九九、三三一、三五三ページのイラストは雑誌掲載時のものを使用させていただきましたが、作者がわかりません。作者（または著作権者）の消息をご存じの方は、連絡先をお教えくださいますよう、あわせてお願いいたします。

＊本文中、今日の観点からみて差別的と思われる表現がありますが、ほとんどの著者が故人であり、また、作品発表当時の時代的背景を考慮し、原典どおりといたしました。

〔光文社文庫第一編集部〕

光文社文庫

幻《まぼろし》の探偵雑誌《たんていざつし》1

「ぷろふいる」傑作選《けつさくせん》

編　者　ミステリー文学《ぶんがく》資料館《しりようかん》

2000年3月20日　初版1刷発行

発行者　濱　井　武
印　刷　慶　昌　堂　印　刷
製　本　榎　本　製　本

発行所　株式会社　光　文　社
〒112-8011　東京都文京区音羽1-16-6
電話　(03)5395-8149　編集部
8113　販売部
8125　業務部
振替　00160-3-115347

落丁本・乱丁本は業務部にご連絡くだされば、お取替えいたします。
ISBN4-334-72974-6　Printed in Japan

お願い　光文社文庫をお読みになって、いかがでございましたか。「読後の感想」を編集部あてに、ぜひお送りください。

このほか光文社文庫では、どんな本をお読みになりましたか。これから、どういう本をご希望ですか。どの本も、誤植がないようつとめていますが、もしお気づきの点がございましたら、お教えください。ご職業、ご年齢などもお書きそえいただければ幸いです。

光文社文庫編集部

ミステリー文学資料館ご利用案内

推理小説の発展は、その国の社会的、市民的成熟のバロメーターといわれておりますが、わが国のミステリー文学の隆盛は、日本文化の重要な一翼を担い、その豊かな形成に大きく寄与しているわけです。

その必要性をかんがみ、当館は日本国内のミステリーに関わる書籍・雑誌および作家の資料を蒐集・保存・公開するため、わが国はじめてのミステリー文学専門の図書館として開設いたしました。広くご利用のほど、お願い申し上げます。

●ご利用できる方
当資料館の趣旨に賛同されて会員登録された方ならどなたでもご自由に利用できます。

●閲覧室利用時間
午前10時から午後４時30分（入館は午後４時まで）。

●休館日
土、日、祝日。12月27日～１月５日、５月１日。

●入館料
一般会員　１回300円

●資料の閲覧
資料の閲覧は閲覧室のテーブルでお願いいたします（定員10名）。館外貸出しはしていません。
閲覧中の喫煙、飲食および携帯電話の使用はご遠慮ください。

●コピーサービス
資料の必要箇所は所定の手続きのうえ、コピーできます（1枚50円）。ただし、著作権法の範囲内に限ります。

※１階部分は開架式の図書館の形をとり、会員に開放（閲覧デスク、検索用パソコン、スカイパーフェクTV！・ミステリーチャンネル放映のテレビを設置）しています。また、地下１階の書庫には、電動式の移動書庫を設置し、作家、研究者の便宜を図っています。

【ミステリー文学資料館所在地】

〒171-0014
東京都豊島区池袋３丁目１番２号
光文社ビル１F

地下鉄有楽町線要町駅
５番出口より、徒歩3分
JR池袋駅西口より、徒歩10分

電話　03（3986）3024
FAX　03（5957）0933

財団法人
光文シエラザード文化財団

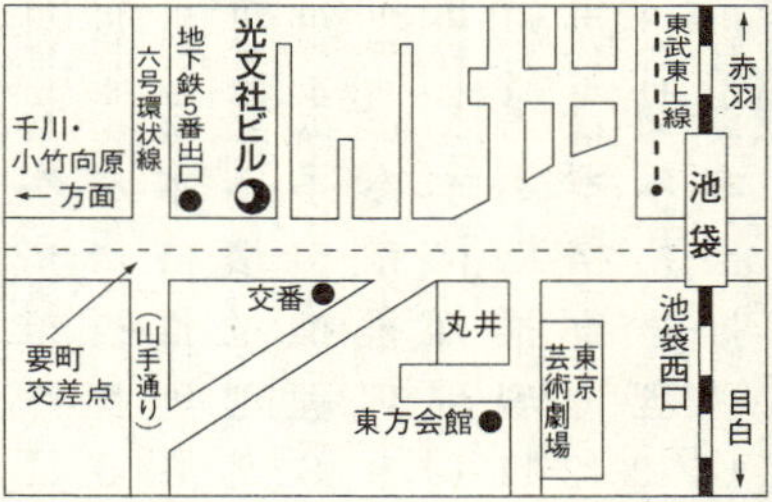

光文社文庫 目録

赤川次郎 藤色のカクテルドレス
赤川次郎 禁じられたソナタ(上・下)
赤川次郎 灰の中の悪魔
赤川次郎 寝台車の悪魔
赤川次郎 黒いペンの悪魔
赤川次郎 雪に消えた悪魔
赤川次郎 スクリーンの悪魔
赤川次郎 万有引力の殺意
赤川次郎 おだやかな隣人
赤川次郎 ローレライは口笛で
赤川次郎 キャンパスは深夜営業
赤川次郎 いつもと違う日
赤川次郎 仮面舞踏会
赤川次郎 夜に迷って
浅黄斑 夫婦岩殺人水脈
浅黄斑 人妻小雪奮戦記
浅黄斑 富士六湖殺人水脈
浅黄斑 「金沢・八丈」殺人水脈

浅田次郎 三人の悪党 きんぴか①
浅田次郎 血まみれのマリア きんぴか②
浅田次郎 真夜中の喝采 きんぴか③
梓林太郎 処女山行
梓林太郎 月光の岩稜
梓林太郎 奥入瀬殺人渓流
梓林太郎 大雪・層雲峡殺人事件
梓林太郎 安曇野 殺人旅愁
梓林太郎 上高地 相克の断崖
梓林太郎 アルプス殺人縦走
梓林太郎 知床・羅臼岳 殺人慕情
梓林太郎 殺人山行 穂高岳
阿刀田高 愛の墓標
阿刀田高 夜に聞く歌
阿刀田高選 奇妙にこわい話
阿刀田高選 奇妙にとってもこわい話
阿刀田高編 ブラック・ユーモア傑作選
姉小路祐 特捜弁護士

姉小路祐 非法弁護士
姉小路祐 真実の合奏《アンサンブル》
綾辻行人 殺人方程式
綾辻行人 鳴風荘事件
鮎川哲也編 本格推理1
鮎川哲也編 本格推理2
鮎川哲也編 本格推理3
鮎川哲也編 本格推理4
鮎川哲也編 本格推理5
鮎川哲也編 本格推理6
鮎川哲也編 本格推理7
鮎川哲也編 本格推理8
鮎川哲也編 本格推理9
鮎川哲也編 本格推理10
鮎川哲也編 本格推理11
鮎川哲也編 本格推理12
鮎川哲也編 本格推理13
鮎川哲也編 本格推理14